만체보
씨네
식료품
가게

만체보 씨네 식료품 가게

Waiting For
Monsieur Bellivier

브리타 뢰스트룬트 장편소설

박지선
옮김

레드스톤

1

바티뇰 대로 73번지에는 작은 식료품 가게가 있다. 관광객들은 대개 이곳을 '아랍인 가게'라고 부른다. 주인인 만체보가 아랍계인 까닭이다. 그는 이 별칭을 좋아하지 않지만 입을 꾹 다물고 만다. 어차피 이곳을 찾는 관광객은 그리 많지 않으니까. 관광객들은 주로 샹젤리제, 에펠탑, 루브르 박물관, 개선문으로 간다. 몇몇 파리의 '진짜 모습'을 알고 싶어하는 관광객은 샤토루주 같은 시내 지하철역 근처를 거닐며 자신이 대담하고 국제적인 사람이 된 듯한 기분을 느낀다. 사실 파리의 진짜 모습 같은 건 없다. 이곳은 여러 모습을 지녔다. 파리를 알고 싶으면 차라리 길가의 벤치를 찾는 편이 낫다. 거리에 앉아 있노라면 삶에서 자기 자리를 찾으려고 애쓰는 수많은 사람들을 볼 수 있다.

만체보는 자신의 가게 앞에 앉아 매일 파리의 새로운 면을 알아간다. 그가 의식적으로 그러는 건 아니다. 그저 거리에서 일어나는 모든 일이 머릿속에 기록될 뿐이다. 음식 냄새가 풍겨오면 그는 관찰을 멈춘다. 첫 번째 음식 냄새는 점심시간이라는 신호다. 그의 아내 파티마가 2층에서 식사 준비를 하는 중이다. 그릇 달그락거리는 소리가 귀에 닿기도 전에 사촌 타리크가 황급히 가게로 들어왔다. 타리크는 멀지 않은 곳에서 일한다. 사실 그가 운영하는 구두수선 가게는 바로 길 건너에 있다. 그는 조만간 가게를 팔고 사우디아라비아로 이주한 다음 스카이다이빙 강습소를 열 거라고 장담한다. 타리크는 스카이다이빙에 대해 아무것도 모르지만 5년 전어느 날 구두 굽을 갈러 온 남자에게서 들은 이야기가 있다. 접착제가 마르는 동안 남자는 파리에서 IT 컨설턴트로 일하다가 직업을 바꾸어 요르단에 번지점프 강습소를 열게 된 이야기를 했다. 그리고 우연히도 같은 날 한 젊은 손님이 아내와 함께 두바이로 이주했다는 이야기를 들었다. 부부는 파리에서 평범한 일을 했지만 두바이에서 왕처럼 산다고 했다. 그리하여 타리크는 스카이다이빙 강습소를 열겠다는 생각에 이르렀다. "사우디아라비아에는 하늘을 날고 싶어서 안달난 사람들이 많아." 그는 석유가 계속 생산되는 한 사우디아라비아 사람들이 얼마든지 지갑을 열 것이라고 확신했다.

타리크는 만체보와 같은 방식으로 파리를 알아 가지 않는다. 그는 종일 구두수선 가게 안에 앉아 있다. 가게 안쪽에 있는 작은방에서 담배도 자주 피운다. 만체보는 담배를 더 많이 피우고 싶어도 하루에 한 개비밖에 피울 수 없다. 파티마가 선언했기 때문이다. "식료품 가게에서 담배 냄새가 난다고 생각해봐!" 뿐만 아니라 그녀는 담배 연기에 알레르기가 있다고 주장했기 때문에 만체보는 집에서 담배를 피울 수 없었다. 그는 일주일 내내 일을 한다. 항상 집에 있는 아내가 요리 말고 무엇을 하며 시간을 보내는지 잘 모르고, 묻지도 않았다.

사촌은 일하는 곳도 가깝지만 사는 곳도 가깝다. 타리크와 그의 아내 아델은 식료품 가게 바로 위층에 살고 만체보와 파티마와 아들 아미르는 타리크의 집 위층에 산다. 두 가족은 항상 2층에서 함께 식사를 했다. 만체보는 집이 바뀌어야 한다는 의견을 여러 번 피력했다. 그의 입장에서는 타리크의 아파트에 사는 편이 훨씬 자연스러웠다. 그러면 가게를 열 때 한 층만 내려가도 되고 닫고 나서도 한 층만 올라가면 된다. 하지만 파티마는 생각이 달랐다. "당신이 하는 운동이라고는 그게 전부잖아."

만체보는 무슨 일을 하느냐는 질문을 받으면 서비스업에 종사한다고 대답한다. 더 자세히 물어오면 식료품점 주인이라고 한다. 이는 모두 사실이다. 가게가 어디에 있느냐는 질문에는 몽마르트르 아래에 있다고 대답한다. 논란의 여지가 있는 대답이다.

만체보는 하얗고 우아하며 정교한 건축물인 사크레쾨르 대성당 아래에서 살고 일한다는 사실이 마음에 들었다. 사람들은 만체보의 말을 듣고 그의 가게가 몽마르트르 골목 어딘가에 비집고 들어앉아 있다고 생각한다. 하지만 실제로는 그렇지 않다. 그의 가게에서 성당이 보이기는 하지만 멀리 지평선에 높이 솟은 모습이 보일 뿐이다. 파티마는 남편이 몽마르트르 아래에 산다고 말할 때마다 콧방귀를 끼었다. 가끔은 만체보의 귀를 세게 잡아당기기도 했는데 그때마다 만체보는 몽마르트르의 크기를 아무도 모르지 않느냐고 항변했다. 물론 그의 말이 옳다.

만체보의 일상은 파리의 냄새와 간판이 좌우한다. 그에게는 시계가 필요 없다. 하지만 자명종 시계는 가지고 있다. 자명종은 매일 아침 5시에 울린다. 15분 뒤 그는 흰색 승합차를 몰고 파리 남쪽의 헝지스로 가서 싱싱한 과일과 채소를 산다. 8시까지 파리로 돌아온 다음 르솔레이의 프랑수아에게 들러 재빨리 커피를 마신다. 그의 아침식사다.

아침 9시 정각에 만체보가 셔터를 올리면 가게는 아침 공기를 들이마신다. 그런 다음 음식 냄새가 강해질 때까지 계속 일을 한다. 그리고 셔터를 내린 뒤에 점심을 먹는다. 식사를 마치면 다시 아래층으로 내려와 두 번째로 셔터를 올린다. 셔터는 오후 늦게 만체보가 르솔레이에서 타리크와 함께 파스티스를 마실 때 다시 한번 내려간다. 그 후 가게로 돌아와서 다시 음식 냄새가 짙어질 때까지 일한다. 밤 9시가 되면 셔터가 마지막으로 내려간다.

또 하루가 끝났다. 만체보는 그날 번 돈을 세고 지폐는 고무줄로 묶어 비닐봉지에 넣었다. 진한 콩 스튜 냄새가 문틈으로 새어 들어와 살짝 벌린 입술 사이로 퍼졌다. 이렇게 건물이 내뿜는 숨결을 통해 만체보는 좌판을 걷을 시간을 알고 이를 본 타리크 역시 하루를 마감할 시간을 알았다.

매상이 그리 좋지 않다. 더위 때문에 도시가 무기력해졌다. 하지만 이제 곧 태풍이 올 것이다. 만체보는 채소 좌판 쪽 작은 초록색 문을 닫기 시작했다. 그는 항상 쓰고 다니는 작고 검은 모자를 매만졌다. 머리에 딱 맞는 이 셰시아를 쓰지 않으면 벌거벗은 기분이었다. 그는 언젠가 자신의 모자와 아델의 머릿수건이 비슷하다는 이야기를 했던 일이 떠올랐다. 둘 다 몸의 일부나 마찬가지였다. 파티마는 셰시아도 히잡도 쓸모가 없다고 생각했다. 그녀는 히잡을 쓰지 않는다. 집안일을 하는 데 방해만 된다며. 파티마는 집안일을 돕지 않는 아델 때문에 진저리가 날 때마다 히잡은 종일 라디오나 들으며 빈둥대는 사람들을 위해 만들어졌다고 힐난했다. 그때마다 아델은 일을 못하는 건 등이 아파서라고 대꾸했다. 파티마는 바로 이 등 통증 때문에 타리크와 아델 사이에 아기가 생기지 않는다고 생각한다. 등이 아픈 것 자체가 문제라기보다 등이 아파서 '아기 만드는 자세'를 할 수 없을지도 모른다는 것이다.

가끔 타리크는 오후에 가게 문을 닫고 안쪽 작은 방에서 나머지 시간을 보냈다. 그러면서도 저녁식사 시간까지 절대 가게를 떠나지 않았다. "집에 가서 여자들과 뭘 하겠어?" 그는 늘 이렇게 말했다. 만체보는 타리크가 문을 일찍 닫고 가게 안에서 뭘 하는지 모른다. 타리크는 돈 문제를 처리한다고 했지만 만체보에겐 그저 담배를 피우며 신문이나 읽는 것으로 보였다.

손님이 들어오자 만체보는 예의바르게 인사했다. 이름은 모르지만 얼굴은 아는 손님이다. 그녀는 주로 저녁에 들러 소소하게 장을 본다. 다른 대형 상점에서 장을 보고 나서 빠뜨린 게 있을 때만 오는 것 같다. 오늘은 비스킷과 콜라를 샀다. 만체보는 계산을 마치고 인사를 한 다음 문까지 배웅했다. 그녀가 나가기가 무섭게 타리크가 들어오더니 만체보의 어깨를 두드리고는 계단으로 이어지는 문을 열고 위층으로 사라졌다. 문이 열렸다 닫히자 음식 냄새가 더 진해졌다.

지극히 평범한 하루다. 만체보는 오늘도 여느 날과 다름없이 시작해 여느 날과 다름없이 지나가고 당연히 여느 날과 다름없이 끝나리라고 짐작했다. 사실 그는 짐작 같은 것도 하지 않았다. 만체보의 머릿속에는 식탁에 차려졌을 음식과 하루 한 개비 피우는 담배 생각뿐이었다. 어쩌면 파티마의 말처럼 하루가 지나면서 가장 본능적인 영역을 담당하는 뇌간이 온몸을 지배하게 되는지도 모른다. 매일 아침, 새벽시장에서 살 물건들을 헤아리는 동안에는 뇌가 빠르게 돌아갔다. 하지만 시간이 지날수록 느려졌다. 완전히 느린 박자로 넘어가는 시점은 오후 휴식 시간, 르솔레이에서 파스티스를 마실 때다.

"여보, 나 왔어." 그는 언제나처럼 이렇게 말하며 2층 아파트 현관문을 열었다. 집 안은 못 견디게 더웠다.

파티마는 주황색 스튜를 열심히 저었고 타리크는 담배 피울 시간도 없다고 투덜대면서 그날의 여섯 번째 담배에 불을 붙였다.

"들었어? 서방님이 담배 피울 시간도 없대." 파티마는 웃음을 터뜨리며 스튜를 맛봤다.

"에이, 이 게으름뱅이야." 만체보는 타리크에게 아는 체를 하고 아미르의 머리를 쓰다듬은 다음 파티마의 뺨에 입을 맞췄다.

좌식 식탁에 음식이 모두 차려지자 가족들은 카펫 위에 앉았다. 하지만 파티마는 계속 분주히 오갔다. 타리크가 그녀에게 앉으라고 손짓했다. 그러자 파티마는 그가 앉으라고 하기를 기다렸다는 듯 곧바로 앉았다. 함께 음식을 먹기 시작했다. 타리크는 담배를 껐고 아델은 히잡을 벗었다.

"이 안에 있다가는 우리 모두 간접흡연으로 죽겠군." 만체보가 투덜거렸다. 파티마를 달래는 것이 주목적이었다.

그들은 파티마의 요리 솜씨를 일제히 칭찬했다. 하지만 아델은 평소와 달리 조용했다. 그러다가 그녀는 무언가에 놀라기라도 한 듯 자리에서 벌떡 일어나 두리번거렸다.

"방금 소리 들었어요?"

파티마가 고개를 젓자 두겹진 턱이 흔들렸다. 그녀는 주걱에 묻어 있던 드레싱을 핥았다. 아미르의 핸드폰이 울리자 그녀는 아들을 향해 다른 방에 가서 받으라고 요란하게 몸짓을 했다.

"여보, 진정해. 벨 소리잖아." 타리크가 말했다.

"아니, 그 전에요. 문 두드리는 소리가 들렸……."

아델은 말을 하다 말았다. 모두에게 들리도록 큰 소리가 났기 때문이다. 그렇다. 분명 아래층에서 누군가가 셔터를 두드리고 있었다. 타리크는 일어나서 창밖을 내다보았다. 보슬비가 내리기 시작했고 대로는 비어 있었다.

"아무것도 안 보이는데."

다시 문 두드리는 소리가 들리자 만체보는 말없이 검정 셰시아를 쓰고 서둘러 내려갔다. 누가 왔을지 짐작도 안 되고 짐작하려고 애쓰지도 않았다. 너무 피곤해서 아무 생각도 나지 않았다. 그저 사태를 해결한 뒤에 편안하게 식사를 마치고 싶을 뿐이었다. 가게 밖에는 웬 여자가 서 있었다. 만체보가 문을 열고 셔터를 올리자 여자가 안으로 들어왔다. 만체보는 자기 몫의 빵은 벌써 없어졌겠다고 생각했다. 하지만 그와 동시에 자신의 생존은 훌륭한 서비스에 달려 있으며 그 서비스에는 융통성 있는 운영 시간도 포함된다고 생각했다. 그렇게 하지 않으면 손님들은 근처의 모노프리나 프랑프리에서 물건을 살 것이다. 그곳에서는 그의 가게에서 파는 물건 중 상당수를 반값에 살 수 있다. 하지만 그렇다고 해서 빵이 사라졌을 가능성이 적어지진 않는다. 여자는 마치 지금 이 상황이 이해가 가지 않는다는 듯 주위를 둘러보았고 잠시 후 미소 지었다. 만체보는 미소에 화답하지 않았다. 여자가 다시 미소 짓자 이번에는 만체보도 미소 지었다.

"찾으시는 게 있나요?"

여자는 자신이 있는 곳이 어디인지 모르겠다는 듯이 가게를 둘러보았다. 그러고 나서 다시 한 번 미소 지었지만 만체보는 못 본 체했다. 후식마저 먹지 못할까 봐 짜증이 나기 시작했다.

여자는 만체보의 인내심이 바닥나고 있다는 것을 드디어 알아차린 듯 갑자기 물건에 관심을 보였다. 그녀는 가게 안을 이리저리 쏘다녔다. 그녀의 움직임을 달리 설명할 길이 없다. 만체보는 셰시아 속 머리를 긁적이고 하품을 했다. 여자는 멈춰 섰지만 이번에는 미소 짓지 않았다. 대신 만체보를 뚫어지게 쳐다보며 올리브 병을 집어 들고 계산대로 향했다. 그녀는 올리브 병을 불쑥 내밀었다. 자신이 찾아낸 것을 자랑하듯이. 만체보가 '저희 가게에 이런 물건이 있었나요?' 하고 감탄해주기라도 바라는 듯이. 하지만 그가 아무 말도 하지 않자 여자는 들고 있던 병을 계산대에 소리 나게 내려놓았다.

"다른 필요한 건 없으신가요?"

만체보는 그녀의 행동을 어떻게 받아들여야 할지 알 수 없었다. 그녀는 세 번째로 병을 들어 올린 다음 다시 내려놓았다. 만체보가 뭔가 알아주기를 바라는 듯했다.

그녀는 다른 뜻이 있다는 듯 고개를 저었다. 이제 그녀의 시선은 거리로 향했다. 잠시 후 그녀는 갑자기 돈을 내민 뒤에 고맙다고 인사하고 올리브 병을 낚아채듯 들고 나갔다. 만체보는 문을 잠그며 고개를 저었다.

"미치광이를 만났지 뭐야." 그는 아파트 문을 열고 숨을 헐떡이며 말했다.

"내가 항상 말하잖아. 파리 사람들을 가둬 놓고 제정신인 사람들만 내보내면 백만 명이 안 될 거라고." 타리크가 대답했다.

파티마는 웃음을 터뜨리며 만체보에게 그를 위해 남겨 둔 빵을 보여주었다. 파티마 식 애정 표현이다. 만체보가 따뜻한 피타 빵을 입에 밀어 넣기 시작한 순간 또 문 두드리는 소리가 들렸다. 가족들은 서로 쳐다보았다. 잘못 들은 게 아닐까? 파티마는 인상을 찡그리며 주방으로 갔다.

셔터를 두드리는 소리가 났고 이번에는 더 필사적이었다. 하지만 만체보는 미동도 하지 않았다. 두드리는 소리가 다시 시작되자 식탁에 둘러앉은 가족들이 모두 그를 쳐다보았다. 이 일을 해결하는 것은 그의 몫이다. 만체보는 한 손에 빵을 들고 그날 다시 보고 싶지 않던 계단을 터덜터덜 내려갔다. 반쯤 내려갔을 때 셰시아를 잊었다는 것을 깨달았다. 셰시아도 쓰지 않고 낯선 사람을 맞이하는 일은 상상할 수 없었기 때문에 왁자지껄한 소리가 들리는 식탁으로 돌아갔다. 가족들은 말없이 함께하는 법이 없었다. 아델이 만체보를 흘끗 보았지만 다른 가족들은 그가 돌아온지도 몰랐다.

다시 가게로 내려간 만체보는 계산대 위의 불을 켜고 눈을 찡그린 채 셔터로 향했다. 아무도 보이지 않자 이번에는 정말 잘못 들은 걸까 의심스러워졌다. 그는 손가락으로 문틀을 두드려 보았다. 손을 멈추고 귀를 기울였지만 밖에선 얌전히 비 내리는 소리 말고는 아무것도 들리지 않았다.

만체보는 하품을 하며 불을 껐다. 하지만 돌아서는 순간 문 두드리는 소리가 들렸다. 이번에는 더 세게 두드렸다. 뭔가 단단한 것으로 셔터를 치는 것 같았다. 빌어먹을! 이번엔 또 뭐지? 조금 전에 올리브를 사 간 여자였다. 그녀의 미소는 난감하지만 어쩔 수 없다고 말하는 듯했다.

문을 열고 안전을 위해 셔터를 조금만 올렸다. 만체보의 손가락에 빗물이 떨어졌다. 그는 긴 검정 우비를 입고 검정 신발을 신은 여자를 쳐다보았다. 비에 젖어 더욱 새카매 보이는 검은 머리카락은 창백한 얼굴과 대비되었다. 그녀는 올리브 병을 들어 보였다. 병을 보여주면 셔터가 올라갈 거라 믿는 듯이. 비가 가게 안으로 들이쳤고 만체보는 이 기이한 만남이 빨리 끝나기를 바랐다.

"이번에는 뭐가 필요하신가요? 도움이 필요하세요?"

만체보는 자신의 인내심에 놀랐다. 여자는 고개를 격렬하게 끄덕였다.

"절 도와주세요. 성함이……?"

그녀는 만체보가 이름을 알려주기를 바란다는 듯이 입을 다물었다. 하지만 만체보는 그럴 생각이 눈곱만큼도 없었다.

"선생님, 도움이 필요해요. 우선 좀 들어가도 될까요?"

"오늘은 영업이 끝났습니다. 내일 아침에 다시 오시면 안 될까요?"

여자는 고개를 저었다. "안 돼요. 내일까지 기다릴 수 없어요."

여자의 목소리는 절박했다. 만체보는 그녀가 혼자라는 것을 확인했다. 밖에는 아무도 없었다.

여자는 만체보의 눈을 똑바로 쳐다보았다.

"선생님, 잠깐이면 돼요."

결국 만체보는 셔터를 올렸고 여자는 비 맞은 고양이처럼 재빠르지만 우아하게 안으로 들어왔다. 그녀는 우비에 달린 모자를 벗고 고개를 저었다. 그러고는 잠시 후 차분하고 편안하게 미소 짓더니 급박한 일은 잊었다는 듯 가게를 둘러보았다.

만체보는 어떤 긴장감을 느꼈다. 이 광경은 그의 단조로운 삶에 어울리지 않았다. 어쩌면 이번 일로 이야깃거리가 생길지도 모른다. 농담이나 이야기를 하는 쪽은 대개 타리크였다. 만체보는 타리크가 게으름뱅이라 형편없는 이야기를 읽을 시간도 있다고 놀리면서도 자신에게 이야깃거리가 없다는 사실을 통감했다.

여자가 가게에 들어선 순간 날씨의 신이 그녀만 쫓아다니는 듯 비가 그쳤다. 만체보는 그녀를 곧바로 내쫓지 않고 멀찍이서 관찰했다. 여자는 웃으면서 올리브 병을 계산대에 내려놓았다. 이미 계산을 마친 그 병을.

"제가 이걸 훔쳤다고 생각하지 않으시나요."

여자는 말도 안 되는 소리를 했다. 시간을 *끄*는 걸까? 거리로 쫓겨나기 싫어서? 하지만 밖에 뭔가 무서운 게 있다면 왜 하필 이곳으로 왔을까? 아직 영업 중인 바와 레스토랑도 많고 멀지 않은 곳에 맥도날드도 있다. 만체보의 가게는 불도 꺼져 있고 셔터도 완전히 내려져 있었다. 여자는 먼지가 쌓였는지 확인이라도 하듯 길고 하얀 손가락으로 진열된 통조림과 병을 훑었다.

"뭘 어떻게 도와드릴까요?"

그녀는 질문이 너무 이르다는 듯한 표정이었다.

"캣이라고 부르세요." 그녀는 손을 내밀었다.

만체보는 무의식중에 손을 내밀어 악수를 했다. "캣 부인?"

"그냥 캣으로 부르면 좋겠어요."

"'고양이' 할 때 캣 말인가요?"

여자는 고개를 *끄*덕였다. 만체보도 고개를 *끄*덕이며 이야기가 점점 재미있어진다고 생각했다. 이제 그는 후식으로 먹을 예정이던 케이크와 차는 완전히 잊었다.

"뭘 도와드릴까요, 캣…… 부인?"

여자는 별안간 불안한 표정을 지었다.

"절 도울 수 있는 사람은 선생님뿐이에요. 선생님은…….."

"만체보입니다."

"네, 만체보 씨. 이곳은 안심하고 이야기를 나눌 수 있는 곳인가요?"

만체보는 고개를 끄덕이고 등을 꼿꼿이 폈다. 자신이 중요한 존재가 된 듯한 이 기분이 좋았다. 예순에 가까웠지만 지금까지 누군가를 도울 수 있는 유일한 존재가 되어 본 적은 없었다. 다른 가게가 모두 문을 닫았을 때 누군가의 홈파티를 구원하기도 했고, 재료가 부족해 절반밖에 섞지 못한 반죽이나 즉흥적인 소풍에 필요한 물건을 제공하기도 했다. 하지만 누구도 그에게 도움을 줄 수 있는 '유일한 사람'이라고 한 적은 없었다.

"부탁이 있어요. 아니, 그보다 일을 제안하고 싶어요."

"저는 직업이 있는 걸요."

"바로 그렇기 때문에 이 일을 제안하려는 거예요."

만체보는 미심쩍은 표정이었다.

"만체보 씨, 이 일을 선생님만큼 잘할 수 있는 사람은 없어요."

갑자기 밖에서 웃음소리가 들렸다. 어린 연인들이 다시 내리기 시작한 빗길을 내달리는 중이었다. 캣은 화들짝 놀라 움츠러들었다가 표정을 가다듬고는 다시 만체보를 쳐다보았다.

"제 남편을 감시해주세요."

처음으로 만체보는 이 모든 일이 장난이 아닐까 생각했다. 하지만 캣의 눈을 보고서 농담이 아님을 알았다. 그녀의 표정은 누구보다 진지했다.

"감시요? 저보고 남편을 감시하라고요? 왜죠? 하고많은 사람 중에 왜 나예요? 하루 종일 알지도 못하는 사람의 뒤를 밟을 시간 같은 건 없어요. 여기서 할 일이 얼마나 많은지 알아요? 난 새벽 5시에 일어나고 자정이 되어서야 겨우 잠든다고요."

"바로 그거예요. 그래서 만체보 씨가 적임자예요. 저쪽에 있는 건물 보이시나요?"

여자가 길 건너편을 가리키자 만체보는 타리크의 구두수선집 건물을 바라보았다. 지금 두 사람이 서 있는 이 건물과 똑같았다. 1층에는 가게가 있고 2층과 3층에는 아파트가 있는 구조였다. 맞은편 건물은 단독 건물이고 한쪽에 화재 대피용 비상계단이 있다는 것만 달랐다.

"남편과 저는 저 건물 맨 위층에 살아요. 2층은 비어 있죠. 얼마 전부터 남편이 바람을 피우는 게 아닐까 의심스러웠어요. 저는 항공사 승무원으로 일하고 있어서 출장이 잦고 남편은 작가라서 집에서 일하거든요. 아니, 집에서 일했죠. 요즘 느닷없이 습관을 바꿨어요. 예전처럼 글을 많이 쓰지도 않고……. 그리고 제 친구가 낮에 남편이 돌아다니는 걸 봤대요."

"그걸로 남편이 바람을 피운다고 의심하는 건가요?"

"여자의 직감이라는 게 있어요."

만체보는 힘껏 세우고 있던 등줄기가 뻐근해지는 것을 느꼈지만 두뇌에는 생기가 돌았다. 잔뜩 흥분해서 온몸에 붉은 피를 힘차게 펌프질하고 있는 심장은 말할 것도 없었다. 그는 한 손을 들어 올려 잠깐만 기다리라는 신호를 하고는 계산대 뒤쪽에서 등받이가 없는 의자 두 개를 재빨리 가져왔다. 캣은 의자에 앉아 우비 단추를 풀었다. 만체보는 그녀가 자신을 믿는다는 신호 같아서 기분이 우쭐해졌다. 그는 의기양양한 두꺼비처럼 거드름을 피우며 의자에 앉았다.

캣의 머리카락이 마르기 시작하자 원래의 초콜릿색이 되었다. 만체보는 그녀에게 앉으라고 권하기는 했지만 그 일을 수락할 뜻은 없었다. 하지만 이야기를 더 듣고 싶었다. 이웃의 뜬소문을 매일 듣지만 이런 종류의 이야기는 처음이었다.

"남편이 이따금 낮에 외출한다는 사실 말고 외도한다는 증거가 분명 더 있을 테지요?"

"그럼요. 남편은 요즘 스트레스를 받는 것 같아요."

캣은 최근 남편이 달라진 점이 또 있는지 생각해내려는 듯 조용해졌다.

"그리고 집에 책을 가져와요."

"그래서요? 남편 분이 작가라면서요. 그게 이상하지는 않은데요."

"맞아요……. 남편은 범죄 소설을 쓰고 범죄 소설만 읽어요. 하지만 최근에는 온갖 종류의 책을 가지고 오더라고요. 어느 날에는 과일나무 가지치기 책도 가져왔어요."

"그게 왜요?"

캣은 모르겠냐는 듯 만체보를 쳐다보았다.

"우린 아파트에 살잖아요."

만체보는 수치심이 밀려왔다. 스스로 그렇게 두뇌 회전이 빠른 사람은 아니라고 인정해야 했다. 하지만 캣의 남편이 글을 쓰지 않는다는 사실이 반드시 외도를 뜻한다고 볼 수는 없지 않을까? 글을 쓰다가 막히는 경우도 있을 것이다. 게다가 낮에 밖을 돌아다닌다는 이유로 바람을 피운다고 비난할 수는 없다.

"그런데 어떻게 남편을 알아보죠?" 만체보가 물었다. 그가 명료하게 생각할 수 있는 사람이라는 것을 보여주고 싶었다.

캣은 만체보를 미심쩍은 눈길로 바라보았다.

"맞은편 건물에 사는 사람은 우리뿐이에요. 그리고 남편은 대개 갈색 모자를 쓰죠. 사립 탐정을 고용할까 하는 생각도 했어요. 몇 군데 전화까지 해봤죠. 파리에 사립 탐정이 2,037명 있다는 거 아세요?"

만체보는 고개를 저으며 이 사실을 열심히 외웠다. 나중에 르솔레이에서 뻐길 수 있는 짧고 함축적인 정보라서 마음에 들었다.

"지난 토요일에 남편이 담배 사러 나간 사이에 컴퓨터를 살펴봤어요. 그때 창밖으로 거리에 의자를 놓고 앉아 있는 선생님을 보았죠. 분명 수없이 자주 봤을 텐데 이런 생각이 든 건 그때가 처음이었어요. 선생님보다 이 일을 더 잘할 수 있는 사람은 없다는 생각이 들었어요! 아침부터 밤까지 언제나 그 자리에 앉아 있어도 아무런 의심을 받지 않을 테니까요. 게다가 할 일이 그리 많아 보이지도 않고요."

캣은 목소리를 낮추더니 만체보 가까이 몸을 기울였다.

"제가 원하는 건 그냥 몇 가지를 보고 알려주셨으면 하는 것뿐이에요. 남편이 언제 나가는지, 언제 들어오는지, 누가 아파트에 들어갔는지. 이 밖에 선생님께서 흥미롭다고 생각하는 것들도요. 비용은 충분히 드릴게요. 전문 사립 탐정이 받는 수준으로요. 현금으로 매주 화요일 아침에 이 병에 담아서 드릴게요."

그녀는 올리브 병을 들어 보였다. 만체보는 머리를 긁적이며 세시아를 벗으려다가 생각을 바꾸었다.

"돈을 올리브 병에 담아서 준다고요?"

캣은 고개를 끄덕였다.

"저는 이 동네에 오래 살았어요. 선생님께서 매주 일요일 저녁에 빈 병을 내놓는다는 정도는 알아요. 맞죠? 그러니까 빈 올리브 병에 일주일 간 있었던 일을 써서 넣어두면 다음 날 아침 7시 전에 제가 가져갈게요. 새로운 올리브는 매주 화요일 아침 가게 문 열기 전에 도착하잖아요. 그 안에 돈이 든 병을 넣어 둘게요."

만체보는 다시 머리를 긁적였다.

"만체보 씨, 미안하지만 지금 바로 대답해주세요. 이 일을 하시겠어요?"

2

이상하게도 카페에 앉아 있다는 사실이 그다지 특별하게 느껴지지 않았다. 이렇게나 시원하고 멀쩡한 카페에 앉아 있는데도. 마지막으로 카페에 갔을 때 나는 아프리카에서 HSBC 사건을 취재 중이었다. HSBC는 고객의 자금을 스위스에 은닉해 수억 달러의 세금 탈루를 도왔다.

그 큰 사건을 나 혼자 취재하지는 않았다. 45개국의 기자 140명이 함께였지만 일 자체는 혼자 했다. 취재가 막바지에 이르자 〈르몽드〉의 빡빡한 발행 일정 때문에 밤낮으로 일해야 했다. 취재가 진행될수록 더 많은 것들이 밝혀졌다. HSBC는 아프리카의 소년병에게 무기를 공급하는 무기거래상과도 거래했다. 사건이 커지자 압박도 심해졌다.

나는 원점인 카페로 돌아와 새로운 취잿거리를 찾는 중이다. 가방에는 만일의 사태를 대비한 처방약도 있다. HSBC 사건을 취재하는 수개월 동안 나는 내가 써낸 기사가 진가를 발휘하기를 바랐다. 마침내 뜻대로 되었고, 그러자 불현듯 모든 것이 무의미하게 느껴졌다. 그리고 무너졌다.

그 전에도 잠을 잘 못 자거나 낯선 질병에 걸리는 등 경고 징후
는 있었다. 진단 결과는 극도의 피로로 인한 우울증. 하지만 나는
우울하지 않았다. 그저 매사에 관심이 없을 뿐. 의사들은 신경안정
제를 처방했다. 그들이 장담하는 효과를 볼만큼 오래 복용하지는
않았다.

그가 카페에 들어올 때는 이상한 점이 하나도 없었다. 하지만 잠
시 후 그는 선택받은 자라도 되는 양 카페 한복판에 멈춰 섰다. 그
러고는 사람들을 하나하나 재빨리 살펴보았다. 나는 그를 흘끗 보
았다. 남자의 눈에는 이상하지만 매력적인 불안, 희망, 고집 같은
것들이 섞여 있었다. 계산대 가까이에 있는 손님들까지 훑어본 그
는 가까운 곳에 앉아 있는 사람들에게 다가갔다. 잠시 후 그는 나
를 똑바로 쳐다보았고 나는 가볍게 그의 시선을 응시했다. 남자는
다시 주변을 살폈고 그가 여자를 찾고 있다는 생각이 들었다. 흥미
를 잃은 나는 시선을 내리고 다시 일을 하기 시작했다.

"부인, 혹시 벨리비에 씨를 기다리고 계신가요?"

그의 말투는 정중했고 굳이 대답이 필요하지 않은 듯했다. 질문
이라기보다는 인사나 알림말 또는 암호 같았다. 희망이나 사사로
운 감정이 느껴지지 않는 목소리였다. 나는 무의식적으로 고개를
저었다. 그러자 남자는 생각을 바꿀 시간을 주겠다는 듯이 나를 쳐
다보았다. 그는 몇 걸음 물러나더니 아까 서 있던 곳으로 돌아갔
다. 그런 다음 다시 손님들을 훑어보기 시작했다.

나는 그를 유심히 보았고 그럴수록 벨리비에 씨를 기다리는 사

람이 여자라는 확신이 들었다. 그가 남자들에게겐 관심을 기울이지 않았기 때문이다.

남자는 다른 여자에게 향했고 그가 무슨 말을 하는지 들리지 않았지만 나는 아까와 같은 질문을 했으리라 확신했다. 여자는 고개를 저었다. 나는 쓰고 있던 문장에 마침표를 찍고 여자를 관찰했다. 그녀는 앞머리를 무겁게 내린 짧은 갈색 머리였다. 마치 나처럼. 이제 남자는 약간 초조한 것 같았다. 그가 벨리비에 씨일까? 아니면 그냥 대리인일까?

남자는 다시 단호한 표정으로 카페 한복판에 섰다. 그때 뭔가 머릿속을 스쳐 갔다. 지극히 흔해 빠진 생각이었지만 나는 두려움과 매력을 동시에 느꼈다. 남자가 찾는 여자는 이곳에 오기로 되어 있다. 나는 그를 향해 손을 흔들었다. 첫 번째 단계였다. 손은 아주 살짝만 움직였다. 남자는 조금 놀란 것 같았지만 바로 내게 다가왔다. 나는 그에게 속삭였다.

"사실 제가 벨리비에 씨를 기다리고 있어요."

남자는 손을 내밀었고 우리는 악수를 했다. 하지만 서로 이름을 밝히진 않았다. 그가 자기소개를 하지 않아서 잠시 이상했지만 그가 벨리비에 씨라서 그런 것이 틀림없다는 생각이 들었다. 그렇다면 나를 소개할 필요도 없다. 그는 자신을 기다리는 사람이 누구인지 잘 알 테니까. 따라서 말없이 악수만 하는 것이 가장 적합한 인사다. 그가 악수를 청한 것으로 보아 우리는 사적으로 만난 사이는 아니다. 사적인 자리였다면 내 뺨에 입을 맞추었겠지. 그러니 이 만남은 일과 관련된 것이다.

이제 됐다. 나는 갑작스러운 충동이 만족스러웠다. 하지만 좀 더 장난을 쳐볼까 하는 생각이 나를 유혹했다. 몇 단계 더 나가는 것도 괜찮을 것 같았다. 어차피 대화를 나누기 시작하면 찾던 사람이 내가 아니라는 걸 알게 되겠지.

나는 노트북을 닫았다. 게임 상대에게 내가 누구인지 알리고 싶지 않았다. 내가 자신이 찾던 여자가 아니라는 걸 알면 그가 화를 낼 수도 있으니 내 정체를 모르는 편이 나을 것이다. 남자는 감시 당하는지 확인이라도 하듯이 갑자기 주위를 둘러보았다. 그는 내 맞은편 의자에 앉아 바지를 약간 매만졌고 그동안 나는 휴대폰을 가방에 넣었다.

남자는 일어나더니 커피나 차가 필요하냐고 물었다. 나는 목소리를 들려주고 싶지 않아서 고개만 저었다. 우리는 통화를 해본 사이일까? 그는 주문하는 곳으로 갔다. 그가 자리를 뜨자 내가 앉아 있는 초록색 의자가 커진 것 같았다. 아까까지 안전하고 안락한 느낌을 주던 의자가 갑자기 너무 크게 느껴졌다.

남자는 커피에 설탕을 넣고 저었다. 나는 말없이 앉아 있었다. 이 모든 사태를 중단할 방법을 생각해내려고 애썼지만 이 남자가 누구인지, 벨리비에 씨를 기다리기로 되어 있는 사람은 어떤 사람인지에 관한 궁금증이 더 컸다. 혹시 이 남자는 데이트 상대를 기다린 걸까? 온라인에서 만났거나…… 아니면 좀 더 비용이 드는 상대와 이곳에서 만난 다음 호텔로 가려는 걸까?

"오래 기다리셨나요?"

예의상 묻는 말인지 함정이 숨어 있는 질문인지 알 수 없었다. 그는 한 시간쯤 늦은 것일 수도, 일찍 온 것일 수도 있다.

"좀 일찍 오고 싶었어요." 내가 대답했다. 이번에는 목소리를 들려줄 수밖에 없었다.

남자는 살짝 웃음을 참는 듯했다. 하지만 바로 무표정으로 돌아갔다.

"벨리비에 씨가 보내서 왔다는 설명을 먼저 해야겠군요. 안타깝게도 직접 오실 수가 없었어요. 하지만 분명 만날 기회가 있을 겁니다."

그러니까 내 맞은편 남자는 벨리비에 씨가 아니다. 하지만 이 정보는 그다지 도움이 되지 않았다. 이 남자는 누구라도 될 수 있다. 다시 말해 정보는 거의 늘지 않았다.

"이 일을 맡아주셔서 정말 기쁘군요."

일을 맡았다고? 그러니까 뭔가 해야 할 일이 있는 모양이군. 내 머릿속은 아까의 콜걸 생각으로 돌아갔다.

"피곤하신가요?"

나는 고개를 젓고 미소 지었다.

"음, 그곳을 먼저 보여드리는 게 좋겠어요. 도착하면 전부 설명해드릴게요."

남자는 카페 문을 열었고 우리는 열기 속으로 나갔다. 내가 파리 상업지구에 위치한 이 카페에서 일하는 가장 큰 이유는 냉방이 잘되기 때문이다. 카페에서 일하면 현실 세계에 섞인 듯하고 내가 정상이라고 느껴지기 때문이기도 했다.

에스컬레이터를 타고 쇼핑센터로 가는 동안 나는 그를 몰래 살피며 어떻게 하면 이 상황에서 자연스럽게 빠져나갈 수 있을까 궁리했다. 내가 진짜로 만나기로 한 사람에게 문자를 받은 척하고 모두 오해였다고 사과할까? 아니면 아픈 척을……

"다 왔어요." 남자는 미소 지으며 말했다.

어느새 우리는 라데팡스에서 가장 높은 건물인 아레바 앞에 서 있었다. 콜걸이라는 상상은 접었다. 아레바는 프랑스 굴지의 에너지 기업이다. 미심쩍은 사업 관행 때문에 최근 뉴스에 오르내렸지만. 아프리카에서 HSBC 사건을 취재하는 동안 이 회사의 이름도 자주 발견했다.

벨리비에 씨가 일하는 곳일까? 기밀문서에 접근하게 될까? 이 내용이 특종이 될까? 호기심이 일자 두려움이 약간 누그러졌다. 나는 더 알고 싶었다. 남자는 회전문을 통과해 널찍한 안내데스크로 가더니 직원과 몇 마디 나누었다. 그리고 생각보다 빨리 출입증을 가지고 돌아왔다.

"잃어버리면 안 됩니다."

나는 내가 누구인지 확인하려고 출입증을 뒤집었다. 혹시라도 내 진짜 이름이 쓰여 있으면 어쩌나 불안해하면서. 하지만 이름은 없고 직함만 있었다. 파란색 출입증에는 '영업부장'이라고 쓰여 있었다. 남자는 내 표정을 살피더니 지금까지 했던 말 중 가장 아리송한 말을 했다.

"그분은 유머 감각이 있어요."

확신할 수는 없지만 그분이란 벨리비에 씨를 뜻할 것이다. 그 말인 즉 나는 실제로 영업부장이 아니라는 뜻이다. 기밀문서를 볼 수 있을지도 모른다는 생각이 더 커졌다.

남자도 출입증을 가지고 있었고 거기에 뭐라고 쓰여 있는지 보려 했지만 실패했다. 그가 출입증을 단말기에 가볍게 대자 삑 소리가 나고 차단막이 열렸다. 그는 그곳을 통과해 건너편으로 갔다. 나도 똑같이 했다. 자연스럽게 이 상황을 벗어날 기회는 이미 놓쳤으니 최대한 자연스럽게 상황에 몰입하는 수밖에 없었다.

우리는 엘리베이터를 기다렸다. 몇 사람이 줄을 서 있었기 때문에 남자와 단 둘이 있지 않아도 됐다. 바로 그 순간, 엘리베이터 앞에 서 있는 동안 갑자기 일을 하고 싶은 의욕이 돌아왔다. 이런 느낌은 오랜만이었다.

우리는 정장을 입은 남자 둘과 빨간색 원피스를 입은 여자 한 명과 함께 엘리베이터에 탔다. 여자의 아름다운 다리는 밝은 빨간색과 대비되어 비현실적으로 보였다. 남자는 최상층 버튼을 눌렀다. 이로써 기밀문서에 관한 내 가설은 사실에 한층 가까워졌다. 기밀문서라면 필시 눈에 띄지 않는 곳에 보관되어 있을 테니까. 남자 둘은 우리에게 인사를 건넨 뒤 엘리베이터에서 내렸다. 우리는 계속 올라갔다. 날씬한 다리도 우리를 떠났다. 나는 출입증을 움켜쥐고 있었다.

처음으로 우리는 단 둘이 남았고 남자는 긴장한 것 같았다. 어쩌면 자신이 아닌 다른 사람인 척 애써 연기하는 사람은 나뿐만이 아닌지도 모른다. 시간은 더디게 흘렀다. 하지만 엘리베이터란 모두 멈추기 마련이고 이것도 예외는 아니었다. 문이 열리자 남자는 내게 먼저 내리라고 과장되게 손짓했다. 복도는 조용했다. 아무도 보이지 않았다.

문 하나에는 비상구 표시가 있었다. 엘리베이터에서 멀지 않은 문이었다. 하지만 저 문이 잠겨 있으면 어쩌지? 당혹감에 휩쓸린 나는 비상구를 향해 달리기 시작했다. 문손잡이를 돌려 열자 사람들이 웅성거리는 소리가 들렸다. 나는 뒤를 돌아보았다. 남자는 나를 막으려는 시도조차 하지 않았다. 그는 놀란 눈으로 나를 보며 엘리베이터 앞에 가만히 서 있었다. 나는 숨을 몰아쉬었다. 아래를 내려다보며 몇 계단 내려가자 커피 한 잔을 들고 황급히 지나가는 정장 입은 남자가 보였다.

나는 다시 올라갔다. 바로 아래에서 수백 명이 일하고 있었기 때문이다. 나는 그들에게 쉽게 다가갈 수 있고 그들도 내게 쉽게 다가올 수 있다.

"죄송합니다. 가끔 이래요. 폐소공포증이 있어서요. 엘리베이터는 정말 힘들어요. 실례가 많았네요."

나는 남자를 따라 복도를 걸어갔다. 양 옆에는 창이 달린 문이 있고 블라인드 사이로 넓은 회의실이 보였다.

"여기에요." 그가 문 하나를 가리키며 말했다.

나는 걸음을 멈췄다. 그는 똑같이 생긴 열쇠 두 개를 꺼내더니 그중 하나로 문을 열었다. 그가 먼저 들어갔다. 나는 문간에서 서성댔다. 가운데에 회의 탁자가 있는 넓은 방이었다. 창문 앞에는 컴퓨터가 놓인 낮은 책상이 있었고 그 옆에 낡아빠진 회전의자가 하나 놓여 있었다. 몇 안 되는 가구는 상태가 안 좋아 보였다. 컴퓨터도 중고 같았다.

남자는 창밖을 흘끗 보았다.

"간소해서 아쉽지만 정리는 깨끗하게 되어 있습니다. 청소부가 매일 청소하거든요. 혼자서 쓰실 곳이지만 휴지통도 비워야 할 테고 이따금 바닥도 청소해야 하니까요."

이 시점에서 고맙다고 해야 할까? 나는 아무 말도 하지 않았다. 그는 열쇠고리에서 열쇠를 하나 빼더니 내게 건넸다. 내가 열쇠를 받자 그는 안도한 것 같았다. 마치 내가 그의 짐을 덜어주기라도 한 듯이.

"자, 그럼 이제 설명을 해야겠군요." 그는 팔을 활짝 벌렸다. "분명 창밖 풍경에는 불만이 없으실 겁니다. 여기에서는 몽마르트르 아래까지 훤히 다 보이죠. 저기 사크레쾨르 대성당이 보이시나요?"

대성당 얘기는 분명 나를 방 안으로 끌어들이기 위한 것이었다. 나는 초대에 응했다. 창밖 풍경은 장관이었다. 우리는 잠시 바깥으로 보이는 파리를 보았고 유리창에서 눈이 마주쳤다. 그는 돌아보았고 나는 계속해서 창문에 비친 낯선 여자를 바라보았다.

"자, 그럼……." 그는 자신의 가방에서 서류를 꺼냈다.

"직접 읽어보신 다음 제게 질문을 하시는 게 가장 좋을 것 같군요. 저는 커피를 좀 가져올게요. 참, 커피 기계는 아래층에 있어요."

조금 전까지만 해도 나는 정체가 조금이라도 드러날까 봐 전전긍긍하며 카페에 앉아 있었다. 그런데 지금은 정체불명의 고용주가 커피를 가지러 간 사이 계약서처럼 보이는 걸 읽으려 하고 있다니. 남자가 문을 열어 놓고 가서 고마웠다. 나는 휴대폰을 꺼냈다. 어느새 휴대폰은 위협이 아니라 안전의 근원이 되었다. 물론 자리에서 일어나야 할 일이 생길 경우 누구에게 전화해야 할지는 몰랐지만. 어쨌든 나는 휴대폰이 켜져 있다는 걸 확인한 뒤에 서류를 읽기 시작했다.

잘 쓴 계약서였고 이해하기 쉬웠지만 내가 궁금한 사항에는 하나도 답을 주지 않았다. 계약서에 명시된 내 근무 시간은 적당했다. 그들 나름의 논리가 있는 모양이다. 계약서에 따르면 나는 이 건물의 여느 사람들보다 늦게 출근하고 일반적인 퇴근 시간 전에 퇴근할 수 있었다.

계약 기간은 3주. 퇴직 통보 기간에 대한 내용은 없을만한 이유가 분명했고 내 업무가 무엇인지는 명시되어 있었다. 급여는 굵은 글씨로 되어 있었다. 상당히 많은 액수였다. 내가 기사를 써서 받는 일반적인 비용보다 훨씬 높았다.

나는 카페에서 하던 것처럼 평소에 하던 일도 계속 할 수 있고 어쩌면 흥미로운 취잿거리를 찾아낼지도 모른다. 약속된 돈을 받을 수 있을지는 의심스러웠지만 만약 받게 되면 아들과 함께 여행을 떠나기로 마음먹었다. 그렇게 하지 않으면 아들은 여름 내내 파리에 처박혀 있을 테니까.

사크레쾨르 대성당을 물끄러미 바라보고 있을 때 문 두드리는 소리가 들렸다. 나는 깜짝 놀랐다.

"놀라게 해서 미안합니다만 이 사무실에 익숙해져야 할 겁니다."

남자는 종이컵에 담긴 커피를 두 잔 가져왔다. 이상하게도 그를 다시 보자 반가웠다. 적어도 그는 살아 있는 실제 인간이니까. 이름이나 잘 보이지 않는 필체의 서명으로만 존재하는 사람이 아니었다. 문득 그가 나보다 더 실재적 존재처럼 느껴졌다. 나는 내가 누구인지 몰랐고 계약서를 읽고 난 지금은 더욱 혼란스러웠다.

"자, 짐작하시겠지만 여유 시간이 충분합니다. 일이 많지 않거든요. 머리를 써야 하는 일도 아니고, 스트레스가 심한 일도 아니에요. 다른 일을 할 시간이 많을 겁니다."

남자는 탁자 아래에 놓인 갈색 종이 상자를 가리켰다. 나는 상자가 있는 줄도 몰랐다. 우리가 처음 이 방에 들어왔을 때부터 있던 상자인지 의심스러웠다.

"독서를 좋아하신다고 들었어요. 벨리비에 씨가 책을 한 상자 주시더군요. 그럼 별다른 의견은 없으신가요?"

나는 알아보기 힘들게 서명했다. 계약서의 경우 대개 서명 아래에 이름을 적는다는 생각은 하지 못했다. 남자는 계약서를 가져갔고 나는 바깥 풍경에 대해 몇 마디 건네며 서명을 확인하는 그의 주의를 산만하게 했다.

"좋습니다. 이것으로 다 됐군요. 우리가 다시 만나지 못할 수도 있으니 미리 행운을 빌겠습니다. 분명 다 잘될 겁니다."

나는 고개를 끄덕였다.

"일은 내일 아침부터 시작하시면 됩니다."

"혹시 질문이 있으면, 아니 컴퓨터가 고장 난다든지 무슨 일이 생기면 연락할 사람이 있나요?"

처음으로 그는 대본 속에서 방향을 잃었다. 그는 경로를 바꾸었다. 이제 우리는 서로 다른 연극을 하게 되었다.

"잘못될 일은 없을 겁니다. 모든 것이 잘 돌아갈 거예요. 하지만 혹시라도 무슨 일이 생기더라도…… 외부인과 연락하지 않는 것이 중요합니다. 장담하건대 문제가 생기면 벨리비에 씨가 곧 알아차리고 연락할 겁니다."

우리는 함께 엘리베이터까지 걸어갔다. 아레바 직원이 와서 여기서 뭘 하냐고 물어보면 어떡하지? 묻지는 않았지만 만약 물었대도 남자는 '이곳에는 아무도 올라오지 않습니다.'라고 대답할 것이 뻔했다. 아마 그 말이 옳을 것이다. 엘리베이터가 도착했다.

"예전에 이곳에 누가 살았는지 아세요? 꼭대기 층 전부가 그의 아파트였죠."

나는 고개를 저었고 벨리비에 씨가 살았을 것이라고 섣불리 추측하지 않았다.

"아레바가 입주하기 전에는 프라마톰이 건물을 소유했어요. 그 전에는 피아트 소유였고요. 피아트의 최고경영자 조반니 아넬리가 꼭대기 층을 개인 거처로 사용했어요."

길이로 보나 내용으로 보나 엘리베이터 안에서 나누기에 적당한 이야기였다. 그런 목적으로 대본에 쓰여 있는지도 몰랐다.

"이 건물에서 일하는 사람들과는 접촉하지 않는 편이 좋습니다. 뭐랄까…… 최대한 눈에 띄지 않아야 해요. 이해하시리라 믿습니다."

나는 이해했다.

3

만체보는 파티마가 흔드는 바람에 잠에서 깼다. 지난 28년 사이에 그가 늦잠을 잔 것은 이번이 고작 세 번째였다. 시계를 보니 6시 59분이었다. 그는 욕을 하고 또 했다.

파티마는 일어나서 슬리퍼를 꿰어 신고 이리저리 왔다 갔다 하며 남편의 바지를 찾았다.

"도대체 옷을 어디에 벗어 놓은 거야?"

만체보는 소파에서 바지를 찾았고 이번에는 자동차 열쇠를 찾느라 집 안을 발칵 뒤집었다.

"여보, 진정해. 당신이 초밥집을 운영하는 것도 아니잖아."

만체보가 아내에게 늘 말하듯이 초밥집 주인은 형지스에 1등으로 도착해야 한다. 싱싱한 생선은 빨리 팔리니까. 기름기가 풍부한 참치는 더욱 그렇다.

그는 맞은편 아파트를 재빨리 보았지만 창문이 모두 캄캄했다. 아미르가 침실을 지나가며 피곤한 눈으로 아버지를 보았다.

마침내 승합차에 탄 만체보는 열쇠를 꽂고 시동을 걸려다가 멈칫했다. 지금 헝지스에 갔다 오면 아무리 빨라도 3시간은 걸릴 것이다. 교통 상황에 따라 더 늦어질 수도 있다. 그는 자기 생김새를 확인이라도 하듯 거울을 들여다보았고 까칠하게 자란 수염을 어루만졌다. 만체보는 다시 생각해 보았다. 헝지스에 갔다오면 10시는 넘어야 가게 문을 열 수 있다. 캣은 원래 가게 문 여는 시간을 알고 있다. 그가 첫날부터 일을 빼먹었다는 걸 그녀가 알게 된다면? 하지만 헝지스에 가지 않으면 가게를 시작한 이래 처음으로 주중인데도 신선한 과일과 채소를 팔지 못하게 된다. 그는 캣의 초록색 눈동자가 떠오르자 차에서 내렸다. 이 일이 다 끝나면 가족들에게도 설명할 수 있으리라 생각했다.

그는 가게 문을 열었다. 셔터도 올렸다. 그리고 과일과 채소를 진열하고 털을 엉망으로 다듬은 흰색 푸들을 데리고 지나가는 브루네트 씨에게 인사를 건넸다. 그가 매일 하는 일들이다. 하지만 활력과 집중력이 평소와 달랐다. 오늘은 평범한 날이 아니었기 때문이다. 그는 맞은편 건물에 집중했다.

도시는 아직 잠들어 있었다. 비 냄새를 맡자 만체보는 어젯밤 일이 떠올라 슬며시 미소 지었다. 어쨌든 이미 벌어진 일이다. 캣이라는 이름의 여자를 만났고 그녀는 그에게 사립 탐정이 되어 남편을 감시해 달라고 부탁했다. 누구도 그에게서 이 일을 빼앗을 수는 없다. 설령 첫날에 해고당하거나 모자 쓴 작가가 영영 나타나지 않을지라도 이야깃거리는 건질 수 있다.

'좋았어, 이제 시작이야.' 그는 이렇게 생각하며 약간 시든 사과를 내놓고 싱싱해 보이도록 분무기로 물을 뿌렸다. 도시는 여느 대도시가 그렇듯 깨어나고 있었다. 천천히, 수많은 사람들을 맞이할 준비를 하듯이. 이제 지붕 위에서 태양이 빛났다. 비가 그친 뒤에야 오는 화창한 날이 밝았다.

당근은 대부분 쓰레기통으로 직행했고 토마토 역시 상태가 좋지 않았다. 피망을 분류하던 중 무언가가 만체보의 관심을 끌었다. 이렇게 이른 시간에는 매사를 훤히 꿰뚫을 수 있었다. 바닥에 뒹구는 나뭇잎까지도.

검은색 옷을 입은 덩치 좋은 여자가 발을 끌며 길을 건너고 있었다. 그는 잠시 여자를 쳐다보고 나서야 그녀가 파티마라는 것을 알아차렸다. 만체보는 이 아침에 파티마가 외출할 거라곤 생각해보지 못했다. 당연히 집에 있을 거라고 짐작한 이유는 잘 모르겠다. 그녀가 외출한다는 말을 하지 않아서인 것도 같고, 또 그녀가 매일 있었던 일을 하나도 빼놓지 않고 이야기한다고 생각해서인 것도 같다. 만체보는 인도까지 나가서 대로를 건너는 아내의 모습을 지켜보았다. 그때 이상한 일이 일어났다. 뒤통수에 눈이라도 달린 듯이 파티마가 갑자기 고개를 돌려 피망을 든 채 서 있는 남편을 쳐다보았다.

"왜 거기 있어?" 그녀가 가게를 향해 다가오며 소리쳤다.

만체보는 지금은 자신이 가게에 있어서는 안 될 시간이라는 사실을 잠시 잊고 있었다. 고작 아침 8시였으니까. 그가 신선한 과일과 채소를 잔뜩 싣고 헝지스에서 돌아오는 고속도로에 있을 시간이었다. 하지만 만체보는 탐정이 의례 그렇듯 재빨리 기지를 발휘했다.

"차가 녹슬었는지 시동이 안 걸리더라고. 엔진이 털털거리면서 이상한 소리를 내더니 바로 꺼져버렸지 뭐야. 큰일이야. 손님들이 뭐라고 할까? 와서 이 채소들 좀 봐!"

그는 만전을 기하기 위해 뺨에 흐른 눈물을 닦아내는 척했다. 파티마는 채소를 살펴보더니 화를 내며 당근 몇 개를 골라냈다.

"저 고물 덩어리가 멈춰버릴 거라고 했잖아. 내일은 어쩔 거야?"

"내일?"

"그래. 내일은 헝지스에 어떻게 갈 거냐고."

"음, 그게…… 오늘 중으로 해결해 보려고."

만체보는 난감한 상황에서 벗어나는 데 너무 몰입한 나머지 아내가 왜 이렇게 일찍 외출했는지 묻는 것을 잊어버렸다.

"사과도 상태가 안 좋네. 못 팔겠어." 파티마가 분무기를 빼앗으며 말했다.

만체보는 갑자기 화가 났다. 그의 말이 사실이라고 해도, 정말 차가 고장 나서 헝지스에 다녀올 수 없었다고 해도 파티마가 그에게 화를 내서는 안 될 일이다. 그녀는 안타까워해야 마땅하다. 그렇지 않은가?

"그런데 이렇게 일찍 어딜 가는 거야?"

파티마는 그를 보며 고개를 저었다.

"일찍이라니? 차 소리가 들렸어. 털털대는 소리가 엄청나던데. 당신 말처럼. 발코니에서 양탄자 털다가 그 소리를 듣고 내려온 거야. 그게 뭐 그리 이상한가?"

만체보는 아내가 핸드백을 들고 있는 것을 알아차렸다. 게다가 아까는 분명 길을 건너고 있지 않았는가. 하지만 그는 입을 다물었다. 파티마가 무섭기도 했고 이제부터 조심해야 하기 때문이기도 했다.

가게 앞 거리에서 가벼운 싸움이 나는 바람에 만체보는 지나가는 사람을 모두 살피기가 힘들었다. 갈색 모자는 보이지 않았다. 아직 10시도 안 됐는데 그의 배가 요동쳤다. 아침에 늘 마시는 커피를 마시지 못해서인 것 같았다. 뜨거운 커피에는 점심시간까지 위를 진정시키는 효력이 있었다. 그는 맞은 편 건물을 다시 한 번 올려다보았지만 캄캄했다. 그때 집과 연결된 계단에서 발소리가 들리더니 타리크가 허둥지둥 나타났다.

"차 얘기 들었어. 골칫거리가 생겼네. 라파엘에게 들러서 봐달라고 할까?"

라파엘은 타리크와 가장 친한 친구이자 전기기술자로 뭐든 고치는 재주가 있었다. 그가 가장 최근에 고친 물건은 파티마의 족욕기다. 다시는 쓰지 못할 줄 알고 구석에서 먼지만 뒤집어쓰고 있던 물건이었다.

"아니야, 내가 전화할게. 내가 먼저 고쳐보고 나서. 가게에 퇴비만 쌓여 있으니 오늘은 한가할 거야."

"정말 운이 없었네."

"그러게."

타리크는 담배에 불을 붙이고 길을 건넜다. 오늘 처음 피우는 담배는 분명 아니었다. 만체보는 문득 타리크가 작가를 알지도 모른다는 생각이 들었다. 타리크의 가게 건물에 사는 사람이니 말이다. 어쩌면 단골일지도 모른다. 하지만 만체보는 타리크에게서 위층에 사는 손님 얘기나 이따금 들르는 손님 중 작가가 있다는 얘기를 들은 적이 없다. 이상한 일이다. 누구에게나 가끔 구두 굽을 갈거나 열쇠를 복사할 일이 생길 텐데. 사람들은 그럴 때마다 가장 가까운 구두수선집을 찾아간다.

아무 일도 일어나지 않으면 캣에게 뭐라고 하지? 아무런 사건 없이, 길 건너편에서 눈에 띄는 일이 일어나지 않은 채 오전이 지나고 있었다. 서서히 음식 냄새가 퍼졌다. 만체보는 너무 배가 고픈 나머지 속이 울렁거렸다. 그는 과일과 채소 좌판을 들여놓았고 맞은 편 건물을 계속 주시했다. 지금까지는 말할 거리가 없었다. 타리크가 건너와서 셔터 내리는 것을 도와주었다. 두 사람은 말없이 음식 냄새가 나는 위층으로 올라갔다. 결코 평소와 같지 않은 날에 평소와 다름없이 차려진 점심식사가 있는 곳으로.

식탁에 앉으면서도 만체보는 창밖으로 맞은편 건물을 살폈다. 첫날부터 뭔가를 놓칠 수는 없었다. 가족들이 하나 둘 모여들어 말없이 식탁에 둘러앉자 만체보는 문득 평소에도 이렇게 앉았나 하는 생각이 들었다. 모두 자신의 자리에 앉았다. 만체보는 창을 등지고 타리크 옆에 앉았다.

만체보는 왜 이 자리에만 앉게 되었는지, 다른 가족들은 왜 지금의 자리에 앉게 되었는지 기억나지 않았다. 하지만 그가 기억하는 한 자리 배치는 늘 지금과 같았다. 아델은 한쪽 끝에, 아미르는 타리크 맞은편에, 파티마는 만체보 맞은편에 앉았다. 어쩌면 이 자리

배치가 논리적인지도 모른다. 파티마의 자리는 주방에서 가장 가깝다. 준비한 음식을 가지고 오느라 주방을 드나들 때 다른 사람들에게 방해가 되지 않아야 하기 때문이다. 아미르는 파티마 옆자리였다. 집에 늦게 오는 경우가 많기 때문에 다른 사람들을 지나가서 앉지 않는 자리여야 했다.

식탁 끝자리에 앉은 아델은 모든 사람과 모든 상황을 관찰할 수 있었다. 왜 그녀가 그래야 하는지는 알 수 없었지만. 만체보는 이마에 흐르는 땀을 닦으며 가족들을 유심히 살펴보았다. 모두 낯설게 느껴졌다. 이런 기분은 처음이었다. 물론 전에는 비밀이 없었다. 만체보는 빠르게 달라지는 대화 주제를 따라갈 수 없었지만 정신을 차려야 했다. 평소처럼 행동하는 것도 임무 중 하나다. 그리고 어려운 일이었다. 무엇보다 오른쪽 눈꺼풀이 제멋대로 씰룩대기 시작했고 잔에 담긴 물을 쏟았으며 여름에 튀니지에 가느냐는 아델의 질문을 거듭 듣지 못했다.

'이러고 앉아 있을 순 없어. 내겐 해야 할 일이 있으니까.'

그는 일어나서 아직 도착하지 않은 아미르의 자리에 앉았다. 마치 범죄를 저지르거나 다른 대륙으로 이주하는 기분이었다. 식탁은 바다가 되었고 조금 전까지 그가 늘 앉던 자리는 바다 건너편이 되어버렸다. 타리크는 피곤한 눈빛으로 쳐다보더니 담배에 불을 붙였다.

"뭐하는 거야?" 그가 물었다.

"뭐하는 거냐고?"

"응. 왜 거기 앉아?"

파티마가 김이 무럭무럭 나는 밥을 들고 왔다.

대담하게 행동하려면 집중해야 했고 만체보는 그 어느 때보다 집중했다. 아델은 만체보를 흘끔 보았지만 아무 말도 하지 않았다.

"왜 여기 앉았어?" 파티마가 남편 옆에 앉으며 똑같이 물었다.

"내 얼굴을 더 보고 싶은가 봐요." 타리크가 웃었다. "하루 종일 봐도 충분하지 않은가 보죠."

"자리에 무슨 짓이라도 했어?"

파티마는 뭔가를 흘렸거나 다른 이유가 있는지 보기 위해 만체보가 원래 앉았던 자리를 살폈다.

"풍서라고 하지."

만체보의 말을 들은 타리크는 담배를 비벼 끄며 다른 사람들을 향해 미소 지었다.

"풍수예요." 아델이 웃음을 터뜨리며 말했다.

파티마는 남편을 노려보았다.

"우리 자리 배치나 내 자리가 그리 좋지 않아. 노인 둘이 한쪽에 모여 앉았고 아미르가 안 오는 바람에 이쪽은 비어 있었지. 그리고 창문은 저기에 있고…… 어쨌든 풍수가 나빠."

"이렇게 하면 더 좋아져요?" 아델이 물었다. 정말 궁금한 것 같았다.

"내가 여기에 오면 남자와 여자가 같은 쪽에 앉게 되지. 맞은편도 마찬가지로 남녀가 앉아야 해. 그러니 제수씨가 타리크 옆으로 가고 아미르가 오면 식탁 끝에 앉게 해야 해."

만체보는 어떻게 이런 말을 생각해냈는지 알 수 없었지만 몇 주

전에 아델이 전혀 관심 없어 보이는 파티마에게 풍수를 설명한 적이 있었다. 그때 파티마가 너무 노골적으로 무관심했기 때문에 만체보는 아델이 안쓰러워서 관심이 있는 척했다. 성의껏 이야기에 귀를 기울이고 의례적인 질문 몇 가지도 했다. 연민에서 비롯된 행동이 결실을 맺는 순간이었다.

"풍수에 대해서 뭘 알긴 해?" 파티마가 물었다.

"제수씨에게 들은 뒤로 관심이 생겼어. 라디오에서 들은 얘기도 있고. 지금 우리 자리는 풍수상 좋지 않아. 전부 다 바꿔야 해. 그럼 모두 일이 더 잘 풀릴 거야. 가게도 더 잘될 거고. 좋은 풍수는 운을 부르지. 균형, 조화, 성공 같은 것 말이야. 풍수는 삶의 모든 면과 관계가 있다고."

만체보는 아델의 설교에서 기억나는 내용을 모조리 쏟아냈다. 아델은 키득거렸다. 타리크는 음식을 먹기 시작했다.

"하이구, 별난 짓을 다 한다." 파티마는 고개를 저었다.

"하지만 좀 바꾼다고 해서 나쁠 건 없잖아. 오늘 아침에 늦잠을 자고 나서 생각해 봤거든. 전에 제수씨가 해준 이야기 말이야. 풍수에 따라 사업이 놀랍도록 잘 풀릴 수도 있다고 했잖아. 그래서 이러는 거야. 한번 해봐서 손해날 것은 없지 않을까 하고."

만체보는 자신이 한 말에 스스로 감탄했다.

"음식 다 식네, 알았으니 얼른 먹기나 해. 아미르는 오늘 점심엔 안 들어온다고 했으니까 그 이야기는 나중에 해."

만체보는 아델과 나눈 의미 없는 대화가 이 난국을 타개하는 데 도움이 될 줄은 몰랐다. 가족들은 음식을 먹기 시작했다.

"그럼 라파엘한테 전화할까?" 타리크가 트림과 한숨 사이의 소리를 내뱉으며 물었다.

"아니, 내가 할게."

만체보는 일어나서 셰시아를 쓰고 아파트를 나가려다가 식사 후에는 항상 손을 씻었다는 것이 기억났다. 늘 하던 방식을 바꿀 수는 없다. 뭔가 바뀌면 가족들이 의심할 테니까. 그는 손을 씻는 동안 대개 콧노래를 부른다는 것도 떠올랐다. 하지만 그의 입에서는 한 번도 들어보지 못한 소리가 흘러나왔다. 그는 평상시에 부르던 콧노래를 잊어버렸지만 시작한 노래를 계속했다. 계단을 내려가는 동안 가족들의 시선이 느껴졌다.

커다란 빨간색 휴대폰을 든 노인이 가게 밖에서 기다리고 있었다. 만체보는 손님들의 얼굴을 대부분 기억한다. 물론 관광객은 예외다. 이 노인은 파리 사람인 것 같지만 가게에는 처음인 것 같았고 이 동네에도 처음 온 듯했다. 만체보는 활기차게 인사를 건네고 계산대에 놓인 작은 선풍기를 켰다. 일반적으로 그는 처음 온 손님들과 이야기 나누는 것을 좋아하지만 오늘은 아니다. 그는 새로 맡은 일을 하고 싶을 뿐이었다.

노인은 와인 한 병, 빵, 치즈, 올리브, 작은 레몬 케이크를 집었다. 만체보가 갑자기 소풍이라도 가게 되었느냐고 묻자 노인은 고개를 끄덕였다. 어쩌면 만체보는 탐정에 영 소질이 없는 건 아닐지도 모른다. 물론 그는 사람들을 만나며 평생을 보냈다. 게다가 의자에 앉아 사람들의 행동을 지켜본 시간이 얼마나 길었던가? 모두 탐정의 훌륭한 기본기가 될 것이다. 노인이 올리브 병을 계산대에 올려놓자 만체보는 캣이 떠올랐다.

캣이 찾아온 지 몇 주는 지난 기분이었다. 금전출납기가 쨍그랑 소리를 냈다. 만체보는 노인이 나가자마자 원래 위치로 돌아갔다. 이 의자에 앉아서 많은 세월을 보냈다. 하지만 이제 의자에 앉는 목적이 완전히 달라졌다.

시간은 더디게 흘렀고 태양은 하늘을 가로질러 질질 끌려가는 듯했다. 라디오에서는 노인과 어린이는 외출을 삼가고 물을 많이 마시라고 했다. 맞은편 건물에 드나드는 사람은 없었다. 어쩌면 만체보가 알아차리지 못한 것일 수도 있다. 그는 좌절하기 시작했다. 비록 몇 시간 동안이지만 그의 무미건조한 삶에 양념이 되어준 이 일을 애당초 시작하지 말았어야 했는지도 모른다.

셔터를 내리면서 그는 서둘러야 한다는 것을 깨달았다. 브루네트 씨는 이미 푸들을 데리고 오후 산책을 떠났다. 대로 아래쪽에 있는 레스토랑에서도 저녁에 낼 빵을 사갔고 햇살로 미루어 보건대 파스티스 마시는 시간에 30분은 족히 늦었다. 타리크가 어기적거리며 길을 건너오더니 시든 사과를 집어 들고 얼굴을 찡그렸다. 두 사람은 르솔레이로 향했다.

"망할 놈의 더위." 타리크가 투덜댔다. "참, 라파엘한테는 연락했어?"

"아니, 지금은 괜찮은 것 같아. 너무 더워서 잠깐 문제가 생겼던 모양이야."

"확실해? 차가 저절로 고쳐지는 것도 아닌데. 시험 삼아 운전해보는 게 낫지 않겠어?"

"그래, 네 말이 맞아. 이따 해봐야겠다."

만체보는 차를 몰고 나가고 싶은 생각이 전혀 없었지만 지어낸 이야기에 충실히 따라야 했다.

프랑수아는 두 사람과 악수를 나눈 다음 선풍기를 그들이 있는 방향으로 옮겼다.

"귀빈들이니까 특별히." 그는 이렇게 말하며 파스티스 두 잔을 놓았다. 한 잔에는 얼음이 있고 나머지 한 잔에는 없었다.

"형 차가 고장 났대." 타리크가 프랑수아에게 말했다.

만체보는 이제 이 이야기에 신물이 났다. 진짜 고장 나지도 않은 고장 난 차 같은 사소한 이야기가 뭐 그리 대수라고? 왜 타리크는 그냥 넘어가지 않을까? 만체보는 왜 그가 항상 자신의 짐을 덜어주려 하는지 의아했다. 물론 타리크가 움직이지 않는 셔터를 고쳐주거나 세금 환급을 도와줄 때는 고마웠다. 하지만 이번에는 달갑지 않았다.

"맞아. 그래서 오늘 아침에 헝지스에 못 갔어. 하지만 하루쯤 신선한 과일과 채소가 없다고 해서 평판에 크게 문제가 생기진 않을 거야. 안 그래?"

"라파엘에게 전화해 봐." 이번에는 프랑수아가 말했다.

"내가 벌써 얘기했어." 타리크가 잔을 비우며 말했다. 그는 가게로 돌아가는 동안에도 계속 말했다. 만체보는 아무 말도 하지 않았다. 그는 약간 실망했다. 사실상 하루가 거의 지났지만 작가는 흔적도 보이지 않았다. 어쩌면 이야깃거리가 영영 생기지 않을지도 모른다. 만체보는 잔뜩 풀이 죽어서 타리크와 함께 터덜터덜 걸었다. 타리크는 아침에 신발 수선을 맡긴 부랑자 이야기를 했다.

차는 우르르 소리를 내더니 곧장 시동이 걸렸다. 하지만 만체보는 몇 번 더 시도해 보았다. 서툴게 엔진을 확인하는 소리를 누군가가 들을지도 몰랐기 때문이다. 그는 한숨을 내쉬며 꽉 막힌 길에 접어들었다. 공기는 흐름이 멈춘 듯했다. 라디오에서 집에 차를 두고 오라고 하는 마당에 보여주기 위해서 차를 몰고 나오다니 완전히 정신 나간 노릇이었다. 만체보는 블록 주변을 돌았다. 르솔레이를 지나가자 프랑수아가 내다보았다. 그는 손을 흔들며 눈썹을 추켜올렸다. 만체보는 그를 향해 엄지손가락을 들어 보이며 억지로 활짝 웃었다.

가게에서 고작 몇 백 미터 이동했을 뿐인데도 처음 보는 동네 같았다. 평생 가게 주변을 걸어 다니기만 했지 차를 타고 돌아본 적은 없었다. 차 안에서 보는 풍경이 얼마나 다른지 생각에 잠기는 바람에 그는 잘못해서 일방통행 도로에 접어들었다. 그리고 파리 시민들은 지체 없이 그의 실수에 경고를 보냈다.

만체보는 실수를 인정한다는 뜻으로 한 손을 들어 올린 다음 안전하게 대로로 데려다 줄 도로 표지를 따라갔다. 검은색 셰시아 아래로 땀이 흘렀다. 마치 흘러내릴 적당한 때를 기다린 듯했다. 지도를 든 관광객들은 느릿느릿 움직였다.

만체보는 발코니에서 볼일을 보는 비둘기 떼를 보았다. 우회전하자 다행히 바로 앞에 집 앞 대로가 보였다. 그때 작가를 발견했다. 작가는 손에 종이 묶음을 들고 비상계단을 내려가고 있었다. 만체보는 아무 소용이 없다는 걸 알면서도 경적을 울렸다. 긴장감을 쏟아내고 싶을 뿐이었다. 그는 대로로 들어서려고 켰던 좌회전 깜빡이를 재빨리 우회전 깜빡이로 바꾸었다.

이 기회를 잡아야 한다. 이번에는 교통 체증이 유리하게 작용했다. 차가 달팽이처럼 움직이고 있었기 때문에 만체보는 대로 맞은편에서 걸어가는 작가와 속도를 맞출 수 있었다. 만체보는 핸들을 꽉 잡았다. 작가가 세호아 거리로 접어들자 만체보는 그를 따라가려고 로터리를 돌았다. 이 거리는 폭이 더 좁았기 때문에 작가에게 가까이 다가갈 수 있었다. 만체보는 그를 계속 따라가며 관찰했다. 표정으로 보아 애인을 만나러 가는 것 같지는 않았다. 하지만 애인과의 만남을 알리는 흔적이 정확히 무엇인지 알 수 없었다. 립스틱 자국? 그건 너무 노골적이다. 만체보는 불륜의 흔적을 찾으려고 애썼고 그때 갑자기 쾅 소리가 났다.

핸들이 만체보의 가슴에 부딪쳤다. 그는 차가 괜찮은지 확인하는 척만 하려고 했기 때문에 안전띠도 하지 않은 상태였다. 모든 것이 멈추었고 차 안에는 정적이 가득했다. 만체보는 작가와 정면으로 눈이 마주친 것만 같았다. 작가 말고도 많은 사람들이 걸음을 멈추었다. 만체보가 들이받은 택시의 운전사는 이미 차에서 내렸다. 자그마한 체구에 문신이 많은 젊은 남자였다.

만체보는 내려서 책임을 다해야 한다는 것을 알았다. 가슴이 욱신거렸다. 룸미러에 달아 놓은 이슬람 묵주를 떼어서 등 뒤로 숨겼다. 테러리스트로 오해받고 싶지 않았기 때문이다. 그는 땀에 젖은 손가락으로 묵주 구슬을 어루만졌다. 긴장되는 일이 있을 때 아버지는 늘 이렇게 하시곤 했다.

갑자기 교통경찰관 두 명이 나타났다. 만체보는 그들이 어떻게 이렇게 빨리 도착했는지 알 수 없었다. 대로에서 주차위반 딱지를 끊고 있었는지도 모른다. 두 사람 모두 수첩을 들고 있었다.

차 왼쪽 헤드라이트가 부서졌지만 택시는 더 심하게 망가졌다. 뒤쪽이 심하게 우그러져 있었다. 경찰관은 차로 다가오면서 모여 있던 사람들을 향해 사건을 진술해줄 생각이 아니면 가보라고 말했다.

만체보는 경찰관의 말이 끝난 뒤에도 자리를 지키고 있는 작가를 재빨리 쳐다보았다. 이제 만체보는 손에 땀이 너무 많이 나서 묵주를 굴리기가 힘들었다. 일을 시작하기도 전에 이렇게 끝나는 것일까? 작가가 목격자로 나서면 모든 게 끝날 것이다. 그렇게 되면 어쨌든 서로 아는 사이가 될 테니까. 만체보는 몰래 작가를 관찰할 수 없게 된다.

택시 운전사가 경찰에게 상황을 자세히 설명했고 만체보는 그 점이 다행스러웠다. 운전사의 말이 분명 맞기 때문이다. 만체보는 사고 정황을 알지 못했다. 작가는 이내 사건 현장에서 서서히 사라졌다.

4

내 임무는 벨리비에 씨에게 이메일을 전달하는 것이다. 이메일
이 올 때마다 알림음이 울렸다. 로그인 정보는 이른바 고용계약서
에 쓰여 있었다. 나는 tout.mon.monde@free.fr이라는 이메일 주소
를 배정받았는데, 도착하는 모든 이메일을 monsieur.bellivier@free.
fr로 전달하기 위한 주소였다. 왜 이메일을 전달해야 하는지는 듣
지 못했다. 하지만 내가 이메일 내용을 덧붙이거나 수정하거나 지
우면 안 된다는 것은 분명히 전달받았다. 내 일은 그저 이메일을
전달하는 것뿐이었다.

정말 이상하게도 나는 일을 시작하기 전날 밤, 더위에 도시가 마
비될 지경이었는데도 정말 푹 잤다. 그리고 아주 오랜만에 누린 숙
면이 그날로 마지막이라는 것을 알지 못했다. 나는 새로운 일을 하
는 데 필요 없을 거라고 생각하면서도 가방에 노트북 연결선을 쑤
셔 넣었다. 마음 한 구석에서는 결국 카페에서 하루를 보내게 되리
라는 확신이 있었다.

임무를 수행하러 가기까지는 넘어야 할 장애물이 많았다. 먼저

아레바 건물로 들어가는 회전문. 언제나 회전문은 도무지 믿음이 안 갔다. 그 다음 단계로는 안내데스크가 나온다. 어쩌면 건물 경비들이 나를 막아 세울지도 모른다. 건물 꼭대기 층에 누군가가 침입했다는 소문이 이미 퍼졌을 수도 있다. CCTV를 통해 어제 가짜 출입증을 사용해 건물 꼭대기로 올라간 두 사람의 신원을 확인했을 것이다. 어쩌면 흠잡을 데 없는 안내데스크 안쪽에 지명수배된 두 사람의 사진이 붙어 있을지도 모른다. 남자 한 명, 여자 한 명. 하지만 여자만 덫에 걸려들겠지. 멍청하게도 범죄 현장에 다시 나타났으니까. 경비원이 아니라면 출입증이 나를 막을지도 모른다. 이 출입증을 갖다 대면 초록불이 들어올까? 어제 제대로 작동한 것은 아무런 의미가 없다. 어제가 사용기한의 마지막 날이었을 수도 있으니까.

마지막 장애물은 사무실 문이었다. 열쇠가 잘 맞을까? 컴퓨터가 제대로 작동하고 로그인 정보가 정확하고 이메일이 오긴 할까? 아침에 노트북 연결선을 챙긴 까닭은 이런 여러 긴박한 단계와 내 의심 많은 성격 때문이다. 오늘도 여느 날과 마찬가지로 까페에 앉아 있는 사이버 유목민이 될 확률이 꽤 높아 보였다. 나는 신경안정제를 먹을까 말까 심각하게 고민하다가 결국 가방에 넣어 왔다.

옷을 두 번 갈아입고 나서야 내가 외모에 얼마나 신경을 쓰고 있는지 깨달았다. 실로 오랜만이었다. 무언가에 신경을 쓴다는 것 자체가. 기대감에 차 있다고 한다면 과장이겠지만 어쨌든 나는 신경이 쓰였고 그것으로 충분했다. 지난 몇 개월 동안 옷이나 가방 속 내용물에 전혀 신경 쓰지 않고 살았다. 하지만 오늘은 달랐다.

내가 누구인지 모르는 상태에서 옷을 고르는 것은 꽤나 어려웠다. 그 무엇도 나를 잘 드러내지 못하는 것 같았다. 이럴 때는 가장 편한 옷을 입는 것이 맞다. 나를 잘 드러내는 옷일 테니까. 하지만 그것은 내가 가장 두려워하는 일이었다. 무대 의상을 입지 않고 무대에 오르는 기분이랄까.

헤아릴 수 없이 엄청난 불안감이 엄습했고 나는 가방에 넣은 약을 쳐다보았다. 이 상황을 해결하고 더 나아가 즐길 수 있는 유일한 방법은 내가 누구인지를 정하는 것뿐이다. 다른 누가 아닌 내가 규칙을 만들어야 했다. 누가 됐든 남들은 내게 맞추면 그만이다. 나는 이렇게 혼잣말을 했다. 내 출입증이 곧 신분증이고 출입증에 따르면 나는 영업부장이다. 결국 나는 검은색 치마와 흰색 반팔 블라우스, 빨간색 구두를 골랐다. 거울을 들여다보자 나와 꼭 닮은 누군가가 보였다.

대도시에서는 진정한 의미에서 혼자일 수 없다. 그리고 아침 햇살 아래서 검은색 고층 건물을 향해 걷는 나 역시 혼자와는 거리가 멀었다. 나는 노트북 가방을 움켜쥐며 그럼에도 불구하고 이런 특정한 상황에 처한 사람은 나뿐일 것이라고 생각했다. 그런데 정말 그럴까? 어쩌면 나 말고도 알지도 못하는 게임에서 병사1 역할을 맡아 누가 봐도 의미 없는 일을 하고 있는 사람들이 있을지도 모른다.

회전문에 얼굴을 정면으로 부딪쳤다. 다치지는 않았지만 문이 내 두려움을 엿들은 것 같았다. 내가 회전문의 성능을 의심해서 화가 났는지도 모른다. 맞은 편에서 걸어오던 회색 정장을 입은 남자가 재빨리 다가와 괜찮냐고 물었다. 나는 고개를 끄덕이며 미소 지었다. 심장박동이 빨라지기 시작했다. 안내데스크에는 어제와 같은 직원이 있었다. 그녀는 통화를 하며 먼 곳을 바라보았다. 경찰과 통화하는 것인지도 모른다.

출입통제를 위한 차단막은 안내데스크 양쪽으로 있었다. 나는 사람들을 따라 왼쪽으로 갔다. 문에 부딪치지 않았더라면 이렇게 긴장하지는 않았을 텐데. 이제 출입증을 사용할 때였다. 출입증이 작동하지 않으면 어쩌나 하는 생각을 지우고 진정하려고 애썼다. 빨간불이 들어오면 조용히 돌아서서 건물 밖 카페로 가면 그만이다. 작동하지 않는 출입증을 눈치 채는 사람은 없을 것이다. 하지만 초록불이 들어오면 색이 바뀌기 전에 서둘러 엘리베이터로 가야 했다. 초록불!

엘리베이터는 이 아침에 내가 가장 안전하다고 느낀 장소였다. 한정된 공간, 사방을 막은 벽, 타면서 고개를 끄덕이고 아침 인사를 하는 사람들. 나는 이 모든 것에 매료되었다. 여자와 남자 모두 흠잡을 데 없이 완벽했다. 내가 골라 입은 옷도 만족스러웠다. 마침내 엘리베이터에 혼자 남게 된 나는 목적지를 향해 계속 올라갔다. 엘리베이터에서 내려 복도에 발을 내디딘 순간 불이 켜졌다. 건물에 자동 조명 시스템이 있는 모양이다. 나는 그렇게 생각하기로 했다. 꼭대기 층은 무덤처럼 조용했다. 엘리베이터는 내려가기 시작했고 나는 사무실 문을 향해 걸어갔다. 검붉은색 카펫 위로 보이는 빨간 구두가 매력적이었다. 열쇠로 문을 열었다. 들어서기 전 블라인드 사이로 살펴보았듯이 안에는 아무도 없었다. 문은 열어

두었다. 모든 것이 어제와 달라 보였다. 조명 때문인 것 같다. 나는 가방에서 계약서를 꺼냈다. 그렇게 해야 비로소 컴퓨터를 켤 수 있는 것처럼. 부팅되기까지는 시간이 좀 걸렸고 기다리는 동안 사크레쾨르 대성당을 바라보았다.

로그인을 했다. 메일함은 비어 있었다. 운영자가 보낸 가입 인사 메일조차 없었다. 누군가 이미 이 계정을 사용했다는 뜻이다. 나는 내 노트북 전원을 켰다. 이 모든 것이 장난일 수도 있으니 진짜 일하는 시간을 빼앗길 수는 없다. 점심시간까지 아무 일도 일어나지 않으면 이곳을 나가 진작 시작했어야 할 새로운 취잿거리를 찾을 생각이었다. 파리의 관광 명소 같은 진부한 일에 몇 시간 투자하자 기분이 좋아졌다. 현실 세계에 한 발을 계속 걸치고 있는 기분이었다. 잠시 그렇게 하고 있다가 시끄러운 알림음 때문에 발이 제자리를 벗어났다. 이메일이 도착했다. 나는 메일을 열어서 읽었고 희미하게 미소 지었다. 정말 알림음이 울려서, 모두 사실이어서 다행스러웠다.

나는 곧바로 일어나서 문을 닫았다. 이제 이곳은 내 사무실이다. 이메일을 받으면 어떻게 해야 하는지 이미 알고 있었지만 단어 하나하나를 곱씹으며 계약서를 다시 읽었다. 그리고 갑자기 내 능력에 대한 자신감을 잃기라도 한 듯이 전달해야 하는 이메일 주소의 철자를 하나하나 확인했다. 이메일 내용은 숫자 조합이었다. 계좌번호 같기도 했다. 발신인 이메일은 laposte.92800@free.fr이었다.

나는 의식이라도 치르듯이 전송 버튼을 눌렀다. 됐다. 나는 현실 세계에 다시 발을 들이기 전 잠시 화면을 응시하며 그냥 앉아 있었다. 그러고 나서 파리에서 가장 인기 있는 관광 명소에 대한 기사를 이어서 쓰기 시작했다.

점심시간 전까지 모두 세 번의 알림음이 울렸다. 매번 재미있었다. 지난 몇 달 동안 나는 안개 속에서 살았고 뚫고 들어갈 수 없는 공기를 마시는 기분이었다. 너무 힘들어서 도움의 손길을 찾기까지 했다. 치료와 약, 죄책감과 공허함이 나날을 채웠다. 그런데 도대체 어떻게 전혀 의미 없는 일이 느닷없이 목적의식을 줄 수 있단 말인가? 하지만 실제로 그랬다. 나는 새로운 일 덕분에 즐거웠다. 나는 뭔가를 폭로할 기회가, 북미 지역에서 아레바가 했던 더러운 거래를 밝혀낼 기회가 생기기를 바랐다. 하지만 알림음이 더 많이 들릴수록 그런 종류의 메일은 오지 않으리라는 것을 깨달았다. 제목란은 모두 비어 있었다. 발신인은 언제나 lapost.92800@free.fr이었는데 92800이란 숫자가 상업지구의 우편번호라는 것을 알아차렸다.

모든 이메일을 주의 깊게 읽었지만 내게는 아무 의미가 없었다. 이메일 내용은 주로 숫자열이었고 가끔 대문자도 있었는데 길이가 세 줄을 넘지 않았다. 다음 알림음이 울리기 전까지 생각할 시간이 아주 많았다. 하지만 갑자기 떠오른 무시무시한 생각 때문에 일에 재미가 줄었는데, 혹시 내가 테러리스트 조직에 가담한 건 아닐까 하는 것이었다. 라데팡스를 다음 목표물로 삼은 조직 말이다. 이 일대는 목표물로 삼을 이유가 충분했다. 파리에서 가장 큰 상업지구로 수많은 프랑스 기업과 국제 기업의 본사가 있으니까.

나는 테러 조직이 어떻게 운영되는지 구글에서 검색하기 시작했고 두려움에 기름을 부은 꼴이었다. 그들은 주로 독립되어 있고 서로 알 수 없도록 외떨어진 장소를 이용했다. 일에 투입된 사람은 자신이 왜 그 일을 하는지 알지 못했다. 나는 냉정하게 생각하려고 애썼다. 내가 전달하는 이메일은 무해하다고 되뇌었다. 다양한 액체나 가스가 있는 교외의 지하 창고를 오갔다면 이야기가 달랐을 것이다. 하지만 그저 이메일 아닌가. 내가 처한 상황을 있는 그대로 보려고 얼마나 많이 노력했는지 모른다. 한 가지는 분명했다. 벨리비에 씨는 자신이 있는 곳과 이메일을 전달해야 하는 이유를 아무도 모르기를 원했다.

마침내 나는 맥도날드에서 점심을 먹을 수 있을 정도로 진정되었다. 피시버거를 먹으며 사무실에서 누가 기다리기라도 하는 듯이 시계를 주시했다. 사무실에는 아무도 없었지만 내게는 할 일이 있었다. 계약서에 따르면 점심시간은 낮 12시부터 1시 30분까지다. 점심시간이 끝나기 5분 전에 나는 사무실로 돌아갔다. 그리고 문을 닫고 잠갔다. 맥도날드에 있는 동안 테러리스트에 대한 생각이 조금은 사라졌다. 점심시간 동안에는 메일이 오지 않았다.

파리에 대한 기사를 거의 끝냈지만 딱히 기분이 좋지 않았다. 관광 명소에 대한 기사를 쓰는 것보다 더 재미있는 일을 바랐다. 오후 들어 처음으로 알림음을 들었다. 이번에는 짧은 숫자열에 'inc VAT'라는 단어가 붙어 있었다. 무엇인지 곧바로 알 수 있을 정도로 쉬웠지만 테러리스트라면 부가가치세나 세금 환급에 신경 쓰진 않을 것 같았다. 그날 오후에도 이메일이 몇 통 더 왔고 그 사이에 나는 프랑스 정치 상황에 대한 기사를 최종 수정할 수 있었다. 업무 시간 막바지에는 책상에서 사크레쾨르 대성당을 바라보았다.

마지막 이메일이 도착했다. AF라는 글자 두 개에 이어 문자와 숫자 10개가 쓰여 있었다. 그 조합이 어쩐지 낯익었다. 왜 그랬는지 모르지만 그 문자와 숫자를 휴대폰에 기록했다. 퇴근시간 15분 전이었다. 몇 분 뒤에는 현실과 마주하게 되겠지. 지하철에서 살아 있는 시체들과 나란히 앉을 테고, 한 시간 뒤에는 여름학교에 간 아들을 데리러 갈 것이다. 이 모든 일들은 우리 인간에게 안전하다는 느낌을 주기도 하지만 동시에 우리를 매우 나약하게 한다. 나는 컴퓨터를 끄고 문을 잠근 다음 엘리베이터로 향했다.

그때까지 모든 장애물을 극복했다고 생각했다. 힘든 일은 모두 사무실에 들어갈 때 생긴다고 생각했다. 사무실을 떠날 때가 아니라. 출입증은 잘 작동해 초록불이 들어왔다.

로비는 거의 비어 있었다. 외부 미팅 때문에 오가는 사람들이 아니고선 로비에 사람이 많을 시간대는 아니었다.

"부인!"

안내데스크 직원이 소리쳐 부른 사람이 나라는 것을 곧바로 알아차렸지만 나는 믿고 싶지 않았다. 모든 것이 순조롭게 시작되었다. 그런데 마지막에 와서 돌발 상황이 생기려는 것일까? 나는 멈춰 서서 신발을 내려다보았다. 흰색 대리석 바닥 때문에 빨간색이 조금 달라 보였다. 나는 돌아섰다. 안내데스크 직원은 미소 지었다.

"부인, 이걸 가져가셔야 해요."

그녀는 예쁜 꽃다발을 내밀었다.

"제가요?"

나는 말을 하자마자 실수했다는 것을 깨달았다. 놀란 티를 내지 말았어야 했는데 나는 그렇게까지 준비되어 있지 않았다. 본능적으로 반응하고 말았다.

"네, 정말 예쁘죠?" 직원이 말했다.

로비에는 찬바람이 불었다. 냉방이 잘되는 곳은 카페뿐이 아니었다.

싱싱한 꽃줄기 때문에 손이 축축하고 끈적거렸다. 빨간 카네이션에 섬세한 초록색 나뭇잎이 장식되어 있었다. 꽃을 받으니 감시당하는 기분이 들었다. 벨리비에 씨가 집까지 쫓아올 것만 같은 느낌. 그건 싫다. 꽃다발에는 카드도, 보낸 사람 이름도 없었다. 꽃다발을 만든 플로리스트 이름뿐이었다. 꽃을 받기 전까지는 모든 것이 좋았다.

발이 하이힐에 달라붙은 것 같았다. 너무 화가 나서 꽃다발을 던져버리고 싶었다. 가까이에 있는 쓰레기통에 곧장 집어넣는 것이 가장 쉬웠겠지만 왠지 그러면 안 될 것 같았다. 예쁘고 싱싱한 꽃을 버리는 일에 죄책감을 느끼기도 했고, 그렇게 하면 어떤 방식으로든 내가 괴로워질 것만 같았다.

피해망상에 젖은 생각이 뿌리를 내렸다. 꽃다발은 익명의 계주 배턴 같았다. 나는 안내데스크 직원에게서 꽃을 받았고 그녀는 분명 벨리비에 씨에게서 받았을 것이다. 그렇다면 이제 내가 누군가에게 줄 차례였다. 이메일과 조금 비슷했다. 하지만 길을 벗어나

공동묘지로 간 이유가 죽은 사람에게 꽃을 주기 위해서만은 아니다. 아들을 데리러 가기 전에 한숨 돌릴 곳이 필요해서이기도 했다. 현실로 돌아가는 방식이었다. 나는 죽음을 생각하면 삶이 떠올랐다.

경비실에 있던 여자가 나를 보더니 고개를 끄덕였다. 나는 유대인 공동묘지로 들어갔다. 지난 1년 동안 테러 때문에 수많은 묘지가 훼손되고 난 뒤 파리의 유대인 공동묘지에는 경비원이 생겼다. 꽃다발 덕분에 나는 경계 대상이 아니라 그럴듯해 보이는 방문객이 될 수 있었다.

무덤 사이를 목적 없이 거닐었다. 발아래에서 마른 잎이 바스락거렸다. 가을이 연상되는 소리였다. 묘지 안으로 들어갈수록 더위가 약해지는 것 같았다. 차가운 묘비는 더위를 식히기에 훌륭했다. 전에도 공동묘지를 거닌 적이 많았지만 사소한 데 관심을 기울인 적은 없었다. 유대인이 아닌 사람과 결혼한 유대인 여자의 묘비에는 혈통을 나타내기 위해 결혼 전의 성도 새겨져 있었다. 다윗의 별이나 유대교 의식에 쓰이는 촛대 문양은 없었다. 히브리어 글씨도 없고 온갖 종류의 십자가에 생일과 사망일만 적혀 있었다.

커다란 가족묘는 돌로 지은 밋밋한 작은 극장처럼 서 있었다. 상당수의 무덤이 버려진 것 같았고 그런 무덤은 이끼가 덮여 그럴듯해 보였다. 어떤 무덤에는 오늘 가져다 놓은 듯 싱싱한 꽃이 자태를 뽐내고 있었다. 버려진 무덤은 슬프지 않았다. 사실 그 반대였다. 그런 무덤은 자연이 선사한 옷을 입어서 아름다워 보였다. 내 마음이 가장 불편한 무덤은 조화로 장식된 곳이었다. 누군가 오로지 의무감에서 죽은 사람을 떠올린 다음 양심의 가책을 면하기 위해 조화를 가져다 놓았을 것이다. 조화는 시들지도 썩지도 않아서 마치 죽은 것 같았다. 그날 내가 공동묘지를 떠난 뒤에는 주디스 골든베르그라는 사람의 무덤 앞에 예쁜 빨강 꽃다발이 놓였다.

아침 일과는 아들이 집에 있느냐 없느냐에 따라 달랐다. 전 남편이 여름 휴가를 내지 못했고 나 역시 병가를 마친 직후라 휴가를 낼 수 없었다. 그래서 아들은 여름학교에서 방학을 보내야 했다. 아들은 그곳을 좋아하는 것 같았다. 내가 그렇게 믿고 싶은 건지도 모르지만. 내게는 그런 것들을 헤아릴 여력이 없었다. 아들에게 여름학교는 어떠냐고 물어보면 그 애는 어깨를 으쓱하기만 할 것이다. 그런 생각은 대개 아침에 들었다. 낮에는 너무 바빴고 저녁에는 너무 피곤했다. 하지만 저녁에는 기분이 정상에 가까웠다.

다음 날 아침 나는 이 일을 하기로 결정한 것이 잘한 짓인지 스스로에게 질문했다. 아들은 내가 주방에 들어설 때마다 우스꽝스러운 표정을 지었다. 원피스를 입었을 때도, 그 다음에 바지를 입었을 때도 그랬다. 녀석이 내 달라진 복장을 어떻게 생각하는지 몰라도 나의 새로운 아침 일과를 제 아버지에게 말한다면 그는 아마내가 연애를 한다고 생각할 것이다. 하지만 그건 중요하지 않다.

회전문은 아무런 말썽을 일으키지 않았다. 안내데스크 직원은 나를 보고 미소 지었다. 내 일에 대해 뭔가를 알까? 나에 대해서, 아니 벨리비에 씨에 대해서는? 나는 이런 생각을 하지 않기로 했다. 데스크 직원과 자연스럽고 위험하지 않은 방식으로 이 이야기를 나눌 방도를 찾지 못했다. 사무실에 들어선 순간 어제 내가 퇴근한 뒤로 누군가가 들어왔다는 것을 알 수 있었다. 외투를 벗어 걸고 책상에 앉을 때까지는 어떻게 그 사실을 알아차렸는지 정확히 설명할 수 없었다. 쓰레기통이 비워져 있고 의자는 부자연스러울 정도로 똑바로 놓여 있었다. 유리창마저 더 빛났다. 누군가가 청소를 하고 갔다.

몇 차례 알림음 때문에 방해받기는 했지만 평소보다 일을 더 많이 했다. 나는 기사를 다듬은 다음 창밖을 바라보았다. 밖에는 군용 차량 두 대가 왔다 갔다 했다. 이 위에서 보니 장난감 자동차 같았다. 그들은 테러리스트에게 감시당하고 있다고 믿는 허무맹랑한 치안 의식을 가진 사람들을 안심시키려는 듯했다.

"부인!"

어제와 같은 일이 반복되었다. 나는 돌아서서 안내데스크 직원이 미소 지으며 건네는 꽃다발을 받았고 간신히 고맙다고 인사했다. 오늘 꽃다발에는 연한 파란색 꽃과 노란색 꽃이 자리다툼을 하고 있었다. 새로운 일을 시작하고 유일하게 거슬리는 것이 바로 이 꽃다발이었다. 매일 이런 식으로 일과가 끝난다고 생각하자 속이 메스꺼웠다. 나는 문득 너무 빨리 달린 것 같은 느낌이 들었다. 내가 뭘 놓쳤을까? 내가 깨닫거나 알아차려야 하는 무언가가 있을까? 일반적으로 사람들은 누구에게 꽃을 줄까? 경기에서 이긴 사람이나 생일을 맞은 사람, 그리고 사랑하는 사람이나 죽은 사람……

나는 지하철역 입구 옆에 있는 분수 가장자리에 앉았다. 그때 뭔가 떠올랐다. 아레바 건물에서 꽃다발을 들고 나오는 사람은 나뿐이다. 확연히 눈에 띈다. 내가 꽃다발을 가지고 있다는 것을 알기만 하면 나를 쉽게 찾을 수 있다. 꽃은 나를 확인하기 위한 수단이었다. 나는 주위를 둘러보았다. 피해망상이 조용히 나를 어루만지기 시작하더니 빠른 속도로 온몸으로 퍼져 나갔다. 나는 생각할 겨를도 없이 미끄럽고 축축한 분수 가장자리로 올라섰다. 분수 가장자리는 연단 역할을 했다. 나는 꽃다발을 최대한 높이 치켜들었다. 내가 유리한 입장에 설 수 있는 유일한 방법이었다. 내가 알아내고 말았다고, 꽃다발의 목적이 무엇인지 알아냈다고 먼저 알리는 표시였다. 다행히 의식이 끝나자 피해망상도 수그러드는 것 같았다.

파랗고 노란 꽃 역시 새 주인을 찾았다. 이번에는 살아 있는 사람이었다. 만삭의 여성이 통화에 몰입해 있었다. 그녀의 표정은 고통스러웠다. 나는 그녀가 통화를 끝낼 때까지 기다렸다.

"저, 실례지만 이걸 받아주시겠어요?

나는 꽃다발을 내밀었다. 그녀는 꽃다발을 본 뒤에 나를 쳐다보았다.

"아니요. 받아야 할 이유가 없잖아요?"

"애인에게 받았는데 곧 남편이 여기로 올 거예요. 쓰레기통에 버리느니 누군가에게 주는 편이 나을 것 같아서요."

"그래요, 그럴 순 없죠. 예쁜 꽃이군요."

"받아주세요. 꽃은 늘 좋죠."

"음, 고마워요. 그리고 행운을 빌어요……. 남편 일 말이에요."

잠시 후 어깨 너머로 뒤를 힐끗 돌아보자 여자가 무심하게도 두고 간 꽃다발이 보였다. 꽃이 전혀 달갑지 않았던 모양이다. 그건 중요하지 않다. 내게는 꽃다발을 버리지 않고 처분했다는 것이 중요했다. 꽃이 결국 어떻게 되었는지는 문제가 아니다. 중요한 것은 꽃이 안심할 수 있는 곳으로 갔다고 믿는 것이다.

다음 날 아침 나는 놀라서 깼다. 이메일 중 하나에 있던 문자와 숫자의 조합이 낯익게 느껴진 이유를 깨달았기 때문이다. 주방으로 가서 지갑을 찾았다. 맞은 편 아파트에 사는 남자도 깨어 있었다. 관리인의 말에 따르면 그는 암 투병 중이었다. 아마도 그는 암 때문이 아니라 암에 대한 두려움 때문에 잠을 못 이루는 것이겠지. 나는 주방 탁자와 라디오 사이를 왔다 갔다 하는 그를 바라보았다. 그러다가 긴장된 마음으로 내 에어프랑스 회원 카드를 꺼내 휴대폰에 적어둔 것과 비교해 보았다. 의심의 여지가 없다. 이메일의 문자와 숫자열은 에어프랑스 고객 번호였다.

속이 메스꺼웠다. 슈퍼마켓 체인의 고객 번호일 수는 없었을까? 비행기는 테러 조직을 한꺼번에 실어 나를 수 있다. 물론 비행기를 공중 폭파할 계획을 세우지 않고 비행기를 탔을 경우에만 가능한 이야기다. 이제 내 이웃은 창가에 앉아서 안고 있던 고양이의 머리를 가만히 쓰다듬었다. 그의 두려움과 불안이 내 두려움과 불안을 달래주었다. 숫자 몇 개가 맞아 떨어지는 것을 매일 밤 죽음을 마주하는 일과 비교할 수 있을까?

5

가슴이 욱신거리는 이유를 알기까지는 시간이 걸렸다. 만체보는 침대에서 간신히 몸을 일으켰고 순간 사고에 대한 기억과 캣의 초록색 눈동자가 뒤섞였다. 그는 자명종이 울리기 전에 잠에서 깼지만 충분히 쉰 느낌이었고 하루를 시작해 두 가지 일을 마주할 준비가 되어 있었다. 그는 욕실로 들어가기 전에 자명종이 울리지 않도록 시간을 15분 늦춰 놓았다. 전에는 스스로 일어난 적이 없었기 때문에 알람이 울려 남편이 이미 일어난 것을 알면 파티마가 매우 이상하게 여길 것이다.

시계를 조정하고 흡족해진 만체보는 욕실 거울 앞에서 흰색 잠옷을 걷어 올리고 사고 흔적이 남았는지 살폈다. 피부에는 아무런 흔적이 없었다. 만체보는 몸속에서 뭔가가 잘못되었다고 생각했다.

아파트를 나서기 전 그는 가만히 서서 깊이 잠든 아내를 바라보았다. 그러면서 어제 아침에 아내가 왜 그리 일찍 외출했는지 궁금해했다. 하지만 그 일을 더 생각할 시간이 없었고 내키지도 않았다. 그에게는 오늘 할 일이 많다. 모든 일을 계획대로 해내려면 1분도 낭비해선 안 된다. 악의 없는 거짓말 때문에 차가 찌그러지기는 했지만 굴러간다는 것이 중요했다. 어제 경찰관과 택시 운전사와 함께 보험 관련 서류를 작성한 뒤에 확인해 보았다. 이제 문제는 가족 누구도 망가진 헤드라이트를 보지 못하게 하는 것이다.

만체보는 신이 자신을 벌주고 싶어 한다고 생각했다. 그가 한 거짓말에 대한 벌이라고. 그는 셰시아를 썼다. 이제 라파엘의 도움이 정말 필요해졌다.

공기가 무거웠다. 오늘도 더울 것이다. 만체보는 헝지스에서 차에 물건을 실으며 직감했다. 그는 파리를 향해 출발했다. 아직 차량이 많지 않았고 그는 첫 번째 임무를 위해 평소보다 더 속도를 냈다. 일을 계속하는 데 꼭 필요한 물건이 있었다. 이 물건은 새로운 일을 정확하고 전문적으로 해내는 데 도움이 될 것이다.

그는 이탈리 거리로 접어든 다음 13구로 갔다. 그 동네는 알았지만 그곳에 사는 사람은 하나도 몰랐다. 바로 그런 이유로 그는 이곳에 왔다. 13구에는 중국인들이 많이 살았다. 만체보는 그들과 함께 일하기를 꺼렸다. 중국인들이 하는 프랑스어는 외국어처럼 들렸다. 하지만 오늘은 어쩔 수 없었다.

만체보는 차에서 내렸다. 평소보다 빨리 달려 아낀 몇 분 내에 임무를 완수해야 했다. 그는 거리를 따라 걸었다. 중국인이 운영하는 은행, 옷 가게, 식료품 가게, 중국 무술 영화 포스터가 어수선하게 붙어 있는 비디오 대여점이 있었다. 하지만 모두 문이 닫혀 있었다. 중국인들은 아직 일어나지 않은 모양이다. 포기하려던 찰나 열려 있는 문 앞으로 상자를 끌어내는 남녀가 보였다. 가까이 가자 창 안으로 빨간색과 검은색 가방이 보였다. 가게 뒤쪽에는 도자기로 만든 토끼와 불이 들어오는 폭포 사진도 얼핏 보였다.

"안녕하세요. 혹시 수첩 판매하시나요?"

중국인 남녀는 놀란 표정으로 만체보를 본 뒤에 서로 쳐다보았다. 이 시간에 아랍인을, 특히 수첩을 파는지 묻는 아랍인을 보는 것이 익숙지 않은 것 같았다.

"아직 문을 안 열었어요."

"그건 알고 있습니다만, 제가 지금 수첩이 꼭 필요해서요. 모양은 상관없고 가급적 표지가 딱딱하면 좋겠습니다."

"그건 허락할 수 없어요." 여자가 대답했다. 남자는 프랑스어는 고사하고 말을 아예 못하는 것 같았다.

만체보는 이럴 줄 알았다고, 다른 나라 사람들과 어울리는 게 아니었다고 생각했다.

"작은 것이라도 없을까요?"

"그건 허락할 수 없어요."

"허락할 수 없다니요. 그게 무슨 뜻인가요?"

만체보는 화가 나기 시작했다. 그는 단 한 번도 손님에게 이런 식으로 말해본 적이 없다. 무슨 서비스가 이렇단 말인가!

"허락할 수 없다고요. 우린 회사나 도매상만 상대해요. 선생님 같은 개인이 아니라요. 소매는 안 해요. 수첩 하나가 아니라 많이 사야 해요."

만체보는 아침식사로 커피를 마시기 위해 평소처럼 르솔레이 앞에 차를 세웠다. 하지만 그는 혼자가 아니었다. 상추 세 상자, 사과 두 상자, 당근 몇 킬로그램, 라즈베리 다섯 통, 중국 수첩 70권과 함께였다. 바 뒤에 걸린 낡은 시계가 8시 36분을 가리키고 있었다. 임무는 완료되었다.

금요일이었고 이는 곧 파리의 거리가 빠른 속도로 움직인다는 뜻이었다. 파리 사람들은 주말이 되기 전에 모든 일을 끝내고 싶어 했기 때문에 어디를 가든 서둘렀다. 거리는 오후가 되기 전에 모든 일을 끝내려는 사람들로 가득 찼다.

타리크가 이제 막 가게를 열었을 시간이니 만체보는 잠시 짬을 내어 수많은 중국 수첩 중 한 권에 어제 관찰한 바를 적기로 했다. 하지만 그는 길 건너에서 무슨 일이 일어날까 봐 한시도 눈을 뗄 수 없었다. 어느 순간 뭔가가 있을 것 같아서 고개를 번쩍 들면 나와서 차양을 치는 타리크만 보였다. 만체보는 목요일 날짜 보고서에 뿌듯하게 마침표를 찍었다. 새로운 페이지에는 오늘 날짜를 적고 촌스러운 수첩을 덮어 청구서, 중요한 영수증, 계산서 종이가 뒤섞여 있는 금고 아래에 숨겼다. 남은 수첩 69권은 금전출납기 아래에 있는 선반 뒤쪽에 쌓았다. 이 많은 수첩을 어디에 써야 할지 감이 잡히지 않았다. 버릴까 하는 생각도 해보았지만 그러면 지구가 희생한 천연자원을 낭비하는 것만 같았다.

금고 아래에 수첩을 숨기자마자 맞은편 건물의 비상계단에서 갈색 모자를 쓴 남자가 내려왔다. 만체보는 순간 밖으로 달려 나가 남자에게 애인이 있다는 증거가 될 만한 동작이나 무언가를 낚아채고 싶었다. 하지만 그는 자중했다. 평소처럼 행동하자고 되뇌며 침착하고 분별 있게 걸레와 분필을 집어 들고 아침 햇살이 내리쬐는 밖으로 재빨리 걸어 나갔다.

작가는 건들거리며 계단을 내려와 오늘 날씨가 어떤지 헤아리려는 듯이 하늘을 올려다본 다음 왼쪽으로 방향을 틀어 구두수선 가게를 지나 쭉 걸어갔다. 한 손에는 작은 여행가방을 들고 있었다. 그는 힘차게 걸었다. 가방이 무겁지 않다는 뜻이었다. 멀리 가는 게 아니라 주말 동안 잠시 어딘가에 다녀온다는 얘기다.

만체보는 몇 가지 가능성을 떠올렸다. 노르망디의 바닷가에서 애인과 주말을 보내려는 것일까? 이런 생각이 떠오르자 만체보는 이 일을 계속하는 데 필요한 활력이 생겼다.

그는 작가를 따라 생라자르역으로 가는 자신을 상상했다. 그곳에 가면 노르망디로 가는 기차의 도착을 알리는 커다란 전광판 아래에서 사랑하는 여자를 만나는 작가를 볼 수 있겠지. 두 사람은 일등석에 앉아 서로 잡은 손을 놓지 않을 것이다. 그들이 가볍게 입을 맞추고 기차가 해변을 향해 출발하려는 찰나 만체보가 기차에 올라탄다. 복도를 사이에 두고 그들 뒷자리에 앉아 신문으로 얼굴을 가리면 그들이 하는 말을 모두 들을 수 있을 것이다.

이따금 작가가 집필 중인 책의 일부를 소리 내어 읽어줄지도 모른다. 애인은 귀를 기울일 테고. 애인은 활짝 핀 장미처럼 아름답다. 그 순간 만체보는 여자의 얼굴을 설명할 다른 표현이, 진부하지 않은 표현이 떠오르지 않았다.

문득 시간을 확인하고 백일몽 따위는 그만둬야겠다는 생각이 들었다. 작가가 아내를 만나서 주말여행을 갈 수도 있지 않은가. 만체보는 보고서에 시간을 기록하기 위해 시계탑을 올려다보았지만 시계는 눈과 입이 없어 보지도 말하지도 못하는 사람처럼 표정 없는 얼굴로 바라볼 뿐이었다. 시계는 멈춰 있었다. 그때 한 노부부가 가게로 들어왔다.

"안녕하세요."

"안녕하세요, 만체보 씨." 노부인이 대답했다.

"이 눈부신 아침에 뭘 도와드릴까요?"

"비스킷 한 팩 사려고요. 식이섬유가 풍부한 통밀 비스킷이 있으면 더 좋겠군요. 요즘 화장실 가기가 힘들어서요. 의사가 식이섬유 함량이 높은 비스킷을 먹으라고 처방했어요."

"그럼 처방전을 먼저 봐야겠는데요."

노부부는 웃음을 터뜨렸다. 남편은 다소 억지스러웠지만. 만체보는 통밀 비스킷이 있는지 살펴보았다. 마침내 오래된 듯한 비스킷을 찾았다. 적어도 시계탑이 멈춘 동안 만큼 오래된 것 같았다. 비스킷 포장지에는 통밀이라고 쓰여 있었다.

"찾으시는 게 이것 같군요."

노부인은 포장지를 꼼꼼히 살펴보더니 안경을 찾느라 커다란 빨간색 천가방을 한참 뒤졌다. 그러자 남편이 비스킷을 낚아채 성분을 소리 내어 읽기 시작했다.

"한번 먹어볼게요." 잠시 후 노부인이 말했다. 남편이 성분표를 모두 읽는 것을 듣고 싶지 않아서인 것 같았다.

만체보는 비스킷을 받아들고 계산대로 갔다.

"차는 괜찮아요?" 노부인이 느닷없이 물었다.

"만체보 씨가 괜찮냐고 물어야지." 남편은 고개를 저었다.

"차요?"

만체보는 동요하지 않으려 애쓰며 이해하지 못한 척했다. 물론 둘 다 실패했지만.

"그래요, 우린 그 사건을 목격했거든요. 우리 집 창문에서 바로 보이던 걸요. 맨 앞줄 로얄석인 셈이었죠."

노부인은 웃음을 터뜨렸고 남편은 한숨을 쉬었다.

"아, 그 사고요……"

만체보는 농담으로 이 상황을 빠져나가고 싶었지만 재미있는 말이 하나도 떠오르지 않았다.

"아니, 그러니까, 네, 괜찮아요. 헤드라이트가 고장 났을 뿐인걸요. 가끔 그런 일이 생기잖아요. 날이 너무 더워서 그랬나 봐요."

"맞아요. 부인도 그렇게 말하더군요."

"부인이요?"

"네, 파티마 말이에요."

"우린 이만 가자고." 남편이 재촉했다.

"제 아내가 사고 현장을 봤다고요?"

"아니, 그런 건 아니고 사고 난 아침에 파티마에게 만체보 씨는 괜찮냐고 물어봤거든요."

"그날 아침에 파티마를 만나셨어요? 어디에서요?"

"우리 집 아래에 있는 담배 가게에서요."

노부인은 어리둥절한 표정이었고 남편은 이만 가고 싶은 눈치였다.

"파티마가 그곳에서 뭘 하던가요?"

노부인은 의아한 표정으로 만체보를 보았다.

"그건 나도 모르죠. 파티마는 그 가게에 자주 들러서 주인 양반과 커피를 마신답니다. 주로 커튼 뒤 사무실에서 마시던걸요. 만체보 씨가 아는 줄……."

"여보, 그만 가는 게 좋겠어. 남 얘긴 그만하고 집에 가서 당신 문제나 해결합시다."

태양은 하늘 높이 떠 있고 몸에 있는 구멍이란 구멍으로 배기가스가 들어왔다. 밤에도 절절 끓는 가마솥에서 수백만 명이 생존을 위해 분투하고 있었다. 만체보는 이마에 흐르는 땀을 닦고 잠시 셰시아를 벗을까 생각했다. 하지만 그 생각을 이내 접었다. 처음으로 그는 이 일을 끝까지 해낼 수 없을지도 모른다는 생각이 들었다. 너무 큰일이었다. 그는 파티마에 대해 새로 알게 된 사실을 받아들일 수 없었다. '커튼 뒤'라는 말이 문제였다. 파티마는 담배 가게 커튼 뒤에서 무엇을 할까? 그리고 차 사고를 알았는데도 왜 말을 꺼내지 않았을까? 파티마는 만체보가 바보 같은 짓을 할 때마다 항상 앞장서서 잔소리를 했다.

만체보는 더워서 제대로 생각할 수가 없었다. 그는 일어나서 물을 한 병 챙겨 가게 밖 의자로 나갔다. 의자는 안전했다. 의자 다리 아래의 아스팔트에는 의자가 항상 놓여 있던 자국이 선명하게 남았다. 그래서 만체보는 의자에 앉을 때마다 무의식적으로 그 자국에 의자 위치를 정확히 맞추었다. 다른 가게 주인들도 맑은 공기를 마시기 위해 가게 밖에 의자를 내놓았다. 공기가 맑다고 할 수는 없었지만.

냉동식품만 파는 피카흐 빼고는 날씨가 더워질수록 모든 가게의 매상이 떨어졌다. 많은 사람들이 그저 더위를 식히러 상점에 들어섰고 노숙자들은 에어컨 주변을 서성댔다. 만체보의 가게에는 손님을 끌어들일 에어컨조차 없었다.

그는 점심시간에 관찰한 내용을 기록하며 오후를 보냈다. 이 일을 계속하기 위해 필요한 물품 목록을 짤막하게 적기도 했다. 유일한 문제는 언제 나가서 물건을 살 것인가였다. 만체보는 이런 일을 주로 파티마에게 부탁했지만 갑자기 손목시계와 쌍안경이 필요해진 이유를 설명하기가 곤란했다. 그리고 쌍안경이 정말 필요한지는 아직 확신하지 못했다. 평소처럼 일상적으로 행동해야 하지만 새로운 상황이 생길지도 모른다. 좀 더 전문적으로 염탐해야 하는 순간이.

지평선에 커다란 먹구름이 모여들자 더위를 견디기가 한결 수월해졌다. 곧 휴식 시간이다. 타리크가 휘파람을 불어 르솔레이에 갈 시간임을 알렸다. 만체보는 그에게 엄지손가락을 치켜들었다. 만체보는 빠른 속도로 가게를 정리했다. 타리크는 가게 안으로 들여놓을 것이 없었기에 건너와서 만체보를 도와주며 사과를 하나 집어 들었다.

"형, 혹시 더위 먹었어?" 타리크가 사과를 가리키며 불쑥 물었다.

만체보는 지금 사과를 킬로그램 당 49유로에 팔고 있었다.

"그 정도 맛은 아닌데."

만체보는 어쩌다가 그랬는지 생각하며 머리를 긁적였다. 작가에게 온통 신경이 팔린 바람에 가격을 잘못 쓴 것 같았다. 그는 옷소매로 문질러 가격을 지웠다.

타리크와 프랑수아는 날씨 이야기를 했다. 만체보는 이야기에 동참하려 했지만 머릿속에서 상상의 나래가 펼쳐졌다. 그는 노르망디의 해변에 있었다. 그곳에도 태양이 빛났지만 바닷바람이 이마의 땀을 식혀 주었다. 땀에 젖은 이마는 낭만적이지 않으니까. 작가는 이 모든 것을 계획했겠지. 그들은 몇 주 동안 여행을 떠날까 이야기했지만 날짜를 맞추지 못했을 것이다. 작가의 아내와 애인의 남편에게서 동시에 멀리 떠난 적은 처음이었다. 파도가 잔잔하게 밀려오는 해변에서 그들은 와인을 마시며 사랑이 가득한 주말을 축하한다. 그런데 두 사람이 정말 해변에서 술을 마실까? 기차에서 이미 샴페인을 마시지 않았던가? 어쩌면 그림 같은 아담한 호텔에 벌써 체크인했는지도 모르고 아니면…….

만체보는 과장되게 헛기침을 하며 이런 생각을 지웠다. 젊은 연인의 사생활을 어느 정도는 보장해주고 싶었다. 만체보는 파스티스를 죽 들이키며 프로답게 행동하자고 되뇌었다. 하루의 마지막 휴식 시간이 끝나고 이제 일터로 돌아갈 시간이었다.

만체보는 작가가 주말 아니면 적어도 하룻밤 정도는 돌아오지 않으리라 확신했기 때문에 가게로 서둘러 돌아갈 필요가 없다고 판단했다. 개인적인 일로 약간 머리를 식히는 일은 완벽하게 정당했다.

"난 잠깐 담배 좀 사러 갈게." 바티뇰 대로에 들어서자 만체보가 변명하듯 말을 꺼냈다.

"형, 그냥 내가 줄게. 평생 대 줄 수도 있어. 형수님이 형 건강에 어찌나 신경을 쓰는지 한 달에 겨우 한 갑쯤 피우잖아."

타리크가 재밌어하는 일 중 하나가 파티마가 남편에게 담배를 배급한다는 것이었다. 이유는 알 수 없지만 만체보는 이 이야기만 나오면 창피했다.

"혹시 파티마가 너한테 담배를 사다주니?"

생각할 겨를도 없이 만체보의 입에서 이 말이 나왔다. 머릿속에서 아내와 담배 가게 주인의 관계를 계속 궁금해하고 있었기 때문이다.

"그게 무슨 말도 안 되는 소리야?"

타리크는 만체보의 팔을 잡아채고 잠시 생각하더니 마음을 가라앉히려고 애썼다.

"미안해. 그런데 그게 무슨 뜻이야?"

타리크는 잔뜩 화가 나 있었다. 이 정도로 화가 난 눈빛은 처음이었다. 마치 모르는 사람 같았다. 타리크는 만체보를 겁주고 있었다. 두 사람은 서로 노려보았다. 만체보는 타리크를 원래 상태로 돌려놓아야 한다고 생각했다. 지금 타리크가 적이 되면 감당할 수 없을 것 같았다.

"내가 뭐라고 했는데? 잊어버렸네. 넌 왜 그렇게 화가 났어?"

타리크는 만체보를 잠시 살펴보더니 표정을 풀고 웃음을 터뜨렸다.

"아, 이런. 미안해. 더워서 잠깐 정신이 나갔었나 봐."

"다들 더위 때문에 미칠 지경이지." 만체보가 웃으며 대답했다.

만체보는 같은 거리의 담배 가게가 아니라 세호아 거리에 있는 담배 가게에 가려는 사실을 굳이 숨길 필요가 없었다. 하지만 사촌이 화내는 것을 본 뒤로는 그래야 할 것 같았다. 그래서 늘 하던 대로 왼쪽으로 돌아 평소에 가던 가게 쪽으로 향했다. 타리크가 보고 있는지 뒤돌아 확인하고 싶었지만 용기가 없었다.

만체보는 담배 가게에 들어가는 척을 하다가 다시 나왔다. 그런 다음 세호아 거리로 가기 위해 광장을 지나 길을 빙 돌았다. 차 사고가 났던 장소를 지나자 그때의 기억이 밀려들었다. 현장에 유리 파편이나 바퀴 자국은 없었다. 만체보는 파리의 거리를 청소하는 미화원들과 그들의 긴 초록색 빗자루가 고마웠다.

만체보는 파티마가 커튼 뒤에 있으면 어떻게 하나 싶었다. 이 담배 가게에 발을 들여 놓은 것은 딱 한 번뿐이었다. 아미르와 왔었는데 학교에 가져갈 신문이 필요해서였다.

가게에 들어서자 종이 울렸고 반가운 냉기가 그를 맞았다. 만체보는 에어컨을 걱정 없이 트는 가게도 있구나 하고 생각했다. 덩치가 크고 살집이 있는 담배 가게 주인은 돌아서서 만체보를 향해 눈썹을 추켜올렸다. 약간 놀란 눈치였다. 만체보는 이상하다고 생각했다. 가게 주인에게 그는 낯선 사람이기 때문이다. 만체보는 더위 때문에 사람들이 이상하게 행동하는 것이라고 스스로를 안심시켰다. 하지만 이곳에 오고 나니 도대체 왜 왔는지 의문스러웠다. 무엇을 어떻게 해야겠다는 생각은 전혀 없었고 그저 커튼을 슬쩍 보고 싶었을 뿐이다.

"안녕하세요."

"안녕하세요, 뭘 도와드릴까요?"

"음, 정말…… 사랑스러운 곳이군요."

남자는 몹시 놀라고 당황한 눈초리로 만체보를 보았다.

"근사하고 시원해요."

"아, 네. 그렇죠." 남자가 안도하며 대답했다.

만체보는 어떻게 하면 아내 이야기를 자연스럽게 꺼낼 수 있을지 머리를 쥐어짰다.

"음, 아내를 찾으러 왔어요."

"선생님 부인이요? 여기에요?"

"네. 여기에 온다고 했거든요."

"아…… 그런데 부인이 누구신지?"

"파티마요."

남자는 계산대에 놓인 신문을 뒤적거리기 시작했다.

"여기에는 저밖에 없는데요."

"알겠습니다. 파티마가 가끔 여기에 오나요?"

"아니요. 죄송합니다만 누구를 말씀하시는지 모르겠군요. 파티마라는 분을 저는 모릅니다. 혹시 가게를 잘못 찾아오신 게 아닌가요? 이 길을 따라 가면 담배 가게가 또 있거든요."

"아, 그럼 그곳인가 봐요."

만체보는 조금 전 타리크에게 했던 것과 같은 작전을 써야 한다는 걸 깨달았다. 패배를 인정하고 이대로 포기하는 것이다. 동물들처럼 죽은 척하는 것이다.

"그럼 선생님, 좋은 하루 보내세요."

"좋은 하루 보내세요." 뚱뚱한 가게 주인이 억지웃음을 지으며 말했다.

만체보는 거리로 나갔고 사실상 뛰고 있었다. 먼 길을 돌아 달리고서야 마침내 그는 늘 가던 바티뇰 대로의 담배 가게에 이르렀다.

"만체보 씨, 어서 오세요. 오늘 같은 날 뛰어 오신 거예요?"

"빨리 가 봐야 해서요."

"일이 바쁜가 봐요?"

만체보는 미소 지으며 담배 값을 계산대 위에 올려놓았다. 대로를 걸어 가게로 돌아가면서 구두수선 가게를 흘끗 보았다. 타리크가 문간에 서서 그를 보고 있었다. 만체보가 담배를 사는 데 시간이 오래 걸리는 건 이상하지 않았다. 그는 가게 주인과 이야기를 나누는 경우가 많았으니까.

만체보는 담배 꾸러미를 들어보였다. 바보 같은 짓을 하지 않았다는 증거였다. 타리크는 고개를 끄덕이더니 가게로 들어갔다.

밤이 되자 그토록 기다리던 비가 천둥과 함께 찾아왔다. 폭풍우가 도시로 밀려오자 만체보는 이불을 젖히고 침대에서 나왔다. 그는 비에 젖은 거리처럼 비어 있는 맞은편 아파트를 바라보았다. 담배가 간절했지만 저녁 담배를 이미 피웠다.

번개가 번쩍이고 요란한 소리가 나자 만체보는 몸서리를 쳤다. 평소 세상모르게 자던 파티마조차 놀라서 깼을 정도였다. 그녀는 굼뜬 몸을 최대한 빨리 움직여 창가로 갔다. 두 사람은 창가에 서서 밖을 내다보았다. 파티마는 벼락을 맞은 곳이 있는지 대로를 살폈다. 만체보의 시선은 맞은편 아파트에 고정되어 있었다. 폭풍우조차도 그의 일을 막지 못했다.

"성당 첨탑이 벼락을 맞았을 거야." 파티마가 중얼거렸다.

만체보는 아내를 보았다. 그녀의 옆모습을 유심히 살폈다. 아내와 그 뚱뚱한 담배 가게 주인이? 그럴 리가 없다. 만체보는 커튼 뒤에 있는 두 사람을 상상하려 애썼지만 할 수 없었다. 그런데 파티마는 왜 차 사고에 대해 묻지 않을까?

6

구글에서 벨리비에를 검색해 보았다. 검색 결과가 꽤 많았지만 벨기에의 농부 같은 상관없어 보이는 정보를 제외하자 몇 안 되는 결과만 남았다. 그중에는 상업지구에서 몇 정거장밖에 떨어지지 않은 퐁 드 뇌이에서 병원을 운영하는 산부인과 전문의 베르트랑드 벨리비에도 있었다. 나는 밖에 아무도 없다는 것을 확인한 뒤 전화를 걸었다.

"여보세요. 벨리비에 선생님과 약속을 잡고 싶은데요."

"전에 병원에 방문하신 적이 있나요?"

"아니요."

"죄송합니다만 벨리비에 선생님께서는 당분간 새로운 환자를 받지 않으세요."

"좀 급해서 그래요. 제 담당의가 자리를 비워서 이번 한 번만 진료를 받으려고요. 확인할 게 있어서요."

"음, 알겠습니다. 그럼 다음 주에 예약을 잡아 드릴게요."

"고맙습니다. 12시에서 1시 30분 사이가 좋겠어요."

이메일이 뜸한 시간에 에어프랑스 고객 번호를 이용해 벨리비에 씨 이름으로 몰디브 행 티켓을 예약하려고도 시도했다. 고객 번호가 이름과 맞는지 보고 싶었다. 하지만 예약을 다음 단계로 진행하려면 성뿐만 아니라 이름과 전화번호를 입력해야 했다. 그래서 원점으로 돌아갔다. 나는 다시 한 번 주사위를 던지기로 마음먹고 항공사의 고객센터에 전화를 걸었다.

"여보세요. 에어프랑스 회원 카드를 주웠는데 누구 것인지 알고 싶어서요."

"그러시군요. 회원 이름을 왜 아셔야 하죠?"

"회사에서 주웠는데 누구 건지 알면 바로 돌려줄 수 있을 것 같아서요."

"회원 카드에는 모두 이름이 쓰여 있는데요."

"네, 하지만 안 보여요……. 지워졌어요. 번호만 희미하게 보여요."

"죄송하지만 고객 정보를 제공할 수는 없습니다. 저희에게 카드를 보내주시면 당사자에게 연락하겠습니다."

"네, 고맙습니다."

또다시 원점이다. 애당초 주사위를 던지지 말았어야 했다. 그때 알림음이 들렸다.

조금 낙담한 상태로 엘리베이터를 타고 점심을 먹으러 내려갔다. 나는 일만 혼자 하는 것이 아니라 모든 면에서 혼자였다. 일을 시작한 지 며칠이 지났는데도 아들은 나를 볼 때마다 낯설어 했다.

그 애는 멍하니 나를 쳐다봤고 왠지 그런 모습에 화가 났다.

내가 자제력을 잃지 않고 버틸 수 있는 이유는 이 일에 기간이 정해져 있기 때문이다. 3주만 있으면 모두 끝난다. 그러면 원래의 삶으로 돌아가겠지. 이 경험을 통해 무엇을 얻게 될까. 제법 큰돈, 추억, 약간의 긴장감 정도? 나는 건물 앞 벤치에 앉아서 이런 생각을 했다. 밖에서 먹기에는 너무 더웠지만 이상하게도 땀을 흘리고 더위에 시달리는 것이 좋았다.

머리 위로 비행기가 굉음을 내며 지나가자 나는 본능적으로 위를 쳐다보았다. 비행기는 잘못 쓰이면 대량 살상 무기가 될 수도 있다. 아이러니하게도 에어프랑스 비행기였다. 지구 반대편에서 십년도 넘는 세월 전에 일어난 사건이 모든 것을 바꾸어 놓았다. 나는 자리에서 일어났다. 일하러 갈 시간이다.

에어프랑스나 숫자와 문자열, 내 고용인과 이름이 같은 산부인과 의사를 더는 파헤치지 않기로 했다. 대신 내 원래 일에 집중하기로 했다. 완성해야 할 기사가 몇 건 있었다. 기사를 작성하는 시간이 나를 구원했다. 이메일 알림음도 집중하는 나를 방해하지 못했다. 나는 시간을 꼼꼼하게 확인했고 몇 분 초과근무를 하고 있다는 것을 알았지만 기사를 마무리해서 보내고 싶었다. 조금 늦게 퇴근한다고 해도 크게 문제가 될 것 같지 않았다.

무슨 소리가 들렸다. 평소에 듣던 소리가 아니었다. 누군가가 잊혀진 층에 올라왔다. 경비원이 오면 어떻게 하지? 내 목에 걸린 출입증에는 영업부장이라고 쓰여 있었다. 이렇게 생각하자 조금은 안심이 되었다. 나는 전화기를 귀에 댔다. 누가 들어오면 민감한 주제로 통화하는 척할 생각이었다. 사람들을 피해 이곳에 올라온 것처럼. 나는 순식간에 노트북을 정리했다. 내 흔적을 전혀 남기지 않았다. 마침내 블라인드 사이로 누군가가 보였고 짐작할 겨를도 없이 내 앞에 여자가 서 있었다. 나는 전화기를 내렸다.

"안녕하세요."

"안녕하세요."

"이제 막 나갈 참이었어요."

여자는 대답하지 않았다. 그녀는 대형 진공청소기를 들여놓더니 청소용 손수레를 가지러 복도로 나갔다. 지난번에 남자가 청소부에 대해 말했던 것이 떠올랐다. 어쩌면 청소부는 이 일에 대해 전부 알고 있을지도 모른다. 물론 전혀 모를 수도 있지만. 어쩌면 그녀 역시 자신도 모르는 사이에 테러 조직을 위해 일해온 건지도 모른다. 진공청소기 소리가 어찌나 큰지 청소기를 꺼버리고 아래층에서 누군가가 이 소리를 들을 수도 있다고 외치고 싶었다.

나는 이곳에 있다는 것을 들킬까 봐 까치발을 하고 다녔다. 하지만 청소부는 늘 이곳을 청소할 테고 아레바 건물 사람들은 오후 늦은 시간에 꼭대기 층에서 들려오는 소음에 익숙한지도 몰랐다. 아래층에는 청소기 소리가 들리지 않을 수도 있고. 이런 생각이 들자 갑자기 무서웠다. 컴퓨터 전원을 껐다.

"그럼, 이만 가볼게요."

청소부는 사무실을 나가는 나를 쳐다보지도 않았다. 하기는 쳐다봐야 할 이유가 없었다.

지하철 문에 체중을 싣고 기댄 남자는 생각에 깊이 잠겨 있었다. 계속 어딘가로 전화를 걸었지만 상대방이 응답하지 않는 것 같았다. 나는 그와 고작 몇 미터 떨어져 있었다. 그의 호박색 눈동자에 불꽃이 일었다. 뛰쳐나가고 싶은 마음을 참는 듯했다.

　나는 그 남자의 사연을 상상해 보았다. 그는 요리를 좋아하고 삶의 좋은 면을 보며 기쁘게 사는 사람일 것이다. 약간 살집이 있는 그를 보며 이렇게 추측했다. 그런데 요즘 일이 너무 많아져서 중요한 프로젝트를 망칠까 걱정하는 중이다. 아니, 그건 아닌 것 같다. 그의 눈동자에서 튄 불꽃은 일과 상관없어 보였다. 그와 눈이 마주친 나는 슬쩍 눈길을 피했다.

　충동적인 행동처럼 보였지만 물론 계획된 것이었다. 지하철이 생폴에 섰다. 남자는 문이 열리자 물러섰다. 나는 내려서 승객들이 다 타기를 기다린 다음 그에게 꽃다발을 내밀었다. 그는 꽃다발이 떨어질까 봐 반사적으로 받았고 의문스러운 눈빛으로 나를 보았다. 그때 지하철 문이 닫혔고 나는 출구로 향했다.

　이 일을 시작하기 전에 나는 스스로 외로운 사람이라고 생각했다. 하지만 과거에 나는 전혀 외롭지 않았다는 것을 깨달았다. 외로운 건 지금이다. 나는 누구와도 말하지 않았고 누가 말을 걸 때마다 눈을 내리깔았다. 아들이 다니는 여름학교 선생님이 다음 주에 아들을 데리고 수영장에 가도 되겠냐고 물을 때도 바닥을 보고 있었다. 내가 누구인지 알 수 없었다. 나는 역할을 받았고 제법 잘 해내고 있지만 외로웠다.

나는 너무 이름 없는 존재로 지낸 나머지 죽은 사람을 비롯해 전혀 모르는 사람에게 꽃다발을 건네는 지경에 이르렀다. 일을 시작한 지 일주일이 지나자 주디스 골든베르그는 꽃다발을 몇 개나 받게 되었다. 어쩌면 내가 그녀의 무덤을 선택한 이유도 눈에 띄지 않아서인지 모른다. 그 무덤을 보면 내가 떠올랐기 때문에. 그리고 그 무덤은 생화든 조화든 꽃이 없는 몇 안 되는 무덤 중 하나이기도 했다. 그래서 내가 꽃을 갖다 놓아도 아무도 불평하지 않으리라 생각했다.

나는 출입증에는 익숙해졌지만 꽃다발에는 그러지 못했다. 장미꽃을 받은 것은 한 번뿐이지만 꽃다발은 모두 뾰족하고 적대적으로 느껴졌다. 업무 시간이 끝난 뒤에 전해지는 꽃다발은 내 삶을 침해했다. 꽃다발 때문에 일과 사생활이 어쩔 수 없이 연결되었다.

나는 변화를 주기 위해, 그러니까 죽은 사람과 지하철에서 만난 낯선 사람에게 꽃다발을 주지 않기 위해 한번은 아들을 데리러 온 전 남편에게 꽃다발을 주려 했다. 그러다가 마지막 순간에 가까스로 자제했다. 전 남편에게 꽃을 주면 내가 완전히 낫지 않았다는 신호로 받아들일 것이다. 최근에 나는 내가 하는 일이 드러날까 봐 이웃과도 말을 섞지 않았다. 사람들은 내가 말을 하지 않으면 우울증 증상으로 받아들였다. 하지만 나는 우울하지 않다. 그저 미지의 영역에 있을 뿐이다.

청년이 나를 향해 미소 지었다. 꽃집에서 일할 것 같은 외모는 아니었다. 그가 어떤 일에 어울릴지 정확히 알 수는 없었지만 꽃집은 아니었다. 사실 꽃집은 지하철역 위, 쓰레기통 옆자리라는 위치에 어울리지 않았다. 콘크리트 한가운데서 각양각색의 꽃이 눈부시게 빛났다. 나는 꽃집에 들러야겠다고 생각했지만 그동안은 용기가 없었다. 나는 매일 오후에 아레바 안내데스크로 꽃을 배달시킨 사람이 누구인지 알고 싶어서 왔다고 했다. 그는 약간 의심스러운 듯했다.

"그걸 왜 알고 싶은 거죠?"

"그냥 궁금해서요."

"죄송하지만 그건 말할 수 없어요. 손님은 누구신가요?"

당연히 그는 정말로 내 이름을 물은 게 아니다. 그저 일상적인 질문이었다. 하지만 심장박동이 빨라지면서 내 몸이 반응했다. 나는 말을 하지 않으려고 그날 받은 꽃다발을 내밀었다.

"마음에 드세요? 제가 만들었는데. 예쁘죠?" 그가 미소 지으며 말했다.

나는 고개를 끄덕였다. "전부 다 예뻐요. 그래서 누가 보내는 것인지 궁금해졌죠."

그가 망설였다. 나는 그를 유심히 보았다. 그는 내게 꽃을 보내는 남자와 나 사이에 다리 역할을 하고 싶은 것 같기도 했고 동시에 손님의 이름을 함부로 말하기 껄끄러워하는 것 같기도 했다.

"죄송합니다만 그래도 알려드릴 수가 없네요. 보낸 사람 이름이 적힌 카드가 없다면, 알리고 싶지 않다는 뜻인 것 같아요."

"혹시 벨리비에 씨인가요?"

그의 표정으로는 아무것도 알 수 없었다.

지하철이 갑자기 덜컹거렸고 주변 승객들은 내가 꽃다발에 너무 무심한 것이 의아하다는 눈빛이었다. 꽃다발은 사람들 사이에서 찌그러졌고 사람들이 틈을 파헤치고 지나갈 때마다 부딪쳤다. 내 주변에는 영역 표시라도 하듯이 초록색 잎이 흩어졌다.

노부인이 나를 향해 미소 지었다. 그녀도 꽃다발 때문에 고생한 적이 있다고, 마치 내가 어떤 상황인지 다 알고 있다는 표정이었다. 지하철에서 시달린 꽃다발은 주디스 골든베르그의 묘에 갖다 놓기에도 마땅치 않았다. 죽은 사람도 존중받아야 하니까.

나는 미셸 드 몽테뉴의 차디찬 청동 팔에 꽃을 쑤셔 넣었다. 광나는 신발을 신은 동상은 기쁜 표정이었다. 박수 소리가 들렸다. 내 행동을 본 소르본 대학 학생들이 친 박수였다. 나는 한 걸음 물러나 거리를 두고 동상을 보았다. 미셸 드 몽테뉴는 꽃다발을 든 모습이 썩 잘 어울렸다. 나는 자유다. 내 손도 자유다. 나는 서둘러 그곳을 벗어났다.

문은 열려 있고 안내데스크에는 아무도 없었다. 나는 곧장 대기실로 갔다. 젊은 남녀가 앉아 있었다.

닥터 벨리비에를 만나봤자 득이 되지 않는다는 걸 잘 알았다. 분수를 딛고 서서 꽃다발을 머리 위로 흔들어대던 행동과 마찬가지다. 둘 다 내 무력함을, 누군가가 나를 통제하고 있다는 생각을 피하려고 하는 행동일 뿐이었다. 나를 고용한 사람과 이름이 같은 산부인과 전문의와 만나서 무엇을 하겠는가. 설령 의사가 내 삶에 들어온 벨리비에 씨로 밝혀진다고 해도 무슨 의미가 있을까? 그가 내 질이 어떻게 생겼는지 알게 된다는 것 말고는 달라질 게 없다.

나는 별안간 식은땀이 나고 속이 메스꺼웠다. 토할지도 모른다
는 생각을 잠시 했지만 임신부들이 오는 병원 대기실에서 토하는
사람이 나뿐만은 아닐 것이라는 생각으로 겨우 달랬다.

"부인."

갑자기 나타난 여자 직원이 내 주의를 끌었다.

"처음 오신 거라서요." 그녀는 이렇게 말하고는 내가 작성해야
할 서류와 펜을 내밀었다.

나는 개인 정보와 진료 기록을 적기 시작했다. 이름, 주소, 생일
모두 가짜로 썼는데 난생 처음 해보는 짓이었다. 보험증은 집에 두
고 왔다고 하면 된다. 그래봐야 고작 몇 유로가 추가될 뿐이다. 나
는 작성한 서류를 다시 한 번 읽으며 실수하지 않았는지 확인했다.
글자 하나, 숫자 하나 어느 것도 제대로 되지 않았다는 점을 감안
할 때 그리 중요한 일은 아니지만.

정말 이상한 것은 내가 가짜 주소를 실제로 사는 곳 코앞으로 했
다는 점이다. 파리에는 거리가 수없이 많은데 왜 우리 집과 가까운
주소를 골랐을까? 사실에 최대한 가깝다고 생각하고 싶어서일 수
도 있고 그냥 상상력이 부족해서일 수도 있다. 어느 쪽이든 중요하
지 않았다. 자녀 한 명, 아들. 나는 이렇게 썼다. 그것까지 거짓말할
수는 없었다. 의사가 질을 보고 무슨 말을 할지 몰랐다. 나무처럼
나이테가 있어서 다 알아챌지도 모른다. 하지만 알게 뭐람? 결국
나는 '아들'을 지우고 '딸'이라고 썼다.

작성한 서류를 여자에게 줘야 하는지 의사에게 줘야 하는지 몰

랐지만 내가 결정하기도 전에 직원이 와서 서류와 펜을 가져갔다. 시간이 없었다. 20분 뒤에는 사무실로 돌아가야 한다. 물론 이메일을 조금 늦게 전달한다고 해서 세상이 끝나지는 않을 것이다. 내 또래로 보이는 여자와 의사가 진료실 문을 열고 나왔다. 왜 이렇게 긴장되는지 도통 알 수 없었다. 곧 벨리비에 씨를 만난다는 사실 때문일까, 아니면 거짓말을 했다는 사실 때문일까?

드디어 벨리비에 씨의 얼굴을 정면으로 보았다. 그동안 머릿속에서 어떻게 상상했는지는 몰라도 제법 친밀하게 느껴졌다. 그는 나를 향해 진료실로 들어오라고 손짓했다. 그는 내가 작성한 서류를 가지고 있었다. 내 몸은 달아날 준비를 했다. 남이 강요한 내 모습에서, 나 자신에게서, 스스로 만든 이 말도 안 되는 상황에서. 의사는 젊은 여자들을 꾀어 건물 꼭대기 층으로 보낸 다음 토막 살인을 저지르는 사이코패스일 수도 있다.

메스꺼움이 심해지자 나는 진짜 토할 때를 대비해 쓰레기통이 있는지 둘러보았다. 앉아도 되는지 몰라서 계속 서서 임신부 해부도를 보고 있었다. 그래도 메스꺼움이 가라앉지 않고 머리가 빙빙 돌았다. 의사가 진료실 문 닫는 소리가 들렸다.

"앉으세요."

의사의 얼굴이 왜 이리 낯익을까? 그는 맞은편에 앉았지만 나를 보지 않고 내가 작성한 서류에 있는 정보를 컴퓨터로 옮겼다. 그는 서두르지 않았다. 급한 기색이 전혀 없었다.

"자, 무슨 일 때문에 황송하게도 이곳까지 찾아오셨습니까?"

하얀색 진료실이 갑자기 컴컴하게 느껴졌다. 방금 의사가 '무슨 일 때문에 황송하게도 이곳까지 찾아오셨습니까'라고 한 건가? 그냥 분위기를 띄우려고 한 말일까?

"저…… 자궁경부암 검사를 하고 싶어서요." 나는 더듬거리며 겨우 말했다.

"그러시군요. 마지막 검사가 언제였죠?"

"몇 년 된 것 같아요."

"산부인과 정기검진은 받으시나요?"

"네, 하지만 한동안 이 근처에서 살게 되어서요."

의사는 내가 가던 병원의 주치의 이름을 묻지 않았고 검사대로 가라는 손짓만 했다. 등줄기를 타고 작은 땀방울이 천천히 흘러내렸다.

의사는 검사 결과에 이상이 있으면 직접 연락하겠다고 했고 집 주소로 결과를 우편 발송하겠다고 했다. 하지만 나는 결과서를 보지 못할 것이다. 그리고 의사는 나와 연락할 수 없을 것이다. 검사 결과는 우체국으로 반송되어 주소를 잘못 쓰거나 누락된 다른 우편물들과 함께 먼지 속에 뒹굴게 되겠지.

그날 밤엔 잠을 이룰 수 없었다. 주방으로 가서 창문을 열었지만 다시 잽싸게 닫았다. 실내보다 밖이 더 더웠다.

아파트 안뜰에는 계속 불이 켜져 있었다. 암 투병 중인 맞은편 이웃은 주방을 서성대기 시작했다. 그 모습을 보자 다시 속이 울렁거렸다. 내가 암에 걸리면 어떨까 생각하자 맞은편 집의 남자에게 미안했다. 산부인과 의사를 만날 핑계로 왜 자궁경부암 검사를 선택했을까? 어쩌면 장난질에 대한 벌로 내가 두려워하는 문제가 생길지도 모른다. 나는 조만간 실명으로 자궁경부암 검사를 받아야겠다고 다짐했다. 그리고 어디론가 가서 미안하다고 말하겠다는 다짐도 했다. 질병으로 정말 고통받는 사람들에게. 내가 한 짓을 보상하기 위해서.

주방에 있는 동안 나는 통찰력을 얻었다. 내게 필요한 시간이었다. 나는 수수께끼 같은 이메일을 전달하는 일을 잘 해내고 있다. 내가 통제할 수 없는 것은 내가 하고 있는 생각과 별난 행동이다. 아무것도 아닌 일 때문에 잠시 엇나갔을 뿐이다. 내 이상한 생각과 행동은 특별할 것 없는 일들, 꽃다발, 의사에게 받은 진료, 숫자 같은 것들 때문에 더 심해졌다. 하지만 이런 현상은 아주 잠시만 지속될 것이다. 나는 일과 아들에게 집중하자고 다짐했다. 내가 하게 된 일을 있는 그대로, 3주 동안 의미 없는 이메일을 전달하는 일로만 받아들이자고 다짐했다. 그 이상의 의미는 없다고.

7

아미르는 주말이면 대개 가게에서 아버지 일을 도왔다. 하지만 그 주에는 만체보가 토요일에 한두 시간만 도와주면 된다고 했다. 더 있을 필요는 없다고. 아미르는 왜 일요일에는 도울 필요가 없는지 묻지 않았다. 만체보는 아들이 아무것도 의심하지 않는다고, 주말 일정이 달라진 것을 파티마에게 이야기하지 않으리라고 확신했다. 게다가 파티마는 일요일마다 아델과 목욕탕에 가기 때문에 아미르가 왜 가게에 없는지 궁금해하지 않을 것이다. 만체보는 밤잠을 설쳐가며 깊이 생각했다.

아침 공기가 상쾌했다. 맞은편 아파트에서는 아무 일도 일어나지 않았다. 만체보는 모든 것을 잘 파악하고 있었다. 그는 잠을 설쳤지만 유난히 좋은 기분으로 의자에 다시 앉았다. 조급해하지 않기로 했다.

새로운 일을 시작한 지 이틀밖에 지나지 않았지만 사야 할 것들이 몇 가지 생겼다. 만체보 자신을 위한 것이었다. 작가가 여행가방을 들고 사라진 뒤로 만체보는 탐정 일에 진짜 흥미가 생겼다.

그는 늘 그렇듯 상스러운 걸음걸이로 가게에 내려오는 타리크를 보았다. 타리크는 만체보의 어깨를 두드린 뒤에 서둘러 대로로 나갔고 하마터면 차에 치일 뻔했다. 차가 브레이크 소리를 내며 멈추었고 빵집 주인이 소리를 질렀다. 운전자는 자신이 잘못하지 않았다는 뜻으로 손을 들어 올렸다. 당연히 법적으로는 운전자가 유리하다. 만체보는 이 상황을 모두 보았다. 타리크는 빵집 주인과 몇 마디 주고받았다. 사소한 일을 인식하는 만체보의 능력은 고작 며칠 사이에 일취월장했다. 어쩌면 자신의 관찰 능력을 이제야 발견했는지도 모른다.

만체보는 계속 의자에 앉아 몸을 흔들며 아스팔트에 패인 자국에 의자가 꼭 맞을 때마다 흡족해했다. 그나저나 나는 하고 많은 장소 중에 왜 이곳에 의자를 놓았을까? 이런 생각을 하고 있을 때 아미르가 내려와서 아버지의 어깨에 손을 올렸다.

"아빠, 별일 없죠?"

"그래. 별일 없어. 너무 더울 땐 나올 생각도 안 드는 법이니까. 오늘은 좀 시원하지만 다들 어디 놀러 가려고 하지 장을 봐야겠다는 생각은 안 할 거야. 한두 시간 뒤에 돌아오마. 도움이 필요하면 작은아버지에게 물어보렴. 알겠지?"

아미르는 고개를 끄덕인 뒤에 아버지가 앉아 있던 의자에 앉아서 만화책을 넘기기 시작했다.

만체보는 서서히 속도를 높이며 오늘은 일진이 좋다고 생각했다. 라파엘이 수리해서 그런지 차가 더 힘 있게 느껴졌다. 만체보는 어쩌다가 헤드라이트가 망가졌는지 알아들을 수 없이 웅얼거렸지만 라파엘은 크게 신경 쓰지 않았다. 그는 수리 방법에 더 골몰했다.

파리의 이 지역은 만체보에게 익숙지 않았고 지금 가고 있는 장소에는 발도 들여놓은 적이 없었다. 그는 차를 몰고 주차장으로 갔다. 무료 주차 공간을 찾느라 허비할 시간이 없었다. 차단기가 올라가자 그는 주차장 깊숙이 들어갔다. 갤러리 라파예트에 가기로 결심한 이유는 세 가지였다. 목록에 적은 물건을 모두 살 수 있어야 하고 라파엘의 집에서 멀지 않아야 했다. 그리고 만체보는 이 백화점에서 아는 사람을 우연히 마주칠 리 없다고 확신했다.

그는 큰 쇼핑백을 여러 개 든 젊은 남녀와 함께 엘리베이터에 탔다. 마음이 불편해진 그는 두 손을 꼭 모아 쥐었다. 하지만 엘리베이터에서 느끼는 불편함 중 최고봉은 문이 열릴 때였다. 엘리베이터 문이 열리면 번쩍임, 소음, 향수 냄새, 빠른 발걸음, 재빨리 돈을 주고받는 손, 거울, 크리스털 샹들리에, 이 모든 것을 좇는 아름다운 사람들이 보였다. 푸른색 외투를 입고 검은색 셰시아를 쓴 만체보는 어디로 가야 하는지도 모른 채 서 있었다. 모두 그를 쳐다보는 것 같았고 이렇게 물밖에 나온 물고기 같은 기분을 느낀 적은 처음이었다.

만체보는 정신을 차리고 안주머니에서 종이를 꺼냈다. 목록 맨 위에 있는 물건은 손목시계였다. 그는 용기를 내어 아수라장에 발을 들였다. 그리고 마침내 멀리에서 안내데스크를 발견하고 쭈뼛거리며 다가갔다.

작은 시계, 큰 시계, 반짝이는 시계, 무광 시계, 비싼 시계, 눈물 나게 비싼 시계, 알록달록한 시계, 수수한 시계, 여성용 시계, 남성용 시계, 잠수용 시계, 자명종이 내장된 시계, 이상하게 생긴 시계, 예쁜 시계, 시끄러운 시계, 조용한 시계가 있었다.

"뭘 도와드릴까요?"

"시계를 사려고요."

"생각해두신 물건이 있나요?"

"시계요, 손목시계."

"네, 혹시 마음에 두신 상표라도?"

만체보는 시계 상표는 하나도 몰랐지만 시계를 만드는 나라는 알았다.

"스위스 시계가 좋아요. 너무 눈에 띄지 않고 비싸지 않은 것으로요."

젊은 점원은 미소 짓더니 탐정에게 꼭 어울리는 손목시계를 가져왔다.

만체보는 목록에서 '손목시계'를 지웠다. 무엇이 필요한지 잘 알고 있었지만 목록을 가지고 있는 편이 더 전문적인 것 같았다. 두 번째이자 마지막으로 목록에 적힌 단어는 '쌍안경'이었다. 그는 안내데스크로 돌아갔다. 아까도 데스크 직원의 도움으로 헤매지 않고 시계 코너를 찾을 수 있었다. 이번에도 어떻게 하면 쌍안경을 살 수 있는지 알려줄 것이다.

쌍안경은 시계만큼 선택의 폭이 넓지 않았다.

"어서 오세요. 뭘 도와드릴까요?"

"쌍안경은 이것뿐인가요?"

"네, 어디에 쓰시려고요?"

만체보는 조심스럽게 주위를 둘러보고 나서 대답했다.

"스파이 활동에요."

그는 이 말을 하자마자 후회했다. 탐정 일에 쓴다고 할 걸. 하지만 그가 단순히 식료품 가게를 운영하는 나이 많은 남자가 아니라는 점을 알리기에는 '스파이 활동'이라는 말이 더 적당한 것 같았다. 만체보는 허리를 꼿꼿하게 폈다. 완벽한 사람은 없다.

"오, 흥미롭네요. 그렇다면 이걸 추천할게요. 먼 곳에서 보기 아주 좋아요. 차 안에 앉아 있거나 하는 경우에 말이에요."

점원은 크고 고전적으로 생긴 쌍안경을 꺼냈다.

"하지만 지켜보는 사람이나 사물이나, 아무튼 그런 것에서 가깝다면 오페라글라스를 추천해요. 아까 것보다는 눈에 잘 안 띄고요."

점원은 작은 오페라글라스 두 개를 큰 쌍안경 옆에 내려놓았다.

"오페라글라스 중에 더 비싼 걸로 살게요."

만체보는 잘 모르는 새로운 영역에서 존중받고 싶을 땐 비싼 쪽을 골랐다. 그는 목록에서 '쌍안경'을 지웠다. 임무가 끝났다.

그는 손목시계를 팔목 높이 차서 외투를 입으면 가려져서 보이지 않게 했고, 팔을 쭉 뻗어 정말 안 보이는지 확인했다. 아무에게도 보이지 않는다면 굳이 갤러리 라파예트에서 스위스 손목시계를 살 필요가 없었는지도 모른다. 주차장을 나설 때 시계는 12시 45분을 가리켰다.

만체보는 창밖으로 주차증과 영수증 두 장을 내민 다음 도로에 진입했다. 17분 뒤 그는 차를 주차하고 외투 주머니에 쌍안경을 넣은 다음 만화책에 몰두해 있는 아미르에게 손을 흔들었다. 만체보는 타리크의 가게로 건너가 안으로 들어갔다. 손님이 있었기 때문에 멍하니 맞은편 자기 가게를 쳐다보며 반짝이는 열쇠고리를 만지작거렸다. 여기선 어느 정도나 보이지? 아미르가 뭘 하고 있는지 보일까? 가게의 어디에 숨어야 여기에서 보이지 않을까? 빛이 어디를 비추지? 타리크의 손님이 떠나기 전에 만체보는 이 모든 것을 관찰하고 외웠다.

"어디 나갔다 왔어?" 타리크가 물었다.

"차 몰고 라파엘에게 다녀왔어."

"잘 굴러간다고 하지 않았어?"

"응, 그런데 헤드라이트 하나가…… 잘 안 맞아서 오늘 손보는 게 좋을 것 같더라고."

"잘했네. 라파엘은 잘 있어?"

만체보는 대화를 그만 하고 싶었다. 더는 알리바이가 필요 없었지만 마음이 불편했다.

"응, 잘 있더라. 오랜만에 카미유와도 인사했어. 라파엘은 좋은 아내를 얻었어. 같이 있으면 기분이 좋아지는 여자야. 항상 밝고 어려 보이거든."

"우리 마누라들과는 다르다는 뜻이야?"

두 사람 다 웃으며 악수를 한 뒤에 오후 잘 보내라는 인사를 했다. 만체보는 손목 높이 시계를 차고 대로를 건넜다.

"별일 없었지?"

아미르는 대답 대신 고개를 끄덕이고는 슬며시 자리에서 일어났다. 만체보는 아미르에게 더 재미난 일이 있나 보다 생각하며 중국 수첩 69권 뒤에 쌍안경을 숨겼다.

곧 해가 질 시간이었다. 작가와 그의 연인은 어쩌면 이미 씻고 저녁 준비를 마쳤는지도 모른다. 두 사람은 신발을 벗어 들고 팔짱을 낀 채 해변을 거닌다. 진지한 이야기를 나눌지도 모른다. 이를테면 그들의 사랑은 포커 게임에서 아무도 쥐고 싶어 하지 않는 곤란한 카드라든가. 하지만 많은 게임에서 그렇듯 그들의 사랑은 우연이었다. 두 사람 모두 상대방을 사랑하겠다고 마음먹었기 때문에 사랑하게 된 것이 아니다. 그들은 함께하는 얼마 안 되는 시간이 소중하다는 것을 알았고 그런 생각을 하자 애수에 잠겼다. 만체보는 '애수'라는 말을 음미했다. 이 말은 입 밖으로 내본 적도 없고 머릿속에서조차 떠올린 적이 없는 것 같았다. 하지만 지금은 하고 있었다.

만체보는 평소와 다름없이 가게 앞 의자에 앉아 있었다. 하루 종일 조용했다는 점에 감사했다. 간밤에 잠도 제대로 못 자고 갤러리 라파예트에서 정신없는 시간을 보낸 그에게 꼭 필요한 안정감이었다. 그는 또다시 작가와 노르망디의 해변, 정확히 말하자면 카부르 해변을 떠올렸다. 젊은 연인은 바다가 보이는 웅장하고 세련된 르 그랑 호텔을 지났다. 작가들의 우상 마르셀 프루스트가 머물렀던 바로 그 호텔이다. 카부르는 심한 천식을 앓았던 프루스트가 유일하게 병에서 벗어날 수 있는 곳이었다. 작가는 연인에게 이런 이야기를 해주고 연인은 귀 기울여 듣는다. 만체보가 프루스트 같은 작가를 알게 된 것은 순전히 아미르의 학교 과제 덕분이다. 아미르는 가족들을 상대로 발표 연습을 했다. 타리크는 시간을 쟀고 파티마는 주위에서 담배를 피워대는 사람들 때문에 앓게 된 천식에서 벗어나려면 카부르의 호텔로 가야겠다고 말했다. 만체보는 그 부분이 특히 또렷하게 기억났다.

죄 짓는 연인을 생각할수록 그들에 대한 연민이 커졌다. 만체보는 그들과 함께 아파했다. 캣 덕분에 깨어난 자신의 내면을 생각하면 이상할 수도 있지만 만체보는 캣의 절망과 작가의 외도를 도저히 연관 지어 생각할 수 없었다. 마치 각기 다른 두 이야기 같았고 만체보는 이 이야기에서 나쁜 쪽의 편을 들기 시작했다.

그는 이런 감정이 일에 영향을 주지 않을까 궁금해졌다. 탐정이라면 실질적으로나 감정적으로 의뢰인 편에 서야 하지 않을까? 만체보는 이런 생각을 하느라 빵집 앞에서 스쿠터와 자동차가 부딪치는 순간을 보지 못했다. 무슨 일이 일어났는지 보려고 사람들이 도로에 쏟아져 나왔다. 만체보는 더 잘 보려고 일어났고 그때 뭔가가 떠올랐다. 지금이야말로 쌍안경을 시험해 볼 절호의 기회였다.

그는 쌍안경을 눈에 대고 사람들이 모인 쪽을 보았지만 희뿌연 안개만 보였다. 만체보는 쌍안경을 처음 사용해보았지만 초점을 어떻게 맞추는지는 알고 있었다. 조절 노브를 만지던 그는 갑자기 흠칫하며 쌍안경을 뗐다. 사람들이 너무 선명하게 보여서 깜짝 놀랄 정도였다. 쌍안경이 이 정도로 잘 보일 줄은 몰랐다. 그는 사고 현장에 모인 사람들을 하나하나 찬찬히 살펴본 다음 맞은편 건물로 쌍안경을 돌렸다. 다시 모든 것이 흐릿해졌고 그는 새로 설정된 거리에 맞게 초점을 조정했다. 그는 타리크를 살폈다. 쌍안경을 통해 본 타리크는 현실 속 인물이 아닌 것 같았다. 마치 그를 처음보는 기분이었다. 만체보는 타리크가 이 정도로 피부가 가무잡잡했나 생각하며 마지막으로 비상계단을 한번 본 다음 쌍안경을 조심스럽게 상자에 넣어 금전출납기 아래에 숨겼다. 다시 의자로 돌아가 앉자 진한 음식 냄새가 풍겨 왔다.

새로 맡은 일 때문에 매우 들뜨기는 했지만 만체보는 마음 한 구석에서 외로움을 느꼈다. 방은 어두웠고 그는 몇 시간이라도 자야한다고 생각했다. 내일도 가게를 운영하고 탐정 일을 하려면 잠을자야 했다.

만체보는 배 위에서 손을 깍지 낀 채 똑바로 누워 있다가 문득이 자세가 관 속에 누워 있는 것 같다는 생각이 들었다. 이따금 자동차 소리와 사이렌 소리가 들렸지만 그것 말고는 유난히 조용한밤이었다. 저녁식사 시간에는 새로운 자리에 앉으려고 한 일 때문에 소외감을 느꼈다.

만체보는 평생 처음으로 가족이 모르는 일을 하는 중이었다. 물론 의도적인 것은 아니다. 그는 걱정스러울 정도로 심하게 금이 간흰색 천장을 바라보며 이런 변화가 좋은지 나쁜지 생각했다. 한 가지는 분명했다. 이 일을 계속 해야 한다.

8

안개 낀 파리 위로 솟아오른 사크레쾨르 대성당은 모양이 잘 잡힌 마시멜로 같았다. 텔레비전과 라디오에서는 차를 집에 두고 나가라고 권했다. 눈에 눈물이 고였지만 슬퍼서 그런 것은 아니다. 수면부족이 결국 내 발목을 잡았다. 밤을 새우고 나면 반드시 찾아오는 벌이었다.

오늘의 첫 번째 이메일이 도착했다. '3A 3B 27E 27F'라고 쓰여 있었다. 메일을 전달하는 데는 어느 정도 에너지를 쏟아야 했다. 평상시 나는 숫자 외우기를 무척 힘들어 했지만 외울 수 있는 숫자와 문자열을 모두 외우기 시작했다.

오후에는 개인적인 볼일을 보았다. 원래 다니던 산부인과에 가서 자궁경부암 검사를 받았고 세미나 참석 예약을 취소했고 편한 신발을 주문했다. 휴가를 떠나기 전에 여행 정보를 찾아볼 시간도 있었다.

엘리베이터 서는 소리가 들렸다. 분명 청소부일 것이라고 생각하면서도 몸은 뛸 준비를 했다. 어쩌면 청소부가 사무실로 들어오기 전에 복도로 나갈 수 있을 것 같았다. 청소부는 엘리베이터 문을 잡아두고 청소 도구와 진공청소기를 복도로 끌어내고 있었다.

"안녕하세요."

그녀는 다른 생각에 빠져 있었는지 깜짝 놀랐다.

"안녕하세요." 그녀가 대답했다.

청소부에게 말을 걸어도 되는지에 대해서는 들은 바가 없었다. 이곳에서 일하는 사람들과 최대한 대화를 짧게 하라는 말은 들었지만.

"퇴근하시네요." 그녀가 질문 아닌 질문을 했다.

청소부 역시 같은 지시를 받았는지도 모른다. 그녀는 진공청소기를 끌고 사무실로 들어갔다. 나는 대화를 이어가야 할지 고민하면서 계속 밖에 서 있었다.

"여기에서 일한 지 오래 됐나요? 다른 건물에서도 일하세요?" 내가 물었다.

그녀는 나를 쳐다보았고 나는 그녀가 사시라는 것을 처음 알았다. 어느 눈을 보아야 할지 알 수 없었다. 살집이 있고 자그마한 그녀는 50대 정도, 아랍계인 것 같았다.

"오후에는 이곳을 청소해요. 오전에는 다른 건물에서 하고요."

이 말을 듣고 뭐라고 해야 할지 떠오르지 않았다. 대화라고 부를 수 있을지 모르겠지만 우리의 대화는 실패로 돌아갔다.

"그럼, 이만 가볼게요." 나는 이렇게 말하고 엘리베이터로 갔다.

그날의 꽃다발을 받을 마음의 준비를 했다.

얼마 전에 새로운 생각이 머릿속에 자리 잡았다. 테러 조직의 일원으로 고립되어 있다는 생각보다 더 받아들이기 쉬운지는 알 수 없지만, 이제 나는 어떤 실험에 참여하고 있다고 생각하기로 했다. 무슨 연구인지는 모르지만 실험에 참여할 개인을 매우 신중하게 고르는 데서 시작한다. 우울증을 앓는 여자는 완벽한 대상이다. 사람이 환경과 역할에 어떻게 적응하는지 연구하는 것이다. 이해할 수 없는 무의미한 임무가 주어졌을 때의 반응을 살피는 것이다. 현대판 파블로프의 개 실험이랄까. 개에게 보상으로 먹을 것을 주는 것처럼 나는 꽃을 받게 된다. 하지만 내 경우에는 바로 그 보상이 고통을 주었다.

꽃다발의 목적이 오직 사람들 속에서 나를 찾기 위한 것이라면 나를 찾으려 하는 사람과 대면하는 편이 차라리 나을 것 같았다. 나는 아레바 바깥의 벤치에 앉아 꽃다발이 잘 보이도록 무릎 위에 올려놓았다. 오늘의 꽃다발은 지금까지 받은 것 중 가장 예뻤다. 여름 초원에서 꺾어 온 것 같았다. 하지만 여전히 꽃다발이 싫었다. 뺨이 얼얼했고 눈물을 삼키려 애썼다. 너무 외롭고 보잘 것 없이 느껴졌지만 용기를 내야 했다. 내 안에 용기라는 것이 있는지 모르지만.

누군가가 나를 지켜보고 있었다. 이번에는 모호한 느낌이나 피해망상이 아니었다. 슬쩍 곁눈질해 보니 10여 미터 떨어진 곳에서 어떤 남자가 나를 보고 있었다. 나는 얼른 시선을 내린 다음 남자의 얼굴을 외웠다.

그는 매일 내가 퇴근할 때마다 그곳에 있었을까? 나는 그에게 시선을 주지 않고 벤치에서 일어나 조용히 지하철역으로 걸어갔다. 그가 쫓아오면 어렵지 않게 따돌릴 수 있다. 나는 이 동네를 누구보다 잘 안다. 그를 따돌리고 나면 우리의 역할은 바뀔 것이다. 내가 그를 감시할 수 있게 된다. 이렇게 생각하자 용기가 났지만 동시에 내 정체가 노출되면 모든 것이 끝날 수도 있다는 생각이 들었다.

나는 천천히 계단을 올라가 탁 트인 광장으로 갔다. 그가 쫓아오는지 궁금했지만 고개를 돌리지 않았다. 대신 HSBC 건물의 대형 유리창을 통해 몰래 확인하면 되겠다고 생각했다. 아이들이 웃고 있는 낡은 회전목마를 돌아 계속 걸어가자 비현실적인 감정이 엄습했다. 나는 벌건 대낮에 파리 상업지구에서 한 손에 여름 꽃다발을 든 채 쫓기고 있었고 배경에는 아이들의 웃음소리가 깔렸다.

은행 입구를 지나치며 창문을 쳐다보자 나를 바짝 뒤쫓아 오는 남자가 보였다. 그가 우연히 나와 같은 방향으로 갈 가능성은 없었다. 나는 CNIT 쇼핑몰 쪽으로 움직였고 고양이와 쥐처럼 쫓고 쫓기는 이 게임이 어떻게 흘러갈지 이미 알고 있었다.

CNIT의 모든 층에는 다음 층으로 올라가는 작은 유리 엘리베이터가 있다. 2층부터는 유리 터널처럼 생긴 각 층이 건물 가장자리로 빙 둘러 있었다. 엘리베이터는 겨우 몇 명이 탈 수 있는 정도로 작았는데 누군가를 미행하는 중이라면 같은 엘리베이터에 타지는 않을 것 같았다. 나를 쫓아오는 남자는 자신의 얼굴을 알리고 싶지 않을 것이다. 나는 1층에 멈춰 선 엘리베이터에 재빨리 올라타고 유리 터널로 올라갈 생각이었다. 그곳에서는 남자를 더 자세히 볼 수 있다. 그는 달아날 시간이 없을 것이다. 나는 이런 작전을 짜고 쇼핑몰로 들어갔다.

건물에 들어서자 왼쪽 맨 끝에서 엘리베이터가 내려오는 것이 보였고 천천히 그쪽으로 갔다. 문이 열리자 젊은 연인이 내렸다. 나는 주변을 살피며 닫힘 버튼을 눌렀다. 닫히던 문이 갑자기 멈추고 누군가가 비집고 들어왔다.

"또 만났네요." 남자가 말했다.

나는 그를 이내 알아보았지만 대답하지 않았다. 내가 며칠 전에 지하철에서 꽃을 준 남자였다.

오늘 받은 꽃다발은 약간 시들었다. 걸어오는 동안 너무 세게 움켜쥐고 있던 탓에 생생함이 사라졌고 내 손에는 땀과 꽃에서 나온 수액이 잔뜩 묻어 있었다. 우리는 투명한 엘리베이터를 타고 점점 위로 올라갔다. 내가 그의 인사에 대답할 필요는 없다. 계속 대답하지 않으면 그가 포기할지도 모른다. 엘리베이터가 멈추면 날 그냥 내버려두고 다시 아래로 내려갈지도 모른다. 나는 이 남자에게 말을 걸어본 적도 없다. 그러니 굳이 지금 대화를 나눌 필요가 없지 않을까?

나는 신고 있던 검은색 신발을 내려다보았다. 작고 푸른 꽃잎이 여럿 떨어져 신발을 장식했다. 엘리베이터가 갑자기 덜컥 하며 멈추더니 우리를 유리 터널로 안내할 곡선형 문이 열렸다. 내 피난처가, 내가 우위를 점할 수 있는 장소가 되리라고 생각했던 곳이다.

이제 어떻게 움직여야 할지 계획은 없지만 아직까지는 그럭저럭 논리적으로 생각할 수 있었다. 이 남자는 내가 하는 일에 연관되어 있을 수가 없다. 내가 먼저 접근했으니까. 지하철에 올라타서 그를 선택한 사람은 나다. 나는 먼저 내려서 유리 터널로 몇 걸음 걸어 갔다.

"혹시 통성명이라도 할 수 있을까요?" 뒤에서 남자가 말했다.

나는 계속 걸었지만 확신이 들지 않았다. 이 남자가 벨리비에 씨와 상관없다는 게 확실하다면 쫓아버릴 이유가 없다. 나는 좀 더 걸어가다가 놀라운 행동을 했다. 남자에게 매력을 느낀 것은 매우 오랜만이었다. 그의 눈동자에는 뭔가 있었다. 나는 그에게 무슨 사연이 있는지 알고 싶어졌다.

남자는 팔을 축 늘어뜨리고 나를 보고 있었다. 내게 다가올 기색은 없었다. 어쩌면 이미 다가왔다고 생각하는지도 몰랐다. 그래서 내가 다가갔다. 평화를 제안하는 뜻으로 손을 내밀었다. 수많은 사람들 위에 서 있는 유리 터널에서 우리는 악수를 했다.

"크리스토프입니다." 그가 부드러운 목소리로 말했다.

"안녕하세요." 내가 대답했다.

그는 미소 지었다.

"커피 한 잔 하시겠어요?"

나는 우리가 계속 손을 잡고 있었다는 것을 깨달았다.

"고맙지만 사양할게요."

내가 손을 빼자 감정을 드러내지 않던 그의 눈동자에 실망하는 기색이 스쳤다.

"그럼 지난번에 준 꽃다발 고마웠다는 말만 할게요. 지금도 예쁘게 꽂혀 있어요."

"천만에요." 나는 이렇게 대답하고 침을 꿀꺽 삼켰다.

이 남자에게서 멀리 떨어지고 싶었다. 그는 내 손에 들린 꽃다발을 보고 뭔가 말을 하려다 말았다. 그가 계속 말없이 서 있기에 결국 나는 돌아서서 힐튼 호텔로 이어지는 유리 터널을 걸어갔다. 내게 선택지는 이것뿐이었다.

"안녕하세요. 뭘 도와드릴까요?" 접수 담당 직원이 물었다.

"아니요. 누굴 좀 기다리는 중이에요."

"호텔 투숙객인가요? 객실로 전화 걸어드릴까요?"

"아니요, 곧 올 거예요."

직원은 미소 짓더니 계속해서 컴퓨터에 뭔가를 입력했다. 이곳에서는 깨끗한 냄새가 났다. 마치 치과 같았다. 나는 딱딱하고 불편한 의자에 앉았다. 크리스토프에게서 도망쳐 오는 동안 아드레날린 수치가 올라갔지만 이제 다시 낮아지기 시작했고 음울한 기분이 서서히 돌아오는 것이 느껴졌다. 접수 담당 직원은 나와 눈이 마주치자 미소 지었다. 나도 미소 지었다. 시간이 되었다.

"이걸 7호실에 묵는 남자 분께 전해주시겠어요?" 내가 말했다.

"네…… 그런데 7호실이 맞나요? 7호실 손님은 여자 분인데요."

"아, 미안해요. 네, 여자분께 전해주세요."

"누가 전했다고 할까요?"

"그냥 주면 알 거예요."

돌아서서 나오자 조금 기분이 좋아졌다. 지하철역으로 가는 동안 나는 고개를 숙이고 걸었다. 누가 나를 지켜보고 있는지 알아내는 데 관심이 사라졌다. 아무도 지켜보지 않는다는 것을 알았기 때문이다. 나는 혼자였다.

　침대에서 조금 뒤척인 뒤에 일어나서 차를 끓였다. 차츰 평온함
이 찾아왔다. 이웃은 주방에서 왔다 갔다 하더니 탁자에 앉았다.
그를 자주 쳐다보았지만 그가 내 시선을 알아차릴 수 있다는 생각
은 한 번도 해보지 않았다. 그럴 리 없지 않을까? 머릿속에 온통 다
른 생각이 가득할 테니.

　차분해지자 나는 스스로를 너무 동정했다는 사실에 죄책감이 들
었다. 내게는 선택의 여지가 있다. 나는 자러 가기 전에 아들 방문
을 조금 열어 두었다. 밤이 되면 생각이 흐려지곤 한다. 어둠이 현
실의 색을 바꿔놓기도 한다. 지금처럼 겁먹은 채 있을 수는 없다.

9

일요일은 여느 요일과 달랐다. 구두수선 가게는 문을 닫는다. 식료품 가게는 문을 열지만 만체보는 헝지스에 가지 않는다. 셔터도 점심식사를 하고 난 오후에나 올라간다. 하지만 오늘은 여느 일요일과도 다른 특별한 날이었다. 만체보는 파티마와 아델이 목욕탕에 가고 난 직후인 10시에 가게 문을 열었고 아미르에게 오늘은 도와주지 않아도 된다고 다시 한 번 말했다.

만체보는 오늘 저녁에 첫 번째 보고서를 제출해야 한다. 보고서를 빈 올리브 병에 넣어서 가게 밖에 내어 둘 것이다. 초록색 플라스틱 상자에는 주스 병과 빈 네스카페 병 몇 개밖에 없어서 공간이 넉넉했다. 하지만 오늘 저녁 무렵에는 그 안에 성격이 다른 뭔가가 들어가게 되겠지.

보고서를 전달하는 것 자체는 만체보가 이 새로운 일을 진지하게 받아들여도 되는지에 대한 답을 주지 못할 것이다. 만체보가 임무를 제대로 수행했는지를 보여주는 확실한 증거는 다른 올리브 병이다. 그는 자신이 받게 될 올리브 병을 통해 뭔가 확신할 수 있기를 바랐다.

거리는 아이들과 함께 나온 가족들로 붐볐다. 만체보는 일요일이 좋았다. 일요일에는 가격이 비싸다고 불평하는 손님이 없었다. 그의 가게에 오는 손님들은 문이 열려 있는 곳이 있다는 것에 감사했다. 스웨덴 관광객 두 명이 들어와서 담배를 찾았지만 이런 경우를 제외하면 만체보의 손님은 대부분 우유, 빵, 와인을 사러 오는 이웃들이었다. 하루는 일요일의 속도로 흘러갔다.

주의를 기울이거나 기록할 만한 일은 일어나지 않았다. 오후가 되어서야 만체보는 보고서를 마무리할 때 쓸 만한 것을 찾아냈다. 그는 손목시계를 보았다. 14시 56분. 택시 한 대가 구두수선 가게 앞에 서더니 작가가 내렸다. 그는 떠날 때와 똑같은 옷을 입었는데 이 점이 만체보의 관심을 끌었다.

작가는 전과 같은 여행가방을 가지고 있었지만 가방이 더 무거워진 듯한 인상을 받았다. 아니면 작가가 힘이 없어서 전처럼 쉽게 들지 못하는 것일까? 만체보는 비상계단을 올라가는 작가를 보며 정답에 가까워졌다고 생각했다. 전에는 작가의 움직임에서 가벼움, 에너지, 자유가 느껴졌다. 하지만 지금 그는 좁은 어깨에 온 세상을 짊어진 듯했다.

택시가 떠나자 만체보는 쌍안경을 눈에 갖다 댔다. 작가의 얼굴이 바로 앞에서 어른거리더니 곧 아주 선명해졌다. 그는 괴로워하고 있었다. 만체보는 지금껏 이렇게 소리 없이 비통한 표정을 본 적이 없다. 물론 낯선 사람을 이 정도로 자세히 살펴본 적도 없다. 확대경 아래에 세상의 모든 고통이 보이는 기분이었다.

작가가 아파트로 들어가기 전, 만체보는 가방으로 시선을 돌려 꼬리표가 붙어 있는지 살펴보았다. 꼬리표가 있으면 기차가 아니라 비행기를 탔다는 뜻이다. 하지만 구닥다리 가방에는 그런 표식이 없었다. 만체보는 이렇게 세밀한 것까지 생각해낸 자신이 뿌듯했다. 그러면서도 작가가 어디에서 주말을 보냈는지 알지 못한다는 사실을 잊지 않으려 했다. 어쨌든 지금은 모르지만 언젠가는 어디에 갔는지를 비롯해 더 많은 사실을 알아내리라고 마음먹었다.

대로 맞은편에서 일어나는 일은 특별히 놀라울 것이 없었는데도 만체보는 계속 흥분 상태였다. 쌍안경 덕분에 새로운 가능성이 열리자 그는 가게도 자기 자신도 잊었다. 스파이 활동과 쌍안경과 작가만 존재했다.

만체보는 계산대 뒤로 가서 화장지와 성냥 더미 옆 구석에 숨었다. 그곳에 있으면 아무도 그를 볼 수 없었다. 만체보는 이를 확신했고 확인까지 했다. 하지만 이곳에 숨었을 때의 문제는 작가 집의 복도만 보인다는 것이다. 창문에 그림자가 졌지만 너무 어두워서 아무것도 알아볼 수 없었다. 복도에서 그림자가 움직이자 만체보는 자연스럽게 입구로 가서 다음에 무슨 일이 일어나는지 지켜보았다.

만체보는 외투 주머니에 쌍안경을 넣고 복도, 욕실, 서재 세 군데를 맨눈으로 훑어보았다. 갑자기 서재 창문에 작가가 나타났다. 그는 양 손을 엉덩이에 얹고 서 있었다. 만체보에게는 모든 것이 연극처럼 느껴졌다. 작가가 관객이 있다고 의심하는 게 아닐까, 그래서 과장되게 행동하는 게 아닐까. 어쩌면 작가는 아내가 탐정을 고용했다는 것을 알고서 연기하듯이 행동하는지도 모른다. 만약 그렇다면 절대적인 힘을 지닌 쪽은 작가이고 만체보는 작가가 조종하는 꼭두각시에 불과하다.

작가가 의자에 앉아서 만체보를 똑바로 쳐다보자 만체보는 이를 확신했다. 만체보는 얼른 시선을 돌려 거리를 쳐다보았고 자신은 길 건너 건물에서 무슨 일이 일어나든 전혀 관심 없다는 것을 보여 주려고 아는 사람도 없는데 무작정 손을 흔들었다. 그의 인사를 받아주는 사람은 아무도 없었다. 이름 모를 사람의 손 인사에 아무도 신경 쓰지 않는 이 도시에서 만체보의 인사는 썰물처럼 빠져 나갔다. 파리에서는 수신인과 발신인이 정확치 않은 메시지가 수없이 오갔다.

만체보는 어색하게 손을 흔든 뒤에 캣이 사는 건물을 등지고 사과를 분류하기 시작했다. 뒤돌아보니 작가는 계속 그를 똑바로 쳐다보고 있었다. 작가의 시선이 만체보를 향했는지 아니면 대로나 건물을 향했는지는 알 수 없었지만 불필요한 위험을 피하기 위해 만체보는 계속해서 당근을 골라냈다. 작가는 세호아 거리에서 추돌 사고를 낸 사람과 길 건너 식료품 가게 주인이 같은 사람이라는 것을 알아챘는지도 모른다.

다시 돌아봤을 때 작가는 가고 없었다. 만체보는 그가 주방에 있을 것이라고 생각했다. 만체보는 의자를 밖으로 꺼내 아스팔트 위 홈에 무의식적으로 끼워 맞추고는 이마를 긁적이며 손을 흔들었다. 이번에는 아는 사람에게 하는 인사였다. 카나바 씨가 하이힐을 신고 지나가고 있었다. 작가가 다시 나타났고 이상한 광경이 펼쳐졌다. 그는 유리컵을 들고 이 방 저 방 왔다 갔다 했다. 만체보는 그가 음악을 듣는 모양이라고 생각했다.

갑자기 작가가 침실로 사라졌다. 만체보는 그가 침대에 누운 것이 아닐까 생각했다. 그렇다면 14시 56분에서 15시 48분 사이에 일어난 일을 모두 기록할 짬이 생겼다.

탐정의 시각에서 볼 때 일요일은 일이 많은 날이었다. 만체보는 손목시계를 보며 미소 지었다. 새로 산 시계가 무척 마음에 들었고 왜 진작 사지 않았을까 싶었다. 하지만 그는 이에 대한 답을 알고 있었다. 지금까지는 시간, 분, 초 단위로 살 필요가 없었다. 그리고 캣과 같은 방식으로 그를 필요로 한 사람도 없었다.

길 건너에서 관심을 가질 만한 일이 일어나지 않고 가게에 손님도 없자 만체보는 무슨 일을 해야 할지 몰랐다. 그는 셰시아 아래로 머리를 긁으며 전에는 무엇을 했는지 생각했다. 하지만 고민은 그리 오래 가지 않았다. 16시 04분에 관찰 대상이 창가에 나타났기 때문이다. 만체보는 다시 일을 시작했다.

얼마 후 그는 가게를 닫았다. 평소보다 늦게 닫으면 의심받을지도 모른다. 일요일에는 저녁 7시 넘어서까지 일하는 경우가 드물었다.

만체보는 과일과 채소 좌판을 들여놓고 가게를 향해 폴짝폴짝 뛰어 오는 작은 새를 쫓았다. 올리브 병에 어떻게 보고서를 넣을지 고민했다. 병을 완전히 비우고 씻어야 할까? 아니면 바닥에 올리브 몇 개를 남겨 두고 보고서를 그 사이에 끼워야 할까?

111

그는 계속 고민하면서 수첩에서 다섯 장을 찢은 다음 조심스레 접었다. 인사말 같은 건 쓰지 않기로 했다. 다른 사람이 병을 손에 넣을 수도 있으니까.

19시 12분. 만체보는 긴장되기 시작했다. 그는 올리브 병을 하나 골라서 내용물을 쓰레기통에 넣은 다음 세면대에서 깨끗하게 헹구었다. 병 안쪽에 기름기가 남아 있었지만 반쯤 깨끗해진 빈 올리브 병이 만족스러웠다. 그는 병 안에 보고서를 넣었다.

보고서를 넣은 병을 단단히 잡고 맞은편 건물을 흘끗 보았다. 작가는 컴퓨터 모니터 앞에 웅크리고 있었다. 만체보는 쌓여 있는 빈 병들 맨 위에 올리브 병을 올리고 가게 밖으로 초록색 플라스틱 상자를 들고 나갔다. 그런데 문득 원래 그 상자를 어디에 두었는지 기억나지 않았다. 문 바로 옆이던가? 이쪽인가? 인도 쪽으로 약간 내놨던가? 오랜 습관이었지만 곰곰이 생각하자 이상하게 느껴졌다. 그는 상자의 위치를 이리저리 몇 번 바꾼 뒤에야 셔터를 내리고 문을 잠갔다.

위층으로 올라가는 도중 쿵 소리가 들렸다. 만체보는 불을 켜고 창밖을 보았지만 아무것도 보이지 않았다. 문 쪽으로 몇 걸음 가자 길 건너에 있는 캣과 눈이 똑바로 마주쳤다.

아주 잠깐 동안 그는 손을 들어 인사할까 생각했지만 그러지 않기로 했다. 캣이 비상계단을 오르려는 찰나 택시 바퀴가 끼익 소리를 냈다. 캣은 무표정했다. 두 사람 사이에는 대로가 있었지만 그녀는 분명 만체보의 눈을 똑바로 쳐다보았다. 만체보는 캣이 문을 닫고 들어갈 때까지 꼼짝도 하지 않았고 잠시 후 가게 앞으로 나가 비상계단을 쳐다보았다. 딱히 뭔가를 본다기보다 위층으로 올라가기 전에 마음을 가다듬기 위해서였다. 바로 그때 문 옆 바닥에 가만히 누워 있는 작은 참새가 보였다. 유리창에는 작고 붉은 자국이 남았다. 만체보는 잠시 새의 자그맣고 예쁜 몸을 살펴보았다. 아까 쫓아버린 새였다.

잠자리에 든 만체보는 작은 새가 창문으로 날아들어 희생하지 않았더라면 캣과 눈이 마주치는 신기한 순간은 경험하지 못했을 것이라고 생각했다. 두 사람의 눈이 마주친 그 몇 초 동안 캣은 만체보에 대한 신뢰를 보여주었을 뿐만 아니라 그에게 뭔가 확신을 주었다. 아주 짧은 순간이었지만 눈동자는 슬픔, 절망, 안도, 기쁨의 감정을 전했다. 그 작은 새가 부딪치지 않았다면…….

파티마가 잠결에 뒤척이며 뻗은 팔이 만체보의 이마를 때렸다. 그는 몸을 구부리며 눈을 감았다. 잠을 자야 한다. 내일은 새로운 한 주의 시작이고 그는 잠을 푹 잔 게 언제인지 기억나지 않았다. 그때 발걸음 소리가 들렸고 만체보는 귀를 기울였다. 이제는 탐정 본능이 언제나 깨어 있는 것 같았다. 이렇게 늦게 누구일까? 발걸음이 가벼운 것으로 보아 아델 같았다. 진통제를 먹거나 풍수에 관한 책을 읽으러 일어났을 것이다. 만체보는 새로운 식탁 자리 배치를 떠올리며 슬며시 웃었다.

발소리가 사라지더니 화장실에서 물 내리는 소리가 들렸다. 그 작은 새가 아니었다면……. 생명을 잃은 새의 연약한 몸뚱이가 만체보의 뇌리에서 사라지지 않았다. 원래 그는 동물을 그다지 좋아하지 않는다. 그에게 동물은 그저 동물이고 먹기 위해 존재하는 것이다. 애완동물을 길러본 적도 없다.

하지만 오늘밤에는 죽음을 맞은 작은 새를 생각하느라 잠들 수 없었다. 그 새는 장례를 치러 줄 가치가 있다. 만체보는 이러다가 미치는 게 아닐까 생각하며 일어나 침대에서 나왔다. 파티마는 깊이 잠들어 있었다. 다행이었다.

아래층으로 내려가기 위해 움직이던 만체보는 자기도 모르게 창밖을 흘끔 보았고 작가의 서재에서 빛이 흘러나오는 것을 보았다. 하지만 잠시 후 불이 꺼지고 그림자가 사라졌다. 누구였는지는 알 방도가 없었다.

만체보는 이 일을 적어 두기로 했다. 한밤중에도 주의를 늦추지 않는다는 사실 덕분에 점수를 더 딸 수 있을지도 모른다. 그리고 혹시라도 중요한 사실을 놓치게 될 경우를 대비해 예비용 정보가 필요했다. 하지만 습관적으로 밤에 일할 생각은 없다. 캣이 밤에 일하는 것을 당연하게 받아들이는 것은 원치 않았다. 만체보는 주방에서 새의 관으로 쓸 만한 플라스틱 통을 찾으며 이따금 시간과 에너지를 더 쓰는 정도는 할 수 있다고 생각했다.

죽은 새의 친구들이 지저귀는 소리가 들렸다. 만체보는 이런 종류의 지저귀는 소리를 처음 들어보았다. 하기는 이렇게 한밤중에 가게에 내려가는 경우는 없었으니까. 그는 문을 열고 밖에 나갈 수 있을 정도로 셔터를 올린 다음 사체를 찾았다.

하늘에는 보름달이 떠 있었다. 그는 새를 찾아보았다. 파티마가 치즈를 보관하던 플라스틱 통을 꼭 쥐고서. 그는 달빛에 선명하게 빛나는 붉은 자국 바로 아래에 새가 있으리라고 생각했다. 하지만 흔적뿐이었다.

인도로 몇 걸음 나가봤지만 죽은 새는 보이지 않았다. 살아 있는 비둘기가 힘겹게 인도로 올라왔다. 그는 들고 있던 흰색 플라스틱 통을 보았다. 관보다는 치즈를 담는 데 어울릴 것이다. 잠시 후 그는 하얀 달도 쳐다보았다. 새가 바람에 날아갈 수도 있나? 하지만 바람의 기미는 없었다. 혹시 벌써 쓸려나갔나? 하지만 거리 청소는 한참 뒤에야 시작된다. 혹시 고양이가?

만체보는 거의 비어 있는 거리를 떠나 위층으로 올라갔다. 죽은 다음에 실종이라니. 만체보는 몸을 약간 떨었다. 그는 작은 새가 이 이야기의 유일한 희생양이기를 바랐다. 주방에서 물을 한 잔 따라서 침실로 갔다. 그를 본 파티마가 얼른 눈을 감았다.

"깼어?" 만체보가 물었다.

파티마는 대답하지 않았다. 그녀는 담배 가게 커튼 뒤에서 시간을 보내는 것으로도 충분하지 않은 모양이었다. 만체보는 침대에 누우며 이제 아내가 자는 척까지 한다고 생각했다.

10

고층 건물 사이 광장에서는 헌병대가 근엄하게 오갔다. 앞으로 맨 커다란 총은 수맥을 찾을 때 쓰는 막대기 같았다. 이들이 광장에 있음으로써 관광객들은 소란을 피우지 않았고 휴가가 산산조각 나지 않을 것이라고 안심했다. 헌병대가 이곳에 있는 이유는 그뿐이었다.

나는 그들을 지나쳐 지하철역으로 내려가는 에스컬레이터를 탔고 지나가면서 플로리스트를 향해 손을 흔들었다. 이렇게 하는 것이 습관이 되었다. 그는 자신이 사랑의 큐피드 역할을 한다고 믿었다. 하지만 나는 꽃다발을 보면 영원히 이 일이 떠오를 것 같았다. 참으로 애석한 일이다.

작약 세 송이를 두꺼운 벨벳 리본으로 묶은 오늘의 꽃다발을 보았다. 이 꽃다발은 보자마자 주디스에게 주는 게 좋겠다고 생각했다. 최근 그녀에게 꽃다발을 너무 많이 줬지만 말이다. 붉은색 벨벳 리본은 그런 이름에 어울렸다.

시간을 확인하며 공동묘지 안으로 들어갔다. 아들을 데리러 출발하기 전까지 30분 정도 여유가 있었다. 묘지는 유난히 조용했다. 입구 옆 벤치에는 노부부가 앉아서 신문으로 부채질을 하고 있었다. 나는 그들에게 미소 지었다.

그녀의 수수한 잿빛 묘비에 다다르자 이상한 느낌이 들었다. 뭔가 달라진 게 있나 해서 주변을 둘러보고 무덤을 살펴보았다. 하지만 주디스 골든베르그는 여전히 1916년에 태어나 1992년에 사망했다. 나는 다른 무덤에 놓인 시들어 빠진 꽃다발을 보고 나서야 무엇이 이상한지 깨달았다. 나는 새로운 꽃다발을 갖다 놓기 전에 항상 이전 꽃다발을 치웠다. 하지만 이번에는 그럴 필요가 없었다. 전에 갖다 놓은 꽃다발이 없어졌기 때문이다. 관리인이 치운 것일까. 퇴비 무더기 너머에도 꽃다발은 보이지 않았다. 하지만 흔적이 남아 있었다. 꽃잎이 색종이 조각처럼 흩어져 있었다. 길바닥에 흩어진 생명을 잃은 무리의 잔해는 미로 같은 무덤으로 이어졌다.

그때 한 남자가 무덤을 향해 왔다. 처음에는 그가 나타났다는 것을 알아차리지 못했다. 그는 그림자 같았다. 묘지에 들어서는 순간 낮 동안 나를 괴롭히던 경계 태세가 모두 사라졌다. 죽은 사람은 나에게 해를 끼칠 수 없으니까. 이곳은 자유로운 공간이었다. 그래서 그 남자를 늦게 알아차렸는지도 몰랐다. 나를 지키지 못할 정도로 늦게.

누군가가 우리를 지켜보았다면 가족의 죽음을 함께 애도하는 친척인 줄 알았을 것이다. 남자는 내 팔을 잡고 어느 쪽으로 가야 하는지를 분명히 했다. 나는 팔을 빼려고 했지만 남자는 나이가 있어 보이는데도 불구하고 나를 힘 있게 잡았다. 발로 차고 소리 지를 수도 있었지만 그에게는 뭐랄까 연약함이 있었다. 그래서인지 이 노인네가 사람을 잘못 봤다는 생각이 들었다. 그런 일은 흔히 일어나니까. 어쩌면 시각장애인인지도 모른다. 알츠하이머병 환자이거나. 그래서 나는 꽃병에 맑은 물을 채울 수 있는 장소까지 그대로 끌려갔다. 그곳에서 그는 걸음을 멈추었다.

"이봐요!" 내가 한 말은 고작 이것이었다.

남자는 나를 쳐다보지도 않고 뺨을 세게 때렸다.

그는 일흔이 안되 보였지만 늙고 고생한 얼굴이었다. 더운 날씨에도 불구하고 긴 검은색 외투와 회색 바지를 입었고 잘 닦아 광나는 신발을 신고 있었다. 검은색 키파도 쓰고. 가난하고 제정신이 아닌 연금수급자라고 생각했다.

나는 무섭다기보다 놀랐다. 두려움은 논리적이고 직관적인 행동을 끌어내는 경우가 많지만 충격은 그렇지 않다. 그래서 나는 그자리에 서서 남자를 멍하니 바라보았다. 나보다 키가 크고 남자였지만 쉽게 제압할 수 있을 것 같았다. 그는 약해 보였다. 뺨 정도는 때릴 수 있을지 모르지만 그게 전부일 것이다. 내가 일격을 가하면 죽일 수도 있을 것 같았다. 나는 필사적으로 도망칠 수도 있다. 이 상황에서 벗어나면 그만이다. 하지만 그러지 않았다. 이제 충격 대신 분노가 차올랐다. 분노 역시 논리적인 행동에는 딱히 도움이 되지 않지만 적어도 행동은 할 수 있었다.

"뭐야? 도대체 뭐하는 짓이야!" 나는 소리를 질렀다.

"정중하게."

"뭐?"

"정중하게 말하라고."

남자는 시각장애인이 아니었다. 그의 손은 정확하게 내 뺨을 때렸다. 사람을 잘못 본 것도 아니다. 완전 미친놈이었다. 대도시에는 미친놈들이 많았다. 내가 할 수 있는 일은 이 자리를 피하는 것뿐이다. 이런 인간은 아무리 설득하려고 해봤자 소용없다.

"조금이라도 더 다가오면 경찰을 부를 거야. 당장 꺼져."

그는 움직이지 않았다. 얼음장 같은 파란 눈동자로 나를 똑바로 쏘아보았다. 그는 시각장애인이 아니었지만 눈동자에 막 같은 것이 씌워진 느낌이었다. 현재가 아닌 다른 시간에 있는 것 같았다. 그를 세게 밀쳐서 묘비에 머리를 부딪쳐 죽게 하고 싶은 마음도 있었다. 이 남자보다 죽기에 아까운 사람이 많다. 나는 이웃 사람을 떠올렸다. 미친놈에게 등을 보일 순 없다. 무슨 짓을 할지 몰라 두려웠다. 그래서 나는 그에게 가라고 소리쳤다. 미친놈에겐 숨겨둔 무기가 있을지도 모른다.

우리는 서로 쳐다보았다. 그는 야생동물 같았다. 지금은 차분하지만 언제 어떻게 될지 몰랐다. 나는 뒷걸음질 쳤다. 그의 손이 이상하게 움직였다. 죽음을 앞두고 마지막으로 발악하는 마리오네트 같았다. 나는 돌아서서 빠르게 걸었고 자주 뒤돌아보았다. 죽어가는 인형은 이제 몸을 떨고 있었다. 하지만 나는 신경 쓰지 않았다. 떨림을 멈추게 해줄 누군가가 나타날 때까지 계속 저러고 있으리라 생각했다.

하지만 그때 이상한 소리가 들렸다. 비명과 한숨이 뒤섞인 기괴한 소리였다. 노인은 바닥에 누워 있었고 떨림은 경련에 가까워졌다. 얼굴은 알아볼 수 없이 뒤틀렸다. 곧 죽을 것 같았다.

나는 상황을 대신 수습해줄 사람이 있는지 주위를 둘러보았다. 저 남자를 어딘가로 데리고 가거나 응급 처치를 해줄 사람이 필요했다. 둘 중 어느 쪽이든 상관없다. 그리고 방금 일어난 일을 증언해줄 목격자도 필요했다. 내게 유리하게 증언해줄 사람이. 나는 피해망상적인 생각을 하지 않으려고 애썼다. 이 모든 일은 저 남자가 자초했지만 주위에는 아무도 보이지 않았다.

소리쳐서 도움을 청해야 할까? 남자는 곧 죽을 것 같았다. 제정신이 박힌 사람이라면 그냥 두고 볼 수 없는 정도였다. 나는 평생 처음으로 응급구조대에 전화를 걸었다. 그흐넬르 묘지에서 죽어가는 듯한 노인을 발견했다고. 구조대는 내게 남자의 이름을 물어보라고 했다. 의식이 있는지 확인하려는 것 같았다. 나는 그에게 다가갔지만 도저히 물어볼 수 없었다. 무서웠다.

"대답이 없는데요."

곧 구급차가 도착했다.

무슨 일이 있었는지 말하는 동안 손이 떨렸다. 운전석에서 내린 구급대원이 내 이야기를 들었다. 나는 남자가 갑자기 나를 때렸고 그래서 이 일에 말려들게 되었다는 말은 하지 않았다. 그가 어떻게 내게 다가와 쓰러졌는지 설명했다. 뺨을 맞았다고 하면 내가 뭔가를 숨긴다고 생각할지도 모른다. 구급대원은 내 이름과 전화번호를 적었다.

사람들이 모여들기 시작했다. 그들은 하이에나처럼 우리를 둘러쌌다. 내가 필요로 할 때는 아무도 없더니. 늘 그랬다. 회당 마당에 누워 있는 살아 있는 주검은 사람들의 관심을 끌 만했다.

다른 구급대원은 빠른 손놀림으로 남자의 얼굴에 호흡기를 씌웠다. 그리고 내게 구급차를 함께 타도 된다고 말했다. 남자와 내가 아는 사이라고 생각했나 보다. 나는 남자를 모르며 아들을 데리러 가야 한다고 말했다. 하지만 남자는 죽을지도 모른다. 이대로 구급차에 혼자 보내도 괜찮을까? 결국 나는 함께 가지 않으면 누가 왜 나를 때렸는지 영원히 궁금할 것이라는 생각에 설득당했다.

전 남편에게 전화를 걸어서 길에서 우연히 만난 노인에게 심장마비가 왔고 구급대원에게 상황을 설명해줘야 한다고 둘러댔다.

병원 입구에 들어설 무렵 남자는 안정되어 보였다. 어디까지나 내 추측이다. 구급대원들이 잡담을 하고 있었기 때문이다. 하지만 그들은 위급한 상황에서도 그럴지 모른다. 어쨌든 그들에게는 일상이니까.

간호사가 오더니 대기실에서 기다리는 동안 커피를 마시겠냐고 물었다. 나는 무엇을 기다려야 하는 걸까 생각하며 고개를 저었다. 전 남편이 전화로 데리러 올까 물었고 나는 좋다고 했다. 통화를 끝낼 무렵 의사가 다가왔다.

"카로 씨와 함께 오신 분인가요?"

"네, 저, 그 남자 이름이 그게 맞다면요."

"이름을 모르세요? 서로 모르는 사이인가요?"

"몰라요. 그러니까 제가…… 우린 우연히 만났고 저분이 갑자기 쓰러졌어요. 전 그저 괜찮은지 확인하려고 한 것뿐이고요. 구급대원이 제게 여기까지 같이 와달라고 했어요."

"그렇군요. 카로 씨는 음독 치료 후 현재 안정되셨어요."

"음독이요?"

나는 심장마비 같은 것일 줄 알았다. 음독이라니…… 범죄라도 저지른 것처럼 들렸다.

"네. 스스로 약물을 먹은 것 같아요. 자살 시도죠."

"아, 그렇군요."

"구조대에 빨리 연락하신 덕분에 완전히 회복할 겁니다."

"다행이네요……. 감사합니다."

나는 인사를 하자마자 뒤돌아 섰다. 나는 의사를 믿었다. 그래서 등을 보일 수 있었다. 이 의사 역시 믿을 수 있다고 생각했다. 그가 나를 큰 소리로 부르기 전까지는. 의사의 말이 귀에 박혔다.

"카로 씨께서 만나고 싶어 하세요."

의사는 그가 있는 병실로 나를 안내했다. 놀랍고도 무섭게 의사는 나를 따라 들어오지 않았다. 그는 문을 닫아버렸다. 정지한 듯한 시간이 조금 흐르자 낯선 방에 낯선 남자와 단 둘이 있게 된 상황에 적응이 되었다.

나는 몇 시간 전에 내 뺨을 때린 남자를 내려다보았다. 그는 담요를 두 겹 덮고 있었고 코에는 관이 연결되어 있었다. 텔레비전에서만 보던 광경이다. 정말 그가 나를 만나고 싶다고 했을지 의심스러웠다. 의사가 꾸며낸 이야기일 수도 있다. 어쩌면 의사는 우리 둘이 뭔가 관계가 있다고 생각했는지도 모른다.

아들이 생각났다. 그 애가 병원에 오는 것은 싫다. 무서워할만한 것은 아무것도 보지 않기를 바랐다. 언젠가 그 애가 세상의 모든 비참한 일들을 스스로 알게 된다 하더라도. 그렇게 된다 하더라도 나는 여전히 엄마였기에 아들을 보호하고 싶었다.

카로 씨는 잠들어 있었다. 노란색 커튼이 그의 손에 스쳤다. 그가 죽었다면 사람을 때린 것이 죽기 전에 마지막으로 한 행동이 될 테지. 나는 다시 상상에 빠졌다. 어쩌면 그는 독실한 신자라서 평생 파리 한 마리 죽이지 못했는지도 모른다. 사람들에게 늘 차이고 밟혀서 세상을 떠나기 전에 앙갚음을 하고 싶었는지도. 나는 그의 팔뚝에서 문신을 발견했다. 이유는 생각하지도 않은 채 휴대폰을 꺼내 문신을 찍은 다음 작별의 의미로 고개를 끄덕였다.

"예의는 서로 사양하지."

몇 분 전까지만 해도 삶과 죽음 사이에서 방황했던 사람에게서 나온 목소리는 뜻밖에 맑았다. 나는 깜짝 놀랐지만 그가 쓸데없이 몸을 움직이지 않도록 가까이 갔다. 그가 눈을 떴다. 두 눈은 아까보다 더 맑아 보였다. 아까 본 뿌연 막은 죽기 전에 뒤덮이는 것이 틀림없다. 온몸을 덮어 숨을 막아버리겠다는 듯이.

"왜 그 여자를 추모하는 거지?"

"네?"

"왜 그 여자를 추모하냐고."

"누구요?"

"내 어머니!"

나는 분명 문이 열릴 것이라는 생각에 문을 쳐다보았다. 죽은 것처럼 누워 있는 상태로도 이렇게 소리를 지를 수 있다니.

"죄송하지만 전혀 못 알아 듣겠네요. 어머니가 누구신데요? 제가 뭘 어떻게 했기에 그분을 추모한다는 건가요?" 나는 정중하게 물었다.

"예의는 서로 사양하자니까. 그 묘지, 주디스 골든베르그. 당신이 그 무덤에 꽃을 갖다 놨잖아. 그런 걸 추모라고 하지 않던가?"

나는 집으로 가는 차에 앉아 아들을 바라보았다. 병원 입구에서 기다리는 일이 그 애에게 특별히 해가 되지는 않았다. 창밖으로 파리의 밤이 지나갔다. 평소와 달리 길이 막히지 않았다. 하지만 카페와 바의 야외 좌석은 터져나갈 정도로 꽉 차 있었다.

차 안은 추웠다. 전 남편은 새로 산 차의 냉방 성능을 자랑하고 싶은 모양이다. 희한하게도 그는 무슨 일이 있었냐고 묻지 않았다. 낯선 사람과 구급차를 타고 병원에 가는 일이 흔히 있을 수 있다고 생각해서가 아니라 이미 모든 상황을 알고 있는 척하고 싶은 것 같았다. 어쩌면 실제로 다 알고 있는지도 모른다. 아니면 다른 생각을 하는 중이거나. 나는 아들의 작고 차가운 손을 꼭 잡았다.

"춥니?"

안뜰에 구급차가 들어왔다. 그러고는 곧장 맞은편 아파트 출입문으로 갔다. 나는 맞은편 아파트가 잘 보이는 주방 탁자에 미지근한 차를 들고 앉아 있었다. 구급차가 왜 왔는지 알았다. 지난밤에 이웃이 왔다 갔다 하던 모습이 떠올랐다. 이제야 그가 왜 고양이를 밖으로 내보냈는지 이해했다. 발코니에 있던 고양이는 새로 찾은 자유가 그리 달갑지 않아 보였다. 고양이는 문을 발로 잠시 긁더니 따뜻한 쇠 난간으로 올라간 다음 배수관을 타고 지붕 너머로 사라졌다. 나는 슬픔이 북받쳐 올랐다. 이웃에게 느끼는 감정인지 고양이에게 느끼는 감정인지 알 수 없었다. 아직 죽지는 않았지만 둘 다 사형 선고를 받은 것과 다름없었다. 집고양이는 파리의 길거리에서 오래 버티지 못할 것이다. 구급차에서 사람이 내렸다. 좋은 징조일 것이다. 이웃이 아직 살아 있을지도 모른다. 아들 방에서 무슨 소리가 들렸다. 구급차 때문에 깼나? 사이렌도 켜지 않았는데? 이웃의 아파트에 불이 들어오자 나는 일어나서 욕실 불을 켰다. 아들이 잘 있는지 확인해보기 위해서였다. 방문을 살짝 열었다. 아이는 턱 밑에서 손을 맞잡은 채 깊이 자고 있었다. 나는 방금 전 일을 계속 살펴보기 위해 창가로 돌아갔다.

시간이 꽤 오래 걸렸다. 자야 한다는 것을 알았지만 결말을 놓칠 수는 없었다. 맞은편 아파트의 불이 꺼졌다. 그리고 곧 이웃이 들 것에 실려 나왔다. 그는 한 손을 들어 얼굴을 가렸다. 구급차의 조명 장치가 소리 없이 번쩍거렸다. 잠든 파리 시민들을 배려한 것 같았다. 한편으로는 안도했다. 이제 더는 이웃을 보지 않아도 된다. 내 집 창문 밖에서 고통이 진행되는 것을 볼 필요가 없다.

이제 내 이웃은 죽음을 마주하는 데 익숙한 사람들 틈으로 갔다. 그렇다고 해서 맞은편 아파트에 불이 꺼져 있는 것이 딱히 더 나을 것은 없다. 나는 그 집에 가족이 이사 오기를 바랐다. 영아산통을 앓는 어린 아기나 유행가를 소리 높여 틀어 놓는 십대가 있는 집이면 좋겠다. 밤새도록 소리 없이 깨어 있는 암환자만 아니면 누구든지 좋았다.

11

헝지스에서 트럭을 몰고 돌아오는 동안 올리브 병에 돈이 들어 있을까 하는 기대감이 만체보를 압도할 정도로 커졌다. 그는 곧 폭발할 것 같았고 갓 내린 커피를 가져다 준 프랑수아에게 입 맞추고 싶은 충동을 느낄 정도였다. 만체보는 처음으로 그에게 무척 고맙다는 생각이 들었다. 프랑수아는 좋은 사람이었고 매일 아침 커피를 새로 내리는 무언의 약속을 한 번도 깬 적이 없다.

타리크와 만체보 둘 다 프랑수아를 잘 알았고 자주 만났지만 만체보는 타리크보다 프랑수아와 더 가깝다고 느꼈다. 이렇게 찾아와 바를 사이에 둘 때 말고는 프랑수아를 거의 만나지 않지만. 만체보는 프랑수아가 의족을 하고 있어도 모를 것이라고 생각했다. 프랑수아는 이 동네에 살지도 않았다. 그는 아내와 딸 셋, 이렇게 네 여자와 함께 7구에 살았다.

"요 전날 아미르를 봤어요. 착한 녀석이에요."

"그래. 너무 착해서 탈이지."

"하하하. 착하면 좋죠. 나디아는 잘 지내요?"

"응, 지난주에 엽서를 받았어. 브라이튼에서 보냈던걸. 남편과 휴가를 간 모양이야."

"아직 애는 없고요?"

"없어."

"곧 생길 거예요."

"그래. 손주가 있으면 정말 좋을 거야."

프랑수아는 만체보의 어깨를 두드렸다.

"더 시간 뺏지 않을게요. 아까부터 안절부절 못했잖아요. 정말 성실하시다니까."

만체보는 약간 실망한 채 미소 지었다. 어서 가서 그를 기다리는 상자를 확인하고 싶은 초조한 마음을 드러내지 않았다고 생각했는데. 만체보는 프랑수아에게 고맙다고 인사한 뒤, 반쯤 뛰다시피 가게에서 나가려고 했다. 하지만 그건 탐정에게 어울리지 않는다. 그래서 그는 차가 있는 곳까지 느릿하게 걸어갔다. 프랑수아는 잔을 닦으면서 만체보를 보았다.

가게 앞 인도 위에 상자가 놓여 있었다. 만체보는 이번 주에 무엇을 주문했는지 기억나지 않았다. 전생에, 그러니까 새로운 일을 시작하기 전에 주문한 것 같았다. 모든 것이 아득한 과거였다. 예전에 만체보는 앞으로 무슨 일이 기다리고 있는지 전혀 알지 못했다. 장담하건대 올리브 병이 기다리고 있을 줄은 더더욱 몰랐다.

만체보는 셔터 자물쇠를 열면서 열쇠가 조금 휘었다는 것을 알았다. 그는 다리에 뻐근함을 느끼며 타리크에게 열쇠를 새로 만들어 달라고 해야겠다고 생각했다. 셔터가 천천히 올라갔다. 문 열쇠는 수월하게 들어갔고 가게 문을 열자 어제 저녁에 먹은 음식 냄새가 풍겼다. 만체보의 심장이 제멋대로 날뛰었다. 이런 느낌이 얼마 만인지 기억나지 않았다. 그는 이런 두근거림을 느끼기에는 너무 늙어버렸을지도 모른다고 생각했다. 한편으로는 시간이 지나 경험이 쌓이면 이런 상황에서 냉정을 잃지 않는 법을 배울 것이라고 확신했다. 만체보는 돈을 직접 건네받으면 이렇게까지 기분이 짜릿하진 않았을 것이라고 생각하며 마음을 가라앉혔다.

그는 계산대 위의 불을 켠 다음 직접 만든 고리와 갈고리로 문이 닫히지 않도록 고정했다. 음식 냄새가 상쾌한 아침 공기와 섞였다. 그럴 수밖에 없다. 물리학 법칙이란 그런 것이니까. 그는 이 성탄절 선물 상자를 어떻게 처리할지 계획을 세워 놓았다. 우선 흰색 상자 세 개를 가지고 들어왔다. 생각보다 무거웠다. 만체보는 생수를 주문했다는 사실이 떠올랐다. 열흘 치 일기예보를 보고 준비한 것이다. 이제 주문한 물건들이 기억나기 시작했다. 그는 계산대 앞에 상자를 내려놓았다.

잠시 후 갈색 상자 두 개를 가져왔다. 이번에는 더 가벼웠지만 안에 무엇이 들었는지 짐작할 수 없었다. 그때 만체보는 깜짝 놀랐다. 한 남자가 불쑥 가게로 들어왔기 때문이다.

"어서 오세요. 뭘 도와드릴까요?"

"안녕하세요. 혹시 담배 있나요?"

"아니요. 이곳에서 대로를 따라 왼쪽으로 가시면 맞은편에 담배 가게가 있습니다."

"먼가요?"

"100미터 정도 될 거예요. 지하철역 근처에 있어요."

"고맙습니다."

남자는 가게 문을 반쯤 나가다가 뭔가를 사야겠다고 생각했는지 돌아왔다. 만체보는 속으로 제발 아무 것도 사지 말라고, 그냥 가도 화내지 않을 테니 제발 날 그냥 놔두라고 애원했다.

"오늘은 다시 더워질 모양이에요. 생수 작은 병 있나요?"

만체보는 손님을 보며 미소 지었다. 아니 미소 지으려고 애썼다. 그는 괴로웠다. 호기심을 억누르기란 정말 힘들었다. 만체보는 냉장고에 들어 있던 생수 병을 꺼냈다.

남자는 돈을 꼭 맞게 지불했고 뛰다시피 가게에서 나갔다. 만체보는 금고에 돈을 넣은 다음 손목시계를 꺼내 평소처럼 손목 높이 찼다. 재킷 소매를 내려 시계를 가린 것과 동시에 계단 쪽 문이 열리더니 타리크가 쿵쿵거리며 들어왔다. 만체보는 화들짝 놀랐다. 너무 놀란 그는 금고에 손가락을 찧었고 아파서 소리를 질렀다.

"뭐야, 쿠키라도 몰래 먹은거야." 타리크가 킥킥댔다.

"놀랐잖아."

만체보는 시계가 재킷에 잘 가려져 있는지 확인하려고 재빨리 팔을 보았다.

"이걸 좀 봐!"

타리크는 복권을 흔들어댔다.

"1,000유로야! 저쪽에서 주웠다고! 아침에 아델에게 확인해 보라고 했어. 처음에는 아델 말을 못 믿었지. 형도 알잖아. 아델의 상상력이 어마어마하다는 거. 모든 걸 자기 멋대로 해석하지. 하지만 이것 참, 복권이 그냥 저기 있었다니까! 바로 저기에!"

"와, 놀라운데."

만체보는 사촌의 복권 당첨이 그리 기쁘지 않은 이유를 알 수 없었다. 그는 타리크를 좋아했고 타리크와 아델이 세상의 돈을 쓸어 담기를 바랐다. 두 사람은 평탄하게 살지 못했다. 자식도 없고 아델은 등이 아팠다. 만체보는 자신이 상자에 온 신경을 집중한 바람에 기쁨을 느끼지 못한 것이라고 짐작했다.

다행히도 타리크는 누가 낚아챌 새라 복권을 꼭 쥐고 서둘러 자리를 떴다. 하지만 타리크가 가고 나자 만체보의 흥분은 사라졌다. 몽글몽글 솟아오르던 기대감은 너무 여러 번 미룬 탓에 풀이 죽어 버렸다. 그는 다친 곳에 깁스하는 기분으로 가게 문을 닫았다. 원래는 그럴 생각이 없었지만 이제 상황이 달라졌다. 그는 흰색 상자는 미뤄두기로 했다. 그리고 갈색 상자 하나를 진열대에 올렸다.

만체보는 복권에 당첨될 확률과 이 상자 안에 돈이 가득한 올리브 병이 들어 있을 확률 중 어느 쪽이 더 높을까 생각하면서 뚜껑을 열었다. 이 상자가 아니더라도 아직 기회가 남아 있다는 것을 확인하려고 다른 상자를 흘끗 보았다. 상자 안에는 토마토 두 캔, 샐러리 일곱 캔, 스위트콘 열 캔, 그리고 빙고! 만체보는 다리가 후들거렸다. 그는 올리브 병을 잡았다. 곧바로 알아볼 수 있었다. 50유로 지폐가 꽤 많이 들어 있었다.

만체보는 병을 꼭 쥐고 계산대 뒤에 앉아 천천히 뚜껑을 열었다. 모든 게 준비되었다. 이제 그 무엇도 놀랍지 않다. 손님이 오면 계산대 아래 선반에 병을 올리면 그만이다. 아파트에서 누군가가 내려온다고 해도 그쪽을 등지고 앉아 있기 때문에 그가 손에 무엇을 들고 있는지 보이지 않는다. 그가 지폐를 세고 있다고 해서 의심스러운 눈초리로 볼 사람은 없었다. 만체보는 병에서 돈 뭉치를 꺼냈다. 병은 깨끗하게 닦여 있었다. 그는 돈을 셌다. 50유로 지폐 스무 장, 그러니까 1,000유로였다. 그는 돈을 다시 세었고 어느새 숨을 참고 있었다. 일주일 일한 대가가 1,000유로라니. 갑자기 불안해졌다. 불법은 아닐까? 소득 신고를 해야 할까? 누가 덤벼들면 어쩌지? 돈을 어디에 숨기지?

이런 갖가지 의문 때문에 만체보는 잠시 공황 상태에 빠졌지만 결국에는 차분해졌다. 그는 환갑이 다 되도록 평생 꺼림칙한 일을 해본 적이 없었다. 소득 신고를 하지 않은 돈이 몇 천 유로쯤 있다고 해서 누가 신경이나 쓸까? 게다가 이 일을 얼마나 오래 할지는 아무도 모른다. 어쩌면 오늘로 끝날 수도 있다.

병 안에 쪽지는 없었지만 뚜껑을 닫으려는 찰나 뚜껑 위에 검정 마커로 쓰인 세 글자가 보였다. C.A.T. 만체보는 몸서리를 치며 중국 수첩 69권과 쌍안경이 있는 바로 그 자리에 병을 숨겼다. 소중한 물건을 계산대 아래 쓰레기 더미 틈에 공공연히 놔두는 것은 현명한 처사 같았다. 중요한 무언가를 찾을 때 이곳을 뒤져볼 사람은 아무도 없을 테니까.

만체보는 오늘밤에는 축하해야겠다고 생각하며 문을 활짝 열고 맞은편 아파트를 보았다. 다시 일이 시작되었다.

코르크가 튀어 올랐다. 샴페인 코르크는 응당 그래야 한다는 듯이. 오늘밤에는 아미르마저 기분이 좋은 것 같았다. 르솔레이에서 술을 마신 뒤에 만체보는 니콜라의 와인 가게에 들러 샴페인을 두 병 샀다. 오늘은 기념할 만했다. 하루 종일 기분이 좋았다. 만체보는 성탄절 선물로 가장 원하던 것을 받은 기분이었고 이제 그 기분을 그저 즐기고 싶었다. 때마침 하늘에서 선물한 듯 타리크의 복권 당첨을 핑계로 기쁨을 마음껏 발산할 수 있었다.

"자, 다들 마시자고." 타리크가 웃었다.

모두 잔을 들었다. 잔에 술을 채우지 않은 사람은 아델뿐이었다. 그녀는 술을 마시지 않았고 맛도 보지 않으려 했다. 만체보는 눈높이까지 잔을 들어 올린 다음 금빛 거품이 넘실대는 바다를 통해 지금의 현실과 가족을 유심히 바라보았다. 쌍안경이 생각나자 더욱 기분이 좋았다. 그는 쌍안경이 마음에 들었다. 샴페인 잔을 통해 타리크의 환한 미소가 보였다. 타리크는 행복해 보였다. 이 정도로 기분 좋은 모습은 처음인 것 같았다. 결혼할 때도 이 정도는 아니었다. 사실 만체보는 타리크가 행복한지 아닌지 몰랐다. 행복하지 않을 이유가 더 많아 보였다. 아내는 병약하고 자식이 없고 미래에 대한 현실적인 꿈도 없으니까.

만체보는 샴페인을 한 모금 마신 뒤에 잔을 다시 들어 올렸다. 이번에는 거품이 이는 금빛 액체를 통해 아델을 바라보았다. 오늘 밤 그녀는 히잡을 벗고 있었다. 만체보는 그녀가 히잡을 벗은 모습을 몇 번 보았지만 오늘은 달라 보였다. 더 활기차고 여유 있는 느낌이었다. 만체보는 그녀가 행복한 이유가 복권 말고 또 있을 것만 같았다. 그는 아델의 아몬드 모양 갈색 눈을 보며 아름답다고 생각했다. 이제 그의 잔은 아미르에게 향했다. 아미르는 괜히 여기 있으면 감시당할 것을 안다는 듯이 자리를 떴다. 만체보는 파티마에게로 시선을 옮겼다. 파티마는 한껏 웃고 있었다. 아델의 우아한 얼굴을 보고 난 직후에 파티마를 본 만체보는 깜짝 놀랐다. 그는 잔을 내려놓으며 샴페인 잔의 빛 때문에 그녀의 코가 뒤틀려 보였기를 바랐다. 하지만 샴페인은 세상을 오히려 아름답게 보여주었다.

타리크는 현관으로 가더니 갈색 상자를 가지고 왔다. 파티마는 주방에서 차를 끓였다. 아델은 자리에 없었는데 만체보는 그녀가 어디에 갔는지 몰랐다. 그는 샴페인을 석 잔째 마시며 길 건너편 아파트를 보았다. 그러면서 작가의 이중생활을 상상했다.

"형, 꿈이라도 꾸는 표정인데."

타리크가 옆에 앉으며 갈색 상자를 열었다.

"자, 형이 샴페인을 샀대서 나도 시가를 샀어."

갈색 상자에는 바스락거리는 갈색 종이에 싸인 통통한 시가 다섯 개가 들어 있었다. 만체보가 하나를 집으려는 찰나 차를 가지고 온 파티마가 뚜껑을 재빨리 닫는 바람에 손가락이 끼었다.

"오늘 피울 담배는 아까 피우지 않았어?"

만체보는 손가락이 아팠다. 상자 뚜껑은 무거웠다. 파티마가 그를 다치게 하려고 일부러 그러지는 않았겠지만 어쨌든 그녀 때문에 다쳤다. 만체보가 가장 괴로운 것은 통증이 아니라 그의 환상이 너무 갑자기 깨졌다는 것이다. 깊이 잠든 사람을 무자비하게 흔들어 깨운 것과 같았다. 만체보는 파티마가 미웠다. 그녀가 미울수록 코도 더욱 못생겨 보였다.

"역시 형수님은 거칠어." 타리크는 이렇게 말하며 시가에 불을 붙이고 뚜껑을 얌전히 닫았다.

거품처럼 솟아오르던 만체보의 기쁨은 태아처럼 몸을 웅크렸다. 기쁨은 순식간에 사그라들었다. 아델은 차를 마실 시간에 딱 맞춰서 돌아왔다. 아미르도 다시 왔다. 만체보는 샴페인 병을 들고 남아 있던 몇 방울을 자기 잔에 따랐다. 매일 오후에 르솔레이에서 마시는 것 말고는 술 마시는 일이 익숙지 않았고 그 때문인지 머리가 약간 띵했다. 파티마가 곁눈질했지만 그는 모르는 체했다.

작가가 현관문을 잠그는 모습이 보이자 만체보는 이내 정신이 맑아졌다. 그는 벽에 걸린 시계를 몰래 보았다. 11시 15분 전. 이 야심한 시간에 어딜 가는 것일까? 아파트는 캄캄했다. 이는 캣이 잠들었거나 집에 없다는 뜻이었다. 어느 쪽이든 상관없었다. 답은 이 임무를 준 사람이 알고 있을 테니까. 만체보는 자리에서 일어나 밖으로 나간 다음 관찰 대상을 쫓아가고 싶었다. 파리의 밤이 이제 막 깨어나고 있었다. 밤을 갈망하는 사람들은 거리로 나섰다.

12

나는 오전 내내 카로 씨 생각만 났고 몇 가지 추측을 해보았다. 사실이라고 할 만한 것은 몇 없었다. 주디스 골든베르그가 카로 씨의 어머니라는 것. 그리고 그의 말에 따르면 주디스는 추모할 만한 여자가 아니었다는 것 정도였다. 그녀가 무슨 짓을 했기에?

묘비에 적혀 있는 대로라면 주디스는 20년 전에 사망했다. 카로 씨는 자기 어머니의 무덤에 내가 꽃을 갖다 놓는 것을 보았다. 그가 자살을 시도한 원인은 나였을까 꽃이었을까? 내 행동이 어머니를 증오하던 노인이 견디기 힘들 정도였을까?

카로 씨는 내가 주디스와 비슷하다는 말도 했다. 그런 말을 왜 했는지 이해할 수 없었다. 그는 뭔가를 설명하고 싶어 했지만 나는 듣지 않았다. 그는 내 등에 대고 무기력하게 외쳤다. 젊은 의사가 병실로 뛰어 들어왔다. 나는 환자가 내가 그의 죽은 어머니를 안다는 둥 헛소리를 한다고 설명했다. 어쨌거나 그건 사실이니까. 의사는 고개를 끄덕이더니 퇴원하기 전에 검사를 해보는 게 좋겠다고 말했다.

인터넷에서 검색한 끝에 카로 씨의 문신이 강제수용소에서 유대인들에게 낙인찍은 번호와 매우 유사하다는 것을 알았다. 나는 오후 내내 제2차 세계대전 당시의 강제수용소에 관한 글을 읽었다. 이메일 알림음이 방해가 될 정도였다. 나치가 각기 다른 색의 삼각형으로 유대인을 정치범, 일반 범죄자, 이민자, 성경 연구가, 동성애자, 반사회범 등으로 분류했다는 것을 알았고 수용소에서 어떤 식으로 번호를 부여했는지 조사했다.

해가 저물기 시작했고 보슬비가 기분 좋게 내렸다. 나는 신중을 기하기 위해 공동묘지 문 닫는 시간을 확인했다. 날 찾을 사람은 없겠지만 공동묘지 안에 갇히기는 싫었다. 주말 동안 아들은 전 남편이 데리고 있기로 했다. 둘은 노르망디에 갈 것이다. 묘지를 거닐며 나는 오랜만에 자유를 느꼈다. 심지어 약간 행복하기도 했다.

멀리에서 주디스 골든베르그의 무덤을 바라보았다. 작약 세 송이는 사라지고 없었다. 카로 씨가 벌써 퇴원했을까? 무덤으로 다가가던 나는 고개를 돌렸다. 퇴비 무더기 옆 벤치에 물기가 없었다. 나무 아래에 있는 것도 아니고, 비를 가려줄만한 것이 아무것도 없는데 이상했다. 마른 벤치에 앉자 한쪽 끝에 놓인 손수건이 보였다. 누군가가 벤치를 닦은 모양이다. 보슬비가 계속 내리고 있었기 때문에 물기를 닦아낸 지 얼마 안 된 것이 틀림없었다. 내가 묘지에 들어왔을 때도 누군가 앉아 있었을까?

꽃다발은 집으로 가져왔다. 도저히 주디스의 무덤에 놓고 올 수 없었다. 꽃다발은 이가 빠진 크리스털 꽃병에 꽂아 주방 탁자 위에 놓았다. 사실 나는 깨진 물건이 싫다. 유리에 금이 가면 잘 보이지 않더라도 내다 버렸다. 하지만 이건 달랐다. 깨진 자국이 마치 원래 그렇게 만든 것처럼 보였다. 우울했던 나는 오늘 같은 밤에는 꽃이 아름다워 보일 것이라고 스스로를 설득했다. 꽃을 통해 내 외로움을 들여다 볼 수 있을 거라고. 하지만 꽃은 나를 놀리는 것 같았다. 꽃은 드디어 내 집에 발을 들였다. 마치 선교사처럼 어느 순간 초인종을 울리더니 순식간에 탁자에 자리를 차지했다. 들어오라고 하기는 했지만 딱히 반갑지는 않은 존재. 나는 이런 그들에게 물까지 내주었다.

결국 발코니 문을 열었다. 이 구원받은 존재에게 나가달라고 요청했다. 비가 와서 다행이라고 생각했다. 경찰차 사이렌 소리가 집 안으로 흘러 들어왔다. 꽃병을 발코니에 내놓고 문을 닫았다. 하지만 마음이 바뀌어 꽃을 머그잔으로 옮겼다. 꽃병이 깨질지도 모른다. 꽃이 이렇게 아름다운 물건의 생명을 앗아가며 만족하도록 놔둘 수는 없다. 머그잔이 딱 맞다. 발코니 문을 잠그고 너무 길어서 줄여야 하는 베이지색 커튼을 친 다음 텔레비전을 켜고 소파에 몸을 던졌다. 마침내 집에 혼자 있게 되었다. 이웃은 고양이를 풀어주었고 나는 꽃을 풀어주었다.

샴페인을 한 잔 따랐다. 오후 4시밖에 되지 않았고 축하할 일도 없었지만. 하루 종일 빨래, 다림질, 신문 보기 같은 일상적인 일들을 했다. 샴페인을 가득 따른 잔을 놓고 컴퓨터 앞에 앉아서 파리에 사는 카로를 모두 찾아보았다. 제법 많았다. 그중에는 묘지에서 멀지 않은 곳에 사는 사람도 있었지만 그는 IT 코디네이터였다. 내가 만난 카로 씨는 그 일에 어울리지 않았다.

또 다른 카로 씨는 마레지구의 유대인 거리에 살았다. 그에게 전화를 거는 이유는 걱정스러워서가 아니라 지루하고 궁금해서일 뿐이다. 나는 그의 자살 시도에 책임이 없다. 꽃다발의 잘못일 뿐이다. 꽃에게도 나름의 삶이 있지 않은가. 나는 생각난 김에 얼른 끝내는 편이 좋겠다고 생각했다. 전화를 거는 동안 마음이 바뀌지 않도록 딴 생각을 하려고 애썼다. 무엇을 기대하고 전화를 거는지 몰랐다. 어쩌면 어둡고 연기 자욱한 방 안에 전화벨이 울리다가 사라질지도 모르고 거칠게 쉰 목소리로 '여보세요.'라고 대답하며 전화를 받을지도 모른다. 발랄한 여자 목소리가 전화를 받았다. 뒤로 웃음소리와 음악 소리가 들렸다. 나는 바로 전화를 끊었다. 이 번호가 맞다면 그는 퇴원해서 잘 지내고 있다는 뜻이다. 그렇지 않다면 사람들을 초대하고 음악을 틀었을 리 없다. 아니, 어쩌면 그가 죽었다는 뜻일지도 모른다. 그래서 가까운 사람들이 집에 모인 것이다. 그의 죽음이 이들에게 자유를 주었을지도 모른다. 하지만 나는 샴페인을 더 따르면서 내가 찾는 카로 씨가 아닌 것 같다고 생각했다.

전화는 진실에 다가가는 데 전혀 도움이 되지 않았지만 그렇다고 진실에서 멀어지지도 않았다. 나는 냉장고에 샴페인 병을 넣고, 주말을 보내느라 너저분해진 집을 치웠다. 아들이 곧 돌아오기 때문이 아니라 전 남편이 어거지로 집에 들어올 수도 있기 때문이다.

아들은 나를 끌어안았다. 집에 돌아왔다는 기쁨이 눈에 보였다. 전 남편은 조금이라도 어두우면 애를 두고 갈 수 없다는 듯이 온 집안의 불을 켜며 돌아다녔다. 주방 탁자에 앉아 아들을 무릎에 앉혔다. 나와 몇 년이나 함께 산 남자는 우리 맞은편에 앉았다. 아들에게서 낯선 향기가 났다. 곧 다시 내 아들 냄새가 날 것이다.

나는 한때 사랑했던 남자를 보았다. 지금 내가 그에게 원하는 것은 어서 이 집에서 나가줬으면 하는 것뿐이었다. 전 남편 때문에 아들이 낯선 사람처럼 느껴졌다. 하지만 그는 애가 수영을 정말 잘한다, 어린이용 여행가방을 새로 사줘야 한다, 호텔에서 2인용 침대를 같이 썼다는 등 쉼 없이 이야기했다. 마지막 부분은 여행 간 사람이 둘 뿐임을 강조하기 위해서인 것 같았다. 그게 왜 중요한지는 모르겠지만. 그는 내게 주말은 어땠냐고 물었고 나는 아들이 보고 싶었다고, 빨래와 다림질을 했고 좀 쉬었다고 답했다. 공동묘지에 갔던 일과 꽃다발과 씨름한 일, 죽음에 대해 생각하고 샴페인을 마시고 모르는 사람에게 장난 전화했다는 말은 하지 않았다.

13

"라 바슈 퀴 리 있어요?"

"응? 그게 뭐니?"

"치즈요."

"아, 있을 거야."

만체보는 냉장 코너에서 치즈를 살펴보았다. 두 소녀는 계산대 옆에서 얌전히 기다렸다. 열 살쯤 되어 보였다.

"자, 여기 있단다. 하나면 되겠니?"

소녀들은 수줍어하며 고개를 끄덕였다.

"오늘 소풍 가는데 샌드위치에 넣을 게 없어서요."

"아, 그렇구나."

만체보는 흰색 비닐봉지에 치즈를 담아 건네주려다가 멈칫했다. 어쩌다 그런 생각이 났는지 알 수 없지만 아이들을 보고는 중국 수첩 한 권을 봉지에 넣었다.

"작은 선물도 함께 넣었단다. 아니지, 두 권을 넣어야지." 그는 이렇게 말하며 한 권 더 넣었다.

아이들의 얼굴이 환해졌고 한 아이가 허리를 숙여 인사까지 하자 만체보는 얼굴을 붉혔다. 아이들은 가게에서 뛰어나갔고 만체보는 그들이 빵집 앞에 멈춰서 봉지 안을 들여다보는 모습을 보았다. 뿌듯한 기분에 미소가 흘렀다. 수첩 69권을 어디에 쓸까 했는데 이렇게 누군가를 행복하게 할 수 있다니.

가게로 뛰어 들어온 타리크도 기분이 좋았다. 이번에는 만체보를 놀라게 하지 않았다.

"형, 별일 없지?"

"응, 다 잘되고 있어."

"그래. 별일 있을 게 없지. 좋은 아침이야. 더 부자가 되었으니까. 어제보다 시원하기도 하고."

"그래. 하지만 일기예보를 보니……."

"그만 해. 안 들을래. 좋은 기분을 망치고 싶지 않아. 그런데 그거 알아? 날씨가 더워지면 형 사촌이 뭘 할까? 에어컨을 설치할 거야. 들었어, 형? 이제 우리 가게에서 자면 돼." 타리크는 이렇게 말하고는 자기 집으로, 자기 영역으로 갔다.

대로 건너편에서 뭔가 일이 일어나고 있었다. 만체보는 외투 소매를 걷고 손목시계를 본 뒤 자리에서 일어났다. 그리고 유리창 세척제와 걸레를 들고 조용히 밖으로 나갔다. 그동안 그는 분별 있고 냉철하게 행동해야 한다는 것을 깨달았다. 지금도 마음 깊은 곳에서는 당장 달려가서 하나도 빠짐없이 지켜보고 싶었다. 작가는 현관문을 잠근 다음 잠시 멈춰 섰다. 몇 초도 되지 않는 아주 짧은 시간이었지만 만체보는 그가 약간 머뭇거리며 아파트를 떠나기 싫어한다는 것을 알아차렸다. 만체보는 왜 그런 느낌이 들었는지 몰랐기에 자신이 틀렸을 수도 있다고 생각했다. 하지만 작가는 갑작스레 계단을 내려왔다. 평소처럼, 아니 평소보다 더 힘차 보였다. 내려가는 속도를 높여서 계단 위에서 망설였던 시간을 만회하려는 것 같았다. 하지만 인도에 이르자 작가는 다시 머뭇거렸다. 그는 걸음을 늦추었다.

만체보는 뒤돌고 싶었지만 간신히 참았다. 다행히 가게 유리에 비친 작가의 모습이 아직 보였다. 만체보는 유리에 세척제를 뿌린 다음 걸레로 문지르기 시작했다. 작가는 잠시 멈춰 서서 구두수선 가게를 보았다. 대형 화물차가 가게 바로 앞에 멈추자 만체보의 심장박동이 더욱 빨라졌다. 교통 정체 때문에 임무를 수행할 수 없었다. 그는 초조한 마음으로 주위를 둘러보았다. 뭐라도 보려면 가게에서 20미터쯤 벗어나야 했는데 그럴 용기가 없었다.

만체보는 머리를 긁적이며 대로 아래쪽까지 이어진 교통 정체를 살폈다. 작가가 자리에서 벗어난 만체보를 보면 몰래 감시당하고 있다는 사실을 알게 될 게 뻔했다. 사고가 났는지는 보이지 않았지만 차들이 꼼짝도 하지 않고 서 있었다. 선택의 여지가 없다. 만체보는 주위를 조심스레 살핀 다음 쪼그리고 앉았다. 그 정도로는 충분하지 않았다. 그는 팔로 땅을 짚고 기다시피 해서 화물차 아래로 작가의 발이라도 보려고 했다. 다양한 종류의 신발만 보였다. 플립플롭이 많았는데 신발들은 길 건너편에서 알록달록한 물고기 떼처럼 움직였다. 그 무리의 중간에 갈색 바위 두 개처럼 발 한 쌍이 움직이지 않고 있었다. 화물차가 움직이기 시작했다. 만체보는 몸을 털고 일어났고 작가는 구두수선 가게로 들어갔다. 만체보는 쌍안 경으로 보려고 황급히 가게 안으로 들어가 계산대 뒤 안전지대에 자리 잡았다. 소녀 둘이 가게로 들어와 계산대 뒤에 구겨져 있는 만체보를 흘끔 보았다.

"안녕." 그는 탐정 일이 방해받은 것에 대한 실망감을 감추지 못한 채 이렇게 말했다.

"안녕하세요." 소녀 둘이 합창했다.

키 큰 소녀가 다른 소녀를 쿡 찔렀다.

"혹시 저희에게 주실 수첩이 있나요?"

만체보는 처음에 이 말을 이해하지 못했다. 그의 시선은 아이들과 구두수선 가게를 오갔다. 잠시 후에야 그 말이 이해되었다.

"수첩은 물건을 산 사람들에게 주는 거야." 그는 퉁명스레 말했지만 심술 낸 것을 이내 후회했다.

멍청한 짓이다. 아이들에게 수첩을 그냥 주는 편이 더 간단했다. 이제 이 손님들이 머무는 시간이 더 길어질 것이다. 아이들은 잠시 실망한 것 같더니 가게 깊숙이 들어갔다. 그때 작가가 상자를 들고 구두수선 가게에서 나왔다. 작가는 계단을 올라 아파트로 가더니 현관문을 열고 상자를 안으로 집어넣은 다음 재빨리 다시 아래로 내려왔다.

평소 만체보는 손님에게서 등을 돌리는 법이 없었다. 그는 아이들이 주머니에 사탕을 두둑이 채웠을 것이라고 확신했다. 계산대 위에 콜라 한 병과 동전이 올라왔다. 상냥하고 예쁜 두 소녀는 선물을 기다리고 있었다.

"아, 다 골랐니?"

만체보는 조금 전에 했던 행동에 죄책감을 느꼈다. 작가가 구두 수선 가게에 들어가려는 찰나 가게에 들어온 것은 이 아이들의 잘못이 아니다. 아이들은 음료수와 수첩 두 권을 들고 즐거워하며 나갔다. 그날 오후에는 아이들이 연달아 왔다. 장사가 잘됐고 만체보는 수첩을 많이 썼다. 아이들은 주로 음료수나 사탕을 샀고 이따금 비스킷을 사기도 했다. 만체보에게는 하루를 기록할 시간이 없었다.

저녁이 되어 과일과 채소 좌판을 들여놓고 타리크가 쏜살같이 가게를 거쳐 아파트로 올라간 뒤에야 만체보는 계산대 뒤에 앉아 손목시계를 풀고 수첩을 꺼냈다. 하루 동안 일어난 일을 모두 적는 데 몇 분이 걸렸다. 그는 객관적으로 보려고 주의를 기울였고 자신이 보았다고 생각한 망설임의 순간을 언급해야 할지 고민했다. 글자를 쓰고 지우기를 수차례 반복한 다음 마침내 관찰한 바를 보고서에 넣기로 마음먹었다. 어떤 내용이 캣의 관심을 끌지 알 수 없었다. 설령 관심을 끌지 않는다 해도 손해날 일은 없을 것이다. 그는 가게를 닫기 전에 수첩이 얼마나 남았는지 세어 보았다. 53권 남았다.

저녁식사를 마치고 만체보가 하루에 한 개비 허락된 담배를 피운 뒤에 나디아에게서 전화가 왔다. 그녀는 가족들이 언제나 아래층 아파트에서 식사한다는 것을 알았다. 전화를 받은 사람은 아미르였다. 아미르는 나디아와 몇 마디 나누었다. 날씨, 가족들의 건강, 가게는 어떤지 같은 일상을 짤막하게 전했다. 그러고는 침묵이 흘렀다. 양쪽 다 마찬가지였다. 남매는 열다섯 살 차이가 났다. 나디아가 이른 나이에 가족이 있는 파리를 떠난 것을 생각하면 둘이 함께 자란 시간이 길지 않았다. 나디아는 런던으로 몇 차례 여행을 다녀오더니 그곳에 정착하겠다고 했다. "런던이 더 국제적인 도시예요." 그녀는 부모를 떠나 다른 나라에서 살겠다는 결정을 관철시키기 위해 이렇게 말했다. 나디아가 떠날 때 아미르는 여섯 살이었다.

3년 전 만체보와 파티마는 처음으로 외동딸이 사는 곳에 가보았다. 해저터널을 지나는 기차를 타자 두 시간 만에 새로운 나라에 도착했다. 만체보가 런던에 도착해 처음 한 생각은 운전 방향이 다르다는 것이었다. 두 번째로 든 생각은 나디아가 옳았다는 것이다. 여러 모로 런던은 파리보다 국제적인 도시였다. 만체보는 그곳이 마음에 들었다.

짧은 대화를 나눈 뒤에 아미르는 파티마에게 전화기를 넘겼다. 그렇게 하지 않더라도 파티마가 전화기를 빼앗아갈 것 같았지만.

"우리 딸!"

모녀는 방금 전 남매가 나누었던 것보다 더 많은 이야기를 했다. 주로 나디아의 새 직장에 관한 이야기였다. 나디아는 지금 살고 있는 곳에서 멀지 않은 런던 외곽에서 도시설계사로 일하게 되었다. 돈을 잘 버는 좋은 일자리였다. 파티마는 뿌듯했다. 그들의 대화가 막바지로 향했다. 만체보는 파티마의 목소리에서 이를 알 수 있었다. 파티마는 달리기를 한 사람처럼 숨가빠했다. 아델은 하품을 하더니 안부를 전해달라고 손짓했다.

"잠깐! 나도 통화하고 싶어."

파티마는 짙게 화장한 눈으로 놀라서 남편을 쳐다보았다. 그가 딸과 통화하겠다고 말한 건 처음이었다. 부녀는 어쩌다가 만체보가 전화를 받으면 몇 마디 나누는 것이 전부였다. 만체보는 파티마를 통해 소식을 들었다. 파티마가 그에게 전화기를 건네자 모두 만체보가 무슨 말을 하는지 들으려고 조용해졌다.

"우리 딸!" 만체보는 이렇게 말했지만 이 말이 입에 붙지 않았다. 어떻게 말을 시작해야 할지 몰라서 파티마의 말을 따라했을 뿐이다.

"네, 아빠. 저예요."

만체보는 무슨 말을 하고 싶은지 알 수 없었다. 사실 특별히 할 말도 없었다. 하지만 오늘 딸에게 전화해야겠다고 생각하고 있었는데 전화가 온 것이다. 나디아는 그렇게 자주 전화를 하진 않기 때문에 만체보는 재미있는 우연이라고 생각했다.

"아빠, 별일 없죠?"

걱정스러운 목소리였다. 아버지에게 무슨 일이 있다고 의심하는 것 같았다.

"별일 없어. 평소보다 다 잘되고 있단다."

"다행이에요. 무슨 특별한 일 있는 건 아니죠?"

캣이 가게에 발을 들인 그 이후부터 만체보는 누구에게든 아무것도 말하지 않으려고 안간힘을 썼다. 나디아의 목소릴 듣자 말이

혀끝에서 맴돌며 날개를 펼치더니 자유를 향해 돌격하려고 했다. 당연히 특별한 일이 있었다. 평소보다 다 잘되고 있다고 느끼는 것도 다 새로운 일 덕분이었다. 만체보는 왜 다른 가족들이 아닌 나디아에게 전부 말하고 싶은지 알 수 없었다. 어쩌면 멀리 살아서 그런지도 몰랐다. 멀면 어느 정도 보안이 유지되지 않을까. 나디아가 만체보보다 먼저 말을 꺼냈다. 딸은 제 엄마를 닮았다.

"아빠도 복권에 당첨되셨어요?"

나디아는 이렇게 말하며 웃었다. 만체보는 나디아가 타리크의 복권 당첨 사실을 알고 있다는 것에 놀랐다. 놀란 정도가 아니라 충격을 받았다.

"아, 그걸 알고 있었니?"

"그럼요. 어제 엄마가 전화하셨는걸요. 작은어머니가 번호를 맞춰본 직후에 알았죠."

"아." 만체보는 탄식했다.

"어쨌든 잘 지내신다니 다행이에요. 가게에도 별일 없죠?"

만체보는 전화를 끊고 싶었다. 무언가가 마음을 짓눌렀지만 무엇인지는 알 수 없었다.

"응, 그래. 잘되고 있어."

"다행이에요."

"런던도 덥니?"

만체보는 화제를 돌리려고 애썼다. 마침내 전화를 끊은 뒤에는 욕실로 갔다. 차와 비스킷을 먹기 전에 몇 분 동안 혼자 있고 싶었다. 나디아와 통화를 하고 나서 기분이 나빠진 이유가 뭘까. 볼일을 본 다음 세수를 하고 욕조 끄트머리에 잠시 앉았다. 그가 모르는 사이에 파티마가 나디아와 통화를 했다는 사실은 세상이 그의 생각대로 돌아가지 않는다는 증거였다.

만체보는 파티마가 나디아와 통화할 때마다 무슨 얘기를 했는지 전부 다 말한다고 믿었다. 하지만 그렇지 않다는 것이 분명해졌다. 파티마가 딱히 거짓말을 하지 않았더라도 아무도 말해주지 않아서 그가 모르는 일들이 있을 수도 있었다. 파티마가 담배 가게에 간다는 사실이 그 예였다.

만체보는 손에 쥔 갈라진 비누를 바라보았다. 아무도 사용하지 않아서 갈라졌을까? 아무도 쓰지 않는다고 해도 욕조 끝에 놓여 있어서 계속 물에 닿았을 텐데? 어쩌다 이렇게까지 말라비틀어졌을까? 그는 잠시 이런 생각을 하다가 머리를 긁적였다. 비누에 관한 의문은 해결할 수 있는 것이다. 이런 생각을 하자 기분이 조금 나아졌다.

14

   몇 분 늦었다는 사실에 스트레스를 받아 열쇠를 두 번이나 떨어뜨렸다. 하지만 내가 없다고 메일이 어디 가진 않을 것 아닌가. 메일을 조금 늦게 전달한다고 큰 문제가 되지는 않을 것이다. 나는 노트북을 꺼낸 뒤에 사무실 컴퓨터를 켰다. 지난밤에 푹 자고 나서 잘 쉬었다는 느낌이 들었다. 이메일은 아직 오지 않았다. 초조함이 좀 가셨다. 나는 마레지구에 사는 카로 씨에게 다시 전화를 걸었다. 그래야 카로 씨 생각을 그만 할 것 같아서였다.

   "여보세요."

   잔뜩 잠긴 목소리였다. 전화를 받은 남자에게서 들으리라고 기대했던 바로 그 목소리.

   "여보세요. 카로 씨와 통화하고 싶은데요."

   "무슨 일인가요?"

   나는 그의 목소리를 알아들었다.

   "잘 지내시나 궁금해서요."

   "누구시죠?"

내가 누구인지 말하는 것은 정말 간단했지만 나는 머뭇거렸다. 가짜 이름도 생각해낼 수 없었다.

"전화 받으신 분이 카로 씨인가요?"

"그렇습니다."

"저는…… 공동묘지에서 만났던 사람이에요. 기억하실지 모르지만 병원에서도 이야기를 나누었고요."

"당연히 기억하지! 왜 전화했지?"

"말씀드렸듯이 안부를 확인하고 싶어서요."

전화기 반대편에서 침묵이 흘렀다. 그가 전화를 끊으려고 한다는 느낌이 들었지만 끊지 못하게 할 말이 생각나지 않았다.

"호지에 거리 12번지. 첫 번째 문 비밀번호는 12A90, 두 번째 문은 223B." 마침내 그가 말했다.

"저를 초대하시는 건가요?"

"좋을 대로 생각하시오. 난 아직 질문에 대한 대답을 듣지 못했으니."

"지금은 일하는 중이고 오후 4시 이후에나 갈 수 있어요. 괜찮을까요?"

또다시 침묵이 흘렀다.

"그렇게 하시오."

전화를 끊는 것과 동시에 이메일 알림음이 들렸다. 카로 씨의 아파트로 간다는 사실이 비현실적으로 느껴졌다.

"사람이 때로는 단호하게 거절할 필요도 있는 법인데 그 여자는 그러지 않았어. 그 반대였지. 왜 꽃을 갖다 놓았소?"

"제가 그 무덤에 꽃을 놓은 건 순전히 우연이었어요. 어쩌면…….."

"망할 놈의 우연 따위는 믿지 않아!"

나는 웃음을 터뜨렸다. 더는 그가 무섭지 않았다. 그는 화를 냈지만 날 다치게 하지는 않을 것이다. 다시 내 뺨을 때리지 않을 것이다. 카로 씨를 보고 있자니 어마어마한 핵폭탄이 터지지 못하고 끝내는 녹아버린 것 같았다. 그가 오랜 세월 간직해온 위험한 낙진이 끊임없이 새어 나왔다.

마당이 보이는 큰 창문이 있었는데도 카로 씨의 아파트는 어두웠다. 초인종을 누르자 그는 문을 열었고 내게 등을 돌리고 거실로 가더니 안락의자에 앉았다. 나는 그를 도와주러 온 가사도우미가 된 기분이었다. 가라앉은 분위기는 가구, 책, 그림 때문인 듯했다. 그다지 음침하지 않은 것들이었는데도 그랬다. 그는 곧장 주디스 골든베르그 이야기를 꺼냈다.

나는 탁자를 사이에 두고 그의 맞은편 안락의자에 앉았다.

"우연이라는 말은 하지 마시오. 왜 그녀의 무덤에 꽃을 놓았지?"

왜 하필 그 많은 무덤 중에 주디스 골든베르그의 무덤을 골랐을까? 그리고 나는 왜 그곳에 다시 갔을까?

"모르겠어요. 언젠가는 답을 찾을 수 있을지 모르지만 지금 당장은 모르겠어요."

"그 대답이 한결 낫군. 마음에 든다는 게 아니라 아까보다 낫다는 말이야. 우연이라니…… 우연은 없어. 사람이 때로는 단호해야 해. 그런데 그 여자는 그러지 않았어. 내 어머니말이오. 당신이 추모했던."

"무슨 말이에요?"

카로 씨는 이야기를 시작했다.

주디스는 어린 나이에 의사 자격증을 땄다. 분별력이 생기기에는 너무 어린 나이였다. 졸업식 날의 환호성에는 히틀러의 외침이 섞여 들렸다. 그 목소리는 곧 모든 것에 파고들었다. 벽과 무덤은 물론이고 사람들의 지력까지도. 그녀가 자신과 타인에게 가장 좋은 것이 무엇인지 제대로 판단하지 못한 것은 그 환호성 때문인지도 모른다. 어쨌든, 그건 별로 중요하지 않다.

졸업 직후 그녀는 뮌헨 외곽에서 의사로 활동하기 시작했다. 젊고 예쁜 유대인 여의사가 직접 진료하는 병원이었다. 어땠는지는 짐작할 수 있을 것이다. 그녀는 성공과 행복에 도취된 나머지 밖에 탱크가 지나가는 것도 몰랐다. 거리에서 공격당해 부상을 입은 환자가 병원을 찾아오면 꾀병이라며 내보내기도 했다. 그들 중 절반은 술에 취해 넘어졌거나 거리에서 싸움을 하다가 다쳤을 거라고 치부했다. 사람들이 그 악명 높은 다윗의 별 표식을 달라고 할 때도 자부심을 갖고 착용했다. 그녀는 의사 배지 옆에 다윗의 별을 달았다. 그리고 적십자 배지와 함께 만자무늬도 달고 있었다. 그녀는 다윗의 별이 그저 별모양 배지라고 생각했던 것 같다. 어리석기 짝이 없었다.

환자들 중에는 유대인도 있고 독일인도 있었다. 그녀는 훌륭한 의사였고 많은 환자를 치료한 젊은 미혼 여의사가 있다는 소문은 빠르게 퍼져나갔다. 그녀는 대체의학에 개방적이었지만 의사로서 적절한 선을 넘는 법이 없었다. 검증된 동종요법 약물과 민간요법을 처방했지만 안수 같은 것은 하지 않았다. 덧붙이자면 신을 믿지 않았다. 하지만 훌륭한 의사였던 것은 분명하다.

카로 씨는 다리를 쭉 뻗더니 바지 한 쪽을 잡아당기고는 내 뒤쪽 벽을 바라보며 말을 이었다.

이웃에 사는 가족이 사라지고 나서야 그녀는 상황의 심각성을 깨달았다. 멍든 눈과 부러진 팔을 오랫동안 외면했지만 한 가족 전체가 사라지자 모든 것이 너무도 분명해졌다. 빈 방을 그럴듯하게 설명할 핑계도 없었다. 그녀는 이웃집 주방 페인트칠을 도왔던 추억과 그곳에 살던 가족들이 그 집을 얼마나 좋아했는지 떠올렸다. 그들이 자발적으로 집을 떠났을 리 없다. 그녀는 이를 잘 알았다. 여전히 상황을 부정하고 있었지만. 그러다가 그녀 차례가 되었다. 그들이 병원에 들이닥쳤다. 그들 중 한 사람은 그녀의 환자였다. 바보처럼 그녀는 그 환자가 자기에게 관심이 있다고 생각했다. 어리석게도. 그녀는 미혼이었고 직업적으로 성공하는 동시에 남편과 아이가 있는 삶을 꿈꿨다. 결국 그리 되기는 했다. 그녀가 바랐던 모습과는 달랐지만.

들이닥친 남자들은 그녀에게 짐을 꾸리라고 했다. 그녀는 외투를 들고 평소처럼 병원 문을 닫으려고 했고, 그들이 짐을 완전히 꾸리고 병원을 영원히 닫으라고 한다는 것을 이해하지 못했다. 그들은 그녀가 챙겨야 할 물품 목록을 가지고 있었다. 붕대와 소독약, 메스, 바늘과 실, 모르핀이 필요했다. 그녀는 큰 가죽가방에 모두 집어넣었고 마지막으로 병원 불을 끈 다음 자발적으로 하는 일은 아니지만 적어도 가치 있는 일이라고 믿으며 그들을 따라 나섰다. 히포크라테스 선서문도 챙겨서. 그녀는 치료가 필요하다면 누구든 치료하겠다고 마음먹었다.

그녀의 최종 목적지는 다하우였다. 독일인들이 잔뜩 탄 평범한 열차를 타고 도착했다. 그들은 주디스를 독일인 승객이 이용하는 칸에 태웠다. 승객들은 여러 칸에 흩어져 있었다. 그녀는 음식을 먹고 욕실을 이용할 수 있었다. 놀라운 점은 식당칸이 개방되어 있었다는 것과 커피와 페이스트리 너머로 금전출납기 사용법을 익히려는 군인이 있었다는 것이다. 모든 것들 중 그게 가장 놀라웠다. 독일이 유럽을 집어삼켰고, 자신은 지옥으로 가는 직행열차에 탔는데, 그 와중에 같은 독일인에게조차 돈을 받으려고 하는 사람들이 있다는 것.

전쟁이 끝난 뒤 그녀는 그 길을 수없이 오갔지만, 죽을 때조차 그 식당칸이 기억난다고 말했다.

"피곤하군." 카로 씨는 느닷없이 이렇게 말하며 나를 쳐다보았다.

이야기를 하느라 진이 빠진 것 같았다. 하지만 이대로 끝낼 수는 없다. 나는 그가 다시 이야기를 시작할 방도를 찾으려 애썼다. 마음대로 라디오를 끄기까지 했다. 하지만 카로 씨는 계속 말이 없었고 어느새 아들을 데리러 갈 시간이 되었다. 지하철을 타고 가는 동안 내 머릿속은 식당칸으로 돌아갔다. 그에게 들은 이야기의 마지막 부분이 잊히지 않았다. 그는 내일 같은 시간에 다시 오라고 했다. 나는 지하철 창문에 비친 나를 바라보았다. 순진하고 젊어 보였지만 늙고 피곤하고 죄 지은 기분이었다.

15

만체보는 지루했다. 28년 동안 같은 자리에 앉아 있으면서도 싫증낸 적이 없었다. 하지만 새로운 일을 맡게 된 뒤로 하루가 길어졌다. 아이들 몇이 가게에 와서 비스킷을 사고 공짜 수첩을 받아간 것 말고는 조용했다.

만체보는 평소처럼 의자에 앉아 대로를 유심히 살폈다. 캣에게 의뢰받은 일을 하기 전에는 어떻게 시간을 보냈는지 아무리 애를 써도 기억나지 않았다. 그때 무료한 삶을 불평하는 만체보의 소리를 듣기라도 한 듯 작가가 거리에 불쑥 나타났다. 그는 노트북 가방과 책을 한 권 들고 있었다. 구두수선 가게 위에 달린 분홍색 조명을 지나가던 그는 걸음을 멈추고 어떤 여자와 악수했다.

만체보는 쌍안경을 가지러 그야말로 미끄러지듯 안으로 들어갔다. 하나도 놓칠 수 없다. 만체보는 재빨리 좌우로 고개를 돌려 주변을 확인했다. 이렇게 하면 전문가답다고 느껴졌기 때문이다. 그런 다음 쌍안경을 눈에 갖다 댔다. 그러면서 확대된 세상을 보는데 익숙해질 날이 올까, 과학자들은 현미경으로 바이러스를 관찰

할 때마다 놀랄까 생각하며 몸을 떨었다. 작가는 계속 여자와 이야
기를 나누었다. 여자는 작가보다 나이가 훨씬 많아 보였다.

갑자기 시야로 남자 둘이 들어왔다. 만체보와 작가 사이를 막아
섰다. 의도적으로 탐정 활동을 방해하려는 것만 같았다. 만체보는
작가를 놓치고 싶지 않았기에 두 남자가 비켜날 때까지 쌍안경을
움직이지 않았다. 작가와 여자는 다시 악수를 하고는 각자 길을 갔
다. 이 장면을 끝으로 만체보는 의식을 잃었다.

처음에는 빛만 보였다. 눈을 찌르는 강한 흰 빛. 만체보는 다시
눈을 감았다. 어두워지자 왠지 안심되었다.

"어서 대답해!" 누군가가 소리쳤다.

만체보는 다시 눈을 떴다. 출입구 불빛 한가운데에 덩치 큰 남자
가 보였다. 남자는 몸집이 더 커보이도록 애쓰는 것 같았다. 만체
보는 동물이 떠올랐다. 어느 동물인지 꼬집어 말할 수는 없지만 포
식자에게 겁을 주기 위해 몸을 부풀리는 종류였다. 어찌된 일인지
만체보는 조금 전에 들은 목소리가 눈앞에 보이는 남자의 소리가
아닌 것 같았다. 남자의 몸집과 목소리가 어울리지 않았다. 두꺼비.
만체보는 위험에 맞닥뜨리면 몸을 부풀리는 동물이 두꺼비라는 것
이 떠올랐다. 누군가가 그의 턱을 잡고 얼굴을 돌렸다. 처음으로
만체보는 무서웠다. 두려움이 엄습했다. 조금 전까지는 무서워할
이유가 없었다. 무슨 일이 일어나고 있는지 몰랐으니까. 하지만 이
제 상황이 이해되기 시작했다. 그는 지금 가게 안에 있다. 누군가
가 자신을 기절시킨 다음 인도에서 가게 안으로 끌고 들어왔다. 그

157

를 꼼짝 못하게 하고 다그치는 사람은 둘이었다. 강도다. 만체보는
그들이 강도라고 확신했다.

"돈은……." 만체보가 중얼거렸다.

"뭐?" 옆에 있던 남자가 위협하듯 물었다.

"돈은…… 금전출납기에 있어요."

"망할 돈 얘기를 물어본 게 아니잖아!"

남자가 만체보의 외투를 움켜쥐자 단추 하나가 날아갔다. 만체
보는 허공에 날아가는 것이 그 단추뿐이기를 간절히 빌었다. 남자
는 만체보를 의자에 앉혔다. 뚱뚱한 남자가 몸은 움직이지 않고 고
개만 휙 돌려 거리를 쳐다보았다. 손님이 오면 쫓아버리려는 것 같
았다. 만체보는 자신을 의자에 억지로 앉힌 남자를 처음으로 제대
로 쳐다보았다. 그는 문을 막고 있는 남자와 정반대였다. 키가 크
고 호리호리했고 구레나룻부터 기른 검은색 수염은 부자연스러웠
다. 만체보는 이마를 부여잡았다.

"너 이 새끼, 도대체 뭘 보고 있던 거야?"

"보다니요?" 만체보는 간신히 더듬거렸다.

"저 망할 놈의 쌍안경으로 뭘 보고 있었냐고!"

만체보는 문에 서 있는 뚱뚱한 남자를 흘끔 본 다음 다시 수염
난 남자를 보았다. 둘 다 작가는 아니었다. 작가를 지키는 동업자
나 친구인지도 모른다. 하지만 외도를 무마하려는 것치고는 너무
지나치지 않은가? 만체보는 생각을 가다듬으려고 애썼다. 두 남자
는 작가와 상관없을지도 모른다. 길거리 마약상일 수도 있다. 수염
난 남자가 다가오자 만체보는 반사적으로 손을 들어 올렸고 더는

침묵을 지킬 수 없다는 것을 깨달았다.

"새로 산 쌍안경을 시험해보고 있었어요."

"새로 산 쌍안경을 시험했다고? 길거리에서? 도대체 쌍안경은 왜 산 건대?"

"말 때문에요."

쌍안경 얘기를 마지막으로 한 사람은 타리크였다. 타리크는 일요일 경마장에 갈 때 쌍안경을 꼭 가져가야겠다고 했다.

"말이라고?"

만체보는 고개를 끄덕였다.

"오퇴유에서 일요일마다 대규모 경마대회가 열리거든요. 돈을 좀 땄죠."

만체보는 마지막 말을 후회했다. 정말 쓸데없는 말이었다. 두 남자는 서로 쳐다보았다. 그러더니 수염 난 남자가 만체보를 의자에서 끌어낸 다음 주머니 속 물건을 모두 바닥에 팽개쳤다. 축축한 손수건, 분필 하나, 열쇠 두 개가 나왔다. 남자는 만체보를 다시 의자에 밀어 앉힌 다음 계산대로 갔다. 만체보는 마약상이 도둑질을 할 수도 있다고 생각했다. 둘은 서로 연관되어 있다고 생각했다. 하지만 수염 난 남자는 돈에 전혀 관심이 없어 보였다. 그는 금전출납기가 아닌 선반을 뒤지기 시작했다. 만체보는 침을 삼켰다. 남자는 영수증 장부를 꺼내 뒤집어 흔들며 안에 숨겨 놓은 것이 없는지 확인했다. 그런 다음 빈 수첩을 넘기며 만체보를 의심스러운 눈초리로 쳐다보았다. 마침내 만체보가 보고서용으로 쓰는 수첩을 꺼내 들었다. 남자는 몇 장 넘겨보더니 문 앞에 있는 두꺼비에게 뭐라고 말했다. 만체보는 단순히 그들이 말하는 내용을 알아듣지 못했는지 아니면 그들이 다른 언어로 말하고 있는지 구분할 수 없었다. 수염 난 남자가 씩 웃었다.

"책이라도 쓰는 모양이지? 하루 종일 가게에 앉아 있으려면 할 일이 필요하겠지. 아니면 누구를 감시하는 건가? 어쨌든 한밤중에 계단을 내려온 남자가 나는 아닌 것 같군. 난 네가 취미삼아 탐정 놀이를 하든 말든 쥐뿔도 관심 없어. 하지만 조심해야 할 거야."

수염 난 남자는 수첩을 몇 장 더 넘겨보았다. 만체보의 기록을 읽고 나자 남자의 태도가 바뀌었다. 계속해서 계산대 선반을 뒤지기는 했지만 조금 전처럼 열심히 하지 않았다. 그는 덩치 큰 남자에게 뭐라고 말했다. 이제야 만체보는 그들의 말이 프랑스어가 아니라는 것을 알았다. 아랍어나 영어도 아니었다. 만체보의 언어 능력으로는 헤아릴 수 없는 말이었다.

"쌍안경으로 아무나 보지 않도록 조심해야 할 거야, 친구. 다신 이 대로에서 쌍안경을 쓸 수 없어! 알아들어?"

만체보는 '친구'라는 말에 거부감을 느꼈다. 방금 전까지 폭력을 행사한 상대에게 쓸 말은 아니었다. 하지만 그는 고개를 끄덕였다. 다신 이 대로에서 쌍안경을 쓸 수 없다. 수염 난 남자는 선반에서 꺼낸 물건을 모두 다시 쑤셔 넣었다. 그러고는 계속 망을 보고 있던 문 앞의 덩치에게 고개를 끄덕였다. 둘은 맞춘 것 같은 동작으로 밖으로 사라졌다. 만체보는 의자에 가만히 앉아 있었다. 다리 사이가 따뜻해지는 느낌이 들었고 곧 바닥에 작은 웅덩이가 생겼다. 바닥에 생긴 작은 웅덩이와 통조림 위에 자리잡은 단추 말고는 낯선 손님이 다녀갔다는 흔적은 없었다. 만체보는 진짜 범죄자를 만났다고 생각하며 단추를 주워 주머니에 넣었다. 그리고 가게 문을 닫았지만 잠그지는 않았다. 괜히 시선을 끌고 싶지 않았다. 문을 닫아 놓기만 해도 손님이 불쑥 들어오는 것은 막을 수 있겠지. 지금 당장은 손님이 오면 곤란했다.

그는 이마를 짚은 채 계산대로 갔다. 먼저 수첩을 가지런히 쌓은 다음 휴지를 꺼내 바닥을 닦았다. 위층 아파트에 가서 대걸레를 가져올 수도 있지만 그럴 기운이 없었다. 평생 이렇게 수치스러웠던 적은 없었다. 그는 젖은 휴지를 휴지통에 던져 넣고 냉장고로 갔다. 떨리는 손으로 콜라 캔을 딴 다음 벌컥벌컥 마셨다.

16

"어디까지 했더라……. 맞아, 식당칸이었지. 보통 거기에서 이야기를 끊지."

문을 여는 카로 씨는 미소 짓고 있었지만 이내 나를 초대한 것을 후회한다는 듯이 표정이 심각해졌다.

식당칸에서 주디스는 설탕을 넣은 커피와 바닐라 빵을 먹었다. 그 후로 평생 그녀가 커피에 설탕을 넣어 마시거나, 바닐라 빵을 먹는 것을 본 사람은 없다.

다하우에 도착했을 때는 아직 환했다. 안개가 끼고 살을 에는 듯한 추위가 그들을 맞이했다. 그녀는 장거리 기차 여행이 아니라 출퇴근에 어울리는 복장이었다. 군인들이 그녀를 찾아왔고 그제야 그녀는 기차에 승객이 별로 없다는 사실을 깨달았다. 독일군 말고는 기차 전체에 노부인 한 명과 부부로 보이는 남녀 두 쌍만 남아 있었다. 그녀는 기차에 혼자 탄 유일한 젊은 여자였다. 게다가 오직 그녀만 가방을 가지고 있었다. 다른 사람들은 모두 빈손이었다.

그녀는 매표소로 쓰던 방으로 안내받았다. 벽에 긴 의자가 놓여 있었지만 앉을 시간은 없었다. 그녀는 남은 사람들 중 처음으로 호출받았다. 남은 이들에게 미소 지은 뒤에 남자를 따라갔다. 그들은 진흙투성이 들판을 지났고 굽 낮은 구두를 신은 그녀는 몇 번 넘어졌다. 반사적으로 남자에게 손을 내밀어 도와달라고 했지만 그는 계속 걸어갔다. 그녀는 그가 자신이 넘어진 걸 모른다고 생각하고 소리쳐 불렀다. 자기 목소리가 어색하게 느껴졌다. 한참 동안 아무도 그녀에게 말을 걸지 않았고 그녀 역시 말을 걸지 않았으니까. 남자는 돌아서서 그녀를 뚫어지게 내려다보더니 다시 걸어갔다. 바로 그때 그녀는 자존감은 물론이고 의사라는 지위도 잃었다. 그녀가 말하기 가장 힘들어하던 순간이다. 하지만 그녀는 명석했다. 곧바로 신발을 벗어 든 채 스타킹만 신은 발을 차디찬 진흙에 담갔다. 그리고 자신에게서 인간으로서의 가치를 앗아간 남자의 뒤를 따라갔다.

"라디오 좀 꺼주겠소?"
카로 씨는 목소리를 가다듬더니 물을 마셨다. 연설하는 사람 같았다. 마음속에 적어 둔 원고를 보고 읽는 듯했다.

다른 곳과 분리된 건물에 들어선 그녀에게 앉아서 기다리라는 명령이 떨어졌다. 그녀는 동상을 막기 위해 발가락을 꼼지락거렸고 가방 안에 쓸 만한 게 있는지 생각했다. 붕대가 도움이 될

163

것 같았다. 갑자기 문이 열리자 그녀를 데려온 군인은 과장된 동작으로 그 유명한 나치 경례를 했다. 방으로 들어온 남자는 체구가 작고 땅딸막했으며 머리숱이 적었다. 그는 주디스의 발을 보더니 군인에게 신을 것을 가져오라고 명령했다. 군인은 돌아서 방에서 나갔다. 뚱뚱한 남자는 옆 방으로 돌아갔지만 문은 열어두었다. 그녀에게는 한 마디도 하지 않고.

군인이 두꺼운 흰색 축구양말 같은 것을 가지고 와서 건넸다. 그녀는 검정 나일론 스타킹을 벗고 흰 양말을 신었다. 신발을 신어보려 했지만 양말이 너무 두꺼워서 들어가지 않았다. 그녀는 양말만 신은 채 옆 방에 있던 남자에게 호출당했다. 그제야 왜 그녀를 이곳에 데려왔는지 깨달았다. 그녀는 의사 자격으로 그곳에 갔다. 마을 최고의 의사였지만 마을에는 독일인도 유대인도 남아 있지 않았기 때문에 다하우에 보내진 것이다. 그녀는 수용소의 모든 질병을 치료해야 했다. 한때 '더러운 유대인'이라고 불린 이들 때문에 생긴 질병도 포함되었다. 그녀는 자신과 같은 유대인은 치료할 수 없고, 유대인 때문에 감염된 독일인만 치료할 수 있다고 통보받았다. 그리고 그녀가 수용소에 끌려간 이유는 훌륭한 의사이자 독일 군인들이 환상을 품을만한 매력적인 여자이기 때문이었다. 그들에게는 최고의 조건이었을 것이다. 그리고 그녀는 단호하게 거절하지 않았다. 결코 그러지 않았다.

카로 씨가 말을 끊자 나는 단호하지 못했다는 말을 어디선가 들었다고 생각했다. 하지만 그가 이야기를 계속하자 생각이 중단되었다.

그들은 진료를 하려면 무엇이 필요한지 물었고 그녀는 의약품과 의료도구 목록을 작성했다. 황급히 떠나오는 바람에 청진기도 가져오지 않았다. 원래 목에 걸고 있었지만 외투를 입느라 벗어놓았던 것이다. 하루를 마감하고 병원을 나설 때면 언제나 그랬듯이. 뚱뚱한 남자는 목록을 대충 살펴보고 그녀에게 돌려주었다. 그는 진료실에 필요한 가구도 모두 적으라고 했다. 주디스는 의료용 저울과 자, 진찰대, 의자, 종이 시트, 밝은 조명 몇 개말고는 생각나지 않았다. 병원 진료실에 무엇이 있었는지 떠올리려 애썼지만 기억하지 못했다. 방어기제 때문인 것 같았다. 바로 그 순간 다시는 자기 병원으로 돌아가지 못하리라는 것을 깨닫고 최대한 빨리 잊으려고 한 것이다.

카로 씨는 눈을 비볐다.

다하우에 도착한 뒤 이틀 동안 그녀는 시트가 없는 2층 침대가 놓인 작은 방에서 혼자 지냈다. 하루 두 번 음식과 커피가 제공되었다. 아무도 그녀에게 말을 걸지 않았다. 그녀는 진찰 가방을 수없이 여닫았다. 그러면서 마음을 굳게 먹었다. 뭔가를 볼 때마다 울어버리면 살아남을 수 없다고 계속해서 되뇌었다. 3일째되던 날 한 남자가 검은색 장화를 들고 왔다. 그녀에게 장화를 신고 따라오라고 했다. 그들은 진흙 들판을 건넜다. 그녀는 가방에 원래 신던 신발을 챙겼다. 들판 여기저기에 펼쳐진 막사는 도착한 날과 달라 보였다. 낡은 컨테이너 같은 막사도 있었지만 깔끔한 현대식 주택 같은 막사도 있었다. 남자는 그중 나무가 좁다랗게 모여 있는 곳 너머의 막사로 들어갔고 그녀도 따라 들어갔다. 들어서자마자 진료실이라는 것을 알았다. 남자는 말 한마디 없이 그곳을 보여주었다. 문 옆으로는 작은 공간이 있었는데 상상력을 조금 보태자면 대기실인 것 같았다. 진료실 자체는 넓고 쾌적했다. 진찰대, 의자, 책상 등 그녀가 목록에 적었던 것이 모두 있었다. 천장에 달린 조명 때문에 집기가 모두 반짝거렸다. 벽으로 구분된 뒤쪽 공간에는 간단히 씻고 볼일을 볼 수 있는 곳이 있었다. 그래봐야 바닥에 판 구멍에 불과했지만.

극도로 절망하고 자유와 자존감을 빼앗겼음에도 불구하고 그녀는 일에 대한 자부심을 어느 정도 회복했다. 그 덕분에 미약하게나마 힘을 얻어 가져온 물건을 풀어 놓을 수 있었다. 그녀는 벽에 달린 작은 금속 찬장에 모르핀을 넣었다. 요청한 의약품 몇 가지가 그 안에 이미 들어 있었다. 그녀는 약의 강도를 알아보기 위해 약병을 살폈고 하나씩 열어서 냄새를 맡으며 요청한 의약품이 맞는지 다시 한 번 확인했다. 손톱가위는 붕대와 함께 두었다. 마지막으로 꺼낸 것은 그녀의 신발이었다. 그녀는 작은 탈지면을 적셔서 신발에 말라비틀어진 진흙을 닦아낸 다음 욕실에 갖다 두었다. 그때 아이의 비명소리가 들렸고 그녀는 창밖을 내다보았다. 하지만 나무밖에 보이지 않았다. 차라리 다행이라고 생각했다. 잠시 후 여자가 울부짖는 소리가 들렸다. 순진하게도 그녀는 문을 열려고 했고, 문은 잠겨 있었다. 그녀는 다시 창밖의 나무를 쳐다보았다.

진료실에 들어간 지 몇 시간이 지난 뒤에 첫 번째 환자가 도착했다. 뚱뚱한 남자였다. 처음으로 그는 자기소개를 했다. 그녀는 환자 명부 겸 처방전 역할을 할 노트에 그의 이름을 적었다. 프리츠 에르크. 에르크는 당뇨병 환자였는데 집을 떠나 있는 동안 병세가 악화되었다. 첫날 그녀는 환자 둘을 진료했다. 에르크와 팔을 삔 군인 한 명. 둘 다 진료실 열쇠를 가지고 있었다. 그들은 문을 열고 진료실로 들어와 치료를 받고 떠났다.

"의사는 갇혀 있고 환자들이 열쇠를 갖고 있다니. 정말 웃기는 노릇이지!"

카로 씨는 웃다가 기침을 했다. 나는 방금 들은 이야기에서 무엇이 웃긴지 알 수 없었다. 그는 갑자기 마음속 원고를 잊은 것 같았고 한 번 그렇게 되자 돌아갈 수 없었다. 그의 감정이 원고를 대신했다.

"어디까지 이야기했지? 아, 그렇지."

그녀는 에르크와 다른 환자를 돌본 다음 저녁식사를 받았다. 식사를 마친 뒤에 숙소로 돌아갈 수 있기를 기다렸지만 아무도 오지 않았다. 검소하기 짝이 없는 그 방이 그리워지기까지 했다. 밤이 될 무렵 결국 그녀는 딱딱한 진찰대에 누워 잠이 들었다. 그때만 해도 1년 넘게 그렇게 살아야 한다는 것을 몰랐다. 그 방은 진료실 겸 그녀의 숙소였다. 그녀는 환자를 돌보게 되었지만 예상했던 상황은 아니었다.

에르크는 일주일에 몇 번 진료를 받으러 왔고 그녀가 개인적으로 접하는 유일한 사람이었다. 환자가 없을 땐 아무것도 하지 않으니 미칠 것 같다고 그녀가 신문을 갖다 달라고 부탁한 사람도 에르크였다. 그는 한번 알아보겠다고 하고 다음 날 나쁜 소식을 전했다. 신문을 가져다줄 수 없다고 했다. 하지만 그녀는 바보가 아니었다. 칭찬을 들을 사람도 아니고 그래서도 안 되지만 어쨌든 바보는 아니었다. 다음 날 그녀는 독일인 환자의 정맥에 인슐린을 주사한 다음 의료 학술지 〈애르츠테블라트〉라도 구할 수 없겠냐고 물었다. 환자를 위한 것이라고 주장하면서. 의료계는 급속히 발전하고 있기 때문에 최신 정보를 습득해야 하고, 이렇게 밀집해서 살고 있을 때는 더욱 필요하다고 설득했다. 그녀는 바깥세상에서 어떤 박테리아와 바이러스가 유행인지 꼭 알아야 한다고 말했다. 에르크는 기뻐하는 동시에 그런 생각을 스스로 해내지 못한 것에 실망했다. 그는 그녀를 돕고 싶다고 했다. 하지만 그자가 착해서가 아니다. 그걸 잊으면 안 된다. 그건 그가 남자였기 때문이다.

얼마 지나지 않아 에르크는 〈애르츠테블라트〉를 가지고 왔다. 그녀는 창밖으로 보이는 나무와 그 책으로 살아갔다. 분명 같은 책을 열 번씩은 읽었을 것이다.

그녀는 다하우에서 있던 일을 많이 말해주진 않았다. 아무것도 볼 수 없었고 그저 듣기만 했다고 했다. 총소리와 비명을. 전에는 한 번도 들어보지 못한 날카로운 비명들을. 그녀는 그걸 돼지 먹따는 소리라고 불렀다. 그녀가 돼지 먹따는 소리를 어떻게 아는지는 모르겠지만. 하지만 그녀가 자주 말하던 사건이 있었다. 어느 날 주사를 맞고 난 에르크가 그녀에게 돌돌 말린 뭔가를 건넸다. 나일론 스타킹이었다. 그녀가 다하우에 간 지 한두 달쯤 되었을 때였다. 그녀에게 옷이라고는 병원에서 나올 때 가져온 게 전부였다. 이틀마다 빨아서 라디에이터 위에 널어 말렸다. 즉 이틀마다 그녀는 어쩔 수 없이 의사 가운을 입고 잠들어야 했다. 나일론 스타킹은 쓰던 것 같았고 한쪽 올이 풀려 있었지만 그녀는 그걸 빨아 말린 다음 신었다.

"이제부터 정말 이해할 수 없는 이야기가 시작되지."
카로 씨는 침을 삼켰다.

　분명 스타킹은 주인이 있었을 것이라는 생각이 그녀의 머릿속을 스쳤다. 그녀는 바보가 아니었으니까. 주디스는 이 스타킹을 신던 여자는 죽었을 테고 십중팔구 에르크 일당에게 희생되었을 것이라고 생각했다.

"살해당한 여자의 스타킹을 신다니! 게다가 살인자가 준 걸! 어린 나이였지만 나는 이 지점에서 의문이 들었소. 그때 나는 여덟 살이었어. 내 말 알아 들어? 여덟 살이었다고!"
　문득 방이 작게 느껴졌다. 카로 씨의 얼굴이 불그스름해졌다. 나는 그의 주의를 흩뜨릴만한 얘기를 해서 그를 좀 진정시켜야 할까 생각했지만 다음 이야기가 궁금했다.

"그녀가 뭐라고 했는데요?"

"자기 신발을 신는 게 중요했다고 했어. 장화를 신기 싫었다고. 그러고선 구닥다리 같은 이야기를 했지. 정말 극한의 상황에 처하기 전까지는 누구도 그런 상황에서 어떻게 행동할지 모른다고. 정말 말도 안 되는 소리! 말도 안 돼! 말도 안 돼!"

나는 그가 나를 대했던 방식에도 불구하고 카로 씨의 건강이 조금 걱정되었다. 그래서 이야기를 여기까지밖에 못 듣게 될지도 모르지만 쉬고 싶은지 물었다. 내일 다시 올 수 있다는 말도 했다. 카로 씨는 화난 눈빛으로 나를 노려보았다.

"이 부끄러운 이야기의 결말까지 가는 게 좋을 것 같군. 오늘로 끝낼 수 있도록."

나는 다시 이야기를 듣는다는 사실이 더없이 기뻤다.

스타킹 사건이 있은 뒤에 그녀는 옷을 갖다 달라고 부탁했고 에르크는 모두 들어주었다. 그녀는 흰 양말 한 켤레, 검은색 바지 두 벌, 흰색 속옷 두 벌, 흰색 셔츠 두 벌, 회색 카디건을 받았다. 모두 남성용이었다.

그녀는 진료실을 꾸리고 대기실에서 〈애르츠테블라트〉 최신호를 읽는 데 몰두했다. 군인에게 소나무 잔가지를 갖다 달라고 부탁하기도 했다. 그녀는 잔가지를 시험관에 넣어 대기실에 두었다.

"그 여잔 제정신이 아니야. 말도 안 되는 행동이지. 도대체 무슨 생각으로 그런 짓을 했는지."

"그녀에게 물어본 적이 있나요?"

"자기 나름의 생존 방식이라고 했어. 하지만 비명 소리가 들리는 데! 그중에서도 최악인 게 뭔지 알아? 그녀가 간 크게 그런 이야기를 입 밖으로 냈다는 거야. 그 이야기를 할 때 그녀는 뿌듯해 보이기까지 했지!"

"하지만 그녀는 진실을 말한 것뿐이잖아요."

"빌어먹을 진실!"

"그녀는 자랑스러운 분이었어요."

"미쳤군!"

바로 이 모습이 내가 본 카로 씨였다. 하지만 그는 금세 절제된 모습으로 돌아갔다. 이 이야기를 끝까지 하기로 결심한 듯이. 이야기하는 방식으로 볼 때 그는 과거를 누군가에게 넘겨주고 싶어 하는 것 같았다. 그가 죽은 이후에도 그 과거가 보존되도록.

주디스는 병이 났다. 병이 났다기보다 몸이 점점 약해졌다. 하지만 수용소 의사였으니 필요한 것은 뭐든 요구할 수 있었다. 그녀는 철분제, 비타민 A와 D를 먹으며 자신을 돌봤다. 동족들이 지척에서 죽어가고 있었는데 말이다. 그녀는 1년 조금 넘는 기간 동안 그렇게 지냈다.

다하우를 떠나기 전까지는 진료실 밖으로 한 발자국도 나가지 못했다. 어느 날 느닷없이 군인이 나타나서 짐을 꾸리라고 했다.

그녀는 중상을 당해 진료실까지 올 수 없는 환자를 보러 가야 하
는 줄 알고 무엇을 챙겨야 하는지 물어보았다. 군인은 잠시 생
각하더니 돌아서서 나가버렸다. 그는 잠시 후에 돌아왔다. "에
르크 씨에게 필요한 것을 모두 챙기시오." 그녀는 인슐린, 주사,
여러 종류의 진통제를 큰 진료 가방에 넣었다. 밖은 여름이었다.
그녀는 1년 넘는 기간 동안 상대적으로 냄새가 덜한 환경에서
지냈다. 땀, 습지, 담배, 구토, 아세톤, 염소, 음식 냄새 정도만
접하고 살았다.

역에서 기차가 기다리고 있었다. 팔에 다윗의 별 표식을 두
른 남자 둘이 서둘러 지나갔고 보초를 서던 군인이 그들을 쫓으
며 소리쳤다. 그녀는 남자 둘을 향해 미소 지었다. 그들은 공포
에 가득 차 그녀를 보았다. 주디스는 그들의 반응을 이해할 수
없었다. 그녀는 다윗의 별도 착용하지 않았다. 기차 옆에는 커다
란 검은색 차가 서 있었다. 군인은 그녀에게 차에 타라고 손짓했
고 그녀는 두려워졌다. 진료실이 유일하게 안전한 공간이었다.
이제 그녀의 차례인 걸까? 문이 열리자 그녀는 안을 들여다보았
다. 에르크가 뒷자리에 앉아서 그녀에게 타라고 했다. 나치 제복
을 입은 운전기사가 시동을 걸었다.

"어디로 간 거예요?"
이야기에 너무 몰입한 나머지 나는 질문을 참을 수가 없었다.
"파리로."
"왜 파리로 갔을까요?"

"독일 군대가 파리를 점령했고 에르크는 그곳으로 발령이 났으니까. 당뇨병 때문에 의사와 함께 가야 한다고 요청했다더군. 게다가 그녀는 프랑스어를 할 줄 알았으니까. 그녀의 모국어가 프랑스어거든. 쓸모가 많았겠지."

"하지만 에르크가 그녀를 좋아했을지도 모르잖아요. 그녀를 그곳에서 꺼내주려고 그랬다면요?"

"돼지 같은 자식이라고! 이야기를 미화하려고 하지 마!"

두 사람은 독일 남부로 차를 타고 간 다음 기차를 타고 파리 리옹역으로 갔다. 그곳에 도착한 뒤에는 호텔에 투숙했다. 그냥 호텔도 아니고 방돔광장에 있는 리츠 호텔이었다. 주디스는 새 옷을 살 돈을 받았다. 어처구니없는 노릇이었다. 1년 넘게 가둬두고 화장실만 갈 수 있게 한 여자를 느닷없이 파리의 고급 호텔로 데려가 돈을 쓰라고 하다니. 그녀는 방돔광장에서 가장 비싼 양품점에 갔고 가게 직원은 그녀를 재빨리 훑어보았다. 에르크는 누가 이름을 물어보면 도너 양이라고 대답하고 자신의 약혼녀라고 하라고 일러두었다.

"멍청한 독일 놈. 차라리 딸이라고 하는 편이 믿기 쉬웠을 거야."

"그녀가 정말 그렇게 했나요?"

카로 씨의 눈빛이 어두워졌다.

"나를 뜻하는 건가?"

"뭘 뜻해요?"

"아니, 아무것도……. 그렇게 하진 않았어. 그랬더라면 그 일을 떠벌였겠지. 나일론 스타킹 이야기처럼."

카로 씨는 깊은 한숨을 내쉬었다.

"피곤하군. 하지만 끝을 봐야겠어."

주디스는 호텔로 돌아가서 에르크를 검진하고 주사를 놓았다. 그런 다음 자기 방으로 갔다. 다행히도 그에게 방 두 개를 잡을 정도의 상식은 남아 있었다. 에르크는 매일 아침 8시에 자기 방으로 와서 건강을 챙겨주는 것 말고는 자유라고 말했다.

그날 밤 그녀는 1년 넘는 시간 만에 처음으로 침대에서 자게 되었다. 하지만 온몸이 뻣뻣했다. 그녀는 떨어질까 봐 침대 한가운데 누웠다. 다하우의 진찰대에 누웠을 때처럼. 그리고 그때부터 불안증이 시작되었다. 그녀는 땀을 흘리며 방 안을 서성댔다. 총소리와 비명이 들렸고 그녀가 미소 지었던 수척한 남자들의 눈동자가 보였다. 주디스는 아버지의 전화번호를 기억해내려고 애썼다. 진정시킬 뭔가를 찾을 수 있을까 해서 가방을 뒤졌다. 침대 옆 탁자에서 그녀는 물랭 루주 안내 책자를 발견했다. 결국 잠옷 위에 외투를 걸치고는 안내데스크로 내려가 전화를 쓰고 싶다고 했다. 그녀는 겨우겨우 전화를 걸었고 교환원을 통해 독일로 전화를 연결하려 했지만 없는 번호였다. 호텔 바에 간 그녀는 너무 취해서 모르는 남자의 도움을 받아 객실로 가야 했다. 그녀는 바닥에 누워서 잠을 청했다. 침대가 너무 푹신하게 느껴졌다.

다음 날 아침 7시, 그녀는 이미 에르크의 방 앞에 있었다. 8시에 그녀는 문을 두드렸다. 문을 연 에르크는 스트레스에 시달리는 것 같았지만 들어오라고 했다. 전날 밤에 술을 마셔서 손이 떨리는 바람에 그녀는 주사를 더듬더듬 놓았다. 에르크는 그녀의 뺨을 세게 때렸고 그때 그녀는 정신이 번쩍 들었다. 그녀는 해야할 일을 마쳤다. 어찌 보면 그것이 에르크의 작별 인사였다.

"무슨 말이에요?"

"그날 이후로 두 사람은 다시 보지 못했어. 에르크가 떠났거든. 1945년 4월 22일이었지. 책으로 엮기에 괜찮지 않나? '반역자 어머니'라는 제목으로."

나는 반역자라는 부분에 이의를 제기하고 싶었지만 참았다.

"그 다음에는 어떻게 됐어요?"

"그저 그런 시시콜콜한 이야기지. 그녀는 말하자면 홀로서기를 해야 했어. 파리에서 아버지를 만났고. 아버지는 분별 있는 분이셨어. 아버지가 아니었다면 제대로 되는 게 하나도 없었을 거야."

"아버지도 유대인이셨나요?"

"그렇지. 다행스럽게도."

"그녀는 의사 일을 계속했나요?"

"아니. 그녀는 사람들을 치료하는 일을 그만두고 아이를 다섯 낳았소."

"다섯이요? 그럼 형제자매가 넷이 더 있겠군요. 아직 살아 있나요?"

"그렇소. 모두 살아 있소. 내가 첫째지. 조현병을 앓는 남동생 하나를 제외하면 모두 건강하오. 어머니를 생각하면 우리 모두에게 그 병이 나타나지 않은 게 이상할 따름이지."

"형제분들은 어머니를 어떻게 생각하세요? 카로 씨와 똑같은가요?"

"모르겠소. 궁금하지도 않고."

"왜 어머니에게 그렇게 혹독한 거죠? 들어보니 그녀가 범죄를 저지른 것도 아닌데요. 내가 어머니였어도 똑같이 했을 거예요."

"당신이라면 그랬겠지! 분명 그랬을 거야! 아무 이유 없이 무덤에 꽃다발까지 갖다 놓았으니 말이야."

그의 말이 옳았다.

"어쨌든 어머니는 가혹하게 벌을 받았군요. 자식들 누구도 무덤에 꽃을 갖다 놓지 않으니 말이에요."

"아니, 그건 아니야. 그녀가 지은 죄에 비하면 가벼운 벌이지."

"무슨 죄요?"

"그 잔혹한 학살자들을 돌본 죄. 수백만 명의 생명을 앗아간 학살자들을! 그보다 더한 죄가 어디 있겠어? 그에 비하면 너무 가벼운 벌이라고. 그녀를 심판할 용기를 낸 사람은 딱 한 사람! 나뿐이었어! 나는 동생들에게 어머니를 추모하지 못하게 했어. 다들 약속을 지켰지. 이제 당신이 무슨 짓을 했는지 알겠어?"

나는 무서웠다. 카로 씨가 나를 해칠까 봐서가 아니라 그가 죽을까 봐 무서웠다. 그의 얼굴은 시뻘겠고 입술은 창백해지기 시작했다. 증오심 때문에 곧 죽을 것 같았다.

"아까 어머니의 운명이 책으로 쓰기에 괜찮을 거라고 했죠. 내가 그 이야기를 써도 될까요?"

카로 씨는 조금 진정된 모습이었다. 그는 텔레비전이 켜지기라도 한 듯이 모니터를 바라보았다.

"부탁인데 텔레비전 좀 켜주겠소?"

그는 다른 생각을 하고 싶어 했다. 하지만 나는 리모컨을 찾을 수 없었다. 리모컨은 원래 없었다. 텔레비전에서는 토론 프로그램이 나왔다.

"책에서 그녀를 미화하려고? 그렇다면 사양하겠소."

"아니, 그런 게 아니에요. 이야기를 객관적으로 쓰려고요. 미화도 하지 않고 판단도 하지 않고요. 그렇게 하면 어머니에 대한 카로 씨의 생각이 옳다는 것이 더 두드러질 수도 있어요."

그는 나를 바라보았고 나는 그가 내 말을 이해하지 못했다는 것을 알았다.

"그러니까 독자들이 스스로 결정하게 놔두는 거예요. 카로 씨와 같은 생각을 할 수도 있어요. 그 정도면 그녀에게 충분한 벌이 되지 않을까요?"

뜻밖에 복수를 할 수 있다는 말을 듣자 그의 눈이 희미하게 빛났다. 그는 마지막으로 자기 어머니가 심판당하길 원했고 그로 인해 자기 행동이 정당화되기를 바랐다. 다른 사람들이 주디스를 비난하면 그의 영혼이 정화되는 기분을 느끼는 것 같았다. 책은 그가 내밀 수 있는 비장의 카드가 될지도 모른다. 주디스가 우리 이야기를 들을 수 있다면 나는 그녀가 내 저의를 이해해주기를 바랐다.

"문신은 언제 했어요?"

"오래 전에."

"누가요?"

"모르겠소. 이곳 마레에서 코걸이를 한 어떤 미친 남자가 했는데."

"문신하러 직접 갔다고요?"

나는 참지 못하고 웃음을 터뜨렸다.

"직접 가서 강제수용소에서 유대인들에게 찍었던 것 같은 번호를 문신으로 새겨달라고 했어요?"

"정확하오."

"왜요?"

"그녀에게 이 낙인이 있어야 했는데 없었소. 가족 중 누군가가 그 짐을 짊어져야 했지."

나는 카로 씨를 유심히 보았다. 그는 완고한 표정으로 텔레비전에 시선을 고정하고 있었다.

"이제 그만 가보는 게 좋겠소." 그는 이렇게 말하며 문을 가리켰다.

17

만체보는 멍하니 허공을 응시했다. 이렇게 끝나는 건가? 저 문 밖으로 다시 나갈 용기가 생길까? 그는 망연자실했다. 재미있는 이야기를 손에 쥐고 있었는데 누군지도 모르는 사람들이 빼앗아 갔다.

한 시간쯤 지났을까 만체보는 떨리는 다리로 문 가까이 갔다. 발로 문을 살짝 민 다음 계산대 뒤 안전지대로 서둘러 돌아갔다. 작가가 사는 건물은 감히 쳐다볼 수도 없었지만 지금 문을 열지 않으면 영원히 열지 못할 것 같았다. 만체보는 말에서 떨어진 것 같다고 생각했다. 재빨리 다시 올라타지 않으면 영영 못 타게 될 것이다. 말. 만체보는 혼자 중얼거렸다. 경마대회 이야기를 생각해낼 수 있어서 다행이었다.

그는 병원에 가야 할지 고민했다. 머리가 지끈거렸다. 콜라를 한 캔 더 땄다. 어머니는 항상 미국 음료수는 약으로 쓰여야 한다고 말씀하셨다. 지금은 약을 좀 더 마시는 게 좋을 것 같았다. 만체보는 어머니를 떠올리자 울고 싶었지만 가까스로 참았다. 상황을 복잡하게 만들 수는 없다.

머리가 맑아지기 시작하자 만체보는 상황을 요약해 보았다. 미친놈 둘이 가게에 왔다. 수염 난 남자가 수첩을 읽고 보인 반응으로 보아 그들은 작가와 상관이 없다. 겉보기엔 평화로워 보이지만 대로에서는 이상한 일이 일어나기도 하는 법이다. 이 정도가 분명한 사실이었다. 불륜을 저지른 작가가 야단법석을 떤 것도 아니고 다른 거래를 시작한 것도 아니다. 만체보가 약속한 것이라고는 쌍안경으로 대로를 보지 않겠다는 것뿐이다. 그는 약속을 지킬 수 있을 것 같았다.

계산대에 빈 콜라 캔 네 개가 놓였다. 저녁식사 냄새가 계단을 타고 내려왔고 콜라를 많이 마신 뒤라 만체보는 또 실수하지 않도록 애써야 했다. 그는 채소 좌판을 들여놓으며 당근만 뚫어지게 보았다. 대로에서 일어나는 일을 마주할 준비가 되지 않았다. 타리크가 와서 등을 두드린 뒤에 가게 안으로 들어갔다.

"파티라도 했어?" 타리크는 이렇게 말하고는 계단을 올라갔다.

처음에 만체보는 이 말을 이해하지 못했다. 그러다가 계산대 위에 널린 빈 콜라 캔을 보고 한 말이라는 것을 깨달았다. 그는 셔터를 내리고 문을 잠그며 결심했다. "쇼는 계속되어야 해." 그는 확신이 들지 않았지만 이렇게 중얼거렸다.

만체보는 혼자서 사건을 거듭 되새겼다. 가게 안으로 끌려 들어오고 난 뒤에 일어난 모든 일을. 저녁을 먹는 동안 입에 뭐가 들어가는지도 몰랐다. 머릿속으로 그날 일어난 일을 여러 방면에서 생각했다. 하지만 도저히 이 일을 객관적으로 볼 수 없었다. 상상력이라는 새로운 친구 탓이다. 상상력이 자꾸 농간을 부렸다. 만체보는 사건을 두 가지 버전으로 정리했는데 둘 다 사실일 수 있었다. 한 가지 버전은 마약에 취한 마약밀매상 둘이 만체보를 보고 자신들을 감시하는 사복 경찰로 오해한 것이다. 솔직히 그들은 실수를 저질렀고 아마 후회할 것이다. 그리고 마약을 사고 파는 접선 장소를 바꾸겠지. 이렇게 생각하자 만체보는 마음이 편해졌다. 또 다른 버전은 그렇지 않았다. 그 이야기에서 만체보는 자신이 맡은 일과 관계가 있는 두 미친놈에게 습격을 당했다. 이는 그들이 다시 올 수도 있다는 뜻이었다.

"괜찮아?"

파티마가 팔꿈치로 그를 찔렀다.

"밥 더 줄까?"

그녀는 단어를 또박또박 천천히 말했다. 말을 잘 못 알아듣는 사람을 이해시키려는 듯이. 다른 가족들은 웃음을 터뜨렸고 만체보가 대답하기도 전에 파티마는 일어나서 밥그릇을 가져갔다. 타리크는 경쾌하게 식탁을 두드렸고 만체보는 다시 자신만의 세계로 물러났다.

만체보는 조심스레 책등을 어루만졌다. 아미르가 책을 좋아하기는 했지만 책장에 꽂힌 걸 전부 읽었을까 궁금했다. 캣이라는 이름의 작가가 쓴 책은 없었다.

"뭐 찾으세요?"

만체보는 하지 말아야 할 짓을 한 것처럼 화들짝 놀랐다. 아미르는 당황한 것 같았다. 만체보는 습격당한 것 때문이라고 생각했다. 그는 갑자기 나는 소리에 과하게 반응했다. 아미르는 어렸을 때 소파에서 잠든 자신을 침대에 옮겨줬을 때 말고 아버지가 방에 들어온 적이 있었나 생각했다.

"아니, 아니란다. 그냥 책 좀 보고 있었어. 이걸 다 읽었니?"

아미르는 고개를 끄덕였다. 만체보는 나디아와 통화할 때 느꼈던 충동을 다시 느꼈다. 그는 탐정 일을 말하고 싶었다. 만체보는 처음 온 곳인 양 방을 둘러보았다.

"네가 소파에서 잠들면 안아서 데려왔는데. 기억나니?"

아미르는 고개를 끄덕이며 미소 지었다.

"오래 전이구나. 요샌 어때?"

"잘 지내요."

"네게 물어볼 게 있단다. 넌 책을 많이 읽었으니까."

만체보는 즉흥적으로 뭔가를 할 참이었다. 제삼자에게 퍼즐 조각을 건네줄 생각이다. 그 사람이 아미르가 되리라고는 생각지 못했지만 이제 어쩔 수 없다. 사건에 진전이 있어야 하는데 당장 만체보는 더 앞으로 나갈 수 없었고 얼른 결론을 내고 싶어서 숨이 턱까지 찼다.

"이리 앉으렴." 만체보는 침대를 가리켰지만 손짓을 이내 후회했다. 개에게 명령하는 듯한 손짓이었다.

아미르는 조심스레 아버지 옆에 앉았고 만체보는 아들의 팔이 무척 말랐다고 생각했다.

"근처에…… 그러니까 우리 동네에 사는 작가를 알고 있니?"

아미르는 중요한 문제라는 듯이 입술을 오므린 채 생각에 잠겼다. 어쨌든 중요하기는 했다. 그가 고개를 젓자 만체보는 정말 바보 같은 질문이었다는 생각이 들었다. 캣의 남편은 아마추어일 수도 있다. 어쩌면 작가가 아닐 수도 있다. 캣이 꾸며 낸 이야기일지도 모른다.

"혹시 테드 베이커 말씀이세요?"

만체보는 깜짝 놀랐다. 혈액 순환이 빨라지자 진정하려고 애썼다.

"그 작가가 어디에 사는데?"

아미르는 대로 건너편 건물을 가리켰다. 빙고. 만체보는 일주일간 지켜보던 남자의 이름을 알게 됐다는 사실에 흥분했다. 아미르가 무슨 이름을 말했든 사실 크게 달라질 것은 없었다. 모든 사람처럼 작가에게도 이름이 있을 것이다. 하지만 그 남자가 실제로 어떻게 불리는지 알게 되자 모든 것이 더 흥미롭고 사실적으로 느껴졌다. 만체보는 흥분 상태에서도 더 자세한 이야기는 하지 말자고 생각했다.

"그 작가가 쓴 책을 가지고 있니?"

아미르는 고개를 저었다.

"읽어본 적은 있고?"

아미르는 고개를 저었다.

"제 취향이 아니라서요."

"취향이 아니라고?"

"네. 그 작가는 범죄 소설을 주로 쓰거든요."

"범죄 소설?"

"네. 사립 탐정이나 살인 사건 같은 거 있잖아요."

만체보는 심장이 멎는 줄 알았다. 그는 심장박동이 원래대로 돌아오기를 잠시 기다렸다가 말을 이었다.

"사립…… 탐정?"

"그 작가는 영국 사람이에요. 그런데 그게 왜 궁금하신 거예요?"

"그…… 그 사람이 가게에 왔거든. 이야기를 나누었는데…… 어떤 사람인지 궁금해서."

아미르는 갈색 눈을 크게 뜨고 아버지를 보더니 침대 커버를 손으로 잡아당겼다.

"이제 뭘 할 거니?"

바보 같은 질문이었다.

만체보는 일어났다. 땀이 흐르고 동시에 한기도 느꼈다.

"잘 자거라."

"안녕히 주무세요." 아미르의 목소리는 기대감에 차 있었다. "내일 도서관에 갈 건데요, 그 작가 책 빌려다 드릴까요? 혹시 읽어보고 싶으시면요."

"도서관에? 거기 그 작가 책도 있니?"

"당연하죠." 아미르는 웃음을 터뜨렸다. 호의적인 웃음이었다. "아빠, 하루 종일 가게에만 계시지 말고 밖에 좀 나가셔야겠어요."

"그래, 그게 좋겠구나. 고맙구나."

"네? 정말 밖에 나가시겠다고요?"

"아, 아니. 책을 빌려다 주면 좋겠다는 말이었어. 돈이 필요하면 주마."

"무료예요. 도서관 회원증이 있거든요."

"아…… 그래, 잘 자렴."

"주무세요, 아빠."

만체보는 잠들지 못하리라는 것을 알았다.

그는 두려웠다. 머지않은 어느 날 몸이 손을 놓아버릴까 두려웠다. 잠도 못 자고 쉬지도 못해서 몸이 멈춰버리지 않을까 두려웠다. 그런 일은 일어날 수 있다. 만체보는 이를 입증한 연구가 있다고 들었다. 잠을 못 자게 하는 것은 나치가 썼던 고문 방법 중 하나였다. 만체보는 자신의 처지가 고문에 비할 바는 못 되지만 그런 위험에 노출되어 있는 것은 사실이라고 생각했다.

이상하게도 요즘 그의 몸은 낮 동안의 극심한 피로에 아무런 영향을 받지 않는 것 같았다. 하지만 그건 좋은 징조가 아니었다. 오히려 정반대일 수 있다. 어쩌면 몸이 피로를 느끼기를 거부하고 얼마 뒤에 완전히 멈춰버릴지도 모른다.

만체보는 주위에서 나는 온갖 소리를 들으며 뜬눈으로 밤을 새웠다. 쓰레기차가 낮게 윙윙대는 소리, 경찰차 사이렌 소리, 아래층 화장실 소리, 냉장고 돌아가는 소리. 여러 날 잠을 못 자면서 파티마의 잠버릇을 알게 되었다. 그녀는 잘 자라고 인사한 지 몇 분 지나지 않아 잠들었다. 그리고 대략 1시간 30분 뒤, 더 깊은 잠에 빠지기 전에 몸을 뒤척이며 헛기침을 했다.

잠을 이루지 못한 처음 며칠 동안 만체보는 파티마가 곧 깨리라고 확신했다. 하지만 이제는 그녀가 그저 헛기침을 할 뿐 그 이상은 아니라는 것을 안다. 이따금 그녀는 숨도 쉬지 않았다. 한번은 너무 오랫동안 숨을 쉬지 않아서 만체보는 그녀가 죽은 줄 알았다. 그 일 이후로 그는 자신이 걱정되기 시작했다. 파티마가 숨을 쉬지 않는 게 그리 속상하지 않았기 때문이다.

만체보는 작가의 이름이 테드 베이커라는 새로운 정보를 알게 되어 조금은 무서웠고 지금까지 왜 이름을 찾아보지 않았는지 알 수 없었다. 이제 작가는 사물이 아니라 사람이었다. 이름 없는 존재에게 이름이 생겼다. 익명의 존재는 알려진 존재가 되었다. 아미르마저도 그를 알았다. 만체보는 자신이 사립 탐정으로서 한계가 있고 지금 하는 일이 자신이 받은 교육과는 어느 정도 거리가 있다는 것을 깨달았다. 하지만 극복할 수 없을 정도는 아니었다. 시간과 노력이 들겠지만 만체보는 그 점이 두렵지 않았다. 그는 노력을 두려워한 적이 없다.

만체보는 캣과 테드 베이커가 자신과 어떤 관계가 있을지 생각했다. 혹시 테드 베이커가 쓰고 있는 새로운 책이 식료품 가게를 운영하는 작달막한 남자와 어느 날 그 남자에게 특이한 제안을 하는 여자에 대한 내용이 아닐까? 그래서 그들은 식료품 가게 주인의 반응을 살피려고 미친놈 둘을 가게로 보낸 것이다.

만체보는 침대에 누워 계속 상상의 나래를 펴며 혹시 베이커 씨가 하루 종일 자신을 지켜보는 게 아닐까 생각했다. 만체보는 속은 기분이었다. 눈앞에서 사건이 벌어지는 것만큼 작가에게 좋은 것이 있을까? 예술가에게 살아 있는 모델이 주어지는 셈이었다. 그는 그저 쓰기만 하면 그만이다. 이 모든 것이 사실이라면 말이다. 그러면 어느 날 만체보는 자신에 대한 이야기를 읽을 수 있겠지.

18

나는 데스크 직원이 부르기 전에 먼저 가서 꽃다발을 마주하기로 마음먹고 곧장 안내데스크로 향했다. 그녀는 나를 보자 반가운 표정을 지었다. 내가 그녀와 주고받는 것은 삶의 대부분처럼 의미 없었지만, 그래도 그녀는 내게 미소 지었고 나는 그 점이 고마웠다.

"와, 정말 예쁘네요! 오늘도 이렇게 꽃다발을 받을 수 있다니 너무 좋아요!"

어쩔 수 없다. 빈정거림은 의미 없음 그 자체에서 태어나지 않았던가. 최악의 발버둥이었다. 나는 주디스를 떠올렸다. 우리는 모두 각자 대처 방법이 있다. 자기만의 생존 방식이. 안내데스크 직원은 웃었고 나는 그 웃음이 진심이기를 바랐다. 그리고 그녀가 내 빈정거림을 알아차렸기를 바랐다. 내 계획은 빨리 꽃다발을 없애버리고 바로 집으로 가는 것이다.

"저기요!" 누군가가 외쳤다.

뒤돌아보자 회전문이 내 등을 가차 없이 때렸다. 내 뒤에 있던 사람이 히익 하는 소리를 냈다. 사람들은 회전문이 다시 돌아가기를 기다리는 동안 삶의 소중한 몇 초를 잃었다. 크리스토프와 남자 한 명이 건물에서 서둘러 나왔다. 무사히 밖으로 나온 나는 숨을 깊이 들이마셨다. 이제 연극을 시작할 수 있다.

"괜찮아요? 미안해요. 놀라게 하려던 건 아니었어요."

크리스토프는 미안한 표정이었다.

"괜찮……아요."

두 남자는 몇 마디 나누더니 인사를 했고 크리스토프 옆에 있던 남자는 내게도 손을 내밀었다. 나는 관습에 맞게 처신했고 그 남자는 곧 사라졌다.

"자, 꽃을 든 아가씨, 이제 뭘 할 건가요?"

"꽃을 든 아가씨는 집으로 갈 거예요."

"집에 가기 전에 커피 한 잔 어때요?"

"고맙지만 사양할게요."

"아레바에서 일해요?"

"네."

"무슨 일이요?"

"영업부에 있어요."

"그렇군요……."

"여기에서 일해요?" 내가 물었다.

크리스토프는 고개를 저었다.

"아니요. 저쪽 건물에 있는 캡제미니에서 일해요."

나는 고개를 끄덕였다.

"꽃을 좋아하나 봐요?"

나는 웃음을 터뜨리고 말았다. 그의 유머감각은 최근에 시작된 내 비꼬기와 잘 어울렸다.

"네, 아주 많이요."

"그 많은 꽃으로 뭘 해요?"

"무덤에 갖다 놔요. 아니면 죽은 작가의 동상에 바치기도 하고요."

크리스토프는 내가 농담을 한다고 생각하며 온화하게 웃었고 나는 이 말이 모두 사실이라서 웃었다.

"나한테 주지 않을 땐 그렇게 하는군요. 그러니까 죽음의 천사라도 되는 건가요? 재미있네요. 이제 내가 길을 건너다가 차에 치여 세상을 떠날지도 모를 일이겠어요."

숨 막히는 더위 때문에 우리는 대화를 끝내야 했다.

"커피 대신에 시원한 거라도 마실래요?"

"자, 받아요." 나는 꽃다발을 내밀었다.

크리스토프는 꽃다발을 받고 싶지 않다는 표시를 분명히 했다.

"집에 가져가서 물에 꽂아 놓으면 한동안 예쁠 거예요. 커피는 다음에 마주치면 마시기로 해요. 어때요?"

내 제안은 단순히 꽃다발을 처리하기 위한 핑계가 아니었다. 나는 우리가 다시 우연히 마주치기를 바랐고 그때 커피를 마시기로 미리 합의해두면 편할 것 같았다. 게다가 낯선 사람에게 꽃을 주기가 두려웠다. 그렇게 하면 예상치 못한 결과가 생길 수 있다는 것을 이미 경험했기 때문이다. 인사 정도는 나눈 사람에게 꽃을 주는 편이 안전했다.

"약속한 거죠?"

그의 물음에 나는 고개를 끄덕이고는 돌아서서 걸어갔다. 크리스토프는 나를 따라왔다.

"못 믿겠어요. 월요일 점심 어때요?"

"커피라고 했잖아요."

"좋아요. 언제요?"

"월요일 12시?"

"여기에서 만나요."

나는 고개를 끄덕였다.

"안녕하세요!"

꽃집 남자가 나를 향해 활기차게 손을 흔들었다. 집으로 가는 길에는 어떤 방식으로든 내 일과 연관된 사람들이 줄지어 있었다. 나는 그가 왜 기분이 좋은지 알 수 없었다. 어쩌면 그는 이 상황을 통틀어 유일하게 무언가를 얻는 사람인지도 모른다. 지하철이 들어오자 나는 안도했다. 지하철의 길고 어두운 터널이 지금처럼 고마웠던 적이 없었다. 하지만 어둠 속에서 휴대폰이 울렸고 나는 휴대폰을 찾기까지 가방 속을 1분 넘게 뒤져야 했다.

"토요일에 와서 텔레비전 좀 켜주겠소? 안식일이라."

"실례지만 제가 누구와 통화 중인지 알려주시겠어요?"

"왜 갑자기 있지도 않은 예의를 차리는 거지?"

카로 씨였다. 나는 전화를 받자마자 알았지만 그를 약간 놀리고 싶었다. 지난번에 갔을 때 그의 아름다운 대리석 램프 아래에 내 전화번호를 두고 왔지만 진짜 전화를 할 줄은 몰랐다.

"항상 예의바르지 않았나요? 통화하는 영광을 주신 분은 누구시죠?"

카로 씨와 이야기하는 나는 어느새 미소 짓고 있었다. 무언가에 푹 빠진 우스꽝스러운 미소였다.

"영광이고말고. 전화 건 사람은 카로라는 분이시네. 토요일 12시 30분쯤 올 수 있겠소? 아니, 12시 25분에. 올 거요, 말 거요?"

내 미소는 사라지지 않았다. 토요일에 아들을 돌봐 달라고 전 남편에게 부탁해야 할지 고민했다. 그러다가 아들을 데려가기로 했다. 아들과 하루 종일 함께 보내고 싶었다.

하지만 아들을 데리러 가는 동안 점점 비현실적인 기분이 들었다. 아레바, 벨리비에, 크리스토프……. 여름학교 앞에서 다른 엄마와 잠시 시시콜콜한 이야기를 나누었다. 대화하는 내내 이질감이 들었다. 불쾌했다. 하지만 다행히도 그때 웃으며 다가오는 아들이 보였다. 나는 이만 가야 한다고 양해를 구했다.

19

만체보는 몇 년 동안 계산대 아래에서 먼지를 뒤집어쓰고 있던 작은 부채를 꺼내면서 빌어먹을 태양이 도대체 무슨 농간을 부리는 것일까 생각했다. 죽어라고 부채질을 해봤자 소용없었다.

"우릴 모두 죽일 셈인가 봐요." 출근길에 지나가던 카나바 씨가 해를 가리키며 이렇게 말했다.

"그러게요. 더위 때문에 기운이 쪽 빠지네요." 만체보가 계산대 뒤에 앉아서 대답했다.

과일과 채소 좌판을 내놓는 등 필요한 일을 할 때를 빼고는 여전히 거리에 나가기가 두려웠다. 그의 두려움과 슬픔은 이제 분노로 바뀌었지만 아직 대로에 나가 감시할 마음의 준비가 되지 않았다. 분노, 불면, 더위는 좋지 않은 조합이다. 카나바 씨가 가게를 지나가기 전에 만체보는 헬멧도 쓰지 않고 스쿠터를 타고 나가는 아미르를 보았다. 그는 고개를 저으며 한숨을 내쉬었다.

그는 가게 밖 늘 있던 자리에 의자를 내놓으며 누구도 일을 못하게 막을 수는 없다고 생각했다. 만체보는 화난 표정으로 맞은편 창문을 쳐다보았다. "망할 작가. 날 방해할 수 있다고 생각하나보지?" 그가 중얼거렸다. 만체보는 가게 문을 닫고 대로를 건너 비상 계단을 올라가고 싶은 심정이었다. 가서 문을 두드린 다음 글을 사랑한다는 얼간이에게 뭘 쓰고 있는지 다 안다고, 바보 같은 범죄 소설에 자기를 엮어 넣지 말라고 외치고 싶었다. 고작 불쌍한 식료품 가게 주인에게서 영감을 얻다니. 딱한 인간 같으니라고.

남자아이 둘이 가게에 왔다. 만체보는 의자에서 일어나 계산대로 갔다. 아이들은 재빨리 코카콜라 두 병을 집어 들었다.

"3유로란다."

만체보는 비닐봉지에 음료를 담아 정중히 건넸다. 아이들은 그를 빤히 쳐다보았다.

"다 떨어졌나요?"

"뭐가?"

"중국 수첩 말이에요."

그는 한숨을 쉬었고 수첩을 내던지고 싶은 충동을 느꼈다. 가게에 와서 수첩을 찾는 아이들 때문에 짜증이 난 게 아니었다. 선물을 주는 자상한 삼촌 행세를 하는 것보다 얼른 길을 건너가서 테드 베이커의 목을 조르고 싶은 마음이 컸기 때문이다. 하지만 만체보는 가까스로 참고 말없이 수첩 두 권을 비닐봉지에 넣었다.

"고맙습니다."

"별 말씀을."

바로 그때 아미르가 가게로 들어왔고 아이들은 나갔다.

"저 왔어요, 아빠."

"왜 헬멧도 안 쓰고……."

하지만 만체보는 아들에게 인사도 하지 않고 호통부터 친 것을 이내 후회했다.

"너무 붐비기 전에 도서관에 다녀오고 싶었어요."

"아."

"겨우 한 권 빌렸어요. 나머지는 다 대출 중이더라고요. 원하시면 대기자 명단에 이름을 올려 둘게요. 하지만 이걸 먼저 읽어보시는 게 좋을 것 같아요. 글이 마음에 들지 않을 수도 있잖아요."

만체보의 화는 금세 가라앉았고 대신 호기심이 생겼다. 하지만 두려움은 여전했다. 그는 자신이 책의 소재로 쓰인다는 의심을 굳힐 만한 정보를 원치 않았다.

"아미르, 고맙구나. 다음부터는 스쿠터 탈 때 헬멧을 꼭 써. 이사람 때문에 목숨을 내놓을 순 없잖니."

만체보는 책 뒤표지에 실린 테드 베이커의 사진을 가리켰다.

낮에 만체보는 테드 베이커의 《쥐 잡는 사람》 첫 번째 장을 읽어보려 애썼지만 손님 때문에 집중할 수 없었다. 주로 수첩을 찾는 아이들이었다. 수첩을 몇 권이나 나눠줬는지 모른다. 오후 휴식 시간이 되자 오늘은 다시 책을 펼치고 싶지도 않았다. 베이커 씨도 상상의 세계도 그만 잊고 쉬고 싶었다. 만체보는 과일 좌판을 들여놓았다. 타리크는 잽싸게 구두수선 가게 문을 닫고 만체보의 가게로 건너왔다.

"오늘 손님 많던데! 쳐다볼 때마다 바쁘던 걸. 손님들이 신발이 닳도록 형 가게에 드나들면 좋겠다. 그러면 나도 손님이 많아질 테니까."

타리크는 웃었다. 만체보는 웃지 않았다. 두 사람은 대로를 따라 천천히 걸어 만체보의 세상인 상업지구 끄트머리에 있는 르솔레이로 갔다. 그들은 르솔레이 너머의 세상으로 가는 일이 좀처럼 없었고 가고 싶어 하지도 않았다. 그들은 말없이 프랑수아와 악수했고 프랑수아는 재빨리 파스티스를 따라 주었다.

"얼음 드릴까요?"

만체보는 고개를 저었다. 술이 미지근하겠지만 얼음 넣은 파스티스는 당기지 않았다.

"더운데 장사는 잘 되나요? 여긴 모든 게 멈춰버린 것 같아요."

프랑수아는 한 손으로 빈 바를 가리켰다.

"형 가게는 시끌벅적해. 이유는 나도 모르겠어. 애들이 많던데."

"애들이라고요? 다들 휴가 떠나지 않았어요?"

"대부분은 떠났겠지." 만체보가 대답했다. "하지만 이제 곧 떠날 사람들도 있고 소풍 가는 사람들도 있고."

"그런데 애들이 뭘 사요?" 프랑수아는 정말 궁금한 목소리였다.

"주로 음료수지."

"우리 손님을 뺏긴다고 말하려 했는데 애들이라면 얘기가 다르죠. 우리 가게에는 애들이 올 수 없으니까요."

만체보는 눈을 쉴 수 있는 곳을 찾으려 했다. 속에서 감정이 북받쳐 올랐기 때문이다. 식료품 가게 주인 혼자 감당하기에는 너무 버거웠다. 비밀을 숨기며 동시에 두 가지 일을 해야 하고, 자신의 가게에서 협박당하고, 밤에는 잠들지 못했다. 읽어야 할 책도 있고 수첩을 요구하는 아이들이 끝없이 오는 것도 힘들었다.

만체보는 바를 둘러보았다. 이마에서 땀방울이 반짝거렸다. 그는 셰시아를 벗었다. 뭔가 문제가 있다는 신호였다. 타리크와 프랑수아는 이야기를 나누고 있었지만 만체보는 그들의 말을 이해할 수 없었다. 그는 대화에서 동떨어져 현실에서 벗어났다. 그에게 너무 짧은 시간에 과한 일이 주어졌다. 잠깐 동안 그는 지금 어디서 무엇을 하고 있는지 어리둥절했다. 머리는 시한폭탄 같았고 입 안에서 혀가 부어오르는 느낌이었다. 몸의 살덩어리 중 일부인 혀에 말이 너무 많이 저장되어 있었다. 마침내 머리가 더 과열되지 않도록, 혀끝이 갈라지지 않도록 해야 한다고 생각한 만체보는 이렇게 외쳤다.

"미친 놈들아아아!"

프랑수아와 타리크는 입을 다물었다. 프랑수아는 재빨리 물을 한 잔 가져와 만체보 앞에 놓았다.

만체보는 이럴 줄 알았다고, 내가 미쳐가는 모양이라고 생각했다. 병원에 가야 할 것 같았다. 그런데 의사에게 뭐라고 말하지? 사실대로 말해야겠지. 어쨌든 의사는 비밀을 지켜줄 테니까. 누군가와 이야기를 해야 할 것 같기도 했다. 심리상담사? 정신과의사? 처음으로 만체보는 더위를 내려준 신에게 감사했다. 더위 덕분에 타리크와 프랑수아는 그가 더위를 먹었다고 생각할 테니까.

만체보는 앞에 놓인 물을 바라보았지만 잔을 들고 싶지 않았다. 더듬더듬 물 잔으로 손을 가져갔지만 그가 다가가려 할 때마다 잔이 움직이는 것 같았다. 갑자기 물 잔이 두 개로 보였다. 모든 것이 둘로 보였다. 타리크도 둘, 프랑수아도 둘이었다. 하지만 만체보는 무섭지 않았다. 이미 패배를 인정했고 어쩔 수 없었다. 두려워할 기운조차 없었다. 그는 도움이 필요했다. 이제 확실히 깨달았다. 만체보는 두 명의 타리크가 뭐라고 말하는 것을 보았지만 알아듣지 못했다. 이제 그의 눈에 남자 넷이 서로 쳐다보며 이야기를 나누는 모습이 보였다. 누가 몽둥이로 내리친 것처럼 머리가 아팠다.

만체보는 눈을 감았고 몸이 붕 뜨는 느낌이 들었다. 다음으로 정신이 들었을 때는 차 안이었다. 타리크가 운전을 하고 있었다. 만체보는 도로와 타리크를 번갈아 쳐다보았다.

"형, 내 목소리 들려? 곧 괜찮아질 거야. 병원에 가고 있어. 혹시 가슴이 뻐근해?"

타리크는 평소와 달리 소리를 지르다시피 말했다.

"제발 이 고물덩어리가 멈추지 말아야 할 텐데!"

"안 멈출 거야. 거짓말이었어. 항상 잘 달렸다고." 만체보는 이렇게 말한 다음 앞좌석 사이에 놓인 지도책에 구토를 했다.

"이런, 젠장! 젠장!" 타리크는 이렇게 외쳤고 앞 차를 들이받을 뻔했다.

그는 브레이크를 힘껏 밟은 다음 심호흡을 하고 다른 운전자들을 향해 사과의 의미로 손을 들어 보였다.

"괜찮아, 괜찮아. 별일 아니야, 아무 일도 아니야. 거의 다 왔다고. 형, 정신 차려. 뭐가 잘못됐든 다 해결될 거야."

타리크는 자신 없는 목소리였다. 응급실 앞에 차를 세우는 그의 이마에서 땀이 흘러내렸다. 입구에는 구급차가 두 대 서 있었고 타리크가 차를 세우자 구급차가 세 대처럼 보였다. 만체보는 빛과 그림자밖에 구분할 수 없었다. 하지만 고통스러운 와중에도 안도감을 느꼈다. 이제 그는 모두 놓아버렸다. 누군가가 넘겨받을 것이다. 그는 도움이 필요했다.

만체보는 침대에 누워 있었다. 고개를 들자 천장에 달린 긴 형광등이 밝고 긴 대시 기호처럼 보였다. 상의를 벗은 상태였고 가슴에는 작은 컵 같은 것이 붙어 있었다. 사람들이 왔다 갔다 하는 것도 알 수 있었다. 앞에서 펜을 든 사람이 눈으로 펜을 쫓아오라고 말했다. 만체보는 그렇게 하려고 했지만 두통이 괴물처럼 덮쳐서 할 수가 없었다.

그는 방 안에 있는 모든 사람을 보았다. 어떤 사람은 만체보의 눈에 빛을 비추었고 또 어떤 사람은 그에게 흰색 알약 두 개와 물 잔을 내밀었다. 그는 눈을 감은 채 약을 삼켰다. 그는 빛이 가장 힘들었는데 의사는 그에게 일어나 앉아서 눈을 떠보라고 했다. 하지만 만체보는 할 수 없었다.

"선생님, 이름을 말씀해 보시겠어요?"

만체보는 의사를 돕고 싶었다. 그는 천성적으로 도와주기를 좋아했다. 하지만 입이 협조하지 않았다. 만체보는 자기 이름을 알면서도 말할 수 없었다.

"생일이 언제예요?"

"2일……."

"프랑스 대통령 이름이 뭐예요?"

만체보는 미안하다고, 정말 미안하다고, 이렇게 문제를 일으켜서 미안하다고 생각했다. 난 그냥 짐 덩어리야, 아무 짝에도 쓸모가 없어. 침대가 움직이는 느낌이 들었고 누군가가 눈을 감으라고 하는 소리를 들었다. 만체보는 이동식 침대로 옮겨졌고 거대한 관으로 들어갔다.

머리는 계속 아팠지만 최악의 통증은 사라졌다. 만체보는 주위를 둘러보았다. 아까보다 작은 방에 혼자 있었다. 팔뚝에는 주삿바늘이 꽂혀 있었다. 탁자 위에 놓인 물 잔을 잡고 싶었다. 노란색 환자복을 입고 있었는데 어떻게 입었는지 기억나지 않았다. 문 밖에서 여러 목소리와 발소리가 들렸다. 만체보는 이제 말을 할 수 있을까 궁금해서 시도해 보았다.

"내 이름은 만체보입니다. 5월 2일 생이고 프랑스 대통령은 프랑수아 올랑드이고……."

문이 열렸다. 파티마는 남편을 바라보았다. 방금 남편이 프랑스 대통령 이름을 중얼거리는 소리를 들었다. 의사에게서 만체보의 진단 결과를 들었지만 이제 와서 보니 그 말이 맞는지 의심스러웠다. 그녀는 가만히 문을 닫고 남편에게 다가갔다. 그리고 의자를 꺼내 앉아 숨을 골랐다.

"좀 어때?"

만체보는 뭐라고 대답해야 할지 몰랐다. 그는 머리를 긁적였고
셰시아가 없다는 것을 깨달았다.

"내 셰시아 어딨어?"

"셰시아?"

파티마는 방 안을 재빨리 둘러보았다. 옷장 옆에 비닐봉지가 보
였고 맨 위에 만체보의 검은색 외투가 보였다.

"저 봉지 안에 있을 것 같은데?"

"좀 가져다주겠어?"

파티마는 비닐봉지를 보았고 크게 숨을 쉬며 몸을 일으켰다. 그
녀는 쉭쉭거리며 봉지를 뒤적거려 검은색 셰시아를 찾아냈다. 만
체보는 잽싸게 셰시아를 받아 썼다. 갑자기 기분이 조금 나아졌다.

"뭐가 문제래? 뇌졸중? 뇌종양?"

"편두통이래."

이 말을 하는 파티마의 목소리는 약간 실망한 듯했다. 이런 난리
를 겪은 결과가 단순한 편두통일 리 없다는 듯했다.

"편두통이 갑자기 생길 수도 있대?" 만체보가 어린 아이처럼 물
었다.

그는 안심하지도 걱정하지도 않았다. 그의 반응은 병명과 상관
없이 똑같았을 것이다.

"그렇다네. 당신이 최근에 스트레스를 많이 받았거나 잠을 잘 못
잤냐고 묻던데. 둘 다 아니잖아. 어쩌면 아무런 이유 없이 편두통
이 생겼을지도 몰라."

만체보는 고개를 끄덕이며 최근 자신이 겪은 일을 생각하면 편두통이 안 생기는 게 놀라운 것이라고 생각했다. 문이 열리고 젊은 남자 의사가 서류철을 들고 들어왔다.

"좀 어떠세요?"

"선생님, 남편이 아까 혼자서……." 파티마가 말문을 열었다.

"훨씬 나은데요." 만체보는 그녀의 말을 끊었다.

정말이다. 그는 파티마의 말을 막았다는 사실만으로도 몸이 좀 나아진 것 같았다. 몇 주 전까지만 해도 파티마가 그를 대신해 말하는 경우가 많다는 것을 인식하지도 못했다. 그때는 그걸 원했을지 모르지만 지금은 아니다. 누구에게나 생각을 바꿀 권리가 있다.

지금 만체보가 원하는 것은 깨끗한 속옷 한 벌뿐이었다. 그는 말끔하게 샤워를 하고 나서 침대에 앉아 텔레비전에서 하는 퀴즈 프로를 보았다. 보통 이 시간에는 일을 하기 때문에 이런 프로그램을 처음 보았다. 파티마도 같이 보고 있었지만 그녀는 청팀이 이긴다는 것을 이미 알고 있었다. 재방송이었으니까. 만체보는 텔레비전을 보면서 작은 플라스틱 나이프와 포크, 작은 잼 그릇을 바삐 움직였다. 노란 환자복을 입고 검은색 셰시아를 쓴 채 침대에 앉아 있으니 기분이 한결 나았다.

청팀이 상대를 나가떨어지게 할 질문을 하려던 때에 문 두드리는 소리가 들렸다. 만체보는 커피를 한 모금 마신 다음에 들어오라고 큰 소리로 또렷하게 말했다.

"플로리앙트 선생님이 잠시 들르시겠다는데 괜찮을까요?"

"네, 괜찮습니다." 만체보가 대답했다.

"그럼 부인께서 병실을 비워 주시면 좋겠군요." 간호사는 파티마를 향해 고개를 끄덕이며 미소 지었다.

"그럴 거예요." 만체보가 대답했다.

파티마는 플로리앙트가 오기도 전에 일어나서 나갔다. 플로리앙트는 심리상담사처럼 보이지 않았지만 만체보는 그녀가 어떤 사람처럼 보이는지 정확히 짚어낼 수 없었다. 만체보는 심리상담사를 만나본 적이 없다. 어쩌면 손님 중 누군가는 심리상담가였을 수도 있겠지만.

"기분이 어떠세요?"

"좋습니다."

"다행이군요. 자기소개를 해주실 수 있을까요?"

만체보는 잠시 생각에 잠겼다. 상담사는 지금의 정지 상태를 특별하게 풀이할 것 같았다.

"저는 일을 하고 있어요. 서비스 분야죠. 구체적으로는 식료품 가게 주인이에요." 만체보는 고객을 응대하는 목소리로 말했다.

"그렇군요. 가게는 어디에 있죠?"

"몽마르트르 아래에 있어요."

"아주 아늑하겠는데요."

만체보는 미소 지었다. '아늑하다'는 말은 지난 며칠 간 일어난 사건을 설명하기에 가장 어울리지 않는 단어 같았다.

"웃고 계시네요. 무슨 생각을 하셨어요?"

만체보는 이 상황이 싫어지기 시작했다. 그는 이 여자가 전형적인 상담사라고, 일상적으로 보이는 정답이 없는 질문을 던지면서 사적인 영역으로, 머릿속으로 밀고 들어온다고 생각했다. 그는 입가에 묻은 잼을 핥았다.

"모르겠어요."

플로리앙트는 고개를 끄덕이며 뭔가를 적었다. 만체보는 이제 끝났다고 생각했다. 병원에서 퇴원시켜 줄 것 같지 않았다. 어쩌면 다른 병동으로 옮겨질지도 모른다. 하루 이틀쯤 입원하는 건 괜찮을지 몰라도 더 오래 있기는 싫었다. 그에게는 해야 할 일이 있었으니까. 그는 캣에게 보낼 다음 보고서에 낯선 남자들에게 습격당한 이야기를 써야 할까 생각했다. 어쨌든 작가 일과 관련이 있을 수도 있고 만체보가 종일 자리를 비운 이유도 설명될 것이다.

상담사 때문에 그의 생각이 중단되었다.

"최근에는 생활이 어땠나요?"

만체보는 말할 수 있으면 좋을 텐데 하고 생각했다. 그가 사립탐정이 되어 돈을 좀 벌었고 미친놈들에게 습격당했다는 것을.

"정신없이 살았죠."

"평소처럼 정신없이 살았어요, 아니면 더 정신없이 살았어요?"

이제 만체보는 파티마가 와서 대신 말해주기를 바랄 지경이었다. 어쨌든 파티마가 필요하다는 생각이 들었지만 이런 생각은 얼른 한쪽으로 치워버렸다.

"굳이 말하자면 할 일이 정말 많았어요."

"버거웠나요?"

만체보는 웃고 싶었다. 버거웠냐고? 최대한 순화해서 말하면 그랬다.

"네, 너무 바빠서요."

"이미 아시겠지만 편두통을 앓았고 신경쇠약일 가능성도 있어요. 두 가지는 함께 나타나는 경우가 많죠. 그리고 저는 이런 증상의 원인으로 짐작하시는 게 있는지 알아보려는 거예요. 혹시 생각나는 게 있나요?"

만체보는 고개를 저었다.

"전혀요."

"내가 운전할 수 있다니까." 만체보는 차 열쇠를 잡으려고 손을 뻗으며 말했다.

"그러지 마. 서방님이 할 거야." 파티마가 낮은 소리로 말했다.

그녀는 타리크 옆 조수석에 탔다. 뒷좌석이 없었기 때문에 만체보는 뒷문을 열고 널찍한 짐칸에 탔다. 그는 평소 과일과 채소를 싣는 곳 바닥에 책상다리를 하고 앉았다. 흰색 승합차는 응급실을 출발했고 타리크는 파란 불빛을 번쩍이며 들어오는 구급차에게 길을 양보했다. 집으로 가는 내내 조용했다. 만체보는 창밖을 보며 어린 시절 마차 뒤에 타고 달리던 길을 떠올렸다.

타리크는 사건이 일어난 곳으로 향했다. 만체보는 멀리 솟아오른 사크레쾨르 대성당을 바라보았고 많은 일이 있었음에도 설명할 수 없이 행복했다. 이렇게 쓰러짐으로써 습격당한 후유증이 끝난 것 같았다. 만체보는 원래대로 돌아갔고 더 강해진 기분은 아니었지만 적어도 전보다는 평온해진 것 같았다.

20

마레지구 거리에는 고소한 팔라펠 냄새가 진동했다. 우리는 줄 지어 선 배고픈 사람들을 지나갔다. 이곳 주민보다는 관광객들이 많았다. 그들 사이로 아들의 손을 잡고 걸어갔다. 스스로가 외부인 이라는 인식에서 오는 이상한 서러움을 느끼면서.

나는 최근에 내가 멍하게 살았다는 것을 처음으로 깨달았다. 아들 손을 잡고 있자니 더욱 분명해졌다. 아들이 자랐다. 입고 있던 반바지를 보고 알았다. 아이에게 지난 몇 주는 평상시와 다름없었 을지도 모른다. 여름학교에 다니고 축구 연습을 하고. 나는 아들의 손을 꼭 잡았다. 아이는 슬퍼 보였다. 이런 표정을 지은 지 오래되 었을까?

"무슨 일 있어?"

아들은 고개를 저었다.

"여름학교는 재밌니? 다비드랑 잘 놀았어?"

아이는 고개를 끄덕였다. 걸으니 기분이 좋았다. 아들과 보내는 시간이 짧아졌다는 슬픔 대신 모든 일을 혼자서 해결해야 하는 자신에 대한 가당치 않은 연민이 찾아왔다. 이웃이 사라지는 것을 지켜보고, 비밀을 지키고, 내가 스스로 어떤 일에 빠져들었는지 끊임없이 걱정하고.

물론 어느 정도는 내가 선택한 일이었지만 그럼에도 나 자신에게 미안했다. 우리는 팔라펠을 먹는 사람들을 지나 계속 걸었다.

"해봐도 돼요?" 아들이 물었다.

내가 안아 올리자 아이는 눈을 반짝이며 귓가에 속삭여주는 비밀번호를 눌렀다. 두 번 실수했지만 상관없다. 나는 아이를 안고 있는 것이 좋았다. 아이의 몸을 느끼며 목 뒷덜미 냄새를 맡았다. 문이 소리 내며 열리자 아들은 들어가도 되는지 확인하려고 나를 보았다. 나는 미소 지으며 넓은 문턱을 넘어 안쪽으로 들어갔다. 아들은 내 손을 잡았고 우리는 함께 마당을 가로질렀다.

"정원사의 집 같아요!"

아들 말이 옳다. 사방에 초목과 꽃이 있었다. 배수관에 매달아 놓은 낡은 자전거 바구니에도 식물이 심겨 있었다. 아들은 손가락으로 그것을 가리켰다. 계단으로 가는 문이 약간 열려 있었다. 아들이 실망하겠지만 두 번째 비밀번호를 누를 필요가 없다는 뜻이다. 우리는 안으로 들어가 계단을 올라갔다. 계단에서 여자 목소리가 들렸고 처음에는 그 목소리가 카로 씨 아파트에서 나온다고 생각했다. 그러자 마음이 심란해졌다. 하지만 맞은편 아파트 문이 열리더니 초록색 원피스를 입은 여자가 웃으면서 나왔다. 그녀는 와인 병을 들고 우리에게 인사하더니 위층으로 사라졌다.

"저 아줌마 신발을 안 신었어." 아들이 말했다.

나는 문을 힘주어 두드린 다음 시계를 확인했다. 카로 씨에게는 시간이 중요한 것 같았다. 기침 소리와 안전사슬이 쩔랑거리는 소리가 들리더니 문이 열렸다. 카로 씨는 내가 올 줄 몰랐다는 듯이 놀란 표정으로 나를 본 다음 아들을 가리켰다. 아이를 쳐다보지는 않았다.

"이건 뭐지?"

카로 씨를 처음 만났더라면 나는 화를 내며 돌아섰을 것이다. 하지만 이제는 그래봤자 소용없다는 것을 안다. 게임에 참여했으니 결과를 받아들여야 한다. 아들은 카로 씨의 말을 쌀쌀맞다고 받아들이지 않은 것 같았다. 내가 이 노인에게 고함을 치면 아들은 자신이 환영받지 못한다는 것을 알게 될 것이다.

"이분은 카로 씨란다. 지난번에 아파서 엄마랑 함께 병원에 갔던 분이야."

아들은 이미 그가 누구인지 알고 있었지만 나는 카로 씨가 자기 처지를 깨우치도록 일부러 이렇게 말했다. 그리고 그의 반응은 정확히 내가 예상한 대로였다.

"아프다니! 도대체 누가 아프다고 그래?"

우리는 그가 들어오라고 말하기를 기다리지 않고 안으로 들어갔다. 나는 아들의 옷매무새를 고쳐주고 흘러내린 머리카락을 넘겨준 뒤에 가방을 내려놓았다. 이 모든 것을 천천히 꼼꼼하게 했다.

이 일을 다 끝내고 보니 두 사람이 어색하게 서로 쳐다보고 있었다. 아들은 사방을 살폈다. 이따금 아이는 노인에게 미소 지었는데 나중에 버릇없다는 말을 듣고 싶지 않아서인 것 같았다. 카로 씨의 시선은 방황하지 않고 아이를 똑바로 보았지만 두려움과 불안감이 섞인 눈빛이었다.

"이 아이는 뭘 먹지?" 그는 눈을 크게 뜨고 나를 보며 물었다.

지금껏 본 중 가장 생기 있는 모습에 웃음을 참을 수 없었다.

"우리랑 똑같죠. 그리고 한 두 시간쯤은 먹지 않고 보낼 수 있어요."

카로 씨는 주방으로 갔다. 아들과 나는 서로 쳐다보고 어깨를 으쓱한 다음 아파트를 계속 살펴보았다.

아들과 함께 있으니 아파트가 달리 느껴졌다. 아이가 움직이는 모습으로 보아 거실에 있는 물건을 망가뜨릴까 봐 겁내는 것 같았다. 나는 늘 앉는 안락의자에 앉아 아이에게 내 무릎에 앉으라고 손짓했다. 아이는 마음 한 구석에서는 엄마에게 안기고 싶은 것 같았지만 오지 않았다. 여섯 살짜리는 언제나 다 컸다는 것을 보여주고 싶어 했다. 아직 엄마 무릎에 앉는 것이 편한데도 말이다. 낯선 장소에서 예측할 수 없는 남자와 함께 있을 때는 더했다.

카로 씨가 성큼성큼 걸어오자 아들은 큰 안락의자에 재빨리 앉았다. 노인은 뭐라고 말하려는 듯하더니 자리에 앉은 아이를 보고 아무 말도 하지 않았다. 그는 나를 보았고 나는 그가 무엇을 성가셔하는지 모르는 체했다. 카로 씨는 이 상황에 대해 아무 말도 하지 않고 잣이 담긴 그릇을 내밀었다. 내가 고개를 끄덕이자 그는 그릇을 탁자 위에 내려놓았다.

시계가 울렸다. 카로 씨는 책장으로 가서 작은 빨간색 자명종을 껐다.

"텔레비전 좀 켜주겠소?"

"카로 아저씨를 위해 텔레비전을 켜주겠니?" 아들에게 이렇게 말하자 아이는 할 일이 생겨서 안도하는 것 같았다.

아이는 일어나서 낡은 텔레비전 스위치를 켰다. 카로 씨는 다시 주방으로 사라졌고 이번에는 커피가 담긴 예쁜 은주전자를 가지고 왔다. 그는 주전자를 탁자에 내려놓았다. 그러고는 아들을 물끄러미 보더니 다시 주방에 가서 주스를 한 잔 가져왔다.

"블랙커런트 주스다." 그는 이렇게 중얼거리며 앉을 자리를 살폈다.

카로 씨는 내 맞은편에 앉아 커피를 따랐다. 먼저 자기 커피를 따르고 그 다음에 내 것을 따랐다. 설탕이나 크림이 필요하냐고 묻지도 않았다. 보고 싶던 텔레비전 프로그램에 몰두했기 때문인 것 같았다. 아들은 주스를 한 모금 마시고 텔레비전과 나를 번갈아 보았다. 나는 미소 지었다. 프로그램은 실크로드의 역사에 관한 것이었다.

"먹고 싶으면 먹어도 돼. 견과류야."

나는 그릇을 가리켰다.

"쉿." 카로 씨가 나를 노려보며 경고했다.

우리는 커피와 주스를 마셨다. 그리 오래 걸리지 않았다. 아들은 자리에서 몸을 꼬았다.

"방해해서 죄송하지만 이 프로그램은 언제 끝나죠?" 나는 아들에게 윙크하며 카로 씨에게 물었다.

"1시 55분."

"그럼 커피 잘 마셨어요. 주말 잘 보내세요. 제 번호를 알고 있을 테니 편하실 때 전화하세요."

아들은 안도한 표정으로 벌떡 일어났다.

"하지만 텔레비전을 꺼주고 가야지."

"좋아요. 그럼 이렇게 해요. 잠깐 나가서 아이 옷을 살 거예요. 그런 다음 와서 텔레비전을 끌게요. 괜찮죠?"

나는 자식이 둘인 기분이었다.

"그러고 나서 간다고?"

"네. 축구 연습하러 가야 해요."

카로 씨는 무표정한 얼굴로 계속 텔레비전을 보았다.

"좋아요, 그럼 이따가 다시 올게요." 나는 아들에게 가자고 손짓했다.

"축구를 한다고?" 카로 씨가 아들을 보며 불쑥 물었다. 아들은 수줍은 듯 고개를 끄덕였다.

"포지션이 뭐지? 포워드?"

"골키퍼예요."

카로 씨는 천천히 고개를 끄덕이며 커피를 더 따랐다.

"골키퍼라. 훌륭하군. 수비하는 사람이잖아. 영예가 아니라 결과를 쫓는 사람이지. 고독하고 꿋꿋하게 역할을 하며 책임을 지는 사람이라고. 자기 위치를 알고 모든 것을 스스로 해결해야 하지."

나는 골키퍼의 역할을 이렇게 깊이 이야기하는 사람을 본 적이 없었다. 아들은 카로 씨의 말을 이해하지 못한 것 같았지만. 카로 씨가 말을 이었다.

"그래, 넌 엄마와는 다르구나. 네 엄마는 미드필더가 어울릴 게 야. 모든 것을 원하고 사방을 찌르고 다니니까. 각자 영역이 다르 다는 걸 이해하지 못하고 말이다. 불쑥 끼어들어서 멋대로 돌아다 니다 결국엔 싸움을……."

나는 웃음을 터뜨렸다.

"칭찬으로 받아들일게요."

"그래야 할 거요. 유일하게 칭찬이라고 할 만한 말일 테니."

이유는 알 수 없었지만 나는 카로 씨의 행동이 몹시 재미있었다. 그의 말은 어느 정도 사실이기도 했다. 그리고 정말 놀랍게도 아들 역시 즐거워했다. 아이는 노인이 제 엄마와 말씨름하는 척하는 것 이 재미있는 모양이었다. 이제 카로 씨는 텔레비전 프로그램에 집 중하지 않았다. 축구에 대한 철학을 늘어놓는 일이 더 재미있는 듯 했다. 나는 이 노인을 조금 놀려주자는 의미로 아들에게 윙크했다.

"그럼 선생님께는 어떤 포지션이 어울리는데요?"

"나야 수비수지. 골키퍼만큼 용감하지는 않지만 수비가 중요하 다고 믿으니까. 내 위치를 지키는 것도 그렇고. 내게 영예 같은 건 필요하지 않아. 내 앞에서 바보처럼 이리저리 뛰어 다니는 사람들 을 보는 거지. 물론 내 뒤에 누가 있기를 바라는 겁쟁이기는 하지 만. 완전히 단호한 입장을 취하는 건 너무 힘드니까……. 어떤 진 실은 말하기가 너무 버겁소. 내 어머니에게서 물려받은 망할 유전 자인지도 모르겠군."

"언제나 솔직하실 것 같은데요." 내가 말했다.

"더 잘할 수도 있었을 거요."

축구 이야기를 하는 동안 카로 씨 얼굴에 혈색이 돌아왔다.

"여기 앉아 보거라." 카로 씨가 아들에게 말했다.

그러고 나서 방으로 들어가더니 큰 갈색 상자를 가지고 와 탁자 위에 놓았다.

"이게 뭔지 아니?"

아들은 상자를 뚫어지게 보았다.

"체스 세트요."

"대단한데! 체스를 할 줄 아니?"

아들은 고개를 저었다.

"체스는 다른 모든 게임보다 우수해. 심지어 축구보다도. 왜 그런지 아니?"

아들은 입술을 깨물었다.

"체스에서는 흑과 백이 중요하거든. 인생에서처럼 말이다. 승자는 한사람뿐이야. 흑이나 백 중 하나지. 인생도 마찬가지야. 그리고 체스에서는 몇 번을 움직였는지, 그 작은 움직임의 총량에 따라 승자가 결정돼. 인생에서처럼. 기회도 많이 주어지고 실수하는 건 당연해. 한두 번 잘못된 결정을 내리는 것은 인간적이지만…… 거듭 잘못된 결정을 내리면 패배하고 말지."

체스 규칙을 설명하기 시작하자 카로 씨는 다시 기운이 나는 것 같았다. 나는 그의 머릿속에 어머니가 있다는 생각이 들었다. 그가 하는 모든 말에서 그런 느낌이 들었다. 카로 씨에게 삶은 흑이거나 백, 즉 악이거나 선이다. 그의 관점에서 어머니는 몇 번이고 계속해서 악을 택했다. 나는 소파에 웅크리고 앉아 두 소년을 관찰했다. 카로 씨가 내게 흥미를 느낀 것은 나를 어느 쪽으로 분류해야 할지 몰라서인 것 같았다. 나는 회색지대에 있었으니까.

그는 상자에서 말을 하나씩 꺼내며 이름을 알려주고 어떻게 움직이는지 설명했다. 아들은 체스 규칙을 배우는 데 정말 관심이 있어 보였다. 카로 씨가 말을 모두 배열하고 게임을 시작할 때 나는 일어나서 창밖으로 마당을 바라보았다. 사람은 한 명도 없었지만 따뜻해 보였다. 책장으로 가서 젊은 사람, 노인, 아이들, 갓 태어난 아기 사진을 보았다. 사진 속 남자들은 아이들을 포함해 모두 키파를 쓰고 있었다. 이토록 외로운 사람에게 대가족이 있다니. 어쩌면 카로 씨는 가족들이 모두 악의 편이라고 생각하는지도 모른다. 그래서 외로울 수밖에 없는지도.

책장엔 다양한 분야의 책이 꽂혀 있었다. 독일어 사전은 서가에 다소 어울리지 않았지만 그의 사연을 알기 때문에 이해할 수 있었다. 책은 대부분 노벨상을 받은 프랑스 작가들의 작품이었다. 나는 파리의 역사를 다룬 책 옆에 꽂힌 실크로드에 대한 책을 꺼내 안락의자에 앉았고, 아들은 카로 씨에게 체스에서 왜 백이 항상 먼저 시작하느냐고 물었다. 책의 페이지는 대부분 한쪽 귀퉁이가 접혀 있었는데 정말 거슬렸다. 게다가 연필로 밑줄 친 부분도 많았다. 밑줄 친 부분만 읽으며 카로 씨가 어떤 내용을 중요하고 흥미롭게 생각했는지 알아보려 했다.

나는 책을 덮었다. 밑줄 친 사람은 국가 간 경제 교류의 중요성에는 흥미가 없고 그물처럼 얽힌 중세시대 교역로를 통해 서로 다른 종교와 혼합주의가 어떻게 확산되었는지에만 관심이 있었다. 나는 카로 씨를 유심히 쳐다보았다. 그는 어쩌면 인류에 관심이 있는 박식한 사람일지도 모른다. 그와 정반대의 모습을 보여주는 경우가 많지만. 그는 사람들을 진정으로 이해하고 싶어 하면서 사람들을 쫓아버렸다. 나는 시계를 보았다. 가야 할 시간이다.

"아들, 축구 연습하러 가려면 지금 나가야 해."

카로 씨는 내가 배신자라도 되는 양 나를 노려보았다. 끼어들어 좋은 한때를 망쳐버렸다는 눈빛이었다. 그에게는 내 부정적인 면을 조명하는 재주가 있다. 나를 악의 편에 두려고 최선을 다하는 것 같기도 하고. 그는 체스 말을 조심스레 상자에 넣었다. 내가 시키지 않았는데도 아들은 그를 도와 정리했다. 아들은 이 노인을 존중하는 듯했다. 우리는 문 앞으로 갔고 카로 씨는 안전사슬을 풀었다. 나는 그의 뺨에 입 맞추었다. 그는 놀랐지만 가만히 있었고 나는 아들과 함께 복도를 지나 계단으로 향했다.

"텔레비전!" 카로 씨가 소리쳤다.

그가 텔레비전을 꺼주고 가라고 했던 것이 생각났다.

"괜찮으면 들어가서 텔레비전 좀 끄고 올래?" 아들에게 말했다.

하지만 갑자기 저 남자가 문을 잠궈버리고 아들을 잡아두면 어쩌나 걱정스러워졌다. 나는 아직 그를 잘 몰랐고 그는 분별력이 뛰어나다고 보기는 힘들었다. 그는 예측 불가였고 세상을 삐딱하게 바라보았다. 나는 재빨리 복도로 돌아갔다. 카로 씨가 나를 노려보고 있었다. 그는 뭔가를 이해하지 못할 때 늘 저 표정이었다. 아들이 돌아왔고 나는 아이 손을 잡고 떠났다.

"왜 텔레비전을 스스로 켜고 끄지 못해요? 정말 쉬운데."

"카로 씨에게 토요일은 쉬는 날이라서 직접 텔레비전을 켜고 싶지 않대. 직접 텔레비전을 켜고 끄면 다른 바보 같은 짓도 하게 될 거라고 생각하는 것 같아."

지하철역으로 가는 길, 아들의 손은 낯설지 않았고 짧아진 반바지에도 죄책감이 느껴지지 않았다. 오히려 그 짧은 바지는 일종의 위안을 주었다. 올 여름까지는 바지가 딱 맞을 것이다. 나는 관광객들 틈을 비집고 가면서 아들을 유심히 보았다. 아이는 휘파람을 불었다. 표정은 편안하고 생기 넘쳤다.

"축구하러 가는 게 좋니?"

"체스가 재미있어요."

21

쓰러진 다음 날 밤, 만체보는 창가의 안락의자에 앉아 있었다. 그의 시선은 작가의 아파트에 고정되었다. 이번에는 타리크와 아델이 만체보와 파티마가 사는 아파트로 올라왔다. 파티마를 만체보와 단둘이 두고 싶지 않았는지도 모른다. 모두 만체보 주변에서는 지나치게 조심했다. 만체보가 또다시 편두통을 앓는지 확인하려는 듯이 그를 계속 초조한 눈초리로 바라보았다. 만체보의 병이 편두통이 맞다면 말이다. 가족 모두가 편두통이라고 굳게 믿는 것은 아니었다.

만체보는 관심의 대상이 되어 보살핌받는 게 좋았다. 가족들은 그에게 필요한 것이 없느냐고 계속 물었다. 그들은 만체보가 창가 의자에서 쉰다고만 생각했다. 대로 건너편에서는 흥미를 끌만한 일이 일어나지 않았다.

다른 사람에게 의견을 말하거나 조언을 하는 일이 좀처럼 없는 아미르도 왜 아버지는 일요일에도 가게를 열어야 하느냐고 물었다. 쓰러지기까지 했는데 집에서 쉬는 게 어떠냐고 하면서. 만체보는 가게에 내려가 봐야 무슨 소용이 있을까 생각했다. 어쨌든 집에서도 일을 할 수 있으니까. 하지만 주머니에 손을 넣자 미친놈들이 그를 의자에서 거세게 당겼을 때 떨어져 나간 단추가 만져졌다. 그러자 가게에 내려가지 말아야겠다는 생각은 사라졌다. 만체보는 다시 안장으로 가서 앉으며 얼마나 여러 번 억지로 말에 올라타야 승마를 좋아하지 않는다고 말해도 되는 걸까 생각했다.

밤사이에 과일 좌판에 날개라도 돋아난 것 같았다. 좌판은 문턱을 넘어 길가로 미끄러지듯 나아가 물건을 뽐내며 손님을 유혹했다. 응급실에 다녀온 것이 어느 정도 장점이 있는 것 같았다. 모든 것이 평소보다 빠르게 돌아갔고 만체보는 다시 기분 좋은 상태를 즐기게 되었다. 그는 가게 밖 의자에 앉아 베이커 씨의 서재 방향에 시선을 고정했다. 하늘에는 구름이 드문드문 떠가고 거리의 사람들은 몇 킬로그램쯤 체중이 가벼워진 듯이 움직였다.

하루를 마감하기 전에 그는 냉장고에서 콜라를 꺼내 마셨다. 그러면서 어머니 말씀이 옳다고, 약은 중독성이 있다고 생각했다. 지난 며칠 간 마신 콜라가 그 전에 마신 모든 콜라를 합친 것보다 많았다.

문 닫을 시간이 되자 과일과 채소 좌판은 날개를 잃었다. 밀고 나갈 때보다 끌고 들어올 때가 더 무겁게 느껴졌다. 만체보는 몸을 쭉 편 다음 주간 보고서를 작성할 준비를 했다.

보고서의 마지막 문장에 마침표를 막 찍었을 때 작가의 창문이 열렸다. 만체보는 그 창문에서 여자의 팔이 나오는 것을 보았다.

그는 손에 들고 있던 것들을 조심스레 내려놓은 다음 최대한 조용히 밖에 놓인 의자로 나갔다. 까치발로 걷다시피 했고 마침 도시도 그에 맞는 분위기를 조성해 만체보를 돕는 듯했다. 황혼녘의 아름다운 분홍빛이 대로를 비추었고 거리의 사람들은 한낮 때처럼 서두르지 않았다. 주말의 마지막 몇 시간 동안 파리 사람들 위로 평온함이 내려앉았다.

가늘고 하얀 팔은 창턱에 상자를 하나 내놓았다. 그는 놀라서 입을 다물 수 없었다. 작가의 연인을 이렇게 가까이에서 본 적은 처음이었다. 캣의 팔은 아니었다. 캣이었다면 아파트로 들어가는 모습을 분명 보았을 테니까. 만체보는 여자의 얼굴을 보려고 애썼지만 어려웠다. 그녀는 상자와 씨름하더니 간신히 제 위치에 놓았다. 그런 다음 팔은 흰 뱀처럼 안으로 말려 들어갔다. 그때 만체보는 조심스레 창문을 닫는 작가를 보았다. 만체보의 입이 다시 한 번 벌어졌다. 그는 입을 다물고 서둘러 가게로 들어갔다. 이번에는 까치발을 들지도 않았다. 그러기에는 너무 흥분 상태였다.

여자는 집에서 나오게 되어 있다. 언젠가는 나와야 하니까. 여자에게 가족이 있다면 곧 자기 집으로 돌아갈 것이다. 가족이 없더라도 캣이 집에 오기 전에는 나가야 한다. 만체보는 여자가 나오기를 기다려야겠다고, 그녀를 덫에 몰아넣어야겠다고 생각하며 계산대 뒤에 놓인 의자에 주저앉았다. 그는 손목시계를 보았다. 이미 가게 문을 닫았을 시간이다. 이제 창가에는 사람의 흔적이 보이지 않았다. 만체보는 습관적으로 다시 손목시계를 보았다. 저녁식사 냄새가 가게로 흘러 들어왔고 그 냄새에 스트레스를 받았다. 평소 같으면 일요일에는 문을 훨씬 일찍 닫았다. 풍겨오는 음식 냄새도 그렇게 말하고 있었다. 그는 손목시계를 또다시 흘끔댔다. 곧 집으로 올라가지 않으면 가족들이 그가 어디에 있는지 궁금해할 것이다. 그가 자리에 없다고 딱히 보고 싶어 하지는 않겠지만.

여자를 쫓아가 볼까? 만체보의 상상력은 제멋대로 달아났다. 하지만 저녁식사 냄새가 도전장을 던지며 그를 현실로 끌어당겼다. 콩 스튜 냄새는 유독가스 냄새로 바뀌었다. 만체보는 손목시계를 보았다.

당황스러운 가운데 잠시 심사숙고한 만체보는 가족 중 누군가가 내려와 그를 찾기 전에 작가의 아파트에 가봐야겠다고 생각했다. 몇 분 뒤에는 파티마가 누군가를 내려 보낼 것이다. 그녀가 직접 내려올 기력은 없을 테니까. 만체보는 그 정도로 중요한 사람은 아니었다.

그는 길 건너 아파트로 가야 했다. 하지만 어떻게? 만체보는 방문판매원 행세를 할 수도 있겠다고 생각했다. 남아 있는 수첩을 흘긋 보았다. 지난주에 반라의 소방관 사진이 잔뜩 실린 달력을 팔기 위해 가게에 찾아온 남자가 떠올랐다. 만체보는 절박했다. 게다가 수첩이 너무 많기 때문에 이웃을 돌아다니며 판다고 해도 그럴듯해 보일 것 같았다.

이제 저녁식사 냄새에 질식할 것 같았다. 그는 수첩을 챙겨서 서둘러 밖으로 나갔다. 가게 문을 잠그거나 문을 닫아야 한다는 생각은 하지도 못했다. 그는 황급히 대로를 건너면서 문을 두드리고 나서 해야 할 말을 생각했다. 아마 작가가 문을 열어줄 것이다. 어쩌면 그 뒤에 하얀 이불을 두른 여자가 서 있을지도 모른다. 그럼 적어도 여자 얼굴을 볼 수는 있겠지. 작가는 들어오라고 할지도 모른다. 혹시 여자가 문을 열어 주면 그때는……

자동차가 경적을 울렸다. 만체보는 수첩을 몇 권 떨어뜨렸다. 그는 재빨리 주웠다. 또 다른 차가 급브레이크를 밟았다. 만체보는 계속해서 급하게 길을 건넜다. 얼른 맞은편으로 가야 했다. 이제 계단을 오를 차례였다. 하지만 난간을 잡으려면 수첩 한 권을 입에 물어야 했다. 그는 계단이 너무 가팔라서 놀랐다.

"거기서 뭐하는 거야?"

만체보는 깜짝 놀라는 바람에 굴러 떨어질 뻔했다. 뒤돌아보니 분홍색 슬리퍼를 신고 길을 건너오는 파티마가 보였다. 만체보에게는 모든 일이 느린 동작으로 보였다. 파티마가 뛰는 모습은 처음 보았다. 서두르는 모습을 본 적은 있지만 그때도 뛰지는 않았다. 파티마가 뛸 수 있다는 사실조차 몰랐다. 만체보는 한쪽 겨드랑이에 수첩을 잔뜩 끼고 수첩 하나는 입에 문 채 계단에 꼼짝도 하지 않고 서 있었다. 게임은 끝났다. 그는 작가의 집 현관문을 보았다. 해답이 바로 저기에 있다. 그런데 끝이다. 그의 일 전부가 목적을 잃었다.

남편의 팔을 잡고 비상계단에서 끌어내려 대로를 건너는 파티마의 눈빛은 분노로 이글거렸다. 만체보는 수첩을 꽉 쥐었다. 차 몇 대가 경적을 울렸다. 젊은이 둘이 차 창밖으로 몸을 내밀고 이 광경을 구경했다. 작달막한 남자가 입에 수첩을 물고 덩치 큰 여자에게 질질 끌려 대로를 건너는 꼴이라니.

파티마가 만체보를 밀어 의자에 앉혔다. 만체보는 처음 당하는 일이 아니라는 생각이 들었다. 파티마는 문을 닫느라 만체보를 등 졌다. 문을 닫고 돌아본 그녀의 얼굴은 기력이 모두 사라진 듯했 다. 눈동자의 불길도 사라졌다.

"내가 전화해줄까?" 파티마는 사려 깊은 목소리를 내려 애썼다. 그녀는 남편이 물고 있던 수첩을 뺐다.

"전화라니?"

"당신이 도움을 받을 수 있도록 말이야."

만체보는 파티마가 자신이 미쳤다고 생각한다는 것을 알았다. 이해할 수 있다. 48시간 전 신경쇠약으로 쓰러진 그가 수첩을 한 아름 들고 돌아다니는 것을 보았으니. 만체보가 자신을 외판원이 라고 생각하는 것처럼 보였을 것이다. 한편으로 그는 아내가 자신 을 미쳤다고 생각한다는 데 안도했다. 하지만 병원에 가고 싶지는 않았다. 플로리앙트 선생과 다시 이야기하고 싶지 않았다. 무엇보 다 그는 임무를 완수하고 싶었다. 그 일은 바로 이곳 바티뇰 대로 에서만 할 수 있다. 만체보는 계단을 내려오는 발소리를 들었고 누 구인지 이내 알았다.

"무슨 일이에요?"

타리크가 어리둥절한 표정으로 문간에 나타났다.

"이 사람이 수첩을 들고 동네를 뛰어다니더라고."

타리크는 설명을 해보라는 듯이 만체보를 보았다. 만체보는 어 깨를 으쓱했다.

"수첩은 다 어디서 났대요?"

타리크는 바닥에 쌓여 있는 수첩을 가리켰다. 파티마는 어깨를 으쓱했다.

"한 권은 입에 물고 있더라니까."

"뭐라고요?"

"수첩을 입에도 한 권 물고 있었다고!"

만체보는 계속 의자에 앉아 있었다.

"지금은 괜찮아 보이는데요." 타리크는 이렇게 속삭였다.

파티마는 타리크를 계산대 쪽으로 끌고 갔다.

"내가 말하지 않은 게 있어. 전에 병원에 갔을 때 그이가 침대에 앉아서 자기가 올랑드 대통령이라고 했어."

"그게 무슨 말이에요?" 타리크가 탄식했다.

만체보는 사람들이 정신이상자를 보고 수군대는 소리가 당사자에게 다 들린다는 것을 알게 되었다. 정신에 이상이 있다고 해서 귀까지 들리지 않는 것은 아니니까.

"형이 지금 자기가 누군지 모른다는 거예요?"

파티마는 어깨를 으쓱할 뿐 대답하지 않았다.

"세상에. 이제 어쩌죠?"

"저녁이나 먹어. 내가 내일 전화해서 예약할 테니." 파티마가 말했다.

그녀는 위층으로 올라갔다. 슬리퍼 끄는 소리가 한동안 사라지지 않았다. 타리크는 우물쭈물하며 만체보에게 다가갔다.

"우리가 해결할게. 하지만 우리 둘만 있으니까 솔직히 얘기해

봐. 왜 수첩을 들고 동네를 뛰어다녔어?"

어떤 면에서 만체보는 그래도 자신을 존중하며 대하는 타리크가 고마웠다. 타리크는 답을 들을 자격이 있다. 하지만 만체보는 진실을 말하지는 않기로 했다.

"손님한테 산 거야. 중국인이었지. 하지만 내가 저걸로 뭘 하겠어? 요새 장사가 잘 안 되니까 이거라도 팔면 어떨까 생각했지."

만체보는 사람들의 행동을 관찰하고 그 의미를 해석하는 새로이 알게 된 재능 덕분에 타리크가 자신의 편으로 넘어오고 있음을 알 수 있었다. 만체보에게는 편 들어줄 사람이 필요했다. 타리크와 파티마 둘 다 그에게 정신병이 있다고 생각하면 그는 조만간 구속복을 입거나 독한 약을 먹게 될 테니까. 파티마와 타리크는 강인하고 행동이 빨랐기 때문에 그들이 만체보를 등지는 것은 원치 않았다. 만체보는 타리크를 완전히 자기편으로 만들려면 어떻게 해야 하는지 잘 알았다.

"네가 복권에 당첨되고 나니까 내가 괜히 더 가난한 기분이 들더라고. 수첩이라도 팔면 금전출납기에 동전 몇 개라도 더 넣을 수 있을까 싶었지. 티끌모아 태산이니까……. 난 괜찮아. 내 걱정은 하지 마. 내가 누구인지 잘 알고 있다고."

이제 타리크는 한 발은 만체보에게, 다른 한 발은 파티마에게 담근 상태였다. 하나만 더 하면 그는 완전히 만체보에게 넘어올 것이다.

"뭔가 새로운 일을 원했나 봐. 하루 종일 여기에 앉아 있으니까. 넌 스카이다이빙 강습소를 열겠다는 계획이 있잖아. 꿈 말이야. 하지만 난…… 여기에서는 아무 일도 일어나지 않아."

타리크는 만체보의 어깨를 토닥거렸다.

"정리하는 거 도와줄까?"

만체보는 고개를 저었다.

"좋아, 그럼 이렇게 하자. 난 올라가서 형수님이랑 얘기 좀 할게. 형수님을 진정시켜야지."

만체보는 미소 지었다.

"고맙구나."

"당연한 일이지, 형. 그리고 돈 문제 말인데. 필요하면 얼마든지 빌려 줄게. 그 정도 돈은 있어."

만체보는 자신에게도 그 정도 돈은 있다고 생각했다. 타리크는 장난스럽게 만체보의 어깨를 주먹으로 툭 치더니 위층으로 올라갔다. 만체보는 바닥에서 수첩을 주우며 지난번에 가게에 들이닥친 미친놈들의 습격과 오늘 일어난 일 중 어느 쪽이 더 나쁜지 생각했다. 그가 주간 보고서를 꺼내서 방금 전 일을 덧붙이려는 찰나 맞은편 아파트에 캣이 보였다. 그녀는 책상에 앉아 있는 남편을 끌어 안았다. 갑자기 보고서에 덧붙일 내용이 사라졌다.

22

이 건물이 전부터 이 자리에 있었을 리 없다. 나는 몇 년이나 이 길로 걸어 다녔는데도 몰랐다.

"1998년에 지어졌죠." 내 생각을 읽기라도 한 듯 크리스토프가 불쑥 말했다.

건물은 작은 정사각형 유리 텐트 같았다. 실제로 그렇게 작지는 않았지만 주변 건물들에 비하면 작다는 느낌이 들었다. 높이 달린 붉은색 십자가를 보니 평범한 회사 건물은 아니었다.

크리스토프는 문을 열더니 내게 먼저 들어가라고 했다. 안쪽에서 나오던 어떤 남자가 아는 채를 하고 크리스토프와 악수했다. 신자인 것 같았다. 우리는 계단을 올라 안으로 들어갔다. 유럽 최대의 상업지구 한가운데 이런 성당이 있다는 사실이 믿기지 않았다. 크리스토프는 두리번거리는 나에게 낯선 환경에 적응할 시간을 주었다.

"여기에 오면 뭘 해요?" 내가 나지막이 물었다.

"뭘 하냐고요? 성당에 와서?"

나는 고개를 끄덕였다. 크리스토프는 어깨를 으쓱하며 주머니에서 손을 빼더니 제단으로 다가가 무릎 꿇고 기도했다. 그는 무척 연약해 보였다. 그가 이렇게 사적으로 자신의 신앙을 공유했기 때문만이 아니라 기도하는 자세에서 쉽게 상처받는 약한 면이 느껴졌다. 문득 그가 단두대에서 처형을 기다리는 사람 같다는 생각이 들었다. 그는 기도를 마친 뒤에 성호를 긋고 일어나서 반짝이는 긴 나무 의자 중 한 곳에 앉았다. 성당 안에는 긴장된 고요함이 감돌았다. 우리가 용감하다면 침묵 속에 머무를 테고 나약하다면 침묵을 깨겠지.

나는 크리스토프 옆 자리에 앉았다. 우리는 서로 쳐다보았고 그제야 나는 이 긴장감이 무엇인지 깨달았다. 성당이나 침묵 때문이 아니었고 나와 크리스토프 때문도 아니었다. 그의 기도에 담긴 무언가 때문이었다. 나는 침묵을 깨기 위해 목소리를 가다듬었다. 크리스토프는 용감했고 나는 나약했다. 그는 한숨을 쉬었다.

"전에도 물어봤지만 한 번 더 물어볼게요. 왜 내게 꽃다발을 줬어요?"

"처음에요?"

그는 고개를 끄덕였다.

"난 받고 싶지 않았어요. 나에게 주려고 산 게 아니었잖아요."

"꽃을 싫어해요?"

"지금은 아니에요."

계단 삐걱거리는 소리가 나더니 정장을 입은 남자 한 명이 들어왔다. 그는 우리를 못 본 체했다. 그는 제단 앞에 무릎 꿇고 앉아 성호를 긋고는 조용히 할 일을 했다.

"커피 마시러 갈까요." 크리스토프가 남자를 향해 고갯짓하고서 말했다. "왜 내게 꽃을 줬어요?"

다시 계단 삐걱거리는 소리가 나더니 갈색 숄을 두른 노부인이 들어왔다. 그녀는 인사를 한 다음 맨 앞줄에 앉았다.

"신이 당신 편인가 보군요. 내가 물어볼 때마다 누군가가 들어와서 주의를 흩뜨리니 말이에요."

크리스토프는 속삭이고 있었고 어쩐지 나는 어려진 기분이었다. 우리는 어른들이 기도하는 동안 성당 맨 뒷자리에서 속닥거리는 고집쟁이 청소년 같았다. 성당에 있어서 그런지 몰라도 나는 거짓말하고 싶지 않았다.

"당신 눈빛에 꽃을 주고 싶게 만드는 뭔가가 있었어요."

나는 무릎에 올려놓은 그의 손을 내려다보았다.

"그게 뭔데요?"

"깊은 슬픔이요……. 고마움도 있던 것 같고."

나는 이 말을 하면서 그를 보지 않았다. 맨 앞줄 노부인의 뒷모습에 시선을 고정했다. 하지만 곁눈질로 크리스토프가 눈을 감는 것을 보았다.

"진실을 믿어요?"

"믿지 않으면 대안이 있나요?" 내가 물었다. 노부인은 천천히 일어나 시야에서 사라졌다.

"내 말은…… 진실을 믿냐고요. 모든 면에서."

"네. 하지만 때로는 진실이 허락되지 않기도 하는 것 같아요."

228

"용서를 믿어요?"

"아마도요. 적어도 자기중심적인 관점에서는요."

나는 주디스 골든베르그가 떠올랐다. 크리스토프에게 이 이야기를 하고 그의 반응을 살펴야 할지 고민했다. 하지만 그에게 이어지는 사연이 또 있을 것 같았고 실제로 그랬다.

"아내가 다른 남자와 바람을 피웠어요."

그가 힘내어 말했다.

"당신에게 꽃다발을 받기 전날 밤에 알았죠. 아내가 먼저 털어놨어요. 더는 비밀로 할 수 없다면서. 그 말을 듣고 처음 든 생각은 아내를 밀치고 싶다는 거였어요. 하지만 꾹 참고 겨우 이야기를 나눴어요. 우리는 밤새 이야기를 했고 동 틀 무렵 난 아내를 용서하게 되었어요. 진심으로. 난 아내를 용서했어요. 쉽지는 않았지만 간신히……."

나는 주디스 이야기는 나중에 해야겠다고 생각했다.

"그날 퇴근하고 집에 가는 동안 내 안에는 당신이 본 그런 것들이 가득했어요. 슬픔과 감사 말이에요. 그걸 읽어내다니 정말 놀랍네요. 멋진 가족을 가졌다는 데 대한 감사와 용서할 수 있음에 대한 감사였죠. 그런 생각을 하고 있는데 당신이 내게 꽃다발을 쥐어주고 지하철역으로 사라졌어요. 내가 가장 신경 쓰였던 게 뭔지 알아요?"

나는 고개를 저었다.

"고맙다는 말을 할 시간조차 없었다는 거예요. 하지만 그 후에……."

그는 잠시 침묵했다.

"이런 말을 해도 될지 모르겠군요."

그는 나를 보며 미소 지었다. 두 눈이 눈물에 젖어 촉촉했다.

"나도 모르겠지만 어쨌든 계속 해봐요."

"꽃다발을 들고 집에 갔는데 아내가 자기에게 주는 것인 줄 알더라고요. 아내는 꽃다발을 받아 꽃병에 꽂더니 내게 고맙다고 했어요. 그런…… 일이 있었는데도 꽃을 사와서 말이에요. 아내는 자신을 용서해줘서, 꽃으로 그걸 표현해줘서 고맙다고 했어요. 하지만난 아내에게 꽃다발은 내가 산 게 아니고 지하철역에서 어떤 여자에게 받았다고 했어요."

나는 그를 보며 바보 같은 짓을 했다고 생각했다.

"무슨 생각해요?" 그가 물었다.

"가끔 우린 정말 멍청해진다는 생각이요……."

우리의 웃음소리가 성당 안에 울려 퍼졌고 웃음에 긴장감이 사라졌다. 크리스토프는 조용히 해야 한다고 손가락을 들어보였다.

"아, 그래서 아내가 당신이 다른 여자를 만난다고 생각했나요?"

"그런 건 아니에요. 상황이 더 안 좋았죠. 아내는 내가 다른 여자에게 주려고 꽃을 샀다고 생각했어요. 그녀를 괴롭히고 그녀의 기분을 망치려고 일부러요. 아내는 내가 용서했다는 걸 전혀 믿지 않았어요. 내가 아내를 하찮은 일들로 괴롭히며 벌을 주려 한다고 생각했어요."

그는 한숨을 쉰 다음 말을 이었다.

"최후의 일격이었던 것 같아요. 꽃다발 말이에요. 그날 저녁 아내는 날 떠나겠다고 했죠. 자기 죄가 끝없이 떠오르게 만드는 사람과 함께할 수 없다면서. 그리고 내게 자기 같은 아내를 둘 자격이 없다고도 했어요."

"꽃다발 때문에요?"

"아내는 꽃다발이 빙산의 일각이라고 생각한 것 같아요."

"나한테 무슨 말을 듣고 싶어요? 미안하다는 말?"

"진심으로 미안하다면요."

"그렇지는 않아요."

"그럼 사과할 필요 없어요."

계단을 내려가는 동안 나는 머리가 빙빙 돌았다. 크리스토프는 성당에 남았고 나는 밖으로 나와 다시 현실로 들어갔다. 점심시간이라 많은 사람들이 콧바람을 쐬고 있었지만 성당 안에서는 모든 것이 평상시와 다름없었다. 크리스토프는 용서에 대해 생각했고 문은 삐걱거렸고 누군가가 왔다가 떠났다.

청소부가 발을 끌며 걷는 소리를 듣고서야 퇴근 시간이 되었다는 것을 알았다. 이상하게도 엘리베이터가 서는 소리도 못 들었다.

"안녕하세요." 내가 말했다.

"안녕하세요." 여자는 이렇게 대답하고는 진공청소기 전선을 잡아당기며 나를 노려보았다.

"혹시 이슬람교 신자인가요?" 내가 물었다.

청소부는 피곤한 얼굴로 나를 보았다.

"궁금해서 그러는데요……. 용서에 대해 어떻게 생각하세요?"

231

청소부는 뭐라고 중얼거리더니 손으로 코를 문질렀다.

"그게 왜 궁금한데요?"

"음…… 내일…… 토론을 해야 하거든요. 용서에 대해서요. 개인적으로 듣는 강의에서요. 그래서 의견을 듣고 싶어서……."

"의견이요?"

"다른 시각을 알게 되면 도움이 될 것 같아서요……."

"알라께서는 특권을 지닌 위치에서 편안하게 사는 사람들은 가까이에 있는 사람, 어려움에 처한 사람이나 알라 때문에 악의 세계를 버린 사람들을 도와야 한다고 말씀하셨어요. 그들이 나쁜 짓을 하면 용서하고 잊어야 한다고 하셨죠. 알라께서는 언제나 용서하시고 언제나 자비로우세요."

"그렇군요. 진실에 대해서는 어떻게 생각하세요?"

"질문이 너무 많으시네요."

진공청소기가 윙윙대며 돌아갔다. 청소부는 자유를 얻었다. 청소기의 켜기 버튼이 그녀에게는 끄기 버튼이었다. 나는 선글라스를 꼈다. 그녀는 나를 흘끗 보았다. 나는 노트북을 천천히 챙겼다. 그녀에게, 아니 어쩌면 나 자신에게 이곳이 내 사무실이라는 것을 증명이라도 하는 듯했다. 특정 시간이 되면 퇴근하라는 이상한 계약만 하지 않았어도 이곳에 더 머물렀을 것이다. 나는 인사도 하지 않고 나왔다.

그는 죽었다. 나는 이런 확신이 들었다. 계단에서 시체 썩는 냄새가 나는 것만 같았다. 그가 아직 살아 있다 해도 병원 같은 곳에서 모르핀을 맞으며 마지막을 기다리고 있을 것이다. 나는 그가 죽었거나 적어도 죽어가고 있다고 확신했지만 내가 할 수 있을지는 자신할 수 없었다.

나는 지극히 평범하지 않은 하루하루를 보내고 있었기에 어쩌면 이상한 일도 쉽게 해결할 수 있을지 모른다. 그가 죽지 않았고 팔에 온통 주삿바늘 자국이 가득한 채 집에 돌아온다면 문 앞에서 꽃다발을 발견하게 될 것이다. 어쩌면 그는 꽃다발을 보고 누군가가 자신을 보러 왔다가 헛걸음을 했다고 생각할지도 모른다. 어쩌면 이웃이 꽃을 갖다 놓았으리라고 생각할 수도 있다. 관리인이 꽃을 주지 말라는 법도 없다. 그가 죽었다면…… 문제될 것이 없다.

꽃다발에는 온갖 화사한 색이 섞여 있었다. 나는 문 앞에 꽃다발을 놓으며 그가 이 꽃을 받을 자격이 있다고 생각했다. 그러다가 문득 문이 열리는 듯한 느낌이 들었다. 문이 벌컥 열리고 건강한 모습의 그가 나타날 것만 같았다. 한 번도 아파본 적이 없는 모습으로. 그러면 나는 더듬거리며 말도 안 되는 변명을 늘어놓겠지. 심지어 문 뒤에서 발소리가 들리는 것도 같았다. 나는 잠시 그 자리에 서서 아무도 문을 열지 않는다는 것을 확인했다. 문은 계속 닫혀 있었다. 나는 아무 생각 없이 노크했다. 발소리도 들리지 않았다. 문이 닫혔다는 것은 이웃이 죽었다는 뜻이다. 이는 내게 아직 지력이 남아 있다는 뜻이기도 했다. 어쨌든 아직까지는.

23

모든 일이 계획대로였다. 만체보는 푸른색 외투를 입고 검정 셰시아를 쓴 채 까치발을 하고 계단을 내려가 가게로 통하는 문을 열었다. 하지만 불은 켜지 않고 작은 독서용 램프만 켰다. 오늘은 평소와 같지 않다. 만체보는 오늘 헝지스에 가지 않을 생각이다. 일에 진전이 필요했다. 그는 아무도 의심하지 않는 범위 내에서 판에 박힌 일상을 바꾸어야 했다.

그는 계산대 뒤 작은 의자에 앉았다. 가게에 누가 있다고 아무도 의심하지 못할 것이다. 테드 베이커의 책 《쥐 잡는 사람》에 차가운 불빛을 던지는 작은 빛줄기를 아무도 보지 못할 것이다. 만체보는 제목이 이상하다고 생각하며 첫 장을 넘겼다.

가게는 평소와 달리 조용했다. 가게가 이렇게 조용한 적이 있었나 싶었다. 그는 손목시계를 보며 지금쯤이면 헝지스에 도착했을 시간이라고 생각했다. 그리고 르솔레이로 출발할 시간을 확인하기 위해 계속 시계를 보았다. 프랑수아는 만체보를 기다릴 것이고 그가 나타나지 않으면 뭔가 대단히 잘못되었다고 생각할 것이다. 그가 쓰러진 뒤라 더더욱.

만체보는 깜짝 놀라서 움찔했다. 테드 베이커의 책에 등장하는 냉철한 기자가 어두운 차고에 갇혔다는 것을 알게 된 순간 만체보의 뒤에서 갑자기 쾅 하는 소리가 들렸다. 현관문이 닫히는 소리였다. 평소 같으면 놀라지 않았겠지만 책에 너무 몰입해 있었다. 그는 서둘러 길을 건너는 파티마를 보았다. 슬리퍼를 신은 그녀는 거구를 이끌고 최대한 빨리 움직였다.

만체보는 손목시계를 보았다. 이렇게 일찍 어디에 가는 걸까? 그가 더 고민하기도 전에 파티마는 빵집으로 들어갔다. 그러고는 곧 나와서 종이봉투를 들고 대로를 다시 건넜다. 만체보는 숨죽이고 기다리며 귀를 기울였다. 문이 삐걱 열렸다가 쾅 닫히는 소리가 들렸다. 발을 끌며 계단을 올라가는 소리가 들리고 곧 조용해졌다.

만체보는 생각할 겨를도 없이 독서등을 끄고 계단으로 나가는 문을 조심스레 열었다. 계단은 어둡고 비어 있었다. 그는 앞문으로 나간 뒤에 문을 조용히 닫고 건물에 최대한 바짝 붙어 빵집으로 향했다. 손목시계를 본 그는 문손잡이를 돌려 안으로 들어갔다. 근사한 냄새가 그를 반겼다.

"안녕하세요, 만체보 씨!"

"안녕하세요."

"뭘 도와드릴까요?"

"아내가 방금 여기에 왔잖아요, 몇 분 전에……."

"네?"

볼이 불그스름한 빵집 주인은 만체보를 어리둥절한 표정으로 보았다.

"아내가 뭘 했는지…… 뭘 샀는지 궁금해서요."

만체보는 이곳에 온 이유를 미리 생각해둘 걸 그랬다고 후회했다.

"뭘 샀느냐고요? 늘 사던 거죠."

"늘 사던 거라고요?" 만체보가 놀라서 물었다.

"네, 매일 아침에 사는 거요."

"파티마가 아침마다 여기에 온다고요?"

"네. 언제나 팽 오 쇼콜라를 세 개 사가죠."

만체보는 파티마가 범죄 조직에 가담한 것을 알게 된 듯한 표정이었다.

"그렇군요. 부탁 하나 해도 될까요? 아내에게 내가 여기에 왔다는 말은 하지 말아 주세요."

빵집 주인은 혼란스러운 표정이었지만 곧 웃음을 터뜨렸다.

"파티마가 다이어트라도 하는 모양이죠? 쇼콜라는 먹으면 안 되나 봐요?"

만체보는 미소 지었다. 빵집 주인이 그렇게 생각하도록 놔둘 셈이었다.

"절대 말하지 않을게요. 따뜻한 크루아상 하나 드시겠어요?"

이 모든 상황이 우스꽝스러웠다. 사실 파티마가 매일 아침에 빵을 사는 건 이상할 것이 전혀 없었다. 하지만 그녀는 누구와 아침을 먹는지 한 번도 이야기한 적이 없다. 사실 그녀는 아침에는 항상 너무 바빠서 커피밖에 마실 정신이 없다고 했다. 왜 거짓말을 했을까?

세 개의 초콜릿 빵은 여러 가지 의문을 제기했다. 겉보기에는 빵과 아무런 상관이 없는 것 같지만 만체보는 가족들 사이에서 점점 자신이 이방인처럼 느껴졌다. 그렇다고 파티마에게 왜 아침마다 빵을 사냐고 물어볼 수도 없다. 그랬다가는 만체보가 왜 헝지스에 가지 않았는지 그녀가 궁금해할 것이기 때문이다. 정말 우스꽝스러운 상황이었다. 만체보는 아무렇게나 주차된 차에 부딪힐 뻔했고 평소와 같은 방향으로 르솔레이에 가기 위해 블록을 한 바퀴 더 돌아야 했다.

기온이 섭씨 25도가 넘었는데도 파리 사람들은 대부분 카디건이나 긴팔 스웨터를 입었다. 마침내 더위가 사라졌다는 것을 스스로 납득하기 위해서 그러는 사람도 있었고 정말 필요해서 옷을 하나 더 걸치는 사람도 있었다. 사람들은 이제 30도가 넘는 날씨에 익숙했다.

날씨가 약간 시원해졌다고 해도 만체보는 달라질 것이 없었다. 그는 언제나 같은 옷을 입었다. 과일과 채소 좌판을 꺼내서 열었다. 사과와 딸기는 괜찮았다. 자두는 그렇지 않았지만. 그럼에도 만체보는 시장에 다녀오지 않은 것을 후회하지 않았다. 그는 과일과 채소에 분무기로 물을 뿌렸다. 손목 높이 시계를 찼고 수첩도 세어 놓았다. 31권 남았다. 왜 숫자를 세는지는 알 수 없었다. 일종의 카운트다운인지도 모른다. 하지만 무엇을 위한 것일까?

그는 《쥐 잡는 사람》을 펼쳐서 아까 읽은 다음부터 읽기 시작했다. 주인공인 30대 기자 스테판은 '쥐'라고 불리는 마약밀매업자에게서 들어올 거액의 돈을 기다리고 있었다. 스테판은 파리의 마약밀매에 대한 기사를 작성하지 않는 대가로 쥐에게서 돈을 뜯어냈다. 책을 읽는 동안 만체보는 글에서 테드 베이커가 많이 느껴져서 놀랐다. 행간에서 작가의 가볍고 경쾌한 걸음걸이가 느껴지는 것 같았다. 책에는 느리고 무거운 부분이 없었다. 모든 것이 수월하게 흘러갔고 때로는 너무 쉽다는 생각이 들 정도였다. 만체보는 이 점이 약간 거슬렸다. 마약밀매업자가 기자에게 돈 가방을 건네주는 부분이 좋은 예였다. 모든 일이 평탄하고 빠르게 전개되었다. 뜻밖의 사건이 방해하지도 않았고 장면 전개가 늘어지지도 않았다. 거물 마약상이 가방을 건네고 스테판이 그걸 받아서 떠나는 게 다였다. 만체보는 기자가 차고에서 몰래 빠져나오리라는 것을 짐작할 수 있었고 테드 베이커가 훌륭한 작가로 꼽히지는 않는다는 아미르의 말을 떠올렸다. 만체보는 그날의 첫 손님이 들어오자 책을 덮으며 이런 것을 펄프 픽션이라고 하는지 궁금해했다.

낮 동안 기온은 꾸준히 올랐고 파리 사람들은 카디건을 벗었다. 냉동식품만 판매하는 피카흐 주변에 노숙자들이 모여들었다. 이 회사의 통풍구는 거리의 목숨을 살리기도 했다. 그리고 전에 없이 많은 사람들이 도서관으로 갔다. 도서관 안에서는 노숙자들이 아무렇게나 꺼내 쌓아둔 책을 베고 쉬었다. 경비원은 그들이 문학을 좋아해서 이곳에 오지 않았다는 것을 알았지만 책을 베개 삼아 자도록 놔두었다. 그들이 이 사람들에게 연민을 느껴서가 아니라 뭐라고 할 기운이 없었기 때문이다. 그들의 기력은 자기 한 몸을 겨우 건사할 정도였다. 바깥 대로에서는 더위에 희생된 사람들도 보였다. 추돌 사고를 내는 운전자가 늘었다. 벌써 문을 닫은 가게도 있었다. 물을 잔뜩 사 들고 가는 사람들은 무게 때문에 손이 하얬다.

타리크는 길에 나와 있었는데 만체보는 왜 그가 오래 전부터 이야기하던 에어컨을 설치하지 않는지 궁금했다. 만체보는 사촌에게 손짓해 르솔레이에 갈 시간임을 알렸다.

'위조지폐였다. 가치 없는 더러운 돈. 그는 모든 것을 잃었다.'

계산대 뒤에 숨어서 책을 읽던 그는 침을 꿀꺽 삼키며 손으로 입을 가렸다. 캣에게 받은 돈이 가짜일 수도 있다는 생각이 온몸을 덮쳤다.

머리가 어지러웠다. 그는 마지못해 읽기 시작했던 책에 완전히 빠져 들었다. 만체보의 눈에 빵점짜리 작가였던 테드 베이커는 이제 평균적인 수준의 작가가 되었다. 무엇보다 작가의 아내에게 일을 의뢰받았고 책의 주인공과 비슷한 방식으로 돈을 받은 만체보는 내용에 빠려들 수밖에 없었다.

기만당한 기자 이야기는 한결같이 단조로운 방식으로 전개되었지만 만체보의 머릿속에서는 전혀 다른 이야기가 펼쳐졌다. 그에게 이 이야기는 더러운 불륜 사건에 연루된 식료품 가게 주인 이야기였다. 여자아이 둘이 와서 수첩을 사 가고 난 뒤 가게 주인은 경찰에게 취조당한다. 경찰은 50유로 위조지폐를 어디서 얻었냐고 다그친다. 만체보에게 책에서 무슨 일이 일어났는지는 중요하지 않았다. 상상력이 그를 멀리 데리고 갔기 때문이다. 여자아이 하나가 책이 재미있냐고 물었지만 만체보는 그 말을 듣지 못했다.

하루가 저물어 가자 책도 막바지에 이르렀다. 저녁 공기는 도시를 식히는 수고로운 일을 벌써 시작했다. 타리크의 구두수선 가게는 아까부터 문이 닫혀 있었다. 타리크는 방 안에 앉아 반짝거리는 구두를 책상 위에 올린 채 신문을 읽고 있었다. 만체보는 사촌동생을 유심히 관찰했다. 타리크는 가게 불을 끄기 전에 전화기를 집어 들었다. 원래 문 닫기 전에 누군가와 통화를 했던가? 아니면 그냥 전화를 받은 것일까?

만체보는 반쯤 썩은 토마토 두 개를 들고 서서 이러한 의문에 대한 답을 기다렸다. 그는 타리크가 이 시간까지 무엇을 하는지 관심을 가진 적이 없었다. 보통은 허기가 극심해지기 전에 가게 문을 닫는 데 집중했다. 하지만 오늘은 허기가 다른 감정에 자리를 내주었다. 만체보는 책에서 위조지폐 이야기를 읽은 순간 식욕을 잃었다. 타리크는 짧게 통화한 뒤에 전화기를 내려놓았다. 그러고는 구두상자를 집어 들어 그대로 던졌다.

곧 만체보는 어깨에서 익숙한 손길을 느꼈다.

"형, 괜찮아?"

"응, 괜찮아."

"오랜만에 조용한 하루였어."

"그래, 여기도 조용했어."

240

"오늘은 아내들이 우리보다 더 열심히 일했을지도 모르겠는데."

타리크는 웃음을 터뜨리고는 평소와 다름없는 거침없는 걸음걸이로 계단으로 향했다.

"무슨 일 있어?" 만체보가 물었다.

타리크는 문손잡이를 잡은 채 돌아서서 나이 든 사촌 형을 바라보았다. 만체보는 계속 말을 해야 할지 알 수 없었다. 그는 잠시 말이 없었다. 생각할 시간이 필요했다.

"전화 통화하는 걸 봤어. 음…… 화난 것 같던데."

타리크는 꼼짝도 하지 않았다. 잠시 후 그는 문손잡이를 놓고 때리기라도 하려는 듯이 만체보 바로 앞으로 다가왔다. 잔뜩 화가 난 눈빛에 만체보는 두려움이 엄습했다. 타리크는 만체보를 알아보지 못하는 것 같았다. 하지만 그의 눈에 나타난 분노는 스윽 사라졌고 타리크는 미소 지었다. 사실 만체보는 미소보다 화난 눈빛이 더 좋았다. 그는 범죄 소설을 그만 읽어야겠다고 생각했다. 소설에서 얻은 아이디어가 뇌리에 박혀 현실을 상상하기 시작했다.

"뭐? 전화?"

만체보는 타리크의 말에 느긋하게 고개를 끄덕이려 노력했다.

"내가 전화를 하고 있었다고? 기억이 안 나는데."

"그럼 네가 아닌가 보다."

타리크는 기쁨이라고는 찾아볼 수 없는 억지웃음을 터뜨렸다. 만체보는 그가 왜 그렇게 웃는지 알고 싶지 않았다.

"내가 아니라고? 아이고, 형, 또 더위 먹은 거야?"

타리크는 고개를 저으며 계단으로 올라갔다.

만체보는 가게에서 한 번도 느껴보지 못한 한기를 느꼈다. 소름이 돋을 정도였다. 피부 아래로 걱정스러운 기운이 스멀스멀 올라왔다. 그는 자신이 알 수 없는 무언가가 바로 눈앞에서 벌어지고 있다고 생각하며 침을 꿀꺽 삼켰다.

만체보는 저녁을 먹으며 타리크를 유심히 관찰했다. 조금 전 가게에서 보았던 타리크의 모습은 흔적도 남아 있지 않았다. 지금 타리크에게 남은 모습은 만체보가 어릴 때부터 보아 온 단순하고 거침없는 평상시의 타리크였다. 맛있는 음식, 사랑하는 여자, 담배처럼 삶의 평범하면서도 좋은 것들을 즐기는 모습. 이것이 있는 한 타리크는 행복했다. 이런 것들이 없으면 화를 냈지만 감당할 수 있는 정도였고 익살스럽기까지 했다. 파티마도 종일 빈둥대는 예의 파티마로 돌아왔다. 항상 뚱하지만 화를 많이 내지는 않는 사람으로. 어딜 가든 재미있는 말을 투박하게 쏟아내는 사람으로. 집안일을 하려면 아델이 살을 찌워야 한다고 생각하는 사람으로.

지금 만체보가 보는 아내에게선 살찐 족제비처럼 대로를 황급히 건너던 모습은 없었다. 담배 가게 커튼 뒤에서 시간을 보내는 모습도 없었다.

"아미르는 어디에 있지?" 만체보가 물었다.

"조르주 퐁피두 도서관." 파티마가 차를 따르며 대답했다.

"이 늦은 시간에?"

"11시 15분 전까지 열어요." 아델이 말했다.

만체보는 손목시계를 보려다가 재빨리 소매를 내리고 뭔가를 털어내는 것처럼 행동했다. 아무도 그를 보지 않았지만 이따가 계산대 뒤에서 시계를 풀어야겠다고 생각했다.

"몇 시지? 올 시간 안 됐어?"

그가 말하기 무섭게 아미르가 들어와 문을 닫았다. 만체보는 아들을 보자 얼굴이 밝아지고 마음이 놓였다. 아미르는 만체보가 가족 중 유일하게 진실하다고 느끼는 사람이다. 아미르는 아버지를 향해 미소 짓더니 주방으로 가서 손을 씻었다. 만체보는 몸을 쭉 폈다. 아들이 정말 자랑스러웠다.

아미르는 모범생이었기 때문에 만체보가 공부하라고 잔소리할 필요가 없었고 학부모 면담을 할 때마다 교사들은 칭찬 세례를 퍼부었다. 아미르는 특히 프랑스어와 역사를 잘했다. 한번은 선생님이 이민 2세대 아이가 프랑스어를 이렇게 훌륭하게 구사하는 경우는 매우 드물다는 말도 했다. 만체보는 아버지로서는 자부심이 있었지만 남편으로서는 불안했다.

방에 불이 켜진 채, 문이 반쯤 열려 있었다. 복도에 깔린 고동색 카펫 위로 작은 불빛이 보였다. 파티마는 잘 준비를 했다. 만체보는 파티마가 민트향이 나는 초록색 구강청결제로 입을 헹구는 소리를 들었다. 복도에서는 열기, 음식, 휘발유 매연이 섞인 이상한 냄새가 났다. 아미르는 저녁식사를 마치고 집으로 돌아오자마자 자기 방으로 갔다. 만체보는 반쯤 열린 아들의 방문을 조심스레 노크했다. 대답이 없었다. 그는 잠시 기다린 뒤에 다시 노크했다.

욕실에서 파티마의 쌕쌕거리는 숨소리가 들렸다. 하루 종일 만체보가 느끼던 혼동은 잠시 사라졌다. 밤이 되자 어느 정도 평화가 찾아왔다. 보통은 반대였다. 밤이 되면 불안이 엄습했다.

그는 문을 조심스레 두드렸다. 아미르가 문을 열며 의아한 표정으로 아버지를 보았다.

"방해해서 미안하구나."

"괜찮아요."

"숙제하고 있었니?"

"음, 그렇진 않아요."

만체보는 왜 이렇게 아들과 이야기를 나누고 싶은지 알 수 없었지만 아미르가 문을 여는 순간 가슴 속에 품고 있던 중대한 일들이 희미해지기 시작했다. 아니, 적어도 더 다급하게 느껴지는 문제는 없었다. 그래서인지 말을 꺼내기가 힘들었다.

"아빠는요? 책 읽어보셨어요?"

아미르는 만체보가 입 밖에 내지 않은 의문을 듣기라도 한 듯 말을 이어가는 데 도움을 주었다.

"그래…… 들어가도 되겠니?"

아미르는 문을 활짝 열더니 침대로 가서 책상다리를 하고 앉았다. 만체보는 아들을 따라할까 하다가 그냥 다리를 내리고 앉기로 했다.

"그래. 읽고 있어. 사실, 다 읽었단다."

만체보는 어린 애처럼 뿌듯했다. 창밖으로 캣의 아파트가 보였다. 침실에 불이 켜져 있었다.

"제가 드린 책을 다 읽으셨다고요?"

"그래. 그런데 조금 더 가지고 있어도 될까?"

혹시 모를 일이다. 한두 장쯤 다시 읽어봐야 할지도 모른다.

"그럼요. 한 달 정도는 괜찮아요."

"한 달이나? 여유 있구나."

"책은 어떠셨어요?"

아미르는 갑자기 생기가 도는 것 같았다. 아버지가 범죄 소설을 읽었다는 사실에 약간 흥분한 것 같기도 했다.

만체보는 아들이 자랑스러워할 만한 지적인 말을 하고 싶어서 단어를 신중하게 골랐다.

"전개 속도가 느리고…… 단조로웠어. 그래, 단조로웠다는 말이 어울려."

"그래도 마음에 드셨어요?"

"아니, 단조로웠다니까."

만체보는 갑자기 짜증이 났다. 아들 때문이 아니라 글을 더 잘 쓰지 못한 테드 베이커 때문이었다. 그는 글을 쓰는 게 일이었다. 하루 종일 자리에 앉아서 하는 일이 그거다. 그런데 그 결과물이 고작 바보 같은 기자가 주인공인 시시한 이야기라니. 아미르가 웃음을 터뜨리는 바람에 만체보는 테드 베이커에 대한 생각에서 빠져나왔다.

"아빠, 재미있어요. 아빠가 책을 좋아하시는지 몰랐거든요."

만체보는 까칠하게 수염이 자란 턱을 긁적였다.

"그 이야기 때문에 온 건 아니란다."

아미르는 손으로 가리고 하품을 했다. 아버지 때문에 지루해한다는 인상을 주기 싫었다. 실제로 그렇지 않았기 때문이다.

만체보는 하품을 못 본 체했다. 하품 좀 한다고 해서 아미르에게 해야 할 말을 하지 않을 수는 없었다.

"아침마다 내가 헝지스에 가고 나면 집에서는 무슨 일이 있니?"

아미르의 커다란 갈색 눈이 더 커졌다. 그는 미심쩍은 듯이 눈썹을 추켜올렸다.

"내 말은, 가게를 운영한 지 정말 오래되었잖니. 그런데 낮에 식구들이 집에서 뭘 하는지 하나도 모르겠더라고. 그래서 내가 없을 때 집에서는 무슨 일이 일어나는지 궁금하구나."

만체보의 목소리에는 평소와 달리 권위가 가득했다. 이런 말투는 진실에 다가가는 방편이자 가족들에게 조금이나마 지배력을 행사하는 수단이었다. 만체보는 집안에서 절대적인 권력을 원하는 남자들도 있다는 것을 알았다. 그들은 언제나 이렇게 권위적인 목소리로 말하겠지.

"좀 더 자세히 물어봐 주실래요? 제가 학교에 지각을 하지 않는지, 아니면……."

"아니, 네가 잘하고 있다는 건 알아. 너에 대한 거 말고 다른 가족들 말이야."

아미르는 그를 의심스러운 눈초리로 보았다.

"예를 들어 오늘 아침에는 무슨 일이 있었지?"

아미르는 잠시 생각했다.

"저는 약간 늦잠을 잤어요. 밤에 책을 읽느라……. 그리고…… 작은아버지랑 작은어머니가 우리 집에 오는 바람에 깼어요."

"아델과 타리크가 왔어?"

"네."

"자주 오니?"

"매일 아침 식사하러 오세요."

아미르는 아버지가 무슨 생각을 하는지 알 수 없다는 듯이 불안한 눈빛으로 쳐다보았다. 무슨 생각을 하는지 모르기는 만체보도 마찬가지였다.

"아침에는 뭘 먹는데?"

"팽 오 쇼콜라요……. 그런데 왜 이런 게 궁금하신 거예요?"

"그래, 그럼 그 다음엔?"

"작은아버지는 일하러 가시고 작은어머니는 여기에 계세요. 그 다음은 저도 모르죠. 학교에 가니까요."

만체보는 아들의 이마에 입을 맞추고 잘 자라고 인사한 다음 조심스레 문을 닫았다. 다른 가족들이 아침에 뭘 하는지 알게 되자 더 강해진 기분이었다. 사실 과장을 보태지 않고 약간 충격을 받기도 했다. 매일 아침 아내가 타리크 부부와 함께 빵을 먹는 게 이상한 일은 아니다. 하지만 왜 만체보는 몰랐을까?

그는 파티마가 침대에서 책을 읽고 있는 침실을 지나 욕실로 간 다음 문을 잠그고 변기에 앉았다. 그리 오래되지 않은 일이 떠올랐다. 일요일이었고 라파엘에게 아침식사 초대를 받았다. 파티마는 라파엘 집의 하얀 가죽소파에 앉아서 이렇게 말했다. 집안일을 시작하기 전에 급하게 커피를 마시는 게 전부라 아침식사가 익숙지 않다고.

만체보는 깊은 생각에 잠겼다. 아침식사 이야기에는 만체보가 알지 못하는 무언가가 또 있었다. 길을 황급히 건너는 파티마의 모습은 하면 안 되는 짓을 하는 듯했다. 왜 그녀는 매일 아침 일과를 비밀로 하고 싶었을까? 파티마가 저녁식사 때 말고는 아델을 보고 싶지 않다고 하는 말을 얼마나 많이 들었던가? 사실이 아니라면 왜 그런 말을 했을까?

24

"1유로만 주세요. 맥주를 마시고 싶어요!"

솔직한 거지를 보며 사람들은 씩 웃었다. 그리고 행인 중 다수가 그에게 시원한 음료를 마시라며 몇 유로씩 주었다. 성당의 붉은 십자가를 보자 저녁 약속이 떠올랐다. 나는 아직 남자친구인지 아닌지 확신이 들지 않는 남자아이와 헤어지려고 마음먹은 사춘기 소녀가 된 기분이었다.

어찌된 일인지 나는 우리가 이젠 만날 수 없다는 것을 크리스토프가 깨닫기를 바랐다. 그가 이해하는 것이 왜 그리 중요한지 알 수 없었다. 어쩌면 그와 만나는 동안 진실이 중요해져서인지도 모른다. 그리고 우리가 서로 만날 수 없다는 것이 진실이었다. 그는 실험의 일부일 뿐이고 실험은 모두 끝나기 마련이다.

잠시 동안 상대적으로 잠잠했던 피해망상은 프랑스 국가번호인 0033으로 시작하는 숫자 조합이 적힌 이메일을 전달하는 동안 활활 타올랐다. 그중 하나를 골라 전화를 걸어볼까 고민했다. 하지만 그게 무슨 의미가 있을까? 사립 탐정 행세를 하기에는 너무 늦어버렸는데. 어쨌든 나는 그중 하나로 전화를 걸었다. 없는 번호였다. 컴퓨터를 끄고 점심 먹으러 갈 준비를 했다.

"알라는 기독교의 신과 달리 너그럽고 동정심이 깊어요."

"언제 이슬람으로 개종했어요?"

"금요일에요."

우리는 웃었다.

"아무리 그래도 내가 보기에 당신은 믿음이 제법 있는 것 같아요."

"아니요. 영업부장 노릇만큼이나 형편없는 신자예요."

크리스토프는 아리송한 표정이었다. 그가 이 농담을 이해할 리 없다.

"왜 무신론자예요?"

"나 자신을 속이고 싶지 않아서요."

"대단한 인생관이군요."

그는 허탈하고 실망한 목소리였다.

"맞아요. 바로 그래서 무신론자예요. 당신은 운이 좋아서 자기 자신을 설득할 수 있었다고 쳐요. 그리고 나선 길을 찾지 못하는 나 같은 불쌍한 사람들을 보며 약간 거들먹거리는 거죠."

나는 이 말을 후회했다. 너무 가혹했다. 하지만 크리스토프는 그렇게 나쁘게 받아들이지 않은 것 같았다.

"하지만 종교가 해로울 건 없잖아요?" 대신 그는 이렇게 물었다.

"내가 전쟁 얘기를 할 거라고 생각하겠죠? 그래야 전쟁을 일으

킨 건 종교가 아니라 사람이라고 반박할 테니까요. 하지만 그렇게 대답하진 않을래요. 대신 대부분의 종교에서 해로움은 더 높은 권력에 대한 믿음에 있다고 말할게요. 그런 믿음은 사람들의 타고난 능력을 빼앗아요. 사람들은 행복을 자신에게서 떼어내서 그 영광을 외부의 무언가나 누군가에게로 돌려요. 종교 때문에 우리는 더 작아져요. 모든 것이 이미 우리 안에 있는데 말이에요. 나는 그런 강한 힘을 인간이 아닌 다른 무엇과 연관 짓지 않아요. 나는 영적인 건 믿지만 그런 건 믿지 않는 무신론자예요."

크리스토프는 조금 기쁘다는 눈빛으로 나를 보았다. 하지만 말은 하지 않았다. 뭔가를 끝내기에 적당한 때는 아닌 것 같았다. 하지만 지금이 그 어느 때보다 좋을 수도 있다.

"가족들은 어때요? 아내나 아이들 말이에요."

나는 이제 그만 만나자는 말을 하려고 하다가 갑자기 생각을 바꾸었다.

"어떠냐고요? 아내는 잘 지내요. 강한 여자예요. 믿음도 강하고요. 당신은 아내가 속았다고 주장하고 싶겠지만. 그리고 아이들은…… 이번 주말에 만나러 가요."

나는 우리의 만남을 끝내는 데 실패한 정도가 아니었다. 그를 떠나려는 바로 그 순간에 벌어진 상처를 찌르기까지 했다.

"아이들을 만나러 간다고요? 당신이 집을 나온 거예요?"

크리스토프는 고개를 끄덕였다. 성당에서만 가능한 고요함이 흘렀다.

"지금은 이곳 라데팡스에서 지내요. 힐튼 호텔에서요. 당신이 지난번에 뛰어갔던 곳이죠."

그는 미소 지었다.

"임시 거처예요. 회사에서 비용을 내죠. 불쌍해서 그러는 건 아니에요. 내가 일찍 출근하고 늦게까지 야근하는 걸 알아서지. 여름 휴가 때는 아이들을 데리고 브르타뉴에 있는 부모님 댁에 갈 거예요. 여름이 끝날 즈음에는 아내 집 근처에 아파트를 구할 수 있겠죠."

나는 심호흡을 했다.

"난 여름이 지나면 여기에 없어요."

"이직하나요?" 크리스토프의 목소리는 무거웠다.

"네. 더 말하기는 곤란해요."

"아레바와 관련이 있는 거죠? 그곳에서 맡은 역할 때문인가요? 사실 영업부장이 아닌 거죠? 아레바 같은 기업이라면 당연히 기밀 사항이 있겠죠. 나이지리아에서 직원이 납치된 일도 있었고⋯⋯. 이런, 혹시 당신도 조심해야 하는 건가요? 해외로 가는 건 아니죠?"

나는 고개를 저었다. 이제 모든 것이 훨씬 나아진 느낌이었다. 그는 어느 정도 진실을 알았다. 나는 아레바에서 비밀스러운 일을 하고 있다. 영업부장도 아니고 이제 역할을 바꾸려 하고 있다. 딱 한 가지 신경 쓰이는 것은 그의 배려였다.

관리인이 나를 쫓아왔다. 그녀는 내가 엘리베이터에 타기 전에 따라잡을 수 있다는 것을 알게 되자 속도를 늦추었다.

"안녕하세요."

"안녕하세요."

"알리고 싶은 게 있어서요. 지난번에 우리가 이야기했던…… 카네바 씨가 돌아가셨어요. 그냥 알려야 할 것 같아서요."

"그런가보다 생각은 했어요. 밤이고 낮이고 아파트 불이 꺼져 있더라고요."

"네, 맞아요. 그 집에 고양이가 한 마리 있었는데, 알고 있어요?"

"아니요." 나는 그 가여운 고양이를 안다고 말할 기운도 없었고 그러고 싶지도 않았다.

"카네바 씨네 고양이에게 먹이도 주고 돌봐줄 겸 아파트로 올라갔거든요. 그런데 현관문 앞에서 뭘 봤는지 아세요?"

나는 고개를 저었다.

"꽃다발이 있더라니까요!"

나는 관리인이 충격을 받은 듯이 말해서 놀랐다.

"상상이 돼요? 누가 그런 짓을 했을까요? 끔찍해요!"

나는 왜 그녀가 그렇게 생각하는지 이해할 수 없었다.

"그게 뭐 그리 끔찍해요?"

관리인은 놀란 표정으로 나를 보았다. 내가 농담한다고 생각하는 것 같았다.

"누군가가 죽은 사람을 축하하고 조롱하고 싶어 한 거잖아요. 무덤의 상석을 밟는 것과 같은 짓이에요!"

그녀는 울기 시작했다. 나는 들고 있던 쇼핑백 두 개를 내려놓고 그녀를 안았다. 그녀의 호리호리한 몸이 떨리고 있었다.

"하지만 조롱하는 게 아니라 애도하는 것일 수도 있잖아요."

나는 카로 씨처럼 말했다. 관리인은 큰 눈으로 나를 보았다.

"두꺼운 빨간 리본이 묶여 있는 알록달록한 꽃다발이었다고요. 죽은 사람이 아니라 결혼식에나 어울릴 꽃이오!"

그녀는 마지막 부분에서 소리 지르다시피 했다. 나는 내가 한 상징적인 행동이 모독 행위로 받아들여지리라고는 전혀 생각지 못했다. 장담하건데 카네바 씨가 꽃다발을 보았더라면 그렇게 생각하지 않았을 것이다. 하지만 생각해보니 죽은 사람을 위한 꽃다발 때문에 오해를 산 일은 이번이 처음이 아니었다.

25

올리브 병에 든 지폐를 본 만체보는 감정이 복잡해졌다. 지폐가 진짜일까 하는 의심이 가득해졌다. 그는 돈이 시한폭탄이라도 되는 듯이 조심스레 꺼냈다. 가게 문은 이미 열었고 과일과 채소도 제자리에 있었고 통조림은 이미 정리를 끝냈다.

만체보는 돈을 세기 전에 정리를 모두 끝냈다. 그리고 이제 돈을 다 세었다. 세 번이나. 그리고 돈을 셀 때마다 새로운 감정을 느꼈다. 이 낯선 감정을 뭐라고 표현해야 할지 몰랐다. 처음 돈을 받았을 때는 죄책감마저 약간 들었다. 일을 하고 나서가 아니라 즐겁게 놀고 나서 받는 돈 같았다. 하지만 이번에는 미친놈 둘이 찾아오고 쓰러지기까지 해서 그런지 그런 느낌이 들지는 않았다. 돈을 더 달라고 말하고 싶을 정도였다.

이와 동시에 그는 이 일을 하지 않는 인생을 상상할 수 없게 되었다. 만체보는 나디아가 태어났을 때 비슷한 생각을 했던 것이 떠올랐다. 아이가 없던 삶을 떠올릴 수 없었고 절대 과거로 돌아가고 싶지 않았다. 만체보는 새로 하게 된 이 일에 끝이 있다는 것을 알

왔다. 조만간 작가의 애인이 나타날 테고 그렇지 않으면 캣이 모든 일을 중단시킬지도 모른다. 만체보는 이 두 가지 모두 마음에 들지 않았다.

그는 금전출납기 아래에 돈을 숨긴 다음 쌍안경 옆에 올리브 병을 두었다. 두 가지 물건 모두 부담스럽게 느껴졌다. 그는 수첩을 꺼냈고 빨간색 표지에 그려진 여러 무늬 중 커다란 용을 처음으로 알아보았다. 재빨리 다른 수첩을 살펴보니 표지의 무늬가 모두 달랐다. 작은 토끼가 그려진 수첩도 있었고 개, 원숭이가 그려진 수첩도 있었다.

만체보는 세세한 데 무관심한 성격을 타고났지만 보고서 수첩으로 용 그림을 골랐다는 것이 기뻤다. 그는 날짜를 적은 다음 수첩을 깊숙이 숨겼다.

가게로 뛰어 들어온 타리크는 전화 이야기는 물론이고 그와 관련된 무엇에도 화를 낸 기색을 보이지 않았다. 아니, 타리크는 기분이 좋았다.

"태풍 때문에 성당 시계탑이 쓰러졌다는 얘기 들었어?" 타리크는 와인 상자를 내리는 만체보를 도우며 물었다.

"응, 프랑수아에게 들었어. 시계바늘 아직 못 찾았대?"

"찾았대. 그거 알아? 시계바늘이 포르트 드 클리시까지 날아갔대. 어떤 사람 집 뒷마당에 떨어졌다는군. 얼마나 다행이야. 잘못했으면 케밥처럼 사람을 꿰었을 텐데."

"그런 얘기는 어떻게 알아?"

"무슨 소리야?"

타리크의 목소리가 달라졌다.

"아침에 신문 읽을 시간이 있었어?"

타리크는 와인 상자를 내려놓았다.

"다른 소식통이 있어."

"아침에 텔레비전 봐?"

"도대체 왜 그래?" 타리크는 웃으려고 애썼다. "내가 형 아들이 야? 인터넷에서 봤어. 형도 인터넷은 쓸 줄 알아야 해. 계속 버틸 순 없다고. 전화기를 혁신적인 기기 취급하면서 쓰지 않겠다고 하 는 것과 똑같아. 발전을 막을 수는 없어. 형 같은 아버지 밑에서 자 란 애들이 그렇게 똑똑한 게 신기하네."

만체보는 마지막 말에 깊이 상처받았고 타리크가 나가자 잠시 머리를 짚고 앉아 있었다. 만체보가 사랑하고 절대적으로 좋은 일 만 일어나기를 바라는 존재가 있다면 그건 바로 자식들이었다. 그 는 아이들 때문에 매일 열심히 일했다. 아이들 때문에 새벽 5시에 일어났다. 아이들 때문에 튀니지를 떠나왔고 돌아갈 생각도 하지 않았다. 그는 아이를 더 낳고 싶었지만 운명의 계획은 달랐다.

나디아를 가졌을 때 운은 그들 부부에게 미소 지었지만 그 후에 는 어려운 시기를 보냈다. 가게를 시작하고 나서 몇 년 동안은 부 도 직전까지 가는 바람에 아이를 더 낳으려고 애쓸 시간이 없었다. 하지만 몇 년 뒤 파티마는 다시 임신했고 그녀는 아이를 반기는 성 대한 파티를 열었다. 하지만 바로 그 다음 날 아이는 유산되었다. 몇 년 뒤 그녀는 다시 임신했다. 이번에는 파티 같은 것은 열지 않왔다. 하지만 또 유산되고 말았다. 다시 몇 년이 지난 뒤에 때가 찾아왔다. 이번에는 모든 일이 계획대로였다. 어느 일요일 오후 만체보가 가게 문을 닫자마자 아미르가 세상에 나왔다.

만체보는 땀이 났다. 공기가 답답해서는 아니었다. 사실 태풍 덕분에 도시가 좀 시원해졌다. 만체보가 땀을 흘리는 이유는 책 때문이었다. 더 정확하게는 기자가 받은 돈이 가짜라는 것을 알게 되는 대목 때문이었다. 만체보는 의자에 앉아 자기 차례를 기다리고 있었다. 한 주 동안 번 돈을 은행에 넣어두려고 왔다. 타리크는 혼자서 르솔레이에 갔다.

만체보는 일주일 수입 중 일부를 캣에게 받은 돈과 바꾸었다. 어쩌면 조심성이 지나친 것인지도 모른다. 하지만 새로운 대기번호를 알리는 알림음을 들을 때마다 만체보의 심장 박동은 빨라졌다.

그는 초조함을 감추기 위해 손을 무릎에 올려놓았지만 은행에 하나뿐인 긴 의자에 앉아 등을 꼿꼿하게 펴고 무릎 위에서 두 손을 꽉 잡은 모습은 조금 이상해 보였다.

그의 차례가 되었다. 갈색 칸막이 뒤에서 그라도스가 반겼다. 그녀는 좀처럼 웃지 않는 사람이었기에 만체보가 하는 농담은 대부분 호응을 얻지 못했다. 그라도스는 그와 짧게 악수한 뒤에 앞에 놓인 의자에 앉으라고 했다. 만체보는 두꺼운 지폐 다발을 꺼냈다.

"늘 하던 대로 주간 수입을 입금하려고요."

셰시아 아래로 땀이 흘러내리기 시작하자 만체보는 더욱 불편해졌다. 지폐가 가짜라면 어떻게 될까? 감옥에 가게 될까? 아니야,

가짜 돈이라도 가게에서는 받을 수밖에 없잖아? 만체보는 계획을 실행하기로 했다.

"지폐가 진짜인지 가짜인지 자세히 확인해주시면 감사하겠어요. 특히 50유로 지폐를요. 오늘 아침에 다른 가게에서 하는 얘기를 얼핏 들으니 위조지폐를 받았다고 하더라고요."

돈이 가짜로 밝혀질 때를 대비해 솔직하고 불안한 척해야 했다. 그라도스는 작은 안경 너머로 만체보를 보았다. 그녀는 돈을 세는 동안 방해받는 것을 싫어했다.

"그것 참 이상한 일이군요. 하지만 고액지폐는 항상 주의 깊게 확인해야 해요. 어쨌든 위조지폐로 판명되면 손해는 본인이 감수해야 하니까요."

그녀는 특수 램프를 켰다. 만체보가 건넨 다발에서 위에 놓인 지폐들은 캣에게 받은 것이었다. 그는 모든 것을 세심하게 계획했다. 전화가 울리자 그라도스는 양해를 구하지 않고 받았다. 그녀는 전화받는 것도 업무라고 생각했다. 전화를 건 사람이 앞에 있는 고객보다 중요하지 않다고 할 수는 없다. 이것이 그라도스의 생각이었다. 그녀는 몇 가지를 적은 다음 전화를 끊고 탁자 위에 놓인 현금 다발을 집어 톡톡 정리하고 뒤집어 높았다. 만체보는 이제 위조지폐일 수도 있는 돈이 맨 밑에 깔리게 되었다는 사실에 경악했다. 어차피 모두 확인하겠지만 더 오래 긴장해야 했다.

그라도스는 램프를 들고 지폐를 하나하나 살펴보았다. 만체보는 계속 숫자를 셌고 그녀가 캣에서 받은 지폐 중 첫 번째를 집어들자 더는 숫자를 셀 수 없었다. 그는 지폐가 가짜라는 것을 이미 안다는 듯이 재빨리 방어 태세를 갖추었다.

"맞아요. 누가 위조지폐를 냈는지 알 것 같아요. 미국인들이에요. 그 사람들은 정말 이상한 물건을 사갔어요. 그리고 모두 50유로 지폐를 냈죠."

만체보가 미국인들을 선택한 이유는 간단했다. 그와 미국인들 사이에는 드넓은 바다가 있기 때문이다. 그들은 주로 7월에 휴가를 다녔고 파리에도 많이 왔다. 사실 만체보는 미국인들을 좋아했다. 그라도스는 그를 다시 한 번 본 뒤에 캣에게서 받은 지폐 중 첫 번째를 기계에 비췄다. 만체보는 창밖을 재빨리 바라보며 모든 일에는 대가가 따른다고 생각했다. 이제 죽느냐 사느냐의 순간이었다. 첫 번째 지폐는 시험을 통과했다. 두 번째도 마찬가지였다. 그리고 세 번째, 네 번째와 나머지 모두 통과했다. 만체보의 가슴을 짓누르던 큰 짐이 사라졌다.

르솔레이에서 늘 마시던 술을 건너뛰고 은행에 간 것은 아주 적절한 선택이었다. 오늘은 타리크를 더 보고 싶지 않았다. 오전에 타리크에게 들은 말은 어쩐지 자식들을 무시하는 것 같았고 이 점이 만체보의 마음에 가시처럼 박혀 계속 신경 쓰였다. 만체보는 프랑수아가 타리크에게 자식이 없다는 이야기를 하는 것도 지긋지긋했다. 이뿐만 아니라 일상에 변화를 주는 것은 좋은 일이다. 물론 전에도 오후에 르솔레이에서 술을 마시는 대신 은행 간 적이 있다. 그래서 이런 행동이 흔히 있는 일은 아니어도 전혀 새롭다고 할 수는 없었다. 만체보는 은행에 다녀온 뒤에 오후 내내 가게 밖에 내놓은 의자에 앉아 있었다. 저녁식사 냄새가 보이지 않는 연기처럼 아래층으로 내려왔다. 냄새는 문 뒤에 도사리고 있다가 가게를 가득 채웠다. 만체보는 오늘 메뉴를 짐작할 수 없었다. 달콤한 냄새가 났다.

저녁식사 내내 파티마는 기분이 언짢았다. 그들의 아파트로 올라오자 그녀는 슬리퍼를 벗어던지고 욕실로 갔다. 30분 뒤에 돌아온 그녀는 잠옷을 입고 머리에 분홍색 수건을 단단히 두르고 있었다.

"동서 말이야." 그녀는 수건을 두른 머리를 흔들며 말했다.

왜 짜증이 났는지 말하지 않을 것 같더니 더는 참을 수 없었던 모양이다. 하지만 아델 때문에 답답해진 마음을 가볍게 털어 내고 싶어 하는 것은 전혀 새로울 것이 없었다. 파티마는 한 달에 한 번꼴로 분통을 터뜨렸다.

그녀는 창가 안락의자에 앉아 엄지손가락을 괜히 만지작대는 만체보 옆에 앉았다. 이따금 그는 맞은편 건물을 흘끔댔다. 파티마는 예고도 없이 그의 무릎 위에 발을 올렸다. 만체보는 이 행동이 발마사지를 해달라는 뜻이라는 것을 알았다. 그리고 발마사지를 받을 때면 파티마는 언제나 속 이야기를 털어놓았다. 손가락으로 발을 누를 때마다 말이 튀어 나오는 것 같았다.

"걘 좀 맞아야겠더라고."

만체보는 엄지발가락을 마사지하기 시작했다.

"누구 말이야?"

쓸데없는 질문이었다. 만체보는 파티마가 아델 얘기를 한다는 걸 알았지만 모르는 체했다. 이 역시 늘 있던 일이다.

"당연히 아델이지!"

만체보는 고개를 끄덕였다. 늘 그러듯이.

"너무 버릇없어. 난 해 뜰 때부터 밤까지 뼈 빠지게 일하잖아. 그런데 걘 도대체 뭘 하는지 알아? 책을 들고 앉아서 불평이나 해대. 불쌍한 서방님, 서방님이 아까워. 안 그래?"

"응, 그럴지도."

파티마는 발을 바꾸었다. 불평이 반쯤 끝났다는 뜻이다. 불평은 대개 짧았다. 짧지만 굵었다.

"그럴지도가 아니야. 서방님은 더 좋은 여자를 만나야 해. 아델은 좋은 사람이 아니라니까. 전혀."

"하지만 매일 아침도 같이 먹잖아."

만체보가 참지 못하고 말했다. 발마사지라고는 전혀 받지 않았는데 이 말이 툭 튀어나왔다.

파티마는 발을 빼더니 만체보를 빤히 보았다. 그리고 눈동자를 이상하게 굴렸다.

"왜 그런 말을 해? 그리고 그 얘긴 누구한테 들었어? 전에 몇 번 그러기는 했지만 매일은 아니야."

잠시 동안 만체보는 누구 말을 믿어야 할지 몰랐다. 하지만 아미르가 거짓말을 했을 것 같지는 않다. 빵집 주인도. 그리고 파티마가 빵집으로 달려가는 모습을 두 번이나 봤기 때문에 그녀가 거짓말을 했을 가능성이 높았다.

만체보는 뭐라고 대답하거나 행동해야 할지 모른 채 도대체 파티마가 왜 이런 반응을 보이는지 궁금해했다.

"솔직히 내가 아침마다 동서와 함께 있고 싶겠어? 또, 그럴 시간이나 기운이 있을 것 같아? 내겐 그보다 중요한 일이 많다고. 빨래가 저절로 되는 줄 알아? 혹시 내가 동서처럼 시간을 보낸다고 생각해? 응?"

파티마는 타리크가 짧은 전화 통화를 끝내고 만체보에게 겁을 주었던 것처럼 그를 겁주었다. 만체보는 자신이 어떤 무덤을 팠는지 궁금해졌다.

26

터널 한복판에서 지하철이 멈추었다. 지직대는 스피커로 방송 같은 것이 흘러나왔고 열차 안 승객들은 설명이 필요하다는 듯이 서로를 쳐다보았다. 아마 지하철역에 버려진 가방을 검사하거나 기술적인 문제거나 어쩌면…… 뛰어든 사람 때문일 것이다. 하지만 나는 지각할 것 같아서 초조해지기 시작했다. 이 도시에서 살아남기 위해 꼭 필요한 파리 시민다운 배짱을 잃었다. 내가 할 수 있는 일은 전혀 없고 아무리 뭔가를 하려고 애써봤자 소용없다고 체념하는 배짱 말이다.

사무실에 도착했을 땐 이미 이메일 두 통이 와 있었다. 30분밖에 늦지 않았는데 이상했다. 누군가가 나를 추적하는 게 아닐까 의심스러웠다. 나는 메일을 곧바로 전달하지 않았다. 갑자기 이메일이 쏟아져 들어오는지 보기 위해서였다. 아무 일도 일어나지 않았다.

파리의 와인 양조에 대한 기사를 겨우 끝낸 뒤에 새로운 기사를 시작하려 했다. 그때 누군가가 헛기침하는 소리가 들렸다. 의자에 앉은 채 획 돌아보았지만 블라인드 건너편에는 아무도 없었다. 조용히 컴퓨터를 끄고 천천히 문으로 다가갔다. 누군가를 맞이하러 가는 사람처럼 미소 짓는 것을 잊지 않았다.

엘리베이터 앞에 아무도 없기에 나는 복도를 걸어 다녔다. 서성대고 있자니 바닥이 넓게 느껴졌다. 한 바퀴를 돌고 나서야 사무실 문을 활짝 열어두고 온 게 보였다. 나는 걸음을 멈추었다. 심장 박동이 빨라졌다. 사무실에 남자가 있었다. 반대 방향에서 온 것이 틀림없다. 그는 나를 보았고 나는 복도를 걸어갔다.

"안녕하세요." 남자가 다가오며 말했다.

"도움이 필요하신가요?"

내 얼굴에서 미소가 사라졌다.

"그럴지도 모르겠군요. 투생 씨라는 분과 만나기로 되어 있는데요. 전화를 걸었더니 회의 중이라 끊어야 한다더라고요. 그러면서 꼭대기 층에 있다고…… 그래서 엘리베이터를 타고 올라왔는데 이곳에는 사람이 없는 것 같군요…… 당신 말고는요. 이 동네 임대료가 엄청난데 한 층을 통째로 비우다니 신기하네요."

"대기업이잖아요. 저는 투생이라는 분은 몰라요. 그리고 이곳은 사용하는 공간이 아니고요."

"당신 혼자 쓴단 말이죠? 굉장한 호사군요!"

"제가 쓰는 곳은 아니에요. 서류 작성을 어서 끝내야 해서 잠시 조용한 곳이 필요했을 뿐이죠."

이 상황에서 주도권을 쥔 사람은 나였다. 내가 남자를 엘리베이터에 태우면 그걸로 끝이었다.

"이만 가봐야겠군요. 어디로 가야 할진 모르겠지만……"

"1층 안내데스크에 물어보세요. 도와줄 거예요."

남자는 말없이 고개를 끄덕인 뒤에 엘리베이터로 향했다. 나는 휴대폰에 열심히 번호를 눌러대는 그를 보았다.

의자에 앉자 끽 소리가 났다. 몸속에서 공기가 모두 빠져나간 것 같았다.

나는 재빨리 메일함을 확인한 다음 거절할 수 없을 만큼 높은 원고료를 제안한 타블로이드에 실릴 기사를 작성하기 시작했다. 그때 빛이 깜박거리기 시작했다. 늘 그렇듯 깜빡거림은 눈 한쪽 구석에서 시작해 시야 전체로 빠르게 번졌다. 마지막으로 편두통을 앓은 지 약 4개월만이었다.

편두통이 시작될 때마다 공황 상태 같은 것이 따라다녔다. 볼 수 있는 능력이 사라지면 나약해지고 고스란히 노출된 기분이 들었다. 편두통의 첫 번째 조짐을 알아채는 것만으로는 도움이 되지 않았다. 이는 통증이라는 괴물이 날개를 펄럭이는 새를 보내 다음으로 어떤 증상이 나타날지 미리 알리는 과정이었다. 나는 최대한 빨리 집에 가야 한다는 것을 본능적으로 알았다. 전 남편에게 전화했지만 받지 않았다. 근무 시간이 두 시간 남아 있었지만 더는 사무실에 있을 수 없었다. 나는 나 자신이 두려웠고 통증과 구토와 앞이 보이지 않는 것이 두려웠다.

집에 어떻게 왔는지 잘 기억나지 않는다. 아들을 데리러 가는 길에 전 남편에게 전화가 왔다. 그는 노르망디에 있어서 도울 수 없었다. 이번에는 누구와 한 침대를 쓰는지 말하지 않았다.

어둠이 내리자 나는 안도했다. 하지만 머리에 닿은 베개가 딱딱하게 느껴졌다. 성가신 것들이 너무 많았다. 아들이 게임하는 소리, 문틈으로 새어 들어오는 불빛, 밖에서 들리는 사이렌 소리. 침대 옆에 놓아 둔 양동이는 계속 비어 있었고 나는 그 상태가 유지되기를 바랐다. 문밖에서 아들이 살금살금 걸어갔다. 그 애가 얼마나 조심하는지 느껴졌고 나는 곧 괜찮아질 거라고 외치고 싶었다. 사실이다. 편두통은 급성 위장병과 비슷하다. 갑자기 찾아왔다가 빨리 사라진다. 앓고 나면 진이 빠지지만 스스로 회복할 수 있다.

잠이 든 게 분명했다. 자명종 불빛 때문에 토할 것 같았다. 머리가 무거웠지만 최악은 지나갔다. 상대적으로 견딜만한 두통이었다. 그만하길 다행이다. 나는 주방으로 가서 물을 한 잔 마신 다음 탁자에 앉아 안뜰 건너편의 불 꺼진 아파트를 보았다. 그리고 다시 탁자를 내려다보았다.

나 자신에게 관대해야 한다. 테러 조직에서 일하는 건지도 모른다는 스트레스와 매일 꽃다발을 없애야 한다는 강박에 대처하기 힘들었다. 문득 어제 집으로 꽃다발을 가져왔는지 기억나지 않았다. 주방을 둘러본 다음 현관으로 가서 시들어가는 끔찍한 꽃다발이 없는지 확인했다. 꽃다발은 보이지 않았다. 침실로 돌아가는 사이에 아들 방을 들여다보았다. 아이는 호리호리한 몸에 잠옷을 두르고 깊이 자고 있었다. 나는 다시 누웠다. 몇 시간 뒤면 고층 건물 꼭대기로 가야 할 테니까.

아들을 여름학교 안으로 들여보낸 다음 상업지구로 가는 택시를 잡으려고 잠시 씨름하다가, 선글라스를 쓰고 지끈거리는 머리에 스카프를 두른 뒤 지하철역으로 향했다. 꽃다발을 잃어버렸다는 생각이 불현듯 밀려들었지만 바로 옆에서 브레이크 소리를 내며 급정거한 차 때문에 중단되었다. 정말 깜짝 놀랐다. 몇 센티미터만 가까웠어도 차에 치일 뻔했다.

안내데스크 직원이 나를 향해 미소 지었다. 사무실은 유난히 깨끗하고 정돈된 느낌이었다. 어제 나간 뒤로 이메일이 두 통 와 있었다. 하나는 laposte.92800@free.fr에서 온 메일이 아니었다. 벨리비에 씨에게 온 메일이었다. 제목 란에는 물음표가 있었다.

이메일을 여는 동안 심장이 요동쳤다. 이메일에는 '어디에 있습니까?'라고 쓰여 있었다. 인사말이나 서명 같은 것도 없었다. 나는 심호흡을 했다. 빨리 답장을 보내 내가 출근했다는 것을 알려야 했다. 자세히 설명해야 할까 대략적으로 말해야 할까? 사과를 해야 할까 아니면……. 혹시 내가 출근했다는 것을 벨리비에 씨에게 알리기 위해 어제 받은 이메일을 전달하는 것으로 충분할까? 나는 답장을 썼다. '어제는 편두통 때문에요. 죄송합니다.' 나는 파리 전경을 바라보며 마음을 가라앉히려 애썼다. 이메일을 전달하지 않아서 내가 사무실에 없다는 것을 알았을까? 아니면 내가 꽃다발을 가져가지 않아서?

어쩌면 그는 성당에서 기다리고 있을지도 모른다. 동료들과 점심을 먹거나 휴가 중일지도 모르고. 오전을 보내는 동안 크리스토프 생각이 하나씩 떠올랐다. 점심시간이 되었지만 허기는 아직 감히 내 몸에 돌아올 생각을 하지 못했다. 나는 자판기에서 커피를 뽑으려고 낯선 영역인 한 층 아래로 내려갔다. 사무실로 돌아와 커피를 마셨다. 창문으로 햇살이 잔인하게 비추었기에 선글라스를 계속 쓰고 있었다. 계약 기간이 끝나기까지는 며칠밖에 남지 않았다. 문제는 어떤 식으로 끝나느냐다. 마지막 날에 벨리비에 씨가 나타나서 고맙다고 할까? 받기로 한 돈은 어떻게 전달될까? 내가 왜 이메일을 전달했는지 알 길이 있을까?

다시 크리스토프가 생각났다. 혹시 내가 보이지 않아서 걱정할까? 아니겠지. 그럴 이유가 없다.

어쩌다가 책상 아래에 놓인 상자에 다리가 부딪쳤다. 점심시간에는 일을 시작할 이유가 없기 때문에 나는 책을 살펴보려고 상자를 꺼냈다. 접혀 있던 뚜껑을 열자 새하얀 스티로폼 조각이 잔뜩 보였다. 어찌나 새하얀지 눈이 시렸다. 안으로 최대한 깊숙이 손을 넣자 설탕 덩어리 같은 스티로폼 조각들이 갈색 카펫 위로 떨어졌다. 상자 안에 책은 한 권도 없었다. 나는 차분하고 논리적으로 생각해보려 했다. 내가 이 상자에 대해 무엇을 알고 있지?

남자는 상자 안에 지루할 때 읽을 책을 넣어두었다고 했다. 하지만 전에 내가 상자를 열어 책을 직접 본 적이 있던가? 아니면 기억이 잘못되었나? 상상에 불과할까? 나는 눈을 감았다. 상자 안에는 손때 묻은 문고판 책이 가득했다. 아니었나?

그때 이메일 알림음이 들렸다. 나는 문자와 숫자가 조합된 메시지를 전달했다. 남자는 책상 아래 상자에 책이 잔뜩 있을 것이라고 말했다. 그건 확실했다. 그 남자가 거짓말을 했을까 아니면 누군가가 책을 훔쳐가고 스티로폼 조각을 넣었을까? 30여 분 동안 생각해내려 애썼지만 소용없었다. 스티로폼 조각이 내 머릿속의 빈 공간을 온통 채우고 방 안의 공기를 모두 빨아들였기 때문이다. 나는 남자가 처음부터 잘못 알았을 것이라고 생각하기로 했다. 그래야 이해하기가 쉬웠다. 시간은 더디게 흘렀고 처음으로 나는 재미있는 책이 있으면 좋겠다고 생각했다.

전화 소리에 스티로폼 조각 생각에서 벗어났다. 휴대폰을 내려다보았다. 모르는 번호였고 아들이 아프거나 다쳤다는 전화가 아니기를 바랐다.

"여보세요?"

"기자이신가요?"

"네, 그런데요."

"안녕하세요. 좀 만나고 싶어서요."

여자 목소리였고 나이가 지긋한 것 같았다.

"전화 거신 분은 누구신가요?"

"제 이름은 에디트 프레보예요."

"왜 저를 만나려고 하시죠?"

"전화로 말씀드리기에는 곤란하지만 제가 생각해 낸…… 프로젝트가 있어요. 기자라면 관심 있을만한 아이디어예요."

마지막 말은 방금 생각해낸 것 같았다.

"저는 낮에는 일을 하고 저녁에는 만날 수가 없어서요. 그 아이디어를 조금 더 자세히 말씀해주실 수 있나요? 기삿거리를 제안하시려는 건가요? 혹시 이메일로 보내주실 수 있나요?"

"아니요, 그건 곤란해요."

"도대체 누구세요? 제 번호는 어떻게 알았죠?"

"저는 연금으로 먹고 사는 사람이에요. 번호는 당신 친구에게서 받았고요."

"친구 누구요?"

"직접 만나기 전에는 알려줄 수 없어요."

불필요한 위험을 더 감수할 필요는 없었다.

"점심시간에는 만날 수 있어요. 내일 12시 어떠세요? 그런데 제가 라데팡스에서 일하고 있어서 이쪽으로 오셔야 해요."

"라데팡스라…… 알겠어요." 여자는 웃었다. "그곳에 마지막으로 가본 게 언제인지. 하지만 지하철은 탈 수 있어요. 1호선 맞죠?"

"네, 고맙습니다."

"고마워요. 그럼 내일 만나요."

이메일 알림음이 또 울렸다. 오늘의 마지막 이메일이어야 했다. 아들을 데리고 집으로 가서 쉬어야 한다. 나는 스카프를 둘렀다. 선글라스는 하루 종일 끼고 있었다. 엘리베이터에서 나오는데 여자들 몇이 이상한 눈길로 나를 보았다. 갑자기 나는 그 자리에 멈춰 섰다. 이미 건물 밖으로 나왔다. 빈손으로. 꽃다발이 없었다. 이대로 계속 꽃다발을 받지 않게 될까? 꽃다발 받는 일은 업무의 일부처럼 느껴졌다.

나는 입술을 깨물며 이성적으로 빠르게 판단하지 못하는 자신에

게 저주를 퍼부었다. 스카프를 두르고 선글라스를 쓴 바람에 안내
데스크 직원이 나를 못 봤을 수도 있다. 그녀와 벨리비에 씨가 한
패라면 벨리비에 씨에게 내가 이틀 연속 꽃다발을 가져가지 않았
다고 말할지도 모른다. 꽃다발 없이 떠날 용기가 없던 나는 다시
건물 안으로 들어갔다. 어제의 꽃다발도 함께 줄까? 안내데스크 직
원은 엘리베이터 쪽을 보고 있었다. 나는 선글라스를 벗고 여느 방
문객과 마찬가지로 기다렸다. 그녀가 나를 보았다.

"이런, 오늘도 놓치는 줄 알았어요."

그녀는 미소 지으며 백합 세 송이를 건넸다.

"겨울처럼 새하얗죠." 그녀는 이렇게 말하며 다시 미소 지었다.

나는 새하얀 스티로폼 조각이 떠올랐다.

27

만체보는 일찍 일어나는 새가 벌레를 잡는다는 속담을 떠올리며 왜 오늘따라 이 말이 떠오를까 생각했다. 어젯밤에 파티마와 언쟁하고 나서 몹시 피곤했기 때문에 조금 모순되게 느껴졌다. 그는 주방에서 뭔가를 긁는 소리가 나는 것을 듣고 이렇게 이른 시간에 아미르가 뭘 하는지 보러 갔다. 좁은 주방에서 아미르가 속옷 차림으로 차분하게 빵에 버터를 바르고 있었다.

"벌써 일어났니?"

"아니요, 아직 안 잤어요. 오늘 구술시험이 있어서요. 할레드랑 같이 1년짜리 해외 교환학생에 지원했거든요. 시험이 11시라서 이제 자려고요."

만체보는 아미르가 외국에서 공부하고 싶어 한다는 얘기를 파티마에게서 들은 기억이 났다. 그는 아들의 어린 몸을 끌어안았다. 버터 바른 빵을 들고 옷을 거의 입지 않은 채 가만히 서 있는 아미르는 아기 새 같았다.

"얘야, 네가 얼마나 자랑스러운지 아니? 항상 그랬단다. 넌 정말 똑똑하고 뭐든 알아서 하지. 시험 결과가 어떻든 난 널 사랑한다는 걸 알아주면 좋겠구나."

당황한 아미르는 바닥을 보았다.

"잘될 거예요, 아빠. 아무튼 고맙습니다."

아미르는 우유를 한 잔 따라서 빵과 함께 들고 방으로 갔다. 만체보는 아들이 문 닫는 것을 보며 흐뭇했다. 타리크에게 고마울 정도였다. 어쨌든 아미르에게 사랑한다고 말할 수 있게 된 건 만체보와 자식들과의 관계에 대해 타리크가 한마디 했기 때문이니까. 만체보는 욕실로 가며 일찍 일어나는 새가 정말 벌레를 잡는다고 생각했다.

만체보는 목 스트레칭을 했다. 그날 오후에 일한 자세 때문인지 목이 뻣뻣했다. 서류 작업, 주문할 물건, 확인할 송장이 많았고 보험 서식도 두 건 작성했다.

맞은편 아파트에서 일어나는 모든 일을 기민하게 관찰하기 위해서 그는 끈적끈적한 음료 선반을 책상으로 삼았다. 그 위치에서는 캣의 아파트를 보려고 수없이 고개를 들 때마다 고개를 돌려야 했고 그 결과 목이 뻐근했다. 지금까지 길 건너 아파트에서는 주목할 만한 일이 벌어지지 않았다. 만체보는 아픈 목을 움직였다.

문이 열리더니 딱 달라붙는 예쁜 감색 치마와 같은 소재의 재킷과 흰색 블라우스를 입은 캣이 비상계단을 내려왔다. 작은 여행가방을 들고 있었고 약간 긴장한 것 같았다. 그녀는 누군가를 찾는 듯이 대로를 훑어보았다. 잠시 후 파란색 차 한 대가 앞에 서자 그녀는 트렁크를 열어 가방을 넣었다. 그리고 차에 탔다. 운전하는 사람은 중년의 남자 같았다. 만체보는 조용히 길에 나가 비닐봉지에 과일을 담는 척했다.

익숙한 길 위에 난 검은색 점 네 개가 만체보를 올려다보았다. 몇 년 동안이나 그랬다. 잠깐 동안이지만 하루에도 몇 번이고 그 점들은 만체보의 눈을 똑바로 쳐다보았다. 하지만 만체보는 지금껏 그 점을 눈치채지 못했다. 의자를 안으로 들여놓는 바람에 드러난 길 위의 둥글고 검은 문양이 그를 노려보았다. 처음으로 그는 이 문양을 의식했고, 처음으로 의자를 들고 나와 초록색 나무 의자가 어떻게 길에 검은색 자국을 낼 수 있는지 살펴보았다.

그는 고개를 갸우뚱하며 자국에 꼭 맞추어 의자를 놓았다. 하지만 잠시 후 다시 의자를 들어 올려 그대로 들고 있었다. 그는 자국을 유심히 본 다음 의자를 보고 다시 한 번 자국을 보았다. 그러더니 마침내 자국에서 몇 센티미터 떨어진 곳에 의자를 놓았다. 그러고는 잠시 서 있더니 다시 의자를 들고 입구 반대편으로 가서 놓고 앉았다.

만체보에게 이상한 느낌이 밀려들었다. 그 느낌은 배에서 시작해 온몸으로 서서히 퍼졌다. 문 반대편에 앉자 어지럽기까지 했다. 그는 거의 30년 동안 문 왼쪽에 앉았다. 왜 그랬는지는 알 수 없다. 왜 하필 오늘 의자 위치를 바꾸고 싶은지도 알 수 없었다. 문득 그는 모든 사람들이 자신을 보고 있는 듯한 느낌이 들었다. 하지만 그들이 왜?

만체보는 풍수와 관련되어 있을지도 모른다고 생각하며 일어나서 가게에 온 여자아이 둘을 도우러 갔다.

"저는 토끼요."

"저는 말이요."

만체보는 잠시 멈칫했다가 수첩 얘기를 한다는 사실을 깨달았다. 그는 허리를 굽혀 말이나 토끼가 그려진 수첩이 있는지 찾아보았다.

다시 바깥 의자에 앉은 그는 맞은편 아파트를 계속 지켜보았다. 몸이 떨렸다. 문득 너무 가까이 다가갔다는 생각이 들었다. 사실 관찰 대상에 지금처럼 가까이 간 적은 없었지만 다른 각도에서 보자 모든 것이 달랐고 조금은 낯설기도 했다. 이렇게 좋은 위치에 앉고 나니 작가의 서재 안 한쪽 벽면이 보였다. 벽에는 초상화가 걸려 있었다. 누구인지 알 수 없었지만 왠지 유명한 사람인 것 같았다. 벽지는 초록빛이었다. 회색빛 같기도 했다. 어쨌든 벽지에는 꽃처럼 보이는 잔무늬가 가득했다.

모든 것이 낯설었다. 만체보는 쌍안경으로 보면 얼마나 잘 보일까 생각했지만 그건 생각으로만 남겨 두기로 했다. 똑같은 자리에서 그 오랜 세월을 보냈으니 몇 시간쯤은 새로운 자리에서 도구의 도움 없이 지켜볼 만하지 않은가. 그는 길가에 새로 잡은 자리 덕분에 관찰하는 일이 너무 재미있었고 남자아이 둘이 가게로 들어가자 자신도 모르게 짜증이 났다. 그는 아이들이 왜 왔는지 잘 알았다.

"안녕. 너희는 뭘 줄까?"

"원숭이요."

"둘 다?"

아이들은 고개를 끄덕였다. 만체보는 남아 있는 수첩 열두 권을 뒤적였다. 이번에는 물건을 사라고 권하지도 않았다. 그는 수첩이 다 나가서 중요한 일을 다시 할 수 있기를 바랄 뿐이었다.

"원숭이는 하나뿐이네. 한 사람은 말이나 닭을 가져야겠는걸."

아이들은 조용히 상의했다.

"원숭이랑 닭 주세요. 고맙습니다, 아저씨." 아이들이 합창했다.

만체보는 웃음을 참을 수 없었다. 아이들과 주고받은 대화는 식료품 가게가 아니라 애완동물 가게에서나 들릴 법했다. 그는 다시 의자에 앉으려다가 마음을 바꾸었다. 의자를 들고 문에서 오른쪽으로 몇 걸음 더 간 다음 다시 몇 걸음 더 갔다. 그리고 의자를 내려놓았다.

이제 그는 가게 입구에서 멀리 떨어졌고 차양에 가려 가게 문이 잘 보이지 않았다. 하지만 누가 들어가는지는 보였다. 그는 가게 주인이 가게에서 왜 이렇게 멀찌감치 떨어져 앉아 있는지 의아해하는 행인들의 표정을 보았다. 만체보는 가게와 주인이 싸운 것처럼 보이겠다고 생각했다. 어찌 보면 사실이다.

만체보는 오늘 가게가 마음에 들지 않았다. 가게는 감시 업무의 기지가 아니라 방해물이자 감옥 같았다. 갑자기 손에서 타는 느낌이 들었다. 하지만 만체보는 상상에 너무 몰입한 나머지 통증을 인식하지 못했다. 반대쪽 손에도 타는 듯한 느낌이 들자 그제서야 깨닫고 손을 뺐다. 그는 잠에서 깨어난 듯 느릿한 동작으로 위를 보

았다. 몇 미터 위에서 담배를 쥐고 있는 금팔찌를 두른 통통한 손
이 보였다. 파티마였다. 쌍안경이 없어도 알 수 있었다.

오후 나머지 시간 동안 만체보는 안개 속에 있는 것 같았다. 손
님들이 드나들었지만 누가 왔고 무엇을 샀는지 기억나지 않았
다. 그는 충격에 빠졌다. 그럼에도 두뇌가 방금 목격한 충격적인
현실을 처리할 때까지 간신히 냉정을 유지했다. 아내가 담배를 피
우다니. 거의 40년 동안 담배를 피울 때마다 투덜대고 담배 알레르
기가 있다고 우기던 여자와 함께 살아온 만체보에게는 획기적인
사실이었다.

그는 자제력을 잃었다. 금연석이 없다는 이유로 레스토랑을 바
꾸어야 했던 적도 있고 술집과 레스토랑에서 담배를 피우지 못하
게 한다는 뉴스를 보고 파티마가 소파에 앉아서 박수를 친 적도 있
었다. 만체보가 하루 허용량을 초과해 담배를 피우려고 할 때마다
파티마는 찰싹 소리가 나도록 손을 때렸다. 타리크가 복권에 당첨
된 것을 축하하던 날 저녁에는 아예 손가락을 잘라버릴 뻔했다.

젊은 여자가 미소 지으며 가게에서 나갔고 만체보는 손에 돈을
들고 서 있었다. 손님에게 줄 잔돈을 잊은 것인지 손님이 그에게
준 돈인지 알 수 없었다. 만체보는 숨을 몰아쉬었다. 심장박동이
빨라지기 시작했고 불안했다. 파티마가 담배를 피우는 것 때문에
심장마비가 온다면 너무 얄궂을 것 같았다. 만체보는 심호흡을 몇
번 했다.

만체보는 계산대 뒤에 놓인 의자를 집어 들었다. 언제 의자를 이

곳에 갖다 놓았는지 기억나지 않았다. 그리고 밖으로 나가 일부러 길에 난 검은 자국 네 개에 꼭 맞게 의자를 놓았다. 오늘은 이 정도로 충분하다. 다른 새로운 사실을 알고 싶지 않았다. 어쨌든 오늘은 그랬다. 병원에서 또 하룻밤을 보내고 싶지 않았다.

문 왼쪽의 안전지대로 돌아오자 기분이 좋아졌다. 만체보는 안심했다. 안심됐다고 하면 과장일 테고 적어도 어느 정도 평온해졌다. 도시로 밀려든 저녁 공기가 과열된 머리를 식히는 데 도움이 되었고 심장박동도 차츰 정상으로 돌아왔다. 하지만 잠시 후 저녁 식사 냄새가 풍기자 맥박이 다시 빨라졌다. 아내와 얼굴을 마주해야 할 때가 되었다. 파티마는 언제부터 담배를 피웠을까? 왜 담배 피우는 걸 비밀로 했을까? 왜 담배 연기에 알레르기가 있다고 우겼을까? 담배를 얼마나 피울까? 그리고 끝으로 가장 중요한 의문이 남았다. 이 밖에 만체보가 모르는 일은 또 뭐가 있을까?

그의 의문은 대로를 타고 내려갔다. 누가 대답을 해줄 수 있을지 알 수 없었다. 가게 밖 초록색 나무 의자에 앉아 있자니 만체보는 몹시 외로웠다.

그는 일어나서 마지못해 좌판을 정리하기 시작했다. 그는 천천히 움직였다. 낯선 사람처럼 느껴지는 아내를 대면하기 전에 시간을 벌기라도 하려는 듯이. 그와 동시에 마음 한 구석에서는 당장이라도 아파트로 올라가 증거를 찾고 싶었다. 파티마가 집안 어딘가에 담배를 숨겨 두었을지도 모른다. 혹시 그녀에게서 담배 냄새가 날까? 타리크는 오늘 가게를 일찍 닫고 평소처럼 뒷방에 앉아 있었다. 이따금 일어나 담배에 불을 붙였지만 곧 다시 신문을 읽었다. 타리크는 안절부절 못하는 것 같았다. 만체보는 이 사실을 새겨 두었지만 머릿속에는 사촌 말고 다른 것들이 꽉 차 있었다.

타리크는 손가락으로 식탁을 짜증스럽게 두드렸다. 파티마는 헉헉대며 음식을 내왔다. 흰긴수염고래에 관한 책을 읽는 데 몰두한 아미르는 입술을 내밀고 있었다. 아델은 미소 띤 얼굴로 손톱을 다듬었다. 만체보의 눈은 가족들을 바삐 오갔다. 우연히 시체를 발견한 뒤 살인자를 찾으려는 사람 같았다. 범인은 이 안에 있다. 가장 의심하지 않는 사람일 수도 있다.

"알리에게서 전화가 왔지 뭐야. 정말 좋은 녀석이야." 타리크가 손을 멈추고 말했다.

만체보는 사촌을 보았다. 친구가 전화했다는 소식에 아무도 대꾸하지 않자 타리크는 다시 식탁을 두드리기 시작했다. 만체보는 저녁 식탁에 둘러앉은 사람들을 훑어보았다.

"내일 녀석이랑 같이 오테이유에 경마를 보러 갈까 해. 내가 복권에 당첨된 뒤로 알리가 돈을 따고 싶어서 안달인 것 같더라고."

아델이 갑자기 활기를 띠었다.

"내일 경마장에 간다구요? 난 형님과 목욕탕에 갈 거예요."

타리크는 그녀의 말에 딱히 대답하지 않았다. 방 안은 조용했다. 만체보는 이 자리에 모인 사람들 중 파티마가 담배를 피운다는 사실을 아는 사람이 몇이나 될지 궁금했다. 그는 아델을 유심히 보았다. 고개를 들어 그와 눈이 마주친 아델은 씩 웃었다. 아델은 알고 있다. 그녀의 눈빛에서 알 수 있었다. 아델은 다시 손톱을 다듬기 시작했다. 만체보는 아미르에게 시선을 돌렸지만 아이는 책에 너무 몰두한 나머지 아버지가 쳐다보는 것도 몰랐다.

"아미르, 흰긴수염고래에 관한 책은 왜 읽는 거니?"

아미르는 어깨를 으쓱했다.

"읽지 말아야 할 이유가 없잖아요? 흥미로운 동물이에요."

만체보는 아들은 아무것도 모른다고 확신했다. 이제 타리크 차례였다. 그는 더 어려웠다. 만체보는 타리크가 어느 쪽인지 알 수 없었다. 그의 눈빛에서는 아무것도 알아낼 수 없었다. 타리크는 만체보의 시선을 느꼈는지 불쑥 말을 꺼냈다.

"형은 요새 어때?"

아파트로 올라가는 문을 열자 퀴퀴한 냄새가 났다. 만체보는 열쇠구멍에 열쇠를 넣는 파티마의 손을 보았다. 몇 시간 전에 담배를 쥐고 있던 손이다. 만체보의 손에서 몇 번이나 담배를 빼앗고 흡연자들에게 불만스럽게 흔들어대던 바로 그 손. 하지만 그를 어루만지던 손이기도 했다.

그들은 아파트로 들어갔다. 아미르는 잽싸게 자기 방으로 갔다. 만체보는 외투를 걸었고 파티마는 장신구를 풀기 시작했다. 만체보는 이제 무엇을 해야 할지 몰라서 현관에 그대로 있었다. 잠시 후 그는 아미르의 방으로 향했고 노크를 하려던 찰나 마음을 바꾸었다. 이 일에 아들을 끌어들이기 전에 하루쯤 계획을 세울 시간이 필요했다. 만체보는 원대한 계획을 구상하고 있었다.

28

꽃집을 황급히 지났고 아레바를 얼마 앞두고는 반쯤 뛰다시피 했다. 회전문에 미끄러지듯 들어간 뒤 출입증을 꺼냈고 문이 닫히려는 찰나에 엘리베이터를 잡아탔다. 나는 열쇠를 꺼내 들고 재빨리 사무실로 갔다.

무릎을 꿇고 앉아 상자를 꺼낸 다음 뚜껑을 밀어 젖히고 안에 손을 넣었다. 바닥까지 더듬거리는 손에 매끈한 스티로폼 조각이 만져졌다. 다행히 책은 없었다. 단 한 권도. 책은 애당초 없었는지도 모른다. 책을 보았다는 것은 내 상상일 수도 있다. 안도한 나는 잠시 그대로 앉아 있었고 어느새 성당에서 기도하는 크리스토프를 떠올렸다. 나는 일어나서 컴퓨터를 켰다.

잿빛 하늘 위로 우뚝 솟은 아레바의 모습은 무시무시했다. 태풍이 오는 중인지도 모른다. 나는 광장을 떠나 계단을 올라갔다. 누구를 찾고 있는지는 잘 몰랐지만 여자라는 것은 확실했다. 내가 만나자고 한 장소가 최적은 아니지만 만나기 싫어지면 몰래 빠져나갈 수 있는 장소였다. 지난 하루 동안 스티로폼 조각 생각이 머릿속을 짓누르는 바람에 이 약속에 대해서는 많이 생각하지 못했다. 그렇게 서서 기다리고 있는 동안 문득 내게 연락한 사람이 크리스토프의 아내일 수도 있겠다는 생각이 들었다. 지하철에서 그에게 꽃다발을 준 사람이 나인지 확인하기 위해서. 어쩌면 내 진짜 직업이나 HSBC 사건을 폭로한 일과 관련되어 있을지도 몰랐다.

그녀는 약속 시간에 늦었지만 에스컬레이터를 타고 올라오는 모습을 보자마자 내가 기다리던 사람이라는 것을 알아보았다. 그녀는 다른 시대에 속한 것 같았고 초현대적인 상업지구와 극명하게 대비되어 놀라웠다. 60대 정도로 보였고 체구가 작았으며 갈색 치마와 검은색 폴로셔츠를 입고 있었다. 붉은 꽃무늬가 있는 베이지색 숄을 머리에 둘렀고 한 손에는 낡은 캔버스 가방을 들고 있었다. 그녀는 멈춰 서서 라그랑드아르슈를 맥없이 바라보았다. 억지로 그 위에 올라가야 하는 사람 같았다. 나는 그녀가 괴로워하는 시간을 줄이기 위해 달려갔다.

"프레보 씨죠?"

그녀의 얼굴이 밝아졌다.

"어떻게 알았어요?"

나는 미소 지었고 그녀는 내 팔짱을 꼈다. 그녀에게는 자연스러운 행동 같았고 이상하게도 나 역시 처음 만난 사이임에도 불구하고 자연스럽게 느껴졌다.

"어디로 가야 하나요?"

"저기로요." 나는 라그랑드아르슈를 가리켰다.

거대한 대리석 아치 꼭대기에 가본 지 한참 되었다. 꼭대기에는 괜찮은 카페가 있다.

"정말 저길 간다고요?" 그녀가 심각하게 물었다.

나는 대답 대신 그녀를 엘리베이터로 데려가 입장권을 샀다. 널찍한 유리 상자는 현대식 개선문 꼭대기로 향하기 시작했다.

"이걸 설계한 사람이 덴마크 건축가라는 거 아세요? 안타깝게도 완공되기 전에 사망했지만요."

나는 엘리베이터를 타고 가는 동안 이런 이야기를 하며 내게 아레바를 처음 보여주었던 남자도 비슷한 얘기를 했던 기억이 났다.

"자, 이제 제게 뭘 원하시는지, 제 전화번호를 어떻게 알게 되었는지 알려주세요." 카페에 자리 잡고 나서 내가 말했다.

그녀는 캔버스 가방을 꼭 쥐었다.

"내 이름은 프레보예요. 카로 씨의 동생이죠."

모든 상황이 재미있어지기 시작했다. 나는 자기 오빠를 '카로 씨'라고 부르는 것이 이상하다고 생각했지만 카로 씨의 성격을 생각하니 그편이 자연스러운 것도 같았다. 우선 나는 그녀가 내게 연락한 이유가 오빠의 건강이 걱정되어서일 것이라고 짐작했다. 프레보 씨는 카로 씨와 나 사이를 실제보다 더 가깝게 생각하고 있는지도 모른다. 그녀는 캔버스 가방을 만지작거렸다.

"그리고 난……."

프레보 씨는 어디가 아픈 것 같았다. 그녀는 이따금 다른 곳으로 사라지는 듯했다.

"제게 뭘 원하시는데요?" 나는 그녀를 제자리로 되돌리기 위해 다시 물었다.

"카로 씨가 당신 이야기를 하더군요. 기자라고요. 그리고 휴대폰에서 당신 전화번호를 찾았어요. 난…… 당신에게 주고 싶은 게 있어요."

그녀는 찍찍이로 여민 캔버스 가방을 열더니 두꺼운 갈색 봉투를 꺼내 탁자 위에 놓았다. 그리고는 재빨리 가방을 닫았다. 프레보 씨는 입술을 축이더니 봉투에서 닳아빠진 초록색 책을 꺼내 내게 건넸다.

나는 예의상 냅킨에 손을 닦았다.

"제가 보기를 원하세요?"

그녀가 고개를 끄덕였다. 나는 되는 대로 펼쳤다. 요리용 종이호일처럼 얇은 종이들은 떨어져 나가기 직전이었다. 종이에는 알아보기 힘든 손 글씨가 가득했다.

"이게 뭐죠?" 나는 책을 펼쳐둔 채 물었다.

"어머니의 일기장이에요."

"주디스 골든베르그의 일기라고요?"

프레보 씨는 고개를 끄덕였다.

"이걸 왜 제게 주시는 거죠?"

"카로 씨에게 들었어요. 당신이 어머니에 관한 책을 쓰고 싶어 한다고요. 카로 씨는 끔찍한 생각이라고 했지만 난 좋은 생각인 것 같아요."

나는 미소 지었다.

"독일 강제수용소에서 의사로 일할 때 쓴 일기예요. 모든 것이 기록되어 있죠."

"어떻게 이걸 가지고 있었죠? 그러니까 어떻게 일기를 쓸 수 있었을까요?"

프레보 씨는 왜 그런 질문을 하느냐는 듯한 표정을 지었다.

"못 봤어요?"

나는 몇 장 넘겨보았다. 거의 모든 면에 도장이 찍혀 있었다. 복잡한 단어와 숫자들을 잠시 읽은 뒤에야 이해했다.

"놀랍군요. 이건 처방전이잖아요."

부인은 가방을 열어 갈색 봉투를 두 개 더 꺼냈다.

"강제수용소에서 쓴 일기가 한 권 더 있어요. 그리고 이건 전쟁이 끝난 뒤에 파리에서 쓴 거예요."

그녀는 일기장 두 권을 탁자 위에 놓았다. 나는 뭐라고 해야 할지 몰라서 일기장을 집어 들고 책장을 넘기며 생각할 시간을 벌었다.

"책을 쓰는 건 방대한 작업이에요. 책을 쓰고 싶다고 말한 건 맞고 지금도 그러고 싶지만 뭐라고 약속하기 전에 모든 것을 샅샅이 검토해보고 싶군요. 그리고 또…… 이걸 읽게 되어 정말 영광이에요."

프레보 씨는 뭔가를 두려워하고 있었고 나는 어느 정도 짐작이 갔다.

"제게 전화하신 걸 카로 씨가 알고 있나요? 우리가 만난다는 건요?"

"몰라요."

이거다.

"카로 씨가 알기를 원치 않으시죠? 이해할 수 있어요. 그분 성격이 어떤지는 저도 알거든요. 아무 말도 하지 않을게요. 제 전화번호 아시죠?"

나는 갑자기 일어나는 느낌을 주었지만 시간이 없었다. 점심 시간이 끝나가고 있었다. 프레보 씨는 캔버스 가방을 내밀었다.

"아, 잘됐네요. 좀 빌려도 될까요?"

"네. 비가 올 것 같아서 아침에 찍찍이를 달았어요."

그녀는 내 팔을 잡았고 우리는 말없이 엘리베이터로 갔다.

"왜 이 일기장을 가지고 계셨죠?"

"카로 씨가 태우려고 했어요. 내가 빌다시피 해서 가지고 있었죠. 카로 씨는 내가 일기장을 아무에게도 보여주지 않는다고 약속하면 가지고 있어도 좋다고 했어요."

나는 고개를 끄덕였고 그녀가 눈물을 애써 참고 있다는 것을 알았다. 이제 그녀의 두려움은 사라졌다.

29

  은행이 쉬는 날이라 그런지 만체보는 침대에서 나가기가 싫었다. 국경일에는 서둘러 준비할 필요도 없었다. 그는 학교에 가기 싫어서 엄마가 결석 사유서를 써주기를 바라는 아이가 된 기분이었다. 하지만 이 시간까지 침대에 있는 그에게 실제로 어머니가 어떻게 했을지는 상상하기 힘들었다. 파티마는 요즘 들어 정직하고 현명한 어머니다운 모습을 거의 보여주지 않았다. 만체보는 그녀가 낯설게 느껴졌다. 주방에는 라디오가 켜져 있었고 파티마는 이미 목욕탕에 가고 없었다. 만체보는 아까 그녀가 크게 인사하는 소리를 들었다.

  만체보가 이를 닦는 동안 내면의 어린아이가, 아니 적어도 청소년은 되어 보이는 존재가 튀어나왔다. 그는 치약을 세면대에 뱉고 입을 헹군 다음 현관에서 푸른색 재킷을 입었다. 단추가 잘 달려 있는지 확인한 뒤에 담뱃갑을 흔들어 한 개비 꺼내 불을 붙였다. 집 안에서 담배를 피운 것은 처음이다. 그는 창문도 열지 않은 채 안락의자에 앉아 담배를 깊이 빨아들이며 맞은편 아파트를 살폈다. 불이 꺼져 있었기 때문에 집에 누가 있는지, 아직 자고 있는지 알 수 없었다.

어찌 된 이유에서인지 그는 베이커 씨가 당연히 아직 침대에 혼자 누워 있을 것이라고 생각했다. 작가들에게는 그런 자유가 있을 것만 같았고 국경일에 일한다는 것은 상상할 수 없었으니까. 그는 담배를 다시 한 번 깊이 빨아들였지만 맛이 좋지 않았다. 맑은 공기를 마시고 싶었지만 새로 생겨난 고집 때문에 그러지 못했다. 대신 그는 파티마의 옷, 이불, 수건 등을 향해 담배 연기를 뿜었다. 기온에 따라 날개의 색이 바뀌는 반짝이는 분홍색 새에게도 연기를 내뿜었다. 새는 연기에는 별다른 반응을 보이지 않고 계속 분홍색이었다.

"아빠! 뭐하시는 거예요! 엄마가 알면 난리 날 거예요! 아시잖아요! 얼른 끄세요!"

사춘기 소년 같은 똥고집 때문에 만체보는 아미르가 집에 있다는 것을 잊었다. 아미르는 워낙 조심스레 움직이기 때문에 집에 있다는 걸 잊기 쉬웠다.

"아니, 난리야 벌써 났지."

만체보는 방금 한 말을 후회했다. 자신의 고집 때문에 죄 없는 아들에게 불똥이 튀게 할 수는 없다. 하지만 한편으로는 지금 일어나는 일을 아미르에게 알리지 않는 것은 옳지 않다는 생각도 들었다. 아들은 집안에서 무슨 일이 일어나는지 사실대로 알 나이 정도는 되었다. 만체보의 아들이라면 당연히 진실을 바탕으로 살아야 한다. 그로 인해 어머니에 대한 시각이 완전히 바뀌더라도. 아미르는 눈이 휘둥그레져서 담배를 바라보았다.

"아미르, 앉아 보거라."

하지만 아미르는 움직이지 않았다. 만체보는 아들을 그대로 세워 둬야 할지 고민했다.

"이리 와서 앉아보렴."

그는 화분에 재를 털고 담배꽁초를 내려놓았다. 아미르는 미친 사람 보듯이 아버지를 보았다. 어쩌면 진짜 그렇게 생각하는지도 몰랐다. 아미르의 격렬한 반응에 만체보가 수상쩍게 생각하던 점이 분명해졌다. 아미르는 파티마가 담배를 피운다는 사실을 전혀 모른다. 하지만 더 숨길 수는 없다.

"아미르, 이리 앉아보렴. 무슨 일인지 설명해줄게. 이게 그리 나쁜 짓은 아니란다. 내가 담배 피우는 걸 수없이 봤잖니. 집 안에서는 아니었지만 어쨌든. 자, 앉아봐."

아미르는 낡아 빠진 안락의자에 앉아 화분에 자리 잡은 담배꽁초를 물끄러미 바라보았다.

"나도 정말 놀랐어. 네 엄마가…… 아니, 내 아내가 네 누나에게 그렇게 자주 전화한다는 데. 그리고 매일 아침 팽 오 쇼콜라를 사고 또…….'

아미르의 표정은 방금 만체보가 한 말들이 아파트에서 담배 피우는 것과 무슨 상관이냐는 의문을 분명하게 드러냈다.

"그래, 같은 수준에서 생각할 수 없겠지. 하지만 난 지금 정말, 정말 복잡한 문제를 설명할 참이야. 네가 이 집에서 일어나는 모든 일을 이해할 수 있도록 말이지."

아미르는 걱정스러운 표정이었다.

"거의 30년 동안 우리, 그러니까 네 엄마와 나는 이 집에 살았어. 네 나이보다 훨씬 오래되었지. 상상이 되니? 30년이란다. 그 세월 동안 네 엄마는 온종일 자리에 앉을 틈이 없다고 불평했어. 하루 일과를 얘기할 때 단 한 번도 아침마다 빵집에 간다는 말은 하지 않았지. 이상하지 않니? 30년 동안이나 말이야. 하지만 가장 이상한 점은 네 엄마가 아델과 함께 아침을 먹는다는 거야. 난 네 엄마가 아델과 함께하는 저녁식사가 고문이라고 투덜대는 걸 10년 넘게 매일 들었어. 우리가 타리크의 아파트에서 평소보다 1분이라도 더 있으면 어김 없이 불평했지. 난 10년 넘게 그걸 들어야 했어!"

사춘기 소년의 고집이 이제 만체보의 온몸을 장악했고 멈출 수 없었다. 사실 그 덕분에 아미르에게 모든 일을 제대로 전할 수 있었다.

"그래서 네 엄마가 아침마다 아델과 함께 먹을 빵을 사려고 빵집으로 뛰어가는 걸 봤을 때 정말 놀랐어. 재미있는 부분은 이제부터야. 내가 네 엄마에게 이 얘기를 했더니 아니라고 하는 거야! 10년 넘게 숨기고 있었는데 뭔들 못 숨길까? 또 무슨 거짓말을 하고 있을까? 네 엄마가 낮에 또 뭘 했는지 알려주마."

아미르의 표정이 달라졌다. 그는 계속 이야기하라는 듯 담배꽁초가 아니라 아버지를 보았다.

"이제부터 내가 하는 말을 꼭 믿어야 해. 어제 네 엄마가 담배 피우는 걸 봤어."

만체보는 이 정보만으로는 충분하지 않다는 것을 눈치챘다.

"어제 어쩌다 가게에서 조금 떨어진 곳에 있었는데 위를 쳐다보니 네 엄마가 보이더라고. 발코니에서 담배를 피우고 있었지. 담뱃재를 그냥 길에 떨어뜨리더구나. 오후였지. 타리크와 나는 일을 하고 네가 보통 학교에 있을 시간 말이야. 어제 오후에 넌 어디에 있었니?"

"할레드 집에요."

"그때 담배를 피웠겠군. 아마 상황에 따라 매일 다른 시간에 의식을 치르는 모양이야."

만체보는 마지막 문장에 흡족했다. 집 안은 조용했다.

"정말이에요?"

"정말이지!"

잠시 동안 아미르는 생각에 잠긴 듯하더니 파티마의 변호사인 양 행동했다. 절망적인 상황이었다.

"정말 엄마가 담배를 피우신 게 맞아요? 다른 사람을 위해서 담뱃재를 대신 털어준 건지도 모르잖아요……."

아미르는 이 말이 어떻게 들렸을지 이내 깨달은 것 같았다. 형편없는 변호였다.

"그런데 왜 담배 연기에 알레르기가 있다고 말씀하셨을까요?" 아미르는 이렇게 물은 뒤 생각에 잠겼다.

만체보는 어깨를 으쓱했다.

"네 엄마는 바에서 내가 시를 낭송할 때도 오지 않았어. 담배 연기가 너무 가득하다면서……."

아미르는 계속 말이 없었고 만체보는 문득 아들에게 강한 연민을 느꼈다. 파티마가 담배를 피운다는 소식이 아미르에게 깊은 상처가 되리라고는 생각하지 못했다.

"아들아. 상황을 있는 그대로 받아들이는 수밖에 없어. 네 엄마가 왜 그러는지 이유도 모르고."

"안 물어보셨어요?" 아미르는 의아하다는 듯 놀란 목소리로 물었다.

만체보는 입술을 깨물며 왜 이 사실을 파티마에게 직접 물어보면 안 되는지에 대한 그럴듯한 변명을 생각했다. 그는 이 일로 파티마가 더욱 조심스러워져서 다른 습관들을 알아내지 못할까 걱정스러웠다. 그는 베이커 씨를 감시하는 일에 대해서도 아미르에게 말하지 않았다. 아들은 그 이야기를 들을 준비가 되지 않았고 만체보 역시 말할 준비가 되지 않았다. 그 일은 아직 입 밖에 낼 정도로 충분히 무르익지 않았다.

"응, 안 물어봤어. 네 엄마가 먼저 솔직하게 말하기를 바라거든. 너도 알잖니. 누군가가 비밀로 간직한 걸 알게 되면 그 사람에게서 직접 듣고 싶어지잖아. 일단은 네 엄마가 먼저 말하도록 노력해보려고. 우리 모두를 위해 그게 좋을 것 같아. 내게 시간을 좀 주렴. 그때까지는 이 일을 비밀로 하자. 알겠니?"

아미르는 그의 말을 순순히 받아들이는 것 같았고 만체보는 아들의 반응에 놀라면서도 안도했다.

아미르는 공책과 펜을 집어 들었다. 도서관에 갈 참이었다. 거리에는 주말을 맞아 브런치를 먹으려는 사람들이 넘쳐났다. 만체보는 주방 시계를 보고 늦었다는 것을 알았다. 하지만 새 담배에 불을 붙여 작은 분홍색 새를 향해 연기를 내뿜었다. 새는 곧 회색으로 변할 것이다.

그는 굳세고 차분해진 기분이었고 앞으로의 나날이 기대되었다. 아미르에게 말하는 동안 이 상황을 명확히 인식할 수 있었다. 말하기를 잘한 것 같았다. 최근 일어난 일들이 줄에 꿴 구슬처럼 하나씩 줄지어 정리되었고 이제부터 새로 알게 될 모든 정보는 이 진주 목걸이의 길이를 늘이고 품질을 높이게 될 것이다. 담배 연기가 담요처럼 거실을 덮었다. 텔레비전에서는 해마다 샹젤리제에서 열리는 군대의 가두행진이 중계되었다. 만체보는 탱크가 개선문을 지나는 장면을 마지막으로 보고 집을 떠나 자신만의 전쟁을 치르러 갔다.

그는 의자에 앉아 고집스럽게 몸을 뒤로 젖혔다. 최근에 발견한 사춘기 소년의 호르몬 때문인지 재미있는 일이 일어나지 않는 국경일이 지루했다. 길 건너 아파트는 빈 것 같았다. 몰래 살펴볼 타리크도 경마장에 가고 없었다. 그때 멀리 대로 아래쪽에서 파티마가 보였다.

"나 왔어." 평소와 다름없이 의자에 앉아 있는 남편에게 가까이 오며 그녀가 말했다. "오늘 점심 나가서 먹을까? 우리 둘만 먹으면 될 것 같은데. 동서는 도예 강습에 갔고 서방님은 경마장에 갔고 아미르는 집에서 점심 안 먹는다고 했어. 둘뿐인데 요리해서 뭐하겠어. 파키스탄 요리 먹으러 가자."

만체보는 침을 꿀꺽 삼켰다. 거칠던 사춘기 아이가 갑자기 말이 없어졌다. 아내와 단둘이 먹는 점심은 예정에 없었고 바라지도 않았다. 그는 마지못해 가게 문을 닫았다. 파티마는 짐을 내려놓으러 아파트로 올라갔다가 재빨리 돌아왔다.

"집 창문 당신이 열었어? 밖이 너무 더워서 닫아 놓는 게 나을 것 같은데."

만체보는 그녀가 무슨 말을 하는지 곧바로 알아차렸다. 담배 냄새를 걱정한 아미르가 환기를 하려고 열어둔 게 틀림없다.

"아니, 난 안 열었는데. 아미르에게 물어봐."

"왜 갑자기 창문은 열고 그런대?"

"모르지."

두 사람은 대로를 걸어 내려갔고 모퉁이를 돌기 전에 만체보는 고개를 돌려 작가와 캣이 사는 아파트를 마지막으로 흘끔 보았다.

그는 파티마가 식당이 금연구역이 되어 정말 좋다고 말하기를 간절히 기다렸다. 곧 그녀가 그 말을 꺼내리라는 것을 알았지만 어떤 반응을 보여야 할지는 몰랐다. 그는 자신을 믿을 수 없었다. 그냥 웃을 수도 있지만 주먹으로 탁자를 내리치며 진실을 쏟아낼지도 모른다. 어쩌면 울어버릴 수도 있다. 만체보는 알 수 없었다. 이런 상황에서 자신이 미덥지 못했다.

그들은 창가 자리에 앉았다. 식당 안에는 두 사람보다 어려 보이는 남녀 한 쌍과 이제 막 나가려는 노인뿐이었다. 파티마는 말없이 메뉴를 읽어 내려갔지만 곧 다시 내려놓았다. 뭘 먹을지 이미 정한 것 같았다. 이 식당에 오자고 말하기 전부터 정했을 것이다. 적어도 이런 면에 있어 만체보는 아내를 알았다. 모르는 면이 더 많았지만.

"사람들이 아무 데서나 담배를 피우지 못하게 돼서 얼마나 좋은지 몰라!"

그녀의 말은 모든 것을 때려 부수는 대포알처럼 만체보에게 와 박혔다. 예상하고 있었지만 막상 듣자 놀라웠다. 샴페인 코르크가 튀어 오르기를 기다리는 것과 비슷했다. 하지만 내용물은 샴페인과 거리가 멀었다. 만체보는 자신에게 시간을 좀 주기로 했다. 그는 속으로 이제 다 끝났다고, 진정하자고 되뇌었다.

"이렇게 나오니 좋네. 요리도 안 해도 되고." 웨이터가 음식을 가져오자 파티마가 말했다.

만체보는 따뜻한 빵을 양껏 먹었다. 같이 온 사람이 있다는 사실을 잊고 음식에만 집중하려고 애썼다. 하지만 곤란한 상황이 발생했다. 뚱뚱한 담배 가게 주인이 식당으로 들어왔다. 만체보는 물잔으로 손을 가져가며 문을 등지고 앉아 있는 아내에게 무슨 말이라도 해야 하는 게 아닐까 생각했다. 레스토랑 주인은 담배 가게 주인과 악수하더니 음식이 담긴 흰색 비닐봉지 두 개를 건넸다. 만체보는 담배 가게 주인이 보이지 않게 된 다음에야 그가 왔다는 이야기를 했다.

"방금 세호아 거리에 있는 담배 가게 주인이 왔다 갔어."

파티마는 남편을 보았다.

"그래?" 그녀는 이렇게만 말했다.

"혹시 인사라도 하고 싶었나?"

"내가 인사하고 싶을 일이 뭐가 있겠어? 설령 그렇다고 해도 가기 전에 알려줬어야지."

그녀의 말이 옳다. 만체보는 이렇게 생각하며 물 잔을 비웠다.

"성탄절 냄새가 나는데요!" 저녁 식탁에 앉으며 아델이 외쳤다.

라파엘은 아델의 헤어드라이어를 고쳐주고 나서 함께 저녁을 먹게 되었다. 타리크는 경마장에서 잘못된 방향으로 달리던 말 이야기를 했다. 모두 웃음을 터뜨렸다.

"스튜에 들어 있는 거 사프란이야." 파티마가 끼어들며 성탄절 느낌을 설명하려는 아델을 방해했다.

만체보, 타리크, 라파엘 세 남자는 담배를 피웠다.

파티마는 아무 말도 하지 않았지만 손으로 열심히 부채질을 했다. 식탁에 음식을 내려놓을 때마다 유독 심했다. 방 안에서 딱 한 사람만 말이 없었다. 아미르는 초조한 눈빛으로 아버지를 보았다.

아침의 담배 사건은 만체보의 상상 이상으로 아미르에게 엄청난 충격을 주었다. 만체보의 몸에서 사춘기 호르몬이 사라지고 나자 그는 아들을 그런 식으로 이 일에 끌어들인 것이 후회스러웠다. 오늘 저녁식사 자리가 견딜만한 것은 순전히 라파엘 덕분이었다. 거짓말 때문에 긴장된 분위기가 저녁 손님 덕분에 가벼워졌다. 라파엘은 그들 모두가 숨 쉴 수 있도록 해주는 맑은 공기 같은 존재였다.

여자 둘은 주방에서 수다를 떨었다. 아미르는 아버지를 보았다. 라파엘이 담배를 한 대 더 꺼내 불을 붙였고 타리크는 계속 경마장

이야기를 하면서 다음번을 위해 우승마 이름을 외웠다.

혁명기념일이 거의 끝나 가고 있었다. 이제 곧 모든 것이 일상으로 돌아갈 것이다. 그 일상이 무엇을 의미하든지 간에. 라파엘에게 일상이란 고장 난 토스터가 다시 빵을 구울 수 있게 만드는 일일 것이다. 타리크에게 일상이란 구두 굽을 가는 일이고 파티마에게는……. 만체보는 생각을 멈추고 바게트를 뜯어 접시에 남은 소스를 적셨다.

"형, 식탁에서 설거지라도 할 셈이야?" 타리크의 말에 모두 웃음을 터뜨렸다.

30

사무실에 도착해서 맨 먼저 한 일은 상자를 열어 그 안에 여전히 스티로폼밖에 없는지 다시 확인하는 것이었다. 똑같았다. 상자 안에 책은 없었다.

내 오전 일과는 이메일 알림음 세 번과 주디스의 운명으로 채워졌다. 나는 주디스가 매일 주어지는 일과 의무를 이행하며 자부심을 느꼈다는 생각이 들었다. 그녀의 일기에서 자신에 대한 동정이나 불평의 기미는 느낄 수 없었다.

긍정적인 판단과 별개로 약간 도발적이라는 점은 인정해야 했다. 주디스는 우리 시대 최악의 괴물들을 단순히 치료만 한 것이 아니라 어느 정도는 사랑으로 보살폈다. 그녀는 진료실 안에서의 삶을 있는 그대로 서술했다. 끔찍한 상황을 설명할 때조차 자신의 자유를 앗아간 사람들을 비난하지 않았다. 나는 카로 씨의 증오가 어디에서 비롯되었는지 이해하기 시작했다.

이메일 알림음이 한참 들리지 않자 그제야 점심시간이라는 것을 깨달았다. 이미 15분이 늦었지만 일기장을 캔버스 가방에 넣었다. 일기장을 감히 무방비 상태로 놔둘 수는 없었다. 그러고는 서둘러 엘리베이터로 갔다. 내가 왜 이렇게 서두르는지 생각하고 싶지 않았다.

성당 문은 뻑뻑했기 때문에 나는 캔버스 가방을 단단히 잡았다. 계단을 뛰어 올라가는 동안 전쟁 통에 나치를 돌본 유대인 여자의 일기를 들고 이곳에 오다니 하는 생각이 들었다. 줄지어선 의자들이 보일 무렵에는 숨이 가빴다. 그는 안에 앉아 있었고 나를 보자 반가우면서도 걱정스러운 표정을 지었다. 늘 그렇듯 우리는 처음에는 말을 많이 하지 않았다.

"제2차 세계대전에 관한 책을 읽고 있어요. 강제수용소에서 살아남은 사람이 쓴 거죠." 내가 말했다.

"저자 이름이 뭔데요?"

"기억 안 나요."

"사람들은 참 재미있어요. 책이나 와인이나 똑같죠. 맛있는 와인을 마시고는 깜빡하고 이름을 안 외워요. 라벨의 색은 기억하면서 말이에요. 책도 그렇죠. 표지는 기억하지만 저자 이름은 기억하지 못해요."

나는 그런 부류가 아니었기 때문에 그의 말이 거슬렸다.

"저자 이름은 주디스예요. 강제수용소에서 비참하게 살면서도 글을 썼어요. 독일인을 옹호하는 것 같기도 하지만요. 아니, 옹호했다기보다 그들을 비난하지 않은 거죠. 저자는 독일인을 미워하지 않는 것 같았어요."

크리스토프는 말이 없었다. 원래 나는 책에 대해 더 말할 계획은 없었지만 그가 민감한 주제에 대해 말하는 방법을 알고 있다고 확신했다.

"강제수용소에서 쓴 일기예요." 내가 말을 이었다.

크리스토프는 나를 보았다. 표정을 읽기 어려웠다.

"음, 그럼." 그가 말했다.

"뭐라고요?"

"저자는 살아남기 위해서 글을 썼겠군요. 단순히 보자면 독일인들에게 글을 들킬까 두려워하면서 썼겠죠. 하지만 좀 더 복잡하게, 그렇지만 진실일 수 있는 면을 보면 그녀는 살아남기 위해서 글을 썼을 가능성이 높아요. 자신이 처한 상황을 받아들이기가 너무 힘들었겠죠. 그래서 자신을 위해, 현실을 보는 눈을 비틀어 살아남기 위해 썼을 거예요."

크리스토프는 그 누구보다 주디스를 잘 아는 것 같았다. 그의 이야기가 일기를 이해하는 데 도움이 될 것 같았다.

"주디스는 의사였는데 강제수용소에 갇혀 어쩔 수 없이 독일인들을 치료했어요."

크리스토프는 나를 다시 보았다.

"흥미롭군요."

갑자기 슬픔이 밀려 왔다. 나는 갑자기 울고 싶어지는 이유가 주디스의 비극적인 운명 때문이라고 믿고 싶었지만 아니었다. 이제 거의 끝이라는 생각에 슬퍼졌다. 주디스는 그저 핑계일 뿐이었다. 마지막으로 울어본 게 언제인지 기억나지 않았지만 나는 울고 있었다. 성당에서. 잘 모르는 남자 옆에서.

"가족이에요?"

나는 점점 격하게 울었고 이런 나를 본 크리스토프는 주디스가 내 가족이라고 생각하는 듯했다.

"주디스, 이제 마지막 꽃다발이에요." 묘지에 노란 꽃다발을 놓으며 내가 말했다.

이제 죽은 사람에게 말까지 건다고 생각하고 있을 때 내게 다가오는 파란색 운동복을 입은 남자가 보였다.

"제발, 제발, 그러지 마세요."

카로 씨를 만났던 기억이 고개를 내밀어 나는 뒷걸음질 쳐 남자에게서 멀어졌다.

"부탁이에요. 지금 당장 꽃을 치워주세요."

그의 목소리에서 위협하는 기색은 느껴지지 않았다. 남자는 겁에 질려 있었다. 그는 어느 정도 거리를 두고 섰다. 나는 그가 나를 무서워하는 게 아닐까 생각했지만 잠시 후 그가 무서워하는 것은 주디스의 무덤이라는 것을 알게 되었다. 남자의 시선은 묘비에 고정되어 있었다. 언제든 공격할 수 있는 살아 있는 생명체를 보는 듯했다.

"안녕하세요. 그런데 왜 꽃을 치우라는 거예요?"

"형이 하지 말라고 했어요."

남자는 실수했다는 듯이 자기 머리를 치고는 손으로 얼굴을 감쌌다.

"형이 이 무덤에 아무도 꽃을 놓으면 안 된다고 했어요. 우리 형을 조심해야 해요. 나쁜 사람은 아니지만 어쨌든요. 여기에 묻힌 분은 우리 어머니예요. 저 흙과 돌 아래에 묻혀 있지만 우린 추모할 수 없어요. 그러면 세계에 분열이 일어날 테니까요. 온 우주에요."

나는 이 남자가 누구인지 알아챘다. 카로 씨의 조현병을 앓는 동생이다.

"카로 씨를 알아요. 제가 어머니 무덤에 꽃을 갖다 놓는 걸 그도 알고 있죠. 화내지 않을 거예요."

남자는 나를 보았다.

"형이 화낼까 걱정되면 절 봤다는 말은 하지 마세요." 내가 말을 이었다.

"어쨌든 꽃은 가져가요."

"가시고 나면 그럴게요."

"약속하죠?"

남자는 초조한 듯 얼굴을 문지르더니 천천히 돌아갔다. 나는 약속을 지키지 않았다. 바지 주머니에 손을 넣은 채 예쁜 꽃다발을 물끄러미 바라보다가 묘지를 떠났다.

나는 너무 급하게 초대하는 거 아니냐는 말을 먼저 꺼냈지만 어쨌든 좋다고 대답했다. 내가 무슨 일에 끌려 들어가는지도 모른 채. 아들은 카로 씨를 만나러 간다고 하자 기뻐했다.

일찍 도착했기 때문에 우리는 카페에 갔다. 비가 내렸고 도시에는 드디어 조금 시원한 기운이 돌았다.

"엄마, 룩을 다시 움직이려면 어떻게 해요?"

"엄마는 모르겠는데. 카로 아저씨에게 물어보렴."

아들은 주스를 마셨다.

"왜 저 사람들은 저런 모자를 쓰고 다녀요?" 아들이 키파를 쓰고 카페를 지나가는 남자아이를 가리키며 물었다.

"유대교라는 종교를 믿는 사람들이라서 쓰는 거야. 저 사람들이 쓴 모자를 키파라고 해. 자신이 유대교 신자이고 하느님을 존경한 다는 걸 보여주려고 쓰는 거야."

"유대교요?"

나는 고개를 끄덕였다. 아들은 주스를 한 모금 더 마셨고 나는 호기심에 가득 찬 아이의 갈색 눈동자를 들여다보았다.

나는 무의식적으로 대문 비밀번호를 눌렀다. 버저 소리를 내며 문이 열렸고 우리는 안으로 들어가 마당을 지났다. 카로 씨네 창문 이 열려 있었고 웃음소리와 많은 목소리가 들렸다. 나는 아들에게 미소 지었다. 아들은 카로 씨의 아파트에 사람이 많다는 사실에 조 금도 신경 쓰지 않는 것 같았다.

"엄마, 지난번에 본 맨발에 초록 아줌마를 또 만나면 어떡해요?"

카로 씨가 친구들 몇 명을 부를 거라고 미리 얘기했기 때문에 나 는 혹시 모를 모든 사태에 대비했다고 생각했다. 하지만 막상 와 보니 무슨 일이든 일어날 수 있을 것 같은 기분이었다. 현관문은 반쯤 열려 있었고 아들 또래로 보이는 어린 남자아이가 바삐 신발을 신고 있었다.

"키파예요." 아들이 내게 속삭였다.

소년은 예의바르게 우리에게 인사한 다음 계단을 뛰어 내려갔다. 문이 열려 있었기 때문에 나는 잠시 머뭇거렸다. 노크를 해야 할지 바로 들어가야 할지 망설여졌다. 아들이 이미 앞장섰기 때문에 나는 아이를 따라갔다.

아들은 이곳을 나보다 더 편하게 여기는 것 같았다. 아이는 나를 이끌고 현관을 지나 거실로 갔다. 하지만 그곳에서 발걸음을 멈추었다. 사람이 이렇게나 많을 줄은 몰랐기 때문일 것이다. 사람들은 서거나 앉아서 다양한 이야기를 나누고 있었다. 음식과 담배 냄새가 났다. 카로 씨는 보이지 않았다. 아들은 나를 보았고 이제 아이를 편안하게 해주는 것은 내 책임이었다. 아들의 손을 잡았다.

"자, 체스 선생님이 어디에 있는지 찾아볼까? 주방에 숨어 있을지도 몰라."

우리는 거실을 지나갔다. 대부분 우리를 알아차리지 못했고 우리를 본 몇몇은 따뜻하게 미소 지었다. 지나갈 때 아들의 머리를 쓰다듬은 사람도 있었다.

"저기 있다!" 누군가 갑자기 소리쳤다.

거실이 일순 조용해졌고 다들 소리 지른 남자와 나를 번갈아 쳐다보았다. 남자는 한 손에 물 잔을 든 채 나를 똑바로 가리키고 있었다. 나는 그를 금세 알아보았다. 묘지에서 만난 사람이었다. 카로 씨의 남동생. 거실에는 사람이 많았지만 나는 무방비로 범죄에 노출된 것처럼 느껴졌다.

"그 애는 신경 쓰지 마!" 주방에서 나온 카로 씨가 외쳤다. "제정신이 아닌 녀석이야!"

카로 씨는 서둘러 동생을 데리고 거실에서 나갔다. 동생은 아무런 저항도 하지 않았다.

"카로 씨는 학교에서 심리학이라도 배운 모양이지?" 내 근처에 있던 남자들 중 누군가가 농담을 던지자 다른 사람들이 웃음을 터뜨렸다.

카로 씨는 바로 돌아왔다.

"왔으면 앉든가." 그는 이마를 닦으며 말했다.

"동생은 어디에 갔어요?"

"욕실에 가뒀지."

나는 아들을 데려온 게 잘한 짓인지 의심스러웠다.

"농담이오. 유머 감각이 없군. 침실에서 퍼즐을 하고 있어. 묘지에서 만났다는 얘기는 들었소."

카로 씨는 미소 지었다.

"네, 가족들이 모두 극적인 걸 좋아하나 봐요."

"그래, 그렇다고 할 수 있지. 자, 게임하러 가자. 주방에 체스 판을 준비해 놨으니 준비 과정은 생략해도 돼." 카로 씨는 이렇게 말하며 아들의 어깨에 손을 얹었다.

안도감을 주던 아들이 갑자기 사라지고 나는 거실에 홀로 남았다. 카로 씨 동생의 발작적인 말에 누구도 불쾌하게 반응하지 않았다. 자주 있는 일인 것 같았다. 나는 창가로 가서 아파트에 처음 온 사람인 양 창밖을 내다보았다.

"안녕하세요. 카로 씨가 어떻게 이렇게 아름다운 분을 알게 되었는지 모르겠군요."

내게 말을 건 남자는 50대쯤 되어 보였다. 챙 있는 검은 모자를 쓰고 있었고 모자 아래로 긴 머리가 나와 있었다. 우리는 악수를 했다.

"뭘 좀 드시겠어요?"

다른 사람들이 뭘 마시고 있는지 몰라서 나는 어떻게 대답해야 할지 망설였다. 남자는 내 긴장감을 눈치챘는지 주방에 가서 마실 만한 걸 가져올 테니 잠시 기다리라고 했다. 그는 곧 작은 잔을 들고 돌아왔다.

"카로 씨를 어떻게 알아요?"

나는 우리가 만난 이야기를 카로 씨가 어떤 식으로 얘기했을지 짐작이 가지 않았다.

"밖에서 우연히 만났어요. 카로 씨 건강이 좋지 않아서 제가 병원에 가는 걸 도왔고요."

"정말 다정한 분이군요. 뭐라고 감사 인사를 해야 할지. 카로 씨는 마음이 넓은 사람이에요. 때로는 그 사실을 믿기 힘들 만큼 완고하지만요. 난 그의 오랜 친구랍니다. 거의 25년이나 한 건물에 살았죠. 체스를 하거나 산책도 자주 해요. 같이 시나고그에 가기도 하고요. 혹시 내 아내를 만나보겠어요?"

"그럼요. 소개해주세요. 여기 있는 분들을 하나도 몰라요."

"주방에서 음식을 준비하고 있을 거예요."

문득 뭔가를 사올 걸 그랬다는 생각이 들었다. 나는 받은 음료수를 한 모금 마시고 남자를 따라 주방으로 갔다. 안에는 여자 셋이 있었는데 모두 삼각형 주머니 모양의 파이를 만들고 있었다. 아들과 카로 씨는 주방의 작은 탁자에 앉아 있었다. 아들의 모습을 보자 반가웠지만 아이는 내가 온 줄도 몰랐다.

"안느." 남자가 외치자 여자들 중 한 사람이 고개를 들더니 앞치마에 손을 닦았다.

안느는 아름다웠고 남편보다 적어도 열 살은 어려 보였다. 그녀의 눈빛은 생기발랄하고 따뜻했다.

"만나서 반가워요." 그녀가 손을 내밀며 말했다.

"카로 씨 목숨을 구한 분이에요."

대부분은 그날 묘지에서 무슨 일이 있었는지 아는 것 같았다.

"제가 도울 일은 없나요?" 내가 안느에게 물었다.

"준비 다 됐어요. 음식을 내가기만 하면 돼요."

각양각색의 작은 삼각 파이가 담긴 큰 접시가 다섯 개 있었다.

"이걸 밖으로 내주세요. 거실 탁자에 놓으면 될 거예요."

나는 접시를 가지고 나온 다음 소파에 앉아 마레 지구에 관해 할 말이 많아 보이는 남자와 이야기를 나누었다. 불현듯 누군가가 나를 지켜보고 있다는 느낌이 들어서 한쪽을 흘끔거렸다. 에디트 프레보였다. 그녀를 봐서 반가운 마음에 내가 너무 환하게 미소를 지은 모양이다. 프레보 씨는 놀란 표정으로 나를 보았고 나는 그녀와 인사를 나누기 전까지 서로 모르는 척하기로 했다. 내 대화 상대는 수시로 바뀌었다. 밖에는 해가 기울기 시작했고 아들은 주방에서 나와 거실을 둘러보았다. 아이에게 손을 흔들자 내 무릎으로 올라왔다.

"누가 이겼어?"

"카로 아저씨요."

"꼬맹이가 이기게 좀 놔두지 그랬어?" 어떤 남자가 안락의자에 앉으려는 카로 씨에게 말했다.

"왜 그래야 하는데? 아이라고 해서 봐주는 건 말도 안 돼. 일부러 져주면 약골이 된다고."

"엄마, 저건 뭐예요?" 아들이 파이를 가리키며 물었다.

"안에 과일이 들어 있는 파이야. 졸리니? 졸리면 집에 가도 돼."

"집에 가요." 아들은 삼각형 파이를 하나 집으며 말했다.

커다란 샐러드 그릇이 나오고 사람들이 종이접시를 나눠가졌다.

"지금 갈래요." 아들이 말했다.

일어나서 카로 씨에게 작별 인사를 하려던 찰나 침실에서 동생이 나왔다.

"우리는 가봐야겠어요. 오늘 즐거웠어요."

"대니얼이 나와서 가려는 거요? 다시 들여보내겠소." 카로 씨가 말했다.

"아니에요. 갈 시간이 됐어요."

대니얼이 우리 옆에 섰다.

"이 사람이 어머니 무덤에 꽃을 갖다 놨어." 그가 힘없이 말했다.

"알아. 걱정하지 마. 파리의 정신 나간 사람들이 무슨 짓을 하고 다니는지 모두 쫓을 수는 없잖아." 카로 씨는 아들에게 눈을 찡긋

하며 대답했다.

　나는 카로 씨의 양 볼에 입을 맞춘 다음 웅성거림과 웃음소리와
음식과 광기가 섞인 그곳에서 나왔다. 그때 어깨 위에 손길이 느껴
졌다.

　"고마워요." 에디트는 이렇게 속삭이고 거실로 사라졌다.

31

전화벨이 두 차례 울렸다. 도매상에서 일주일치 대금을 정산해 달라는 전화였다. 아이들 셋이 와서 중국 수첩을 찾았다. 타리크는 열쇠를 깎았고 만체보는 의자에 앉아 몸을 흔들었다. 새로운 곳에 앉은 그는 파티마가 보이지 않을까, 적어도 손이라도 보이지 않을까 해서 발코니를 올려다보았다. 다시 거리로 시선을 돌렸을 때 그를 습격했던 남자 둘이 다가오는 것이 보였다. 만체보가 극심한 공포에 사로잡히기 직전에 두 사람은 구두수선 가게로 들어갔다. 만체보는 뭔지는 몰라도 들고 있던 것을 내려놓고 두 남자를 뒷방으로 안내하는 타리크를 지켜보았다.

만체보는 의자에서 일어났다. 필요할 경우 곧바로 뛰기 위해서였다. 두 남자는 나타났을 때와 마찬가지로 순식간에 거리로 나왔고 지하철역 방향으로 사라졌다. 각자 팔에 구두상자를 하나씩 끼고 있었다. 타리크는 원래 손님을 방으로 안내하지 않는다. 만체보는 자신을 습격한 남자들과 타리크가 아는 사이라는 사실을 깨닫고 이마에 흐르는 땀을 닦았다. 오늘밤에 아미르와 이야기해봐야겠다고 생각했다. 더 기다릴 수 없었다.

담뱃재는 더러운 눈송이처럼 공기 중에서 떠다녔다. 위쪽 발코
니에서 금 팔찌를 한 손이 담배를 털었다. 만체보는 현장을 잡을
수도 있었다. 아파트까지 올라가지 않고도 파티마를 놀라게 할 수
있었다. 소리치는 것으로 충분하다. 하지만 마음속의 무언가가 혼
자만 알고 있으라고 말했다. 아미르가 알고 있기는 했지만 거기에
서 멈추어야 했다.

만체보는 담뱃재가 우수수 떨어지는 곳에 앉아 있느니 가게 안
에서 케첩 병에 가격표를 붙이는 편이 낫겠다고 생각했다. 그가 가
게 쪽으로 움직였을 때 길 건너에서 손을 올려 인사하는 타리크를
보았다. 다른 누가 아닌 파티마에게 하는 인사였다. 그러니까 타리
크도 알고 있었다. 만체보는 맥이 빠졌다. 이미 하루가 끝났기를
바랐다. 모두 알고 있었다. 하지만 그가 안다는 것은 아무도 모른
다. 이 점에서는 만체보가 유리했지만 무리의 우두머리에게 쉽게
덤빌 순 없었다.

만체보는 약간 망설인 끝에 아미르의 방문을 노크했다. 이 엉망
진창인 상황에 아들을 더 끌어들이고 싶지 않았지만 어쩔 도리가
없었다.

"네?"

만체보는 아미르가 '들어오세요.'라고 하지 않았기 때문에 계속
밖에 있었다.

"무슨 일이세요?"

"들어가도 되겠니?"

잠시 후 문 앞에 나타난 아미르의 얼굴은 약간 상기되어 있었다. 만체보는 이유가 궁금했다.

"잠깐 시간 있니? 물어보고 싶은 게 있구나."

아미르는 어깨를 으쓱했다. 만체보는 자신의 계획뿐만 아니라 인간성 전체가 의심스럽기 시작했다. 도대체 내가 지금 뭘 하려는 걸까?

결국 그는 아미르가 들어오라고 하기를 기다리지 않고 들어가서 침대에 앉았다. 소방차 몇 대가 지나가자 아버지와 아들이 각자 침대 한 면씩 차지하고 앉아 있는 방 안에 귀가 멀 듯한 사이렌 소리가 울렸다. 곧 파란색 이불 너머로 말이 오갈 것이다. 이야기 하나가 끝나면 전혀 다른 이야기가 시작될 테고. 두 사람은 파티마가 환기를 하려고 창문 여는 소리를 들었다. 그녀가 숨을 헐떡거리며 왔다 갔다 하는 소리도 들었다. 파티마는 저녁마다 이렇게 했지만 두 사람은 지금처럼 집중해서 들은 적이 없었다. 아미르의 뺨은 평소의 색으로 돌아왔고 소방차 사이렌 소리도 어둠 속으로 사라졌다. 파리의 밤 어딘가에 있을 목적지에 도달한 모양이다.

"말씀하세요."

아미르는 피곤한 목소리였고 만체보는 중요한 대화를 나누기에 별로 좋은 상황은 아니라고 생각했다. 그가 아미르에게 제안하려는 일은 엄청난 에너지와 몰입이 필요했다. 모든 것이 그에게 달려 있다.

갑자기 문이 활짝 열렸다. 두 남자 모두 깜짝 놀랐다. 파티마는 노크도 하지 않고 마음대로 방에 들어왔다. 그녀는 금방 다림질한 셔츠 두 벌을 내밀었다. 아미르는 일어나서 셔츠를 받았다.

"당신은 왜 여기에 있어?"

만체보는 덩치 좋은 아내를 쳐다본 다음 아들을 보았다. 체격이 왜소한 아미르가 이 여자의 자식이라니 믿기지 않았다.

"교환학생 영어 시험을 잘 봤는지 아빠가 궁금해하셔서요."

파티마는 만체보를 보았다. 그는 아내를 똑바로 쳐다보았다. 잠시 두 사람의 시선은 눈싸움이라도 하듯이 고정되었다. 하지만 무엇을 위한 싸움일까? 파티마는 방문을 닫았다.

"고맙구나."

"뭐가요?" 체념한 목소리였다.

"영어시험 말이다."

아미르는 어깨를 으쓱했다.

"그나저나 시험은 잘 봤니?"

아미르는 다시 한 번 어깨를 으쓱했다.

"결과는 내일 나와요."

만체보는 아미르가 피곤하고 자고 싶어 한다는 것을 알았다. 아버지가 방에 들어와 무명 작가에 대해 물어보고 엄마의 거짓말과 흡연 습관에 대해 이야기하는 것은 원치 않겠지. 하지만 만체보는 어쩔 수 없었다. 꺼내야만 하는 말이었다.

"네게 부탁하고 싶은 게 있어. 타리크의 컴퓨터에서 알아내고 싶은 정보가 있는데."

아미르의 피곤한 눈이 휘둥그레졌다.

"그리고 안타깝게도 날 도울 수 있는 사람이 너뿐인 것 같구나."

"왜죠?"

만체보는 이야기 도중에 나오는 질문에 대답해야 할지 그냥 설명을 계속해야 할지 고민했다.

"타리크가 불미스러운 일에 연루되었는지 미심쩍어서, 아니 알고 싶어서 그래. 내 문제는 아니지만 너도 알다시피 타리크는 내 사촌이잖니. 타리크가 경찰이나 법 쪽으로 난처해질까 봐 걱정이 되는구나. 그럼 우리에게도 영향이 있을 테니까. 무슨 일이 있는지 알아보고 싶을 뿐이야. 그래서 내가 도울 일이 있는지 알아보려고."

"작은아버지 컴퓨터에서 그 답을 찾을 수 있다고 생각하세요? 지금 무슨 말씀을 하시는 거죠? 몰래 작은아버지 세금 문제를 살펴보자고요? 제가 그런 걸 할 수나 있을지 모르겠네요."

이제 만체보가 어깨를 으쓱할 차례였다.

"모르겠구나. 어쩌면 내가 틀렸는지도 몰라."

아미르는 아버지를 보았다. "생각해보세요. 엄마가 담배를 피우신다고요." 아미르가 불쑥 말했다.

만체보가 아미르의 방에서 돌아왔을 때 파티마는 자고 있었다. 그녀가 아미르 방 밖에서 엿들었을지도 모른다는 생각이 들었다. 하지만 해변으로 올라온 바다코끼리처럼 침대에서 자고 있는 모습을 보니 분명 잠든 지 꽤 되었다는 생각이 들었다. 그녀는 갓 다린 깨끗한 셔츠를 건네주고 곧장 잠자리에 들었을 것이다. 물론 자는 척할 수도 있다. 하지만 이렇게 괴이한 모습으로 잠든 척할 수 있는 사람은 아무도 없을 것이다.

만체보는 누워서 턱수염을 어루만졌다. 이제 일이 시작되었다. 몇 시간 뒤면 작전이 실행될 테고 하루가 지나기 전에 끝날 것이다.

32

마지막 날이라는 것이 온몸으로 느껴졌다. 이상하게도 그토록 감정적으로 버거웠던 나날들이 끝날 때가 되자 전혀 부담스럽게 느껴지지 않았다. 샤워기에서 나오는 물줄기가 이렇게나 나를 깨끗하게 해준다고 느껴본 적이 없었다. 샤워젤이 이렇게나 색이 밝고 냄새가 좋다고 느껴본 적 없고 이 정도로 집중해서 커피를 내린 적도 없었다. 나는 신중하게 옷을 골랐다. 첫 날과 같은 옷이었다.

아들의 보드라운 뺨에 입 맞추며 이따가 아들을 데리러 올 때는 모든 게 다 끝났을 것이라고 생각했다. 벨리비에 씨가 누구인지 알고 있을 테고 지난 몇 주 동안 내가 무슨 일을 했는지 알게 될지도 모른다. 놀라거나 피곤하거나 행복하거나 슬프거나 무섭거나 실망할 수도 있다. 어쨌든 뭔가를 느낄 것이다. 집 현관문을 열면서 이런 감정을 느껴본 지가 몇 개월이나 되었을까 생각했다.

엘리베이터 버튼을 누르자 이웃집 개가 짖으며 인사를 했다.

거대한 아레바 건물을 올려다보았다. 꼭대기는 어두워 보였다.

안내데스크 직원이 예의바르게 인사를 건넸다. 오늘이 특별한 날이라는 기미는 전혀 없었다. 사무실로 들어가자 비가 거의 수평으로 내리며 창을 두드렸고 나는 기뻤다. 마지막 날에 비가 오다니. 딱이었다. 책을 읽기 좋은 날씨다. 나는 여전히 스티로폼 조각만 가득한 상자를 열어본 뒤에 컴퓨터를 켜고 주디스가 수용소에서 쓴 마지막 일기를 펼쳤다. '그녀는 살아남기 위해서 글을 썼다.'는 말이 머릿속에서 맴돌았다. 그때 이메일 알림음이 울렸다. 나는 오늘 일어날 일에 대한 메시지를 놓치지 않으려고 숫자열을 주의 깊게 읽었다. 하지만 숫자는 끝을 암시하지 않았다.

일기를 반쯤 읽었다. 주디스는 아직 갇혀 있었지만 날짜로 보건대 곧 자유로워질 것이다. 나는 시간과 관련된 문학에 그리 익숙하지 않았기 때문에 내가 특별한 자료를 가지고 있다는 것을 실감하지 못했다. 일기에는 많은 독일인들의 실명이 언급되어 있는데 이 때문에 더 가치가 있을까? 주디스의 환자 하나가 유대인 셋을 어떻게 고문했는지 자세히 설명한 단락을 읽고 나서 고개를 들어 계속 창을 두드리는 비를 보았다. 마당에 차가 멈춰 서고 주디스가 수용소를 떠나는 대목에서 일기장을 덮었다. 카로 씨가 그토록 또렷하게 이야기하는 게 좀 이상했는데, 분명 이 일기장을 몇 번이나 읽어보았을 것이다.

점심시간이었다. 비가 왔지만 나가고 싶었다. 성당에 가야 했다. 나는 컴퓨터를 끄고 주디스의 일기장을 캔버스 가방에 챙겨서 나왔다.

성당으로 달려가는 동안 비가 뺨을 때렸다. 나는 계단을 올라가는 사제와 마주쳤다. 이 성당에서 사제를 본 것은 처음이었다. 우리는 인사를 나누었고 나는 그가 장례식이나 미사를 집전하러 가는 길이 아니기를 바랐다. 성당은 비어 있었다. 아무런 의식도 열리지 않았고 기도하는 사람도, 크리스토프도 없었다. 나는 맨 뒤에 앉아서 처음으로 두 손을 모아 쥐었다. 어떤 느낌인지 알아보고 싶었다. 하지만 전혀 어울리지 않는다는 느낌이 들어서 천천히 무릎으로 손을 내린 다음 두 손을 내려다보았다. 크리스토프가 없으니 성당이 허전했다.

이 이상한 이야기가 이제 몇 시간밖에 남지 않았다. 나는 눈을 감고 앉아 지난 몇 주 동안 모든 일을 용케 해낸 자신이 대견하다고 생각했다. 그의 웃음소리가 마법 같은 분위기를 깼다. 크리스토프는 기분이 좋아 보였다. 우리는 볼에 입을 맞추며 인사했다.

"무슨 일 있어요? 기분 좋아 보이는데요."

"여기에서 당신을 만나니 반가워서요. 성당에서 말이에요. 생각해봐요. 스스로 여기에 왔잖아요."

"하지만 곧 가야 해요."

"이런. 당신은 항상 모든 걸 부정적으로 보는군요."

나는 부끄러웠다. 전에도 우리 자신에 대해 이야기한 적이 있지만 방금 주고받은 대화가 아마 가장 사적인 내용일 것이다. 이는 많은 것을 의미한다. 나는 크리스토프와 함께하는 시간을 최대한 확보하기 위해 비를 뚫고 성당에 달려왔다. 그는 성당에 와서 나를 보고 기뻐했다. 그런데 나는 그를 슬프게 했다.

"내가 신앙이 없어서 매사를 부정적으로 본다고 생각해요?" 내가 솔직하게 물었다.

크리스토프는 대답하지 않았다.

"신앙 얘기가 나와서 말인데요, 내가 어디에 다녀왔는지 알아요? 유대인 파티에 다녀왔어요."

"주디스와 관련이 있나요?"

"관련 있어야 해요?"

"지난번에 만났을 때 주디스가 쓴 책 이야기를 했잖아요. 그리고 유대인 파티에 갔다고 하니 연결 고리가 있을 수도 있죠."

"어느 정도는요. 하지만 그다지……."

"당신을 이해하는 사람이 있던가요?"

나는 없는 용기를 최대한 끌어 모아 크리스토프의 눈을 똑바로 보며 고개를 저었다. 우리는 말없이 앉아 있었고 점점 가까워졌다. 나는 일어나서 가야 한다고 말했다.

비가 계속 창을 두드렸다. 이제 이 소리가 불편했다. 이메일이 안 오면 어쩌지? 하루가 끝나기 전에 아무도 연락하지 않으면 어쩌지? 돈을 받지 못하면? 할 수 있는 게 없었다. 월요일에는 뭘 해야 하지? 돈이 모든 일의 원동력은 아니지만 돈을 받지 못한다고 생각하자 조금 슬펐다. 그때 이메일 알림음이 들렸다. 파블로프의 개 중 가장 큰 놈이 깨어났다. 이번에도 숫자열이었다. 마지막일 것 같았다. 갑자기 비가 멈췄다. 창문을 겨눈 기관총이 갑자기 멈춘 것 같았다. 끝이다. 외로웠다. 사크레쾨르 대성당은 잿빛 안개에

휩싸였다. 발 아래로 보이는 파리는 이제 전쟁터가 아닌 낭만적인 대도시였다. 나는 복도를 걸으며 멍한 상태로 다른 사무실을 지나쳤다. 하나같이 비어 있다. 왜 이 층을 아무도 쓰지 않을까? 상업지구의 구석구석마다 찾는 사람이 얼마나 많은데?

층을 한 바퀴 돌고 나서 사무실에 들어가자 이메일 알림음이 울렸다. 보통 이렇게 짧은 간격으로 오지는 않았다. 심장박동이 빨라졌다. 이번에는 숫자열이 아니었다. '벨리비에 씨를 기다리고 있습니까? 4시에 로비로 가십시오. 컴퓨터는 그대로 놔두고 문을 잠그고 열쇠를 가져가십시오.' 그러니까 난 그저 문을 잠그고 가면 그만이다. 그랬다. 47분 뒤에 나는 누군가를 만나게 된다. 아마 벨리비에 씨겠지. 어쩌면 다른 사람일지도 몰라. 어쨌든 끝이다.

여러 가지 일에도 불구하고 약속 장소가 로비라는 점 때문에 나는 가까스로 안정을 찾을 수 있었다. 내가 상상한 약속 장소는 언제나 전혀 낯선 곳이었다. 잘 모르는 파리의 어느 술집이거나 가끔은 다른 나라이기도 했다.

나는 노트북을 챙긴 다음 운동 시간을 보내는 죄수처럼 사무실 안을 돌아다녔다.

분명 시간 여유가 있었음에도 4분이나 늦었다. 몸이 떨리기 시작했다. 내가 긴장했다는 분명한 신호였다. 나는 문을 잠그고 주디스의 책이 캔버스 가방에 있는지 다시 확인했다. 엘리베이터는 엄청나게 느렸다. 6분 늦었다. 로비는 조금 붐볐다. 금요일이라서 일찍 퇴근하는 사람들도 있고 창가에 앉아 커피를 마시며 오후를 보내는 사람들도 있었다. 문득 내 출입증이 제대로 작동하지 않을까 봐 걱정되었다. 출입증에 유효 기간이 있어서 6분 전에 끝난 게 아닐까. 하지만 출입증을 갖다 대자 평소처럼 신호음이 울렸고 초록불이 들어왔다. 나는 감시당하는 기분이 들었지만 시선이 어느 방향에서 오는지는 알 수 없었다.

창가에 놓인 벤치에 앉았다. 굳이 잘 보이는 곳에 있지 않아도 이메일을 보낸 사람이 나를 볼 수 있을 것 같았다.

"자비에 로시라고 합니다." 몇 주 전에 카페에서 만난 남자가 나타났다.

정중하게 자기소개를 한 남자는 내게 손을 내밀고 미소 지었다.

나는 자리에서 일어나 악수했다.

"엘레나 폴라사두예요."

"기분이 어때요?"

나는 그의 질문을 이해하지 못해서 어리둥절한 표정을 지었다.

"자유의 몸이 된 기분이 어떠냐고요."

무슨 말을 해야 할지 몰랐다. 아직 아무런 설명도 듣지 못했기 때문에 자유는 아니었다. 그는 이런 마음을 이해한 것 같았다.

"가장 중요한 것부터 시작하는 게 좋겠군요."

그는 검은색 플라스틱 서류철을 열어 계약서에 쓰여 있던 액수가 적힌 수표를 꺼냈다.

"받으세요. 그리고 이것도요."

그는 수표를 한 장 더 꺼냈다. 하지만 잠시 후 생각이 바뀌었는지 둘 다 다시 서류철에 넣었다.

"먼저 설명을 해야겠어요. 첫 번째 수표는 급여예요. 모두 가지시면 됩니다. 두 번째 수표도 받게 될 텐데 이 수표는, 이 돈은, 뭐랄까 좀 더 정확하게 써야 합니다."

그는 한숨을 쉬었다.

"집에서 연습하고 왔는데도 설명을 잘 못하겠군요."

불안한 탓인지 그는 풀어야 할 올가미를 조이기만 했다. 나는 내가 가장 궁금한 점을 먼저 대답해주기를 기대했다.

"좋아요. 난 당신과 똑같은 일을 했어요. 마치…… 행운의 편지 같았죠. 이렇게 말해도 될 것 같군요. 이제 후임을 찾는 게 당신 임무예요. 첫 번째 수표는 당신의 급여고요. 하지만 두 번째 수표는 반드시 써야 할 데가 있어요. 당신 후임에게 매일 뭔가를 선물해야 하거든요."

"꽃다발 말인가요?"

그는 고개를 끄덕였다.

"하지만 다른 것도 상관없어요."

"당신은 뭘 받았는데요?"

이걸 왜 물었는지 알 수 없었다. 일과 관련해 궁금한 점이 더 있을 텐데. 하지만 어떤 면에서 나는 수수께끼를 좀 더 쉽게 풀어보려고 애쓰고 있었다.

"와인이요."

"그것보다는 꽃다발이 더 건강에 좋겠네요."

"맞아요. 그리고 말해두자면 난 보르도 레드와인은 완전히 질렸어요."

우리는 웃음을 터뜨렸다. 파티에서 게임을 하는 것 같았다. 교대로 주사위를 던진 다음 색다른 규칙을 만들어 내면서 게임에 점점 깊이 빨려드는 그런 것.

"후임을 정한 다음 그 사람이 매일 퇴근 후 무엇을 받게 될지 정할 수 있어요."

나는 수표가 벨리비에 씨 이름으로 발행되었고 받는 사람 이름을 쓰는 칸이 비어 있다는 것을 알았다.

"자, 그리고 여기요."

그는 봉투를 하나 꺼내 내게 건넸다.

"봉투 안에 당신이 가지고 있어야 할 열쇠와 계약서가 있어요. 당신이 고른 사람이 일을 시작할 날짜와 끝나는 날짜가 적혀 있지요. 새로운 사람을 여기에 데려오면 안내데스크에서 그 사람이 쓸 출입증을 줄 거예요. 당신 출입증은 가지고 있어요. 마지막 날에는 나처럼 오후 4시에 여기로 와서 안내데스크에서 플라스틱 서류가방을 받으면 돼요. 그 안에는 수표 두 장과 새로운 계약서가 있을 거예요. 이제 필요한 건 모두 말했어요. 이제 당신은 새로운 사람을 찾으면 돼요. 내가 어떤 식으로 했는지 알고 있죠?"

로시 씨가 조용해졌다.

"벨리비에 씨가 누구죠?"

그는 어깨를 으쓱했다.

"나도 당신만큼밖에 몰라요."

"하지만 수표에 주소가 있잖아요."

"나도 알아요. 그곳에 가보았지만 그런 이름을 가진 사람은 찾지 못했어요."

"누가 알아요?"

"무슨 뜻이에요?" 그가 놀란 목소리로 물었다.

"안내데스크 직원은 알고 있나요?"

"나도 몰라요. 당신 생각은 어때요?"

"분명 안내데스크 직원은 알 거예요. 그렇지 않고서야 물건을 어떻게 전달하겠어요? 참, 청소부는요?"

"내 생각에는 전부 다 알지도 이해하지도 못하는 상태에서 시키는 대로 일했을 뿐인 것 같아요. 우리 모두 의미 없는 일을 한 거죠. 모두 벨리비에 씨가 고용한 사람들이겠죠."

나는 생각이 달랐다. 하지만 그에게는 아레바에서 보낸 시간에 대해 생각할 시간이 더 많았을 것이다. 나는 이제 막 일을 끝냈고.

"이 모든 상황을 어떻게 생각해요? 생각할 시간이 있었잖아요." 내가 물었다.

"모르겠어요. 별 희한한 경험을 하게 만드는 엿 같은 임무를 수행했다는 걸 깨달았다고나 할까요? 독특한 경험을 위해 이렇게까지 극단적인 일을 겪을 필요는 없는데 말이에요. 꼭 죽기 직전까지 가봐야 살아 있다는 걸 감사하게 여기지는 않잖아요. 난 오늘밤에 칠레로 떠나요. 장기 여행이죠. 이 의미 없는 메시지를 전달하는 동안 여행에 대한 생각이 뿌리를 내렸어요. 가봐야 한다는 걸 깨달았죠. 생부가 칠레에 살거든요."

"그렇군요. 난 뭘 배웠는지, 이 이상한 경험을 어떻게 활용해야 할지 모르겠어요."

"책이라도 써요."

우리는 회전문으로 향했다.
"부인!"
안내데스크 직원이 미소 지으며 꽃다발을 건넸다.
로시 씨와 나는 빗속을 걸었다.
"난 저쪽으로 가요." 그는 택시가 줄지어 선 곳을 가리키며 말했다.
"자요." 나는 꽃다발을 내밀었다.
"아니에요. 부끄러워요. 게다가 난 떠나는 걸요."
"우리 모두 떠나죠."
결국 그는 꽃다발을 받아서 택시에 탔다.
아레바를 떠나기 전에 나는 안내데스크를 돌아보았고 마침 쓰레기통을 비우고 있는 청소부를 보았다. 그녀는 고개를 들었지만 사시라서 나를 보았는지는 알 수 없었다. 나는 그녀에게 인사를 하기로 했다.
"안녕하세요. 마지막으로 인사를 하고 싶어서요. 이젠 꼭대기 층에 안 와요."
그녀는 나를 쳐다보며 그게 자신과 무슨 상관이냐는 듯한 표정을 지었다.

33

　타리크가 가게로 내려왔다. 만체보는 그날 받은 우편물을 금전 출납기 밑에 넣으며 오늘 무슨 일이 일어날지 타리크가 알면 어떤 반응일까 생각했다.

　"잠깐, 타리크. 가기 전에 부탁할 게 있어."

　타리크는 걸음을 멈추고 계산대에 한 손을 올리더니 참을성 있게 만체보의 말을 기다렸다.

　"오늘 아미르가 네 컴퓨터를 빌려야 한대. 인터넷으로 시험 결과를 확인해야 하나봐. 해외 교환학생 선발 시험 말이야. 도서관 컴퓨터는 대기 줄이 길다고 하더라고. 아미르가 점심시간 전에 잠깐 들러도 될까?"

　타리크는 뭔가 전혀 다른 종류의 힘든 부탁을 예상했다는 듯이 안도한 표정이었다.

　"그럼. 아미르를 돕는 일이라면 언제나 환영이야."

　"고마워."

　"그런데 형, 컴퓨터 언제 살 거야? 그런 일이라면 라파엘이 도와줄 수 있을 텐데. 집에서 인터넷을 할 수 있으면 아미르도 좋아할 거야."

"그래, 언젠가 살 날이 오겠지." 만체보가 웃으며 말했다.

타리크는 손을 흔들며 나갔고 만체보는 우편물을 뜯었다. 점심 시간이 다 되어 갈 무렵 아미르가 나타났다. 모든 일이 빠르게 진행되었다. 만체보가 따라잡을 수 없을 정도로 빨랐다. 아미르가 대로 반대편에서 손을 흔들 때 만체보는 노부인을 응대하느라 바빴다. 그는 노부인의 병 이야기를 들으며 아들이 어떻게 하고 있는지 보려고 애썼고 부인이 가게에서 나갈 무렵 아미르는 이미 타리크의 컴퓨터 앞에 앉아 있었다. 타리크도 그 방에 있었는데 분주해 보였다. 그는 이따금 아미르 뒤로 가서 컴퓨터 화면을 가리켰다. 둘이 같이 웃기도 했다. 만체보는 초조했다. 아미르가 암호를 알아내지 못하면 모든 계획은 수포로 돌아간다. 만체보는 자신이 엄청난 일을 시작했다는 것을 알았다.

음식 냄새가 가게로 내려왔다. 점심시간이었다. 아미르는 일어났고 컴퓨터에서 멀어졌다. 그러고 나서 타리크와 몇 마디 주고받더니 밖으로 나왔다. 만체보는 절망하기 시작했다. 하지만 그때 아미르가 허리를 숙여 운동화 끈을 묶었다. 암호였다. 일은 성공적으로 끝났다. 그리고 덕분에 계획은 두 번째 단계로 접어들었다. 만체보는 과일과 채소 좌판을 들여놓았고 타리크는 그걸 보고 점심시간이라는 것을 알았다.

만체보가 위층으로 올라가자 가족 모두 식탁에 앉아 있었다. 아미르는 둘 사이에 뭔가 일이 있다는 것을 다른 사람이 알까챌까 아버지를 못 본 체했다. 하지만 사실 아직 드러날 것이 없었다. 게임은 이제 막 시작되었으니까. 파티마는 식탁에 앉은 파리를 손으로 쫓았다.

"오늘 장 보러 가야 해."

그녀는 아델을 향해 말했다. 일주일에 한 번 두 여자는 손수레를 끌고 프랑프리에 가서 만체보가 헝지스에서 입수하지 못한 것들을 전부 사온다. 이 일은 일요일마다 목욕탕에 가는 것 말고 그들이 함께 하는 유일한 일이었다. 물론 아침식사도 있지만.

아미르는 아버지를 흘끔 보았다. 만체보는 이유를 알았다. 파티마와 아델의 일이 계획을 방해할까 봐 걱정되었을 것이다. 하지만 지난 몇 주 사이 만체보에게는 결단력이 생겼고 파티마가 말을 끝내기도 전에 이 새로운 정보가 계획에 아무런 지장을 주지 않는다는 것을 알았다. 사실 파티마와 아델이 한두 시간쯤 사라지면 더 좋았다. 아미르가 구두수선 가게에 있는 동안 그들이 떠나거나 돌아오지만 않으면 괜찮다. 하지만 그렇게 된다고 해도 계획은 실패하지 않을 것이다.

만체보와 아미르는 가능성은 희박하지만 타리크가 르솔레이에서 일찍 돌아오는 최악의 경우도 대비했다. 그런 일이 일어나면 만체보가 휴대폰을 가지고 있다가 구두수선 가게로 전화를 걸 것이다. 만체보는 조용히 고개를 끄덕이며 아미르가 이 행동의 의미를 이해하고 긴장하지 않기를 바랐다. 아미르는 숨을 내쉬며 갓 구운 빵을 먹었다.

여자 아이 한 명과 남자 아이 한 명이 가게로 들어왔다. 만체보는 두 아이에게 인사를 건넸다. 아이들이 무엇을 원하는지 정확히 알았다. 그는 중국 수첩을 원하는 아이들의 표정을 알아보게 되었다. 가게 전화가 울렸다. 카드 기계를 판매하려는 사람이었다.

"아니요, 괜찮습니다. 지금 쓰는 기계가 멀쩡해요. 그런데 혹시 지폐를 확인하는 기계는 팔지 않으시나요?"

전화기 반대편에서 침묵이 흘렀다.

"그런 거 있잖아요. 진짜인지 가까인지 확인해주는 거요." 만체보가 말을 이었다.

"없습니다. 저희는 카드 기계를 판매해요."

"그럼 방금 말한 기계를 어디에서 구할 수 있는지 모르시나요? 위조지폐를 확인하는 기계를 사려면 말이에요. 램프 같은 게 달려 있던데."

"모르겠습니다, 선생님. 도와드릴 수가 없네요."

"어쨌든 고마워요. 그럼 오후 잘 보내세요."

만체보는 아이들을 보았다.

"수첩 받으러 왔지?"

아이들은 고개를 끄덕였다. 만체보는 계산대 아래를 뒤졌다. 이제 별로 남아 있지 않았다. 그는 용과 호랑이를 찾아서 아이들이 산 껌과 함께 봉지에 담았다. 아이들은 돈을 건넨 다음 가게에서 뛰어나갔다. 아이들은 프랑프리에 갈 준비를 마치고 문 바로 밖에 서 있던 파티마와 부딪칠 뻔했다. 아델은 만체보를 향해 손을 흔들었고 파티마는 미소 지었다. 잠시 후 그녀들은 장을 보러 출발했다. 만체보에게 기회가 찾아왔다. 타리크는 대로 건너편에서 여자들에게 손을 흔들었다.

"타리크, 어때? 우리도 아내들을 본받아 둥지를 떠나볼까?"

평소대로라면 만체보는 길 건너편을 향해 소리치지 않았겠지만 이번에는 어쩔 수 없었다. 술을 마시기에는 너무 이른 시간이지만 기회를 놓칠 수는 없다. 이렇게 해야 아미르가 평화롭고 조용하게 임무를 수행할 수 있을 것이다.

대로에서 벗어나기 전에 만체보는 고개를 돌려 자신의 아파트를 흘끔 보았지만 아미르의 흔적은 보이지 않았다. 그는 극심한 불안감을 느꼈다. 타리크가 가게에서 나오는 걸 아미르가 못 봤을까? 아니면 눈치채고 임무 수행 준비를 마쳤을까?

르솔레이에 도착하자 만체보는 시간을 벌기 위해 프랑수아와 개정된 연금 개혁안에 대해 쓸데없는 대화를 시작했다.

"우리랑은 아무 상관없잖아. 우리가 버스나 기차를 운전하는 것도 아니고." 타리크는 투덜대며 이제 돌아갈 시간이라고 알렸다.

두 남자는 프랑수아에게 인사하고 더위 속으로 나왔다.

오후에 타리크는 두 번이나 가게 문을 닫고 컴퓨터 앞에 앉았다. 만체보는 그가 뭘 하는지 살피지 않으려고 의식적으로 노력했다. 뭐가 됐든 저녁이면 알게 될 것이기 때문이다. 이제는 일이 먼저였다. 사촌을 감시한다고 돈을 주는 사람은 없다.

타리크가 오후에 누군가가 가게에 들어왔다고 의심하는 게 아닐까 하는 생각이 스쳤지만 그 점 역시 걱정하지 않기로 했다. 타리크가 뭘 의심하든 달라질 건 없다. 아미르가 사무실에 책을 놓고 와서 가지러 갔다고 말하면 그만이다. 만체보의 집에는 구두수선 가게 열쇠 여분이 있었다. 아무도 의심하지 않을 것이다. 식료품 가게 밖에 앉아 있는 나이 많은 남자가 스파이 노릇을 하리라고 아무도 의심하지 않듯이.

두 여자가 장을 보고 오는 날에는 언제나 저녁식사가 똑같았다. 식탁은 신선 식품으로 몸살을 앓았다. 늘 먹던 스튜 대신 샐러드가 나왔고 진한 소스가 아니라 가벼운 요거트 드레싱이 나왔다. 그리고 장 본 것을 기념하기라도 하듯이 늘 먹던 통조림 덩어리와 전혀 관련이 없어 보이는 생참치 스테이크가 나왔다.

"불꽃놀이와 정반대로군." 음식을 하나씩 살펴보더니 타리크가 말했다.

아델은 그의 말을 이해하지 못하겠다는 듯이 쳐다보았다.

"불꽃놀이는 약하게 시작했다가 마지막에 힘을 주잖아. 하지만 당신이랑 형수님은 정반대야. 장 보러 갈 때는 위풍당당하게 가지만 결국 요리는 간단하게 끝나지."

아델은 도와달라는 듯이 파티마를 보았고 파티마는 재빨리 거들었다.

"도대체 그게 무슨 말이야? 음식을 두고 불평하는 거야? 그럼 차라리 직접 요리해서 먹든가!"

파티마는 화가 난 것 같았다. 하지만 알 수 없었다. 그녀는 농담을 할 때도 화난 것처럼 말할 수 있었다. 타리크는 만체보에게 도와달라는 눈길을 보냈지만 도움을 받지 못했다. 식탁에 앉은 남자들은 여자들처럼 뭉치지 못했다. 남자의 일원인 아미르는 자기 자신과도 화합하지 못하는 것 같았다. 그는 창백한 얼굴로 말없이 아보카도 샐러드를 먹었다.

아미르를 보자 만체보는 마음이 복잡해졌다. 우선 계획이 성공했다는 것을 알게 되어 안심했다. 아미르가 뭔가를 찾아낸 것 같다. 하지만 과연 어떤 사실일까, 아미르는 그 사실을 어떻게 받아들일까 약간 초조하기도 했다.

갑자기 아미르가 벌떡 일어나 잘 먹었다고 인사했다. 아델과 파티마가 아직 식사 중인데도.

"몸이 좀 안 좋아서요. 괜찮으시면 올라가서 일찍 잘게요."

아미르의 말은 비교적 별일 없이 넘어갔다. 그가 나가자 파티마는 아미르가 영어 시험 때문에 잠을 못 잤다는 식의 말을 중얼거렸고 아델은 잘 자라고 인사했다. 처음에 만체보는 아미르가 일부러 식탁에서 일찍 일어나는 것이라고 생각했다. 미리 합의하진 않았지만 아미르는 만체보가 따라 올라와서 이야기하기를 바랄지도 모른다. 하지만 생각할수록 아미르가 정말 몸이 좋지 않다는 생각이 들었다.

만체보는 조금 더 있다가 일어나 아들의 상태를 확인해야겠다고 핑계를 댔다. 그 누구도 의심하지 않았다. 그는 가족들이 재활용에 대해 열띠게 이야기하는 도중 자리를 떴다.

아파트는 어두웠다. 만체보는 현관문을 닫고 아미르의 방에 가기 전에 잠시 거실에 멈춰 불 꺼진 맞은편 아파트를 보았다.

"고양이처럼 새까맣군." 그는 이렇게 혼잣말을 했다.

그러고 나서 닫혀 있는 아미르의 방을 향해 자신만만하게 걸어갔다. 그리고 노크했다. 대답이 없었다. 만체보는 아미르가 자고 있다고, 많이 아픈 건지도 모른다고 생각했다. 이는 곧 만체보가 임무를 완수할 수 없다는 뜻이다.

그는 아들을 탓할 수 없었다. 이미 아미르에게 지나친 요구를 했다. 아미르의 가녀린 어깨에 너무 큰 짐을 올렸다. 만체보는 다시 노크했다. 대답이 없었다. 아들이 걱정된 그는 문손잡이를 조심스레 돌려보았고 놀랍게도 잠겨 있다는 것을 알았다. 전에는 아미르가 방문을 잠근 적이 없었다. 이 집에서 방문을 잠그는 사람은 아무도 없었다. 화장실 문도 잠그지 않아 손님들이 불평하는 경우가 많았다. 만체보는 다시 노크했다.

"아미르? 방에 있니?"

대답이 없었다. 그는 문을 두드리며 손잡이를 잡아당겼다. 그리고 귀를 기울였다. 조용했다. 아래층에서 들려오는 아델의 웃음소리만 들렸다.

"아미르, 문 좀 열어보렴. 걱정돼서 그래."

문을 열만한 물건을 가지러 주방으로 가려던 찰나 방문이 획 열렸고 다시 침대로 가는 아미르가 보였다.

아미르는 똑바로 누워 천장을 보고 있었다. 만체보는 임무 따위는 모두 잊고 아들을 봐서 그저 좋았다. 그는 침대에 앉아 잠시 망

설인 뒤에 아미르의 뺨을 어루만졌다. 아미르가 움찔하며 피할까
봐 걱정했지만 오히려 아버지의 손길을 반기는 것 같았다.

"좀 어떠니?"

아미르는 대답하지 않았다. 뺨에는 혈색이 돌아왔고 눈동자에서
는 분노가 조금 느껴졌다.

"왜 문을 잠갔어?"

아미르는 일어나 앉아 비난하는 눈빛으로 아버지를 보았다.

"다들 그러는 게 좋을 것 같은데요."

아미르는 침대에서 나와 창가로 갔다. 만체보는 아무 말도 하지
않았다. 아미르에게 마음을 추스를 시간이 필요하다는 것을 알았
기 때문이다. 잠시 후 아미르는 돌아서서 침대로 와 만체보 옆에
앉았다. 만체보는 애써 미소 지었다. 그다지 성공적이지 못한 것
같았다. 아미르는 뭐라고 말하려는 듯하더니 입을 닫고 책상으로
갔다. 그는 책상 아래로 깊이 손을 넣어 빨간 수첩을 꺼냈다. 처음
에 만체보는 아무런 반응을 보이지 않았다. 매일 사방에서 수첩을
보는 일에 익숙해진 탓이다. 하지만 잠시 후 그는 온몸이 얼어붙었
다. 아미르는 수첩이 무엇인지 즉시 알아차렸으리라.

"죄송해요. 가게에 수첩이 많길래 쓰려고 한 권 가져왔어요. 괜
찮죠?"

만체보는 재빨리 정신을 차리고 뿌듯한 표정으로 아들을 보았
다. 중요한 일을 하는 사람에게는 당연히 수첩이 필요하다. 아래층
에서 들려오는 말소리에 두 사람 모두 조용해졌다. 둘이 방해받지
않고 이야기할 수 있다는 뜻이었다. 아미르는 수첩을 펼쳤다가 다

시 덮었다.

"우선, 모든 일은 계획대로 됐어요. 오늘 아침에 작은아버지 가게에 갔고 작은아버지가 컴퓨터를 쓰게 해주셨어요. 학교 웹사이트에 접속해서 시험 결과 같은 걸 확인하는 척했어요. 가게에 손님이 몇 명 왔고 작은아버지가 로그인하는 바람에 암호를 알 수가 없었기 때문에 컴퓨터를 끈 다음 실수로 꺼버렸다고 했어요. 작은아버지는 키보드 아래에 암호가 있다고 몰래 알려줬고요. 별로 현명한 방법은 아니죠."

아미르는 말이 없었다. 만체보는 이해하고 있다는 의미로 고개를 끄덕이며 계속 말해보라고 독려했다.

"어쨌든 키보드 아래에 암호가 있었어요. 암호를 꽤 자주 바꾸시는지 옛날 암호에 줄을 긋고 새 암호를 적어 놓았더라고요. 암호를 자주 바꾸다니 이상하죠⋯⋯."

"암호가 뭐니?"

아미르는 수첩을 넘겼다. 단어가 서른 개 남짓 적혀 있었다.

"지금까지 사용한 암호 전부예요."

만체보는 입술을 축이며 다시 고개를 끄덕였다. 어려운 상황에서 냉정하게 생각할 줄 아는 어린 동료가 자랑스러웠다. 그는 머리를 긁적이며 단어를 읽었다. 도하, 알 카히라, 바마코, 와가두구, 두바이, 리야드, 펜자⋯⋯. 그는 다시 머리를 긁적였다. 아미르가 도움의 손길을 내밀었다.

"대부분 아랍권 국가의 도시 이름이에요. 하지만 아프리카나 러시아 도시 이름도 몇 개 있어요."

만체보는 대부분 처음 들어본 이름들이었다.

"사무실에서 나올 때 일부러 책을 한 권 두고 왔어요. 그런 다음 여기에서 기다렸죠." 아미르는 책상을 가리켰다. "엄마와 작은어머니가 장 보러 가실 때까지요. 두 분이 나간 다음 창문을 열고 아빠가 작은아버지에게 르솔레이에 가자고 외치는 소리를 들었어요. 운이 좋았죠."

아미르가 어린 아이처럼 흥미진진한 미소를 짓자 만체보의 얼굴이 밝아졌다.

"아빠와 작은아버지가 간 뒤에 저는 작은아버지 가게로 다시 갔어요."

아미르는 떠올리기 두렵다는 듯 잠시 침묵했다.

"컴퓨터에 로그인하는 건 문제 없었어요. 문서는 엉성하게 관리하시더라고요. 암호 같은 게 걸려 있지 않았어요."

"문서?"

"네. 컴퓨터에 담긴 서류나 정보 같은 거요. 어쨌든 아버지가 궁금해하시는 건 전부 다 알아낸 것 같아요. 캐비닛 열쇠도 거기에 걸려 있었고…… 캐비닛 맨 아래 칸에는 구두상자가 두 개 있었어요. 그리고……."

현관문 열리는 소리가 들렸다.

"우리 아가, 몸은 좀 어떠니?"

파티마의 목소리가 들렸다. 아미르는 재빨리 아버지에게 수첩을 건넸다.

"여기 다 적혀 있어요. 보기 쉽게 요약도 해두었어요. 보시면 알 거예요."

아미르의 방 문간에 파티마의 머리가 나타났다. 그녀의 금 귀걸이가 흔들렸다.

"우리 아가, 좀 어때? 엄마가 옆에 있을까? 아래층에서 설거지 하려고 하는데 그냥 혼자 하라고 하지 뭐. 목 마르니? 차 한 잔 줄까?"

아미르는 고개를 저었다.

"그냥 잘래요. 너무 피곤한 하루였어요."

만체보는 창가 안락의자에서 수첩을 읽었다. 더할 나위 없는 글이었다. 아미르의 글 솜씨는 여느 범죄 소설보다 탁월했다. 이 모든 정보가 타리크의 컴퓨터에서 나왔다니. 마지막 몇 가지는 읽은 내용 중 가장 충격적이었다. 타리크의 캐비닛을 열게 된 이유를 설명하는 부분이 스릴러의 시작이었다.

만체보는 침을 꿀꺽 삼켰다. 아미르가 왜 방문을 잠갔는지 이제 알았다. 만체보는 아내가 돌아오기 전에 마음을 가다듬을 시간이 얼마 남지 않았다는 것을 알았다. 아까 아미르가 처했던 충격적인 상태와 유사한 상황이 이제 만체보를 파고들었다. 요 사이 가족들에 관한 불편한 진실을 너무 많이 알게 되었다. 세상에, 이런 사람들과 함께 살고 있다니. 만체보는 구두수선 가게를 물끄러미 바라보았다. 아미르의 기록 덕분에 가게가 달리 보였다. 이제부터 사촌을 어떻게 봐야 할지는 생각하고 싶지도 않았다.

만체보는 현관문을 열고 파티마가 돌아오기 전에 최대한 빨리 잠자리에 드는 편이 좋겠다고 생각했다. 커튼이 올라가고 또 다른 연극이 시작되기 전에 생각할 시간을 확보하는 유일한 방법이었다. 연극은 정확하게 진행되었다. 모두 맡은 역할을 연기했다. 파티마는 아침 먹을 시간도 없이 열심히 일하는, 담배 연기에 알레르기가 있고 담배 가게 주인은 물론이고 다른 남자와 어울리지 못하는 여자 역할이다. 하지만 무대에서 내려오면 그녀는 완전히 달라졌다. 그리고 타리크는······.

"아직 끝난 게 아니야." 만체보는 이렇게 중얼거렸다.

만체보는 천장을 바라보며 이 썩어빠진 이야기의 진실이 드러날 때까지 포기하지 말자고 다짐했다. 파티마는 옆에 누워서 코를 골았다. 이따금 아미르가 물을 마시려고 주방에 가는 소리가 들렸다. 만체보는 아미르가 파티마에게 정말 아프다는 걸 보여주려고 일부러 그러는지 아니면 정말 잠이 오지 않는지 알 수 없었다. 오늘 일어난 일을 생각하면 잠을 못 자는 게 당연했다.

동이 트기 전 만체보는 자신의 어린 시절과 어린 타리크를 떠올렸다. 타리크의 부모는 튀니지에서 목장을 운영하며 염소를 수백 마리 길렀다. 그들은 훌륭한 사람들이었다. 하지만 만체보는 베개 아래에 손을 넣으며 뭐든 모를 일이라고 생각했다. 그 염소 안에 밀수품이 가득 차 있었을지도 모른다.

34

이 동네는 낯설었다. 파리에 사는 누구에게나 잘 모르는 동네와 좀처럼 가지 않는 곳이 있다. 도시는 시간이 흐를수록 점점 커졌다. 지평선 위로 사크레쾨르 대성당이 우뚝 솟아 있었다. 흰색 성당은 내겐 낯선 동네인 몽마르트르에 있었다.

수많은 관광객들에게 몽마르트르는 파리와 동의어였다. 이곳은 역사를 간직했지만 내게는 모든 것이 우리 세대에 지어진 것 같았다. 이곳은 세기의 전환기였던 벨 에포크를 묘사하기 위한 배경으로만 존재하는 듯했다. 툴루즈 로트렉이 압생트를 마시며 포스터의 예술적 가치를 논하고 그 앞에서 캉캉 댄서들이 치마를 들어 올리며 춤을 추던 그 시절 말이다.

차들이 시끄러운 소리를 내며 대로를 지나갔다. 내가 무엇을 기대했는지는 알 수 없지만 좀 더 은밀한 무언가였던 것 같다. 벨리비에 씨가 이런 대로변에 살다니 어울리지 않았다. 나는 네비게이션이라도 되는 양 수표를 손에 들고 걸었다. 수표를 가방에 안전하게 넣어 두기 위해 주소를 몇 시간이나 보며 외웠지만 결국 이렇게 수표를 손에 들고 있었다.

내가 주소지 반대편에 있다는 것을 깨닫고 대로를 건넜다. 신발 그림이 그려진 분홍색 간판이 북극성 역할을 했다. 예상대로 78번지 구두수선 가게였다. 문은 닫혀 있었다. 나는 창문으로 안을 조심스레 들여다보았다. 가게 뒤쪽에 누군가 있었다. 벨리비에 씨는 구두수선공일까?

나는 문을 두드렸다. 안에 있던 남자는 몸을 움직였지만 누군가가 문을 두드린다는 사실에 전혀 신경 쓰지 않았다. 이번에는 더 세게 두드렸다. 체격이 좋은 남자가 문으로 왔다. 그가 문을 조금 열었을 뿐인데도 화학약품, 가죽, 담배 냄새가 났다. 그는 아무 말도 하지 않고 나를 보기만 했다. 나는 수표를 가방에 쑤셔 넣었다.

"안녕하세요. 저는 이 주소에 살고 있는 벨리비에 씨를 찾고 있어요. 그분을 아세요?"

남자는 파악하기 힘든 표정으로 나를 뚫어지게 보았다. 잠시 후 그는 묘하게 미소 지었지만 여전히 말은 하지 않았다.

"혹시 벨리비에 씨이신가요?"

그는 이마에 흐르는 땀을 닦았다.

"아니에요. 그리고 그런 사람 몰라요. 하지만 찾아와서 물어본 사람이 당신 말고도 또 있었어요. '벨리비에 씨는 이곳에 살지 않습니다.'라고 안내문이라도 붙여야 할 지경이라고요."

"네, 그러시는 게 좋을지 모르겠네요. 더 많은 사람이 찾아올 수 있으니까요."

"그런데 벨리비에 씨가 누구죠? 왜 다들 그 사람을 찾는 거예요?

아, 말하지 말아요. 난 이런 정신 나간 일에 끌려 들어가고 싶지 않으니까."

"가게 위층에는 누가 살아요?"

"아무도 안 살아요. 아파트는 비었어요. 약국에서 창고로 쓰던 곳이거든요."

"그럼 그 위층 아파트에는요?"

"글쎄요. 부부가 사는 것 같던데."

나는 남자의 등 뒤에 무엇이 있는지 보려고 애썼다. 이 사람이 내가 찾는 사람일 수도 있다. 하지만 모든 것이 평범한 구두수선 가게처럼 보였다.

"당신이 벨리비에 씨죠? 맞죠?"

마지막 기회였다. 시도해본다고 잃을 건 없다. 그는 미간을 찡그렸다.

"이보세요. 무슨 일인지는 모르지만 아직 가게 문도 안 열었고 난 댁을 도와줄 수도 없어요. 아시겠어요?"

"알겠어요. 어쨌든 고마워요."

남자는 가식적으로 미소 짓더니 문을 닫았다. 한 가지 가능성이 남았다. 이 건물 맨 꼭대기 층의 아파트. 구두수선 가게 한쪽에 비상계단이 있었다. 나는 행동을 정당화하려는 듯이 수표를 꺼냈다. 계단은 녹슬었지만 나름대로 매력적이었다. 파리의 전체적인 그림과 달라서인지도 몰랐다. 이런 비상계단은 미국의 도시에는 흔했지만 파리에는 드물었다. 이상한 노릇이지만 계단을 올라가는 동안 제대로 찾아왔다는 느낌이 들었다.

대로 위쪽에 서자 마침내 지하철역에서 나오면서부터 없다고 생각했던 은밀한 느낌이 들었다. 이곳은 벨리비에 씨가 살고 있을 법했다. 나는 문패가 없는 현관문 앞에 섰다. 이 문 뒤에 그가 있을까? 대로를 내려다본 다음 문을 두드렸다. 두드릴 때마다 심장이 점점 더 거세게 뛰었다. 혹시 이곳에서 일이 벌어지는 걸까? 아래층 빈 아파트는 온갖 용도로 쓰일 수 있다. 약국에서 특별한 약들을 남겨 두었을지도 모른다. 상상이 제멋대로 자랐다. 구두수선 가게에서 3층으로 곧장 올라오는 계단이 있을지도 모른다. 나는 한 손으로 난간을 잡고 다른 한 손에는 수표를 움켜쥔 채 한 걸음 물러섰다. 아무도 대답하지 않았다. 하지만 내 초조함은 가라앉지 않았다.

나는 문을 한 번 더 두드린 다음 한 층 아래로 내려갔다. 아래층 문은 오랫동안 사람이 드나들지 않은 듯했다. 먼지가 충분히 쌓여 있었다. 그래도 문을 두드렸다. 파리에 빈 아파트는 흔치 않았고 그래서인지 더욱 흥미가 생겼다.

구두수선 가게 위에는 폭이 좁은 금속 지붕이 덮여 있었다. 그 지붕 위로 올라가면 빈 아파트 내부가 보일 것 같았다. 나는 깊이 생각할 겨를도 없이 어느새 난간 아래로 기어 들어가 지붕을 밟고 섰다. 그러는 동안 누군가가 나를 향해 소리치거나 내가 지붕 위에서 무엇을 하는지 궁금해하기를 기다렸다. 발 아래서 노부인이 나를 한 번 쳐다보더니 계속 걸어갔다. 어쩌면 그녀는 내가 떨어지면 받아야 할까 봐 무서웠는지도 모른다. 첫 번째 창문을 들여다보자 아파트 실내가 훤히 보였다. 거의 비어 있었다. 사람이나 사물의 흔적은 없었다. 나는 조심스레 비상계단으로 돌아갔고 비로소 안전해졌다. 나는 1층에 도착할 때까지 대로를 내려다보지 않기로 했다. 땀이 나서 손이 축축했는데 그래서 오히려 기뻤다. 죽고 싶다는 생각은 안 한다는 뜻이니까.

1층으로 내려간 나는 아무 일도 없었다는 듯이 대로를 걸었다. 다행히 상상에서처럼 내 발 아래에 사람들이 모여드는 일은 벌어지지 않았다. 그런데 대로 건너편 식료품 가게 앞에서 푸른색 외투를 입은 어떤 남자가 쌍안경으로 나를 지켜보고 있었다.

방금 전까지 쌍안경을 들고 길에 서서 나를 보던 남자는 내가 가게 문 앞에 서자 등을 보이고 있었다. 가게 안에서는 정체를 알 수 없는 허브 냄새가 났다.

"안녕하세요."

남자가 돌아보았다.

"뭐 드릴까요?" 그가 물었다.

"음…… 혹시 맞은편 건물에 누가 사는지 아시나 해서요."

"맞은편이요?"

"네, 78번지요."

"미안하지만 몰라요."

"네…… 그런데 저를 지켜보시는 거 봤어요. 쌍안경으로요."

나는 진실에 매우 가까이 다가갔다는 생각이 들었다. 자그마한 남자는 눈썹을 치켜뜨고 나를 보았다.

"혹시 벨리비에 씨이신가요?"

"아니요."

그의 대답은 명료하고 확고했다. 마치 법정에서 증언이라도 하는 사람처럼 말했다. 너무 강하게 부정하는 바람에 나는 용의자 명단에서 그를 지울 수 없었다.

"그런 이름을 가진 사람을 아시나요?"

남자는 또 한 번 부정했다. 이번에는 너무 자신감이 넘쳐서 설득력이 없었다.

"알겠어요. 하지만 쌍안경으로 저를 본 건 맞잖아요. 그런 식으로 사람들을 자주 관찰하세요?"

남자는 잠시 생각하는 것 같았다.

"내 이름은 만체보예요."

나는 그에게 이름을 말하지 않았다.

"맞은편 건물에 누가 사는지가 왜 궁금한데요?" 그가 진지하게 물었다.

선택의 폭은 좁았다. 나는 더 알아내고 싶었고 기회가 찾아왔다. 이는 곧 그에게 뭔가를 알려줘야 한다는 뜻이다. 그는 하고 싶은 말이 있는 사람처럼 행동했다. 갑자기 그가 안으로 들어가더니 의자 두 개를 들고 나왔다.

"앉아서 얘기합시다."

그는 길가에 의자 하나를 내려놓았다가 다시 들어 옮겼다. 세 번을 그렇게 했다. 나는 강박적인 행동이라고 생각하면서 선글라스를 쓴 채 그의 옆에 놓인 의자에 앉았다. 낯선 남자와 나란히 앉아 벨리비에 씨의 집일지도 모를 곳을 보고 있자니 기분이 이상했다.

"우린 보이지 않아요." 그가 말했다.

나는 미소 지었다. 이 모든 상황이 우스웠다. 타는 듯한 더위에 처음 만난 두 사람이 길거리에 앉아 특정 건물을 주의 깊게 살피는 모습이라니.

"구두수선 가게 주인 이름은 타리크예요. 제 사촌이죠. 이미 봤겠지만 가게 위층 아파트는 비어 있어요. 길 아래쪽 약국에서 그곳을 창고로 썼죠."

그는 잠시 멈추었다.

"맨 위층에는 테드 베이커라는 사람이 살아요. 영국인 작가이고 부인과 함께 살지요."

그는 다시 멈추었다. 나는 이제 내가 뭔가를 줄 차례라는 것을 깨달았다.

"음, 상황이 약간 복잡해요⋯⋯. 몇 주 동안 저는 벨리비에 씨라는 사람 밑에서 일했어요. 만난 적은 없지만 저 건물이 그 사람 주소예요. 전 그 사람을 만나보고 싶어요."

우리는 잠시 말없이 앉아 있었다. 나는 만체보에게서 정보를 조금 더 캐내 보기로 했다.

"혹시 사촌이 비밀리에 만체보 씨가 모르는 일을 하지는 않나요?"

만체보 씨는 대답하지 않고 땅을 쳐다보았다.

"모르겠어요. 어쩌면요. 요새 사이가 좀 소원해졌거든요."

"테드 베이커라는 사람에 대해서는 뭘 알고 있죠?"

"그리 많이 알지는 않아요."

"그런데 처음에 저 건물에 누가 사는지 아냐고 물었을 때 왜 모른다고 했어요?"

"아주 민감한 문제거든요. 내가 테드 베이커의 부인과 일을 하고 있기 때문이에요."

"그분 이름이 뭔데요?"

"캣 부인이요."

"캣 부인이라고요? 이상하군요."

"왜 이상해요?"

"결혼한 사이라면 대개 같은 성을 쓰잖아요. 아, 테드 베이커라는 사람이 작가라면 필명일 수도 있겠네요. 캣이 성이 아니라 이름일 수도 있고. 하지만 캣이라는 이름이 이상하기는 마찬가지예요."

"필명이요?"

"네. 작가들은 다른 이름으로 글을 쓰기도 하거든요. 제법 흔한 일이에요. 그런데 캣 부인과 일한다고 하셨죠? 무슨 일을 하시는데요?"

만체보 씨는 내게 사실대로 말할까 말까 고민하는 게 분명했다.

"이 가게를 운영하신 지는 얼마나 됐나요?"

별 상관없는 질문이었지만 그의 신임을 얻어 다가가고 싶었다. 그는 먼저 물은 질문에 대답했다.

"그녀가 내게 남편을 감시해 달라고 했어요. 남편이 외도를 한다고 의심하거든요."

엄청난 이야기는 아니었지만 나는 놀랐다. 뭔가 만체보 씨의 일이 내 일과 밀접하게 관련된 것 같았다. 벨리비에 씨가 이런 일이 벌어지는 곳에 사는 것이 우연일 리 없다. 나는 캣이 내가 찾는 사람이라는 확신이 들었다. 따라서 옆에 앉아 있는 남자는 내게 중요했다. 갑자기 그가 벌떡 일어나더니 햇빛을 막고 내 앞에 섰다.

"저기 계단을 올라가는 사람이 테드 베이커예요." 그가 속삭였다.

만체보 씨는 가게 안으로 들어가더니 분무기를 가지고 나왔다. 그는 과일에 물을 뿌리기 시작했는데 행동이 매우 부자연스러웠다. 나는 아파트로 올라가는 베이커 씨를 보았다. 이제 뭘 어쩌지? 가서 문을 두드려야 할까? 만체보 씨는 과일에 물 뿌리는 행동을 멈추고 다시 의자에 앉았다.

"감시는 어떤 식으로 하나요?"

"그가 집에서 나갈 때와 집으로 들어갈 때 계속 지켜봐요."

"미행한 적은 없고요?"

"딱 한 번이요. 차를 타고서."

나는 조금 기다렸다가 찾아가서 문을 두드려야겠다고 마음 먹었다. 하지만 잠시 후 현관문이 열리더니 베이커 씨가 다시 비상계단에 나타났다. 나는 벌떡 일어나서 휘둥그레진 눈으로 나를 보는 만체보 씨에게 미소 지었다.

"뭘 하시려고요?"

"저 사람을 쫓아가 보려고요. 아내를 만나러 가는 것일 수도 있잖아요. 제발 그러면 좋겠네요. 아내가 바로 제가 찾는 사람인 것 같아요."

"몰래 따라가겠다는 건가요?"

"아니요. 그냥 어디 가는지 본 다음에 벨리비에 씨를 아냐고 직접 물어볼 생각이에요."

만체보 씨는 어리둥절한 표정으로 나를 보았지만 왜 그러는지 알아볼 시간이 없었다. 베이커 씨가 이미 길에 나왔기 때문에 나는 작은 식료품 가게를 떠나 황급히 길을 건넜다.

35

파리는 마지못해 잠에서 깨어났다. 더위에도 불구하고 관광객들은 민첩했다. 그들은 떠나기 전에 모든 곳을 들쑤시고 싶어 했다. 에펠탑에 올라가고 갤러리 라파예트에서 쇼핑하고 노트르담에서는 사진을 찍고 어딘가에 있는 레스토랑에서 달팽이 요리를 먹었다. 어느 식당을 선택하는지는 그리 중요하지 않다. 그들에게는 도시가 깨어나기를 기다릴 시간이 없었다. 이들은 빵집에서 퍼져 나오는 빵 냄새도 알아차리지 못하고 야간 근무를 마친 택시 기사들이 일제히 하품하는 것도 보지 못한다. 트럭 뒤에 서서 차가 움직이는 동안 한 손으로 차례차례 쓰레기통을 비우는 청소부의 기술도 살피지 못한다. 이들에게는 유럽에서 손꼽히는 대도시의 대로에 찾아든 고요한 아침을 만끽할 시간이 없다. 이들은 이 도시를 알아보기 위해 왔으면서 이곳을 경험하는 데 시간을 내지 않았다.

만체보에게는 이 도시를 알아볼 시간도 없고 그러고 싶은 마음도 없었다. 그는 잠시라도 좋으니 조사를 그만 하고 싶었다. 그는 인도에 놓은 의자에 앉아 낯선 여자가 테드 베이커를 쫓아가는 장면을 지켜보았다. 만체보는 옆에 놓인 빈 의자를 보았다. 방금 전까지만 해도 저 여자는 옆에 앉아서 캣과 테드 베이커와 타리크에 대해 무엇을 아느냐고 물었다. 그리고 그 전에는 캣의 집 현관문을 두드렸고 아무도 나오지 않자 정신 나간 사람처럼 지붕에 올라가서 아래층 아파트를 살폈다. 습격을 당한 이후로 만체보가 쌍안경을 사용한 것은 이때가 처음이었다.

그는 숨을 깊이 들이마셨다. 지난번에 이렇게 감당하기 힘들다고 느꼈을 때 무슨 일이 벌어졌는지 떠올랐다. 그런 일이 다시 생기게 둘 수는 없었다. 편두통을 앓아도, 쓰러져도 안 된다. 그래서 그는 가게 안으로 들어가 계산대 뒤에 앉았다. 대금 청구서 몇 개 아래에 〈르 파리지앵〉 한 부가 놓여 있었다. 그는 신문을 읽기 시작했다. 현실로 돌아오기 위해서였다. 아니, 그가 처한 현실에서 벗어나기 위해서였다. 그는 지난 일기예보를 한참 동안 물끄러미 보았다. 적어도 일기예보라면 놀랍거나 뜻밖의 무언가를 알게 되지는 않을 테니까. 만체보는 이런 종류가 더 필요하다고 생각하며 신문을 넘겨 별자리 운세를 찾았다. '황소자리: 여러 가지 놀라운 즐거움을 선사할 스피드와 액션 넘치는 한 주. 금전: 뜻밖의 보너스로 재정이 늘어난다. 일: 이제 방향을 바꿔야 할 때일지도? 사랑: 상대가 있다면 그 사람의 새로운 면을 발견하게 될 것이다.'

만체보는 별자리 운세를 믿지 않았지만 이제 믿게 되었다. 그는 신문을 계속 넘겼다. 요즘에는 지난 별자리 운세조차 그를 놀라게 했다.

점심시간에 아미르가 보이지 않았다.

"아미르는 점심 먹으러 안 온대?"

파티마를 향한 질문이었다. 이를 알 만한 사람은 그녀였으니까.

"곧 올 거야. 할레드 만나러 갔어. 아마 둘이 같이 올 걸?"

"몸은 좀 나아졌나?"

"그런 것 같아. 어쨌든 오늘은 하루 종일 밖에서 놀았으니까."

바로 그때 문이 열리더니 아미르가 축구공을 끼고 나타났다. 그는 현관 깔개 위에 공을 조심스레 놓았다. 할레드가 뒤이어 들어오더니 이미 식탁에 둘러앉아 있는 가족들에게 인사를 했다. 만체보는 아미르를 이해할 수 있었다. 만체보도 가족이 아닌 누군가가 옆에 있길 바랐다. 문제는 그 사람이 누구여야 할지 모르겠다는 것이었다. 그는 이제 누구를 믿어야 할지 알 수 없었다. 라파엘? 하지만 그는 타리크와 너무 가깝다. 프랑수아? 그는 상대적으로 덜하지만 모를 일이다. 둘은 자리에 앉았다. 아미르가 먼저 파티마 옆 식탁 끝자리에 앉았다. 타리크와 가장 먼 자리였다. 할레드는 자동적으로 타리크 옆에 앉았다.

"오늘밤에 다들 할 일 있어." 파티마가 말했다. "저녁에 휴가 계획을 세워야 해. 언제 갈 건지, 누구와 같이 방을 쓸 건지 그런 거. 작년 같은 휴가는 싫어. 출발하기 며칠 전에야 숙소를 찾느라 나혼자만 종일 전화기 붙들고 있었잖아."

아델이 고개를 끄덕였다. 만체보는 정신을 차렸고 잊고 있던 휴가 생각이 났다. 일주일 뒤에는 다함께 가게를 닫고 한 달 동안 튀니지로 떠날 예정이었다. 그는 갈 수 없다고 생각했다. 무슨 일이 있어도 가지 않겠다고. 만체보는 땀이 나기 시작했다.

점심식사 후 만체보는 바나나를 구입한 주름치마를 입은 여자 아이에게 남은 수첩 두 권 중 한 권을 건넸다. 아이는 고맙다고 무릎을 굽혀 인사한 뒤에 서둘러 나갔다. 아이는 토끼 수첩을 달라고 했지만 남아 있는 것이 없어서 용이 그려진 수첩을 줬다. 만체보가 아이에게 받은 돈을 정리할 겨를도 없이 캣의 남편이자 관찰 대상인 작가 테드 베이커가 가게로 들어왔다. 만체보는 깃털 먼지떨이를 쥐었다. 뭔가 손에 쥘 것이 필요했다. 그는 재빨리 뒤돌아 샴피뇽 통조림의 먼지를 털기 시작했다. 작가가 가게에 올 수 있다는 생각은 한 번도 해본 적이 없었다. 만체보는 스스로가 명청하다고 생각했다. 작가가 바로 길 건너에 살고 있는데 말이다.

만체보는 베이커 씨가 바로 뒤에 서 있는 느낌이 들었다. 계산대 위에 뭔가를 올려놓는 소리도 들리지 않았다. 좋은 신호는 아니었다. 작가가 뭔가를 사러 온 게 아니라 다른 목적으로 왔다는 뜻이기 때문이다. 만체보는 작가가 가게에 찾아온 이유가 아까 찾아온 여자와 관련이 있지 않을까 상상하기 시작했다. 그 여자가 작가를 쫓아가서 다 일러바친 게 틀림없다. 다른 사람에게 임무에 대해 몇 마디 했다고 이런 일이 일어나다니. 만체보는 진퇴양난이라고 생각했다.

작가이자 관찰 대상인 테드 베이커는 갑자기 목소리를 가다듬었다.

"실례합니다."

만체보는 침을 꿀꺽 삼키고 뒤로 돌아섰다.

"뭘 도와드릴까요?"

심장이 튀어나오려는 것 같았다.

"샴페인을 한 병 사고 싶은데요."

"그럼요. 샴페인. 당연히 있지요. 어떤 종류를 원하시나요?"

만체보는 계산대 뒤쪽 높은 선반에 놓인 먼지 자욱한 샴페인 몇 병을 가리켰다. 그중에는 갖다 놓은 지 1년이 넘은 것도 있었다. 가게에 샴페인을 사러 오는 사람은 많지 않았다. 가끔 미국 관광객들이 집으로 가기 전에 잔돈을 쓰러 오는 경우는 있었지만 대개 사람들은 다른 곳에서 샴페인을 샀다.

테드 베이커는 네 가지 선택지를 뚫어지게 쳐다보았다.

"식전주로 마실 건데요."

안타깝게도 만체보는 도움이 되지 못했다. 샴페인에 대해서는 작가보다 아는 게 훨씬 적었고 간신히 병만 구분할 수 있는 정도였다.

"자세히 볼 수 있을까요?"

테드 베이커는 계산대 뒤로 가서 병을 자세히 봐도 되겠냐는 듯이 손짓했다. 만체보는 그가 오지 않기를 바랐다. 계산대 뒤는 캣에게 보낼 보고서와 쌍안경과《쥐 잡는 사람》이 보관된 곳이니까.

하지만 베이커는 이미 계산대 뒤에 와 있었다. 그가 입은 파란색 티셔츠에서 몇 센티미터 떨어진 곳에 이번 주에 보낼 보고서가 있었다. 작가가 이번 주에 무엇을 했는지 알리는 보고서가.

"프랑수아 지로 브뤼로 할게요." 작가는 샴페인을 건들여 보지도 않고 이렇게 말했다.

만체보는 테드 베이커가 가게 주인인 자신을 존중하기 위해 병을 꺼내서 살펴보지 않았다는 생각이 들었다. 하지만 그가 사려는 병을 꺼내려면 만체보가 의자 위에 올라가야 했다. 그는 의자를 가져와 병을 꺼냈다. 네 병 중 가장 비싼 것이었다.

"축하할 일이 있나 보네요."

만체보는 뿌듯했다. 정신이 돌아와 영리한 질문을 던졌기 때문이다.

"네, 그렇다고 할 수 있죠. 이제…… 일을 하나 끝냈거든요."

"아, 그런 일이라면 언제든 축하할만하죠. 안타깝게도 병을 포장해 드릴만한 게 없네요."

"괜찮습니다. 바로 길 건너에 살거든요."

"그러세요? 한 번도 뵌 적이 없는 것 같은데요."

만체보는 마지막 말이 너무 과하다는 것을 몰랐다. 베이커 씨는 잠시 다른 곳에 가 있는 듯했다. 그는 입술을 깨물고 샴페인 병을 만지작대더니 손으로 얼굴을 감쌌다.

"괜찮으세요?"

"미안합니다……. 더워서 그래요."

"맞아요. 더위 때문에 다들 정신이 쏙 빠지죠." 만체보는 약간 숨을 헐떡이며 대답했다.

"이것도 살게요."

작가는 블랙올리브 한 병을 계산대에 올렸다. 만체보는 이 소리를 들어본 적이 있다. 그는 병을 물끄러미 바라보았다.

"이게 샴페인과 어울릴까요?"

"그럼요. 올리브는 대부분의 음식과 어울리죠." 만체보가 대답했다.

만체보는 작가에게 샴페인, 올리브, 마지막 수첩이 담긴 봉지를 건넸다.

만체보의 눈은 매와 같았다. 혼자 마시려고 샴페인을 사는 사람은 없다. 분명 작가는 샴페인을 누군가와 함께 마실 것이다. 만체보는 그에게 미안할 지경이었다. 작가는 무슨 일이 일어나고 있는지 모르는 것 같았다. 그는 일을 끝냈다고 했는데 만체보는 그 말이 외도를 끝냈다는 뜻일까 궁금했다. 그러면서 자신이 집중해야 할 일은 하나뿐이라고 생각했다. 테드 베이커는 이 샴페인을 누구와 마실까? 이를 알아내려면 다른 감시 방법이 필요하겠지만 만체보는 반드시 알아내겠다고 다짐했다. 그는 의자에 앉아 쓸모없는 부채를 얼굴로 가져갔다.

타리크가 손을 들어 술 마시러 갈 시간임을 알렸다. 만체보는 서둘러 가게를 닫았고 타리크가 길을 건너왔을 때는 준비가 끝났다. 계획은 분명했다. 두 사람은 대로를 따라 걸어 내려갔고 오후의 햇살이 길을 비추었다. 하지만 대로 끝 건물에서 모퉁이를 돌 때 만체보가 불쑥 말했다.

"이런, 젠장! 베통 씨에게 배달하는 걸 깜빡했네!"

퇴역 군인인 장 베통은 한 달에 몇 차례 만체보에게 전화를 걸어 식료품을 주문했는데 주로 통조림이었다. 곧 전쟁이 일어날 것이라고 믿기 때문이다. 대개 배달은 아미르가 했다.

베통 씨는 빵집 위층 아파트에 살았지만 만체보는 두 달 째 그의 연락을 받지 못했다. 카나바 씨의 말에 따르면 베통 씨는 사망했을 수도 있다. 하지만 지금 그런 건 아무래도 상관없다. 만체보는 타리크가 그 이야기를 듣지 못했기를 바랐다.

"한 시간도 못 기다린대?"

"4시 전에 배달해 주기로 약속했거든. 베통 씨 성격 알잖아. 준비는 다 해놨고 배달만 하면 돼. 너 먼저 가. 난 시간 있으면 뒤따라갈게."

"아미르 시키면 안 돼?"

타리크는 만체보에게 휴대폰을 내밀었다. 만체보가 휴대폰을 잘 안 가지고 다닌다는 것을 알기 때문이다.

"아니야. 할레드랑 축구하는데 방해하고 싶지 않아."

타리크는 휴대폰을 케이스에 넣었다. 만체보는 문득 휴대폰 케이스가 권총집 같다는 생각이 들었다. 그는 서둘러 가게로 돌아갔고 작가의 현관문이 닫히려는 찰나에 딱 맞게 도착했다. 테드 베이커에게 일행이 있었다.

만체보는 바티뇰 대로와 클라이페롱 거리 사이 한 구석에 자리 잡았다. 전략적으로 좋은 위치였다. 비상계단이 잘 보였고 타리크가 예상보다 일찍 돌아오더라도 비교적 빨리 그를 발견할 수 있는 장소였다. 파티마, 아델, 아미르가 아파트에서 내다보고 뭘 하는지 궁금해하지 않을 위치이기도 했다. 감시 측면에서만 보자면 가장 좋은 위치는 아니었다. 작가의 아파트 내부가 보이지 않았기 때문이다. 따라서 만체보는 작가가 어느 방에 있는지도 알 수 없었다. 하지만 그 정도도 추측하지 못할 바보는 아니었다.

이례적인 상황에 처했지만 만체보는 다른 탐정들이 깊은 인상을 받을 만큼 평정심을 잃지 않았다. 그는 이번만큼은 모든 것을 통제하고 있었기 때문에 침착했다. 이뿐만 아니라 지금이 결말 부분의 시작이라는 것을 알기 때문이기도 했다. 이런 생각을 하자 기분이 약간 우울해졌고 그 덕에 더욱 차분해졌다. 만체보는 손목시계를 보았다. 작가의 집에 일행이 들어간 지 20분이 되어갔다. 여자가 나오지 않으면 어쩌지? 언젠가는 나오겠지만. 만체보는 지난번 여자의 팔을 보았을 때와 같은 실수를 하지 않겠다고 다짐했다. 이번에는 계속 냉정하게 일하겠다고.

그는 타리크가 돌아올 때까지 이곳을 떠나지 않기로 했다. 실제로 베퉁 씨에게 배달을 갔다면 분명 오래 이야기했을 것이다. 만체보는 곧 잡고 말겠다고, 결혼 생활을 망치는 사람은 벽에 못 박아야 한다고 생각했다.

만체보의 맥박이 빨라졌다. 여자가 혼자 아파트에서 나오면 어쩌지? 그는 자신감이 사라지기 시작했다. 이런 상황에서는 여러 가지 놀라운 일이 생길 수 있다는 것을 잘 알았다. 하지만 그런 일들은 꼭 피하고 싶었다. 어쨌든 만체보에게는 선택의 여지가 없다. 속으로 고민해보았지만 여자가 혼자 나오면 쫓아가는 것 말고는 다른 결론을 찾을 수 없었다. 여자가 누구인지, 어디에 사는지 확인해야 했고 말을 걸어봐야 할 수도 있다.

캣이 남편의 외도 상대가 누구인지 알고 싶다고 분명하게 말하지는 않았지만 당연히 알고 싶을 것이다. 파티마가 외도를 하면 만체보 역시 상대를 알고 싶을 테니까. 파티마에게 비밀이 있기는 해도 그녀가 다른 남자와 있을 가능성은 없어 보였다. 만체보는 상자에 갇혀 모든 것을 발산하기를 기다리는 출발 직전의 경주마가 된 기분이었다. 대개 말은 침을 흘렸으나 만체보의 입은 바싹 말랐다. 우울한 기분은 눈곱만큼도 남아 있지 않았다. 이건 끝이 아니다. 작가의 이중생활, 캣의 결혼생활, 섬세한 보고서와 올리브 병에 든 돈은 끝일 수도 있다. 어쩌면 이 모든 이야기의 끝일 수도 있다. 하지만 만체보의 새로운 삶은 이제 막 시작했다. 그의 오른쪽 눈에 경련이 일었다.

갑자기 빵집 앞에 흰색 트럭에 섰다. 만체보는 그 차를 알아보았다. 차의 한쪽 면에는 스티커가 붙어 있다. 하필 이때 라파엘이 오다니 타이밍이 안 좋다고 생각했다. 운이 좋다면 라파엘은 빵집에서 뭔가를 수리하기만 하고 만체보나 타리크를 만날 생각을 하지 않을 것이다. 만체보는 가만히 서서 라파엘의 트럭과 비상계단을 번갈아 살폈다. 트럭 보조석에 앉은 여자가 보였다. 만체보는 라파엘의 아내 카미유일 것이라고 짐작했고 두 사람이 키스하는 모습을 보고 카미유라고 확신했다. 하지만 그 후 모든 일이 매우 빠르게 벌어졌다. 갑자기 여자가 트럭에서 내리더니 라파엘이 차를 몰고 가버렸다. 여자는 머리에 검은색 숄을 두르더니 주의 깊게 주변을 살피고 서둘러 대로를 건너 식료품 가게 옆문으로 들어갔다. 만체보는 조심스레 현관문을 닫는 사촌의 아내와 고작 몇 미터밖에 떨어져 있지 않았다.

온 파리가 침묵에 빠진 것 같았다. 만체보의 신체 기관이 천천히 작동하기 시작했다. 하지만 회복할 시간이 없었다. 갑자기 작가의 아파트 문이 열리고 부부가 나왔기 때문이다. 캣은 웃고 있었다. 테드 베이커는 아내의 손을 잡고 다른 한 손에는 소풍 바구니를 들고 있었다. 바구니 위로 비죽 나온 프랑수아 지로 브뤼 병이 보였다. 만체보는 벽에 녹아들 기세로 바싹 붙었다. 지나가는 사람 몇몇이 소심한 유령처럼 벽돌 벽에 밀착하는 이상한 남자를 쳐다보았다. 만체보는 겁이 났다. 이 모든 정보를 어떻게 처리하지? 다시 쓰러질 수는 없다. 플로리앙트 선생을 만나고 싶지 않다. 그는 스스로를 구해야 했다.

하루는 계속 흘렀다. 보통 삶이 이렇게 흘러간다는 사실이 지금 당장 만체보가 감당하기에는 너무 버거웠다. 하루가 계속 흘러간다는 생각만으로도 짓눌리는 기분이었다. 그는 모든 것이 고요하고 모든 이들이 잠자리에 든 밤이 오기를 간절히 바랐다. 어쨌든 시간은 계속 흘렀다. 만체보는 힘든 상황에 처하면 뜻밖의 힘이 생긴다는 이야기를 들은 적이 있다. 하지만 지금 그는 큰 충격을 받았을 때 어떻게 평소처럼 행동할 수 있는지를 배우고 있었다. 뇌가 상당 부분 기능을 잃었음에도 불구하고 몸에 깊이 밴 행동은 계속되었다. 밤이 되어 안도할 수 있을 때까지 보조 엔진에 시동이 걸렸고 자동 조종 장치가 운전을 넘겨받아 혼돈이 지배하는 세상에서 모든 일을 제법 정상적으로 수행했다.

라파엘과 아델을 목격한 뒤 모든 것이 캄캄해졌다. 만체보는 자신이 무엇을 하는지도 몰랐고 정신을 차려보니 르솔레이 앞에 있었다. 타리크가 나오기를 기다렸는지, 아니면 만체보가 도착했을 때 우연히 타리크가 나왔는지도 기억나지 않았다. 가게로 돌아가는 길에 무슨 이야기를 나누었는지도 몰랐다. 하지만 돌아온 것만은 분명했다. 만체보는 지금 가게 계산대 뒤 의자에 앉아 있으니까. 지금 그가 감히 몸을 둘 수 있는 곳은 이곳뿐이었다. 그는 바깥세상에서 자신이 어디에 서 있어야 할지 더는 알지 못했다. 침대에 들어가 태아처럼 몸을 말고 눕고 싶었다. 그는 손목시계를 보고서 문제의 장면을 목격한 뒤로 두 시간이 흘렀다는 것을 알았다.

만체보는 라파엘이 아델을 위해 얼마나 많은 것들을 고쳐주었을까, 두 사람을 본다면 타리크가 어떤 반응을 보일까 생각했다. 특히 두 번째 부분에서는 몸을 떨었다.

누군가가 가게로 들어올 때마다 그는 깜짝 놀랐다. 전화가 울렸을 때는 말할 것도 없었다. 그때 남자아이 둘이 말 그대로 넘어지며 가게에 들어왔다. 아이들은 달리기 시합을 하며 온 것 같았고 한 명이 문턱에 걸려 넘어지자 다른 한 명도 넘어졌다. 만체보는 아이들이 비스킷 두 팩을 계산대에 올려놓을 때까지 못 본 체했다. 그는 돈을 받고 거스름돈을 주었다. 자동 조종 장치가 작동을 멈추려 하고 있었다.

"아저씨, 수첩은 없어요?"

"그래, 다 끝났어. 나도 그렇고."

36

베이커 씨는 가벼운 발걸음으로 서둘러 길을 걸었다. 그를 쫓아
가는 동안 나는 긴장되기보다는 기대감에 부풀었다. 사실 나는 아
주 오랫동안 바로 이런 종류의 일을 원했다. 능동적이고 스스로 통
제할 수 있는 사람이 되는 일. 숫자열이 아니라 사람에게 집중하는
일. 약 50미터 앞에 크고 노란 지하철역 표지가 보였다. 나는 걸음
을 멈추지 않고 겨우 지하철 승차권을 찾았다. 베이커 씨는 계단으
로 내려갔다.

지하철 안에서 우리는 멀리 떨어지지 않은 곳에 앉았다. 함께 탄
승객들은 대부분 휴대폰을 보았고 책을 읽는 사람들도 몇 있었다.
어떤 여자가 손톱을 다듬으면서 조용히 혼잣말을 했다. 젊은 아시
아인 남녀는 모서리가 잔뜩 접힌 여행 안내책자를 열심히 넘겨보
았다. 문득 아무것도 들고 있지 않은 사람은 작가와 나뿐이라는 생
각이 들었다. 베이커 씨의 시선은 시커먼 터널 벽에 고정되어 있었
다. 이따금 그는 옆 사람의 책을 흘끔거렸다. 나는 위에 붙어 있는
노선안내도를 보며 그가 어디에 가는지 알아내려 애썼다. 혹시 갈

아타려나? 그렇다면 샤를 드 골 에투알에서 내릴 수밖에 없다.

지하철은 칙칙한 회색빛 테흔느를 출발했나 싶더니 곧 다시 속도를 늦추었다. 나는 뭔가를 감지한 듯이 작가보다 먼저 일어섰다. 베이커 씨는 지하철을 갈아타려는 것 같았다. 샤를 드 골 에투알역은 누군가를 몰래 뒤쫓아 가고 싶은 사람에게는 최악의 역이다. 지하 역사 안의 길은 가지 많은 나무처럼 얽혀 있어서 시야에 들어오는 사람들이 급속히 바뀌었다. 베이커 씨를 놓쳤다고 확신하는 찰나 다시 그가 보였다. 그는 에스컬레이터에 타고 있었다. 나는 에스컬레이터가 어느 노선으로 연결되는지 기억하려 애쓰며 그가 갈아타려는 노선을 추측했다. 샹젤리제에서 약속이 있다면 저 벽을 지나 오른쪽 첫 번째 출구로 갈 것이다. 나는 에스컬레이터에서 걸어 올라가기 시작했고 내 뒤에다 뭐라고 중얼거린 덩치 큰 여자와 부딪쳤다.

내가 에스컬레이터에서 내렸을 때 베이커 씨는 이미 벽을 지나고 있었다. 그는 왼쪽으로 돌았다. 다른 노선을 탄다는 뜻이다. 나는 열심히 그를 쫓아갔다. 수많은 사람들이 바삐 걷고 있었다. 흔히 볼 수 있는 모습이다. 사람들은 누군가를 뒤쫓아서가 아니라 출근 시간에 늦었거나 외곽으로 가는 다음 지하철을 타기 위해 서둘렀다.

베이커 씨는 1호선으로 연결되는 길로 접어들었다. 1호선 종점은 라데팡스다. 내가 환승로에서 나왔을 때 그는 플랫폼에 서 있었고 나는 바로 뒤에 서서 기다리기로 했다. 곧 지하철이 굉음을 내며 역으로 들어왔다. 문이 열리자 사람들이 쏟아져 나왔다. 사람들이 다 내리기도 전에 기다리던 사람들이 밀고 들어가기 시작했다. 나는 베이커 씨와 너무 가까워지고 싶지는 않았지만 지하철에 타지 못하는 위험을 감수하기도 싫었다. 이상하게도 그는 거세게 미는 사람들에게 전혀 신경 쓰지 않는 것 같았다. 지하철 한가운데 평온하게 자리 잡고 손잡이를 꽉 잡고 있을 뿐이었다. 나는 그의 뒤로 밀고 들어가 문 옆에 섰다.

지하철이 갑자기 출발하는 바람에 빨간 원피스를 입은 여자가 넘어질 뻔했다. 다행히 어떤 남자의 팔을 잡고 간신히 버텼다. 그녀는 사과했고 남자는 도와줄 수 있어서 더 기쁜 듯 보였다. 두 사람은 파리의 교통과 왜 새 지하철이 개통되는 데 시간이 이렇게 오래 걸리는지에 대해 이야기를 나누기 시작했다. 베이커 씨는 그들의 이야기를 듣는 데 관심이 있어 보였다. 그가 내릴지도 모를 라데팡스까지는 다섯 정거장이 남았다. 역에 설 때마다 나는 내릴 준비를 했다. 하지만 작가는 남녀의 이야기에 귀를 기울이며 그대로 서 있었다. 두 사람은 이제 서로 집이 가깝다는 것까지 알게 되었다. 지하철이 포흐트 마이요에 정차하자 어린 아이들을 동반한 가족이 짐을 내리느라 애를 먹었다. 그들은 여행가방의 날카로운 모서리에 부딪친 모든 사람들에게 사과했다. 십중팔구 라이언에어 버스를 타고 보베 공항으로 가겠지.

지하철이 다시 출발해 종점으로 점점 다가갔다. 지하철이 퐁 드 뇌이에 도착하자 빨간 원피스를 입은 여자와 그녀를 도와준 남자가 함께 내렸다. 문이 닫히기 전에 나는 저 두 사람이 다시 만날까 궁금해졌다. 지하철이 출발하자 베이커 씨는 고개를 돌려 방금 내린 남녀를 마지막으로 한 번 더 보았다. 그 역시 두 사람의 미래를 생각하는지도 모른다. 이제 두 정거장 남았다.

지하철은 에스플라나 드 라데팡스에 도착했다. 하지만 베이커 씨는 내릴 생각이 없어 보였다. 이제 그가 내릴 곳은 종점인 라데 팡스뿐이다. 나는 이 시간에 그가 상업지구에서 뭘 할지 궁금했다. 사람들이 손에 들고 있던 휴대폰, 책, 손톱 다듬는 줄을 가방에 넣었다. 내릴 때였다. 나는 모든 일이 시작된 곳으로 돌아왔다.

어쩌다 보니 베이커 씨와 너무 가까워졌다. 그의 파란색 티셔츠가 내 가방에 스쳤다. 그는 내 가방 안의 수표와 고작 몇 센티미터 떨어져 있었다. 수표의 서명은 그가 했을까? 아니면 그의 아내? 나는 그가 앞서 가도록 했다. 그는 쇼핑센터 밖 광장으로 올라가는 에스컬레이터에 탔다. 그는 아래바를 올려다보지 않은 채 계속 앞으로 나가 CNIT로 향했다. 나는 빨리 걸었다. 그는 약속이 있는게 틀림없다. 건물 안으로 들어선 그는 곧바로 건물 뒤쪽의 엘리베이터로 갔다.

나는 재빨리 옆에 있던 인테리어 가게로 들어가 그가 나보다 먼저 엘리베이터에 타도록 했다. 처음으로 긴장이 되었다. 베이커 씨를 태운 엘리베이터가 출발했다. 저 엘리베이터가 가는 곳은 한 곳뿐이다. 힐튼 호텔 레스토랑.

레스토랑은 층 전체를 차지하고 있었지만 나는 창가 자리에 앉은 베이커 씨를 한눈에 알아보았다. 그의 맞은편에는 금발 여자가 내게 등을 보이고 앉아 있었다. 곧장 다가갈 수도 있지만 나는 바에 가서 커피를 마시며 잠시 정신을 가다듬기로 했다.

베이커 씨는 말없이 여자의 손을 잡았고 두 사람은 키스했다. 그 장면은 내게 움직이라는 출발 신호와 같았다. 나는 그들이 앉은 곳으로 걸어갔다. 여자의 얼굴이 낯익었다. 처음에는 그녀를 알아보지 못했지만 잠시 후 누구인지 생각났다. 베이커 씨가 입 맞춘 사람은 아레바의 안내데스크 직원이었다.

"실례합니다."

베이커 씨는 친절한 눈빛으로 나를 보았다. 하지만 여자는 겁에 질린 것 같았다. 두 사람 다 말이 없었다.

"우리 만난 적이 있죠." 나는 여자에게 손을 내밀며 말했다.

그녀는 힘없이 내 손을 잡았다.

"반갑습니다." 나는 베이커 씨를 똑바로 쳐다보며 말했다.

그는 설명해 달라는 듯이 여자를 보았다.

"그 사람이에요." 여자는 연인의 손을 꼭 잡고 말했다.

작가는 실망한 표정이었다. 내가 자리에 앉자 그는 이야기를 시작했다. 그에게 다른 선택지는 없었으니까.

37

어제 새로운 사실을 알게 된 뒤 만체보는 아들처럼 아픈 척하기로 하고 저녁을 먹자마자 누워야겠다고 선언했다. 이상할 건 없었다. 아미르의 예처럼 별일 없이 넘어갔다. 그리고 그는 가족들 몰래 짐을 꾸렸다. 가방은 가게의 청소용구 벽장에 숨겨 놓았다.

그는 하루 종일 계산대 뒤에 앉아 있었다. 아무것도 보고 싶지 않았기 때문이다. 해질 무렵이 되자 만체보는 타리크의 사무실로 갔다. 타리크는 만체보의 계좌 관리와 세금 환급을 도와주었다. 타리크는 튀니지로의 휴가를 위해서 만체보가 서류 작업을 끝내놓으려는 줄 알았다. 하지만 그런 이유가 아니었다. 만체보는 그곳에 앉아 구두상자에 둘러싸여 있자니 이상하게 몸이 아팠다. 이렇게 개방된 곳에 두다니 완전히 미친 짓 같았다. 하지만 반대로 천재적인 발상 같기도 했다. 눈앞에 있는 걸 의심하는 사람은 없을 테니까. 마침내 타리크가 서류 뭉치를 정리해 만체보에게 건넸다.

"다 됐어, 형. 이제 가벼운 마음으로 휴가 가도 돼."

대로 맞은편 자기 가게 앞에 서 있는 사람을 본 만체보는 차가 오는지 보지도 않고 서둘러 길을 건넜다. 자동차가 경적을 울렸다. 테드 베이커를 쫓아갔던 여자였다. 그녀는 그를 보자 미소 지었다. 만체보는 서둘러 그녀를 가게로 데리고 들어갔다. 만체보는 그녀가 의자에 앉자마자 곧바로 본론을 이야기해서 다행스러웠다.

"베이커 씨를 쫓아가서 어떻게 됐는지 이야기하러 왔어요. 관심 있으실 것 같아서요."

만체보는 정말 그렇다고 생각했다.

"라데팡스에 있는 카페까지 그를 쫓아갔는데 그곳에…….."

여자의 휴대폰이 울렸다. 그녀는 말을 끊고 전화기를 보았다. 만체보는 누군가와 같이 있는데도 휴대폰에만 관심을 쏟는 버릇없는 청소년과 함께 있는 기분이었다. 그는 이제 어쩔 수 없다고, 이미 다 끝났고 나는 항복했다고, 그냥 내게 알고 있는 것을 말하고 최대한 빨리 날 조용히 내버려 두면 좋겠다고 생각했다.

"미안해요. 작가는 카페에서 다른 남자 작가를 만났어요."

만체보는 이 말이 진짜일까 의심스러웠다.

"애인이 있는 것 같지는 않더군요. 하지만 또 모를 일이죠."

만체보는 논리적으로 생각하려 애썼다.

"당신이 찾는 답은 찾았나요?"

"네. 베이커 씨가 바로 벨리비에 씨였어요."

"그럼 테드 베이커라는 이름은 팔명이라는 건가요?"

"네, 필명이요. 우리 둘 다 벨리비에 씨를 기다렸던 것 같네요."

만체보는 대로에서 멀어지는 여자를 다시 한 번 보았다. 그는 입을 벌리고 있었다. 정말 공허했다. 다 끝났다.

"제가 방해가 될까요?" 아미르가 가게에 들어오지 않은 채 물었다.

만체보는 돌아보며 입을 다물고 아들을 멍하니 바라보았다. 몇 주 전까지만 해도 아미르는 이렇게 묻지 않고 곧장 할 말을 했다. 하지만 만체보가 매일 어떤 일을 감당해야 하는지 아는 지금 아미르에게는 아버지를 향한 존경심이 새로 생겼다. 만체보는 아직 현실로 돌아오지 않은 듯 허공을 응시했다.

"아빠, 괜찮으세요?"

만체보는 고개를 끄덕였다.

"엄마가 외출하셨어요……. 알려드려야 할 것 같아서요."

"나가라지."

"네, 하지만 이상한 일이 있었어요……. 엄마가 전화를 받은 다음 갑자기 모든 게 다급해졌어요. 어디 가시느냐고 물어봤더니 '돈 문제를 해결하러 간다.'고 하셨고요. 농담인지 아닌지 모르겠지만 그런 일이 있은 다음이라……."

아미르는 안으로 들어오더니 멈춰 서서 대로에 시선을 고정했다.

"어쨌든 정말 급해 보였어요." 그가 고개를 끄덕이며 말했다.

만체보가 대로를 내다보자 흰색 상자를 팔에 끼고 황급히 지나가는 파티마가 보였다. '그래, 아들을 위해서 해야겠어. 이게 마지막일지라도.' 만체보는 이렇게 생각했다.

"내가 가보마. 잠깐 가게 좀 봐주겠니?"

아미르는 고개를 끄덕였다. 만체보는 아들의 눈에서 흥분과 감탄을 본 것 같았다. 상상일지도 모르지만. 아버지가 어머니를 쫓아가기를 원치 않았다면 왜 아미르가 가게까지 내려와서 알렸겠는가?

"아빠, 여기는 제게 맡겨 두세요." 아미르가 오후 햇살에 눈을 찡그리며 말했다.

"아들아, 너도 내게 맡겨 두렴." 만체보는 이렇게 말하고 외투 자락을 휘날리며 밖으로 나왔다.

세호아 거리에 접어들자 파티마의 걸음이 느려졌고 만체보 역시 걸음을 늦췄다. 그는 파티마가 어디에 가는지 알았다. 커튼 뒤였다. 그는 현장을 덮쳐야겠다고 생각했다. 하지만 그러면 어떻게 될까? 덩치 큰 담배 가게 주인이 바지를 발목까지 내리고 서 있고 파티마가……. 터무니없는 상상이었다. 그는 땀을 흘리며 걸음을 늦추었다. 그는 파티마가 어디에 가는지 알았고 그곳에 너무 빨리 도착해선 안 된다는 것도 알았다. 그들이 본격적으로 일을 시작하려면 분명 몇 분은 걸릴 테니까. 만체보는 너무 빨라서도 늦어서도 안 된다고 생각했다.

파티마가 가게 안으로 들어갔다. 만체보는 담배 가게 앞에 도착해 손목시계를 보았다. 10분, 아니 5분 있다가 들어가야겠다고 생각했다. 5분에서 1초도 더 기다리지 않을 생각이었다. 하지만 1분이 지나자 그는 참을 수가 없었고 길거리에 선 채 안에서 무슨 일이 일어나는지 살펴보려고 애썼다. 커튼 뒤에서 뭔가가 움직였다. 결국 그는 정확히 1분 36초 만에 안으로 들어갔다.

종소리가 안 나도록 최대한 조심스레 문을 열었다. 이제야 만체보는 담배 가게에 왜 종이 있는지 알 것 같았다. 그는 이마에 흐르는 땀을 닦았다. 커튼이 규칙적으로 움직였다.

만체보는 최대한 빨리 움직일 수 있도록 마음의 준비를 했다. 그는 사냥을 준비하는 포식자처럼 가만히 멈췄다. 그리고 잠시 커튼을 왼쪽으로 젖힐까 오른쪽으로 젖힐까 고민했다. 어떻게 하기로 했는지는 기억나지 않았다. 긴장이 최고조에 이른 나머지 커튼을 젖히는 일에만 집중했다. 만체보는 힘껏 커튼을 젖혔고 손에 갈색 천 조각을 든 채 서 있게 되었다.

만체보의 아내와 담배 가게 주인은 겁에 질린 표정으로 침입자를 쳐다보았다. 평소 그렇게 수다스럽던 파티마는 꿀 먹은 벙어리였다. 평소 그렇게 서툴고 주관이 없던 만체보는 이 상황을 장악한 것 같았다. 커튼으로 가려진 탁자 위에는 담배가 가득 든 구두상자가 차곡차곡 쌓여 있었다. 그동안 만체보는 사방에서 저 상자를 보았다. 품질이 어찌나 안 좋은지 물기가 약간만 있어도 무너져 내리는 상자였다. 타리크는 파리 북쪽 외곽의 이사 업체에서 싼 값에 저 상자를 구입했다. 이제 모든 것이 들어맞았다. 파티마는 고개를 저었다. 그녀의 눈이 번쩍했다. 담배 가게 주인은 상자 뚜껑을 닫으며 목을 긁적였다.

"이제 게임은 끝났어." 만체보가 연극을 하듯 말했다.

파티마가 정신을 차리는 데는 시간이 얼마 걸리지 않았다.

"게임이라니? 그렇게 극적으로 말하지 마."

그녀는 심지어 웃으려고까지 했다.

"게임은 끝났어. 난 다 알고 있어."

파티마는 충격받은 표정으로 남편을 바라보았다.

38

이 일은 안내데스크 직원이 연인에게 그녀가 일하는 건물 꼭대기 층이 완전히 비어 있다고 말한 데서 출발했다.

어느 날 밤 그들은 힐튼 호텔에 체크인했고 베이커 씨는 글 쓰는 일이 생각대로 되지 않는다고 털어놓았다. 영국의 출판사는 계속 부담을 주었고 그는 새로운 무언가를 내놓아야 했다.

또 다른 밤 역시나 힐튼 호텔에서 작가는 연인에게 하루 종일 혼자 앉아서 글을 쓸 열정이 사라졌다고 털어 놓았다. 매일 아침 그는 출근하는 사람들을 지켜보며 그들 중 하나가 되고 싶어 했다.

잠 못 이루는 밤을 보낸 뒤에 작가의 연인에게 아이디어가 떠올랐다. 그녀는 바로 다음 날 아침 작가에게 그 생각을 알렸다. 베이커 씨는 매우 열광했다. 실험을 통해 글 전체를 얻지는 못할지라도 적어도 새로운 무언가를 위한 영감을 얻을 수 있을 것 같았다. 하지만 잠시 후 그는 겁이 났다. 실행하기에는 너무 복잡했기 때문이다. 하지만 그의 연인은 세부적인 일은 모두 자신이 처리할 수 있다고, 개념 자체는 매우 간단하다고 말하며 그를 안심시켰다. 모든 것은 기본적으로 자급자족이었다. 정말로 행운의 편지 같은 개념이었다. 현금화할 수 있는 수표를 이용해 벨리비에 씨, 그러니까 테드 베이커는 실험 대상을 찾고 실험이 완전히 끝나면 어느 날 저녁 참가자들을 모두 불러 모아 경험을 공유하게 할 계획이었다. 정말 독특한 아이디어였고 이렇게 해서 쓰는 책은 그가 전에 썼던 것들과 전혀 다를 것 같았다.

실험을 하려면 돈이 많이 필요했다. 돈이라면 작가에게 있었다. 그에게 부족한 것은 영감이었다. 그는 사이버 유목민에 관한 글을 읽었다. 카페를 전전하며 일하는 사람들, 자신처럼 혼자 일하는 현대인들의 작업 방식이었다. 작가는 창의적인 활동을 하는 사이버 유목민들이 완전히 고립되어 지루하고 무의미한 일을 어떤 식으로 해나가는지 관찰해보기로 했다. 참가자들에게는 매일 퇴근 시간에 무작위로 고른 선물이 주어졌다. 그들의 반응을 살펴보고 어떤 결과가 생길지 지켜보기 위해서였다. 참가자들은 앉아서 시키는 일만 하는 데 만족할까, 아니면 벨리비에 씨가 누구인지, 왜 그들이 이 이상한 일을 하는지 알아내려고 할까?

나는 이제 모든 것을 알았다. 작가도 여자도 내게 아무것도 묻지 않았다. 하지만 그들은 내가 이 사슬을 깨지 않기를 바랐고 나는 그 바람을 이해했다. 나는 자리에서 일어나기 전에 마지막으로 한 가지를 물었다. 내 뒤로 몇 번이나 더 실험을 진행할 것인가? 그들은 두 사람 더 하고 나서 실험을 끝낼 것이라고 대답했다. 나는 곧바로 결정할 필요가 없었다. 내게는 생각할 시간이 있었다. 내가 두 번째 수표를 현금으로 바꾸면 아레바는 새로운 손님을 맞이하게 될 것이다.

밤에 외출한 게 언제인지 기억도 나지 않았다. 나는 처음으로 아이 봐주는 사람을 구했다. 비상계단을 흘끗 보았다. 저 좁은 지붕에서 간신히 중심을 잡고 있던 내가 어떻게 보였을지 상상도 안 되었다. 분홍색 신발이 빛나는 것으로 보아 구두수선 가게는 영업 중이었다. 하지만 식료품 가게는 닫혀 있었다. 만체보 씨는 잠시 자리를 비웠는지도 모른다. 나는 몇 분 기다리기로 했다. 급할 게 없었다. 그가 나타나지 않으면 다른 날 오면 그만이다. 나는 자유로웠고 긴급한 일도 아니었다. 내 생각에는 그랬다.

"어서 오세요."

그리 오래 기다릴 필요는 없었다. 만체보 씨는 고집스러운 표정으로 가게 문을 열고 안으로 들어갔다. 나는 그를 쫓아 들어갔다. 이유는 알 수 없었지만 이상하게도 이 가게가 편했다. 딱 한 번 와봤을 뿐인데도.

"조용하네요?" 내가 물었다.

"네, 휴가 간 사람들이 많아서요. 아니…… 길거리가 조용하다는 뜻이었나요?"

그는 벨리비에 씨가 사는 건물을 향해 조심스레 고개를 끄덕였다. 무슨 뜻으로 한 말인지는 나도 잘 몰랐다.

"베이커 씨를 쫓아가서 어떻게 됐는지 이야기하러 왔어요. 관심 있으실 것 같아서요."

나는 진실을 말하러 왔다. 만체보 씨는 나를 도와주었고 나 역시 답례로 그를 도와야 했다. 세상은 그렇게 돌아간다. 만체보 씨는 의자 두 개를 가져왔지만 이번에는 가게 안에 놓았다. 나는 올리브 병이 진열된 선반 아래에 앉았다.

"라데팡스에 있는 카페까지 그를 쫓아갔는데 그곳에……."

삑 소리가 났다. 나는 양해를 구하고 들고 있던 휴대폰을 보았다. 남에게 아들을 맡기고 온 게 처음이었으니까. 카로 씨가 사진을 보내왔다. 체스 판을 두고 앉은 그와 아들 사진이었다. 사진에서 아들 얼굴이 반만 보이는 것으로 보아 카로 씨는 셀프카메라를 처음 찍어본 것 같았다. '잘 있소. 아들은 아직 살아 있고.' 사진과 함께 이렇게 쓰여 있었다. 나는 미소 지었다. 순간 아레바에서 보낸 몇 주가 머릿속에 스쳐 지나갔다.

땅거미가 지고 있었다. 문 밖에서 작은 새가 뛰어다녔고 문득 내가 무슨 짓을 하려 했는지 깨달았다. 만체보 씨에게 사실대로 말하면 나는 이 모든 상황을 단호하게 정리한 사람이 되고 말 것이다. 그렇게 되면 내가 했던 경험을 다른 사람들이 하지 못하게 된다. 나는 내 수수께끼를 풀었고 만체보 씨가 수수께끼를 푸는 것은 그의 몫이었다. 그가 풀지 못한다면 비밀로 남아 있으면 그만이다. 모든 사람을 위해. 나는 다시 사진을 보았다. 카로 씨에게 아이를 봐 달라고 설득하는 일은 어렵지 않았다.

"미안해요. 작가는 카페에서 다른 남자 작가를 만났어요."

만체보 씨는 어리둥절한 표정으로 나를 보았다.

"애인이 있는 것 같지는 않더군요. 하지만 또 모를 일이죠."

"당신이 찾는 답은 찾았나요?" 그는 이렇게 물었다. 굳이 밝힐 사실도 없는데 왜 돌아왔는지 설명해달라는 듯했다.

"네. 베이커 씨가 바로 벨리비에 씨였어요."

"그럼 테드 베이커라는 이름은 팔명이라는 건가요?"

"네, 필명이요. 우리 둘 다 벨리비에 씨를 기다렸던 것 같네요."

나는 바티뇰 대로를 떠나 클리시광장 방향으로 갔다. 물살을 거슬러 오르는 기분이었다. 사람들은 내 맞은편에서만 걸어왔고 나와 같은 방향으로 걷는 사람은 없었다. 층계참에 서서 파리의 밤을 준비하는 매춘부 둘이 보였다. 그들은 아마 생 드니 거리까지 걸어간 다음 택시를 타고 불로뉴 숲으로 갈 것이다.

밤에도 문을 여는 약국에는 처방전을 들고 약을 찾으러 온 부모들과 약물 중독자들이 모여 있었다. 그들은 모두 매우 지쳐 보였다. 레스토랑은 저녁 첫 손님들을 반겼고 아직 조용한데도 웨이터들은 스트레스를 받는 것 같았다. 그들은 언제나 그랬다. 스트레스가 많은 직업이니까. 서아프리카 여자 둘이 음식이 담긴 봉투를 서로 내밀었다. 채소를 나누는 것 같았다. 거리 한가운데의 작고 긴 모래 위에서는 노인들 몇 명이 공을 굴리며 불 게임을 했다. 십대 아이들은 친구들의 환호성 속에 싸우는 척하고 있었다. 그들 옆에서 약에 취해 있는 청년의 눈에는 세상이 달리 보이겠지. 경찰은 그를 보지도 못한 채 지나갔다.

한 사람씩 차례로 나를 스쳐 지나갔고 저마다 내게 인상을 남겼다. 잠시 후 나는 도착했다. 그리고 그곳에 그가 있었다. 그는 나를 스쳐 지나가지 않았고 오히려 내가 가는 길을 막았다. 그는 내가 뒤에서 다가가는 것이 느껴지기라도 한 듯이 돌아보았다.

"이제 내가 꽃을 줄 차례예요." 크리스토프가 꽃다발을 내밀며
말했다.

나는 아직도 내가 꽃을 보고 감탄할 수 있다는 것을 깨달았다.

39

의심의 여지는 없었다. 파티마가 타리크에게 무슨 일이 있었는지 말한 것이 분명했다. 만체보가 담배 가게에 있는 그녀를 찾아냈다고. 또한 타리크가 그럴듯한 변명을 생각해냈으리라는 것도 분명했다. 만체보는 머릿속으로 이 상황을 점검했다. 타리크는 파티마가 담배를 피운다는 것을 안다. 파티마는 타리크의 비밀과 아델의 불륜을 알고 있을 것이다. 틀림없다.

하지만 아델은 무엇을 알까? 만체보는 그 점을 확신할 수 없었다. 파티마가 담배를 피운다는 사실은 분명 알 텐데 그게 전부일까? 만체보는 가게 문을 잠그고 저녁을 먹으러 계단을 올라가며 머릿속으로 가족 내의 권력 구조를 명쾌하게 정리했다. 그는 휘파람을 불며 드라마의 결말을 향해 갔다.

그가 올라가자 침묵이 흘렀다. 파티마가 그를 향해 미소 지었다. 평소와 다른 행동이었다. 다른 가족들은 아무도 없었다.

"다들 어디 갔어?"

파티마는 안심한 것 같았다. 만체보의 질문이 마치 그가 아무 일도 없었다는 듯이, 그날의 일은 다시 꺼내지 않고 평소처럼 행동하겠다는 것을 보여주기라도 한다는 듯이. 하지만 그녀는 틀렸다.

"아델은 머리 말리는 중이고 타리크는 라파엘 데리러 갔어. 오늘 저녁식사에 라파엘이 올 거야."

만체보는 잘됐다고, 아주 잘됐다고 생각했다. 이보다 더 좋을 수는 없다.

"잘됐지 뭐야. 아미르가 오늘 집에서 저녁을 안 먹으니까." 파티마는 이렇게 말하고 주방으로 갔다.

만체보는 잘됐다고, 아주 잘됐다고 생각했다. 아주 이상적인 상황이다. 그는 아미르가 똑똑하다고, 내 아들은 이제 좋은 일만 하게 될 거라고 생각했다. 아델이 나타났다. 그녀는 히잡을 둘렀지만 일부러 머리카락이 느슨하게 빠져나오도록 했다. 만체보는 이유를 알았다. 만체보는 식탁에 앉아서 담배에 불을 붙였다. 아델이 휘둥그레진 눈으로 그를 보더니 발작적으로 웃기 시작했다.

"이럴 수가! 저녁식사 전에 담배를 피워도 된다고 허락받으신 거예요?"

파티마는 아델의 말을 들었더라도 주방에서 나오지 않을 것이다. 만체보는 라파엘과 타리크가 올 때까지 파티마가 주방에 있을 것이라고 확신했다. 그는 폐 깊숙이 담배 연기를 빨아 들였다. 맛이 좋았다. 만체보는 대로를 바라보며 지금껏 피운 담배 중 최고라고 생각했다. 아델은 재미있다는 표정으로 그를 보았고 잠시 후 아래층에서 문 여는 소리가 들렸다. 저녁식사에 합류할 마지막 사람들이 계단을 올라왔다. 만체보는 다 피우지 않은 담배를 비벼 끄고 새 담배에 불을 붙였다. 타리크와 라파엘이 들어왔다. 타리크는 만체보를 향해 긴장된 미소를 지었다. 방금 전 파티마의 미소와 비슷했다. 만체보는 두 사람이 닮았다고 생각했다. 자기가 아니라 파티마의 사촌이라고 느껴질 정도였다.

"이것 보세요. 아주버님이 저녁식사 전에 담배를 피우다니요!" 아델이 웃으며 말했다.

"그러게. 이게 무슨 일이람?" 타리크가 농담처럼 말을 받았다.

파티마가 주방에서 돌아왔다. 아델은 식사 전에 담배를 피우는 남편을 보고 파티마가 뭐라고 할지, 무엇을 할지 보려고 목 빠지게 기다렸다.

"못 봤어요?" 아델이 불쑥 물었다.

파티마는 당혹스러운 표정이었다.

"아주버님이 식전에 담배를 피우시잖아요! 게다가 두 개비 째라고요!"

"그러게. 이 일을 어쩌나?" 파티마는 이렇게 중얼거리더니 다시 주방으로 갔다.

아델은 파티마의 무덤덤한 반응에 어리둥절한 것 같았다. 라파엘은 만체보에게 악수를 청하고 아델의 뺨에 입을 맞췄다. 만체보는 담배를 깊이 빨아들이며 위선자라고 생각했다. 파티마는 차례로 음식을 내와 모두 식탁에 차렸다.

"자, 먹자고요." 그녀가 앉으면서 말했다.

이제 만체보가 뭔가를 할 차례였다. 하지만 그는 이 상황이 너무 즐거운 나머지 약간 망설여졌다. 조금 더 시간을 끌고 싶었지만 그랬다가는 완벽한 기회를 잃을 위험이 있었다. 아미르가 집에 올 수도 있고 라파엘이 갑자기 뭔가를 고치러 갈 수도 있고 아델이 침실로 들어가 누울 수도 있고……. 만체보는 기회를 잡아야 했다.

그는 묵직한 숟가락을 들어 냅킨으로 닦았다. 사람들의 주목을 얻기 위해 잔을 두드려본 적이 없어서 그런지 너무 세게 두드렸다. 부드럽게 두드리려고 했던 계획과 달리 유리잔을 깨뜨리려는 것 같았다. 하지만 목적은 달성했다. 모두 말과 행동을 멈추었다. 뭔가 재미있는지 계속 미소 띤 얼굴로 껌을 씹는 아델은 예외였다.

"몇 마디 할 말이 있어. 오래 걸리지 않을 거야."

타리크와 파티마는 최대한 아무렇지 않고 평온해 보이려고 애썼다. 라파엘은 약간 당황한 것 같았지만 동요하지 않았다.

"우린 모두 비밀이 있지. 그걸 알게 되었어. 비밀은 피해를 주지. 여러분의 비밀 때문에 나는 상처받았고 더는 피해가 발생하지 않도록 그걸 나누고 싶군. 여기 있는 우리는 모두 성인이고 행동에 책임을 질 수 있어야 해."

"여보, 나중에 하면 안 될까? 오늘은 손님이 있잖아."

파티마가 라파엘을 향해 고개를 끄덕였다. 만체보는 내 생각이 맞았다고, 라파엘은 완충 장치나 방패 역할로, 저녁을 기분 좋고 평온하게 할 수단으로 초대되었을 뿐이라고 생각했다.

"아니. 라파엘이 여기에 있기 때문에 더없이 좋은 기회야."

아델이 재빨리 라파엘을 쳐다보았다. 라파엘은 숨을 깊이 들이마시고 애인의 눈을 바라보았다.

"어디에서부터 시작해야 할지는 늘 어렵지만 내게 직접적으로 영향을 준 이야기부터 하지. 내 아내는 지금까지 몰래 세호아 거리의 뚱뚱한 담배 가게 주인에게 담배를 팔았어. 고급 담배를 밀수하는 조직을 운영하는 타리크에게서 받은 담배지."

만체보는 식탁에 둘러앉은 사람들을 살펴보았고 이 사실을 라파엘만 몰랐다는 것을 깨달았다. 만체보는 가족들을 매우 잘 알았기에 그들이 각자 다른 반응을 보이더라도 정확히 무엇을 알고 있는지 구분할 수 있었다.

"과장이 심하네." 파티마가 말했다. "서방님이 친구에게서 받고 남은 몇 갑을 팔았을 뿐이야. 그 얘기는 이미 했잖아. 그러니 이제 밥 먹을까?"

"아니, 또 있어. 타리크는 구두수선 가게를 운영하지. 그건 우리 모두 아는 사실이야. 하지만 사실 담배 말고 무기도 거래해. 그의 가게는 무기 부품과 담배로 가득 차 있지."

"그만. 그 정도면 됐어!" 파티마가 소리쳤다.

타리크는 파티마를 보았다. 만체보가 어떻게 알았는지 설명해달라는 표정이었다.

만체보는 다시 식탁에 앉은 사람들을 보았다. 아델과 라파엘은 모르고 있었다.

"형 말 듣지 마." 타리크가 아델의 손을 잡고 속삭였다. "미친 것 같아."

아델은 겁에 질렸다.

"그리고 이제 아델과 라파엘 이야기가 남았군."

만체보는 가장 기대되는 대목에 이르렀다. 그는 타리크를 쳐다보았다.

"네 아내가 네 친구 라파엘과 바람이 났어."

만체보는 이 사실을 타리크만 몰랐다는 것을 알아차렸다. 타리크는 아내의 손을 놓았다. 아델은 두 손으로 얼굴을 가렸다.

"지금 우리에게 무슨 모욕을 주고 있는지 알아요?" 라파엘이 쏘아붙였다.

"응." 만체보가 큰 소리로 분명하게 말했다. "그리고 끝으로 식료품 가게 주인은 내 본업이 아니야. 나는 사립 탐정이야. 자, 이제 먹자고."

40

배턴을 넘기기 위해 내가 무엇을 해야 하는지 깨닫는 데는 그리 오래 걸리지 않았다. 나는 준비를 좀 했다. 그리고 카페에서 일하고 있는 그에게 미소 지었다.

나는 신문 기사를 보고 두 번째 수표를 어떻게 쓸지 결정했다. 그 기사는 프랑스인들이 빵 중에서 에클레어를 가장 좋아한다는 내용이었다. 나는 매일 퇴근할 때 그에게 에클레어를 선물하기로 했다. 예산은 넉넉했다.

상업지구에서 가장 큰 빵집으로 갔다. 종업원은 이상하다는 표정으로 나를 보며 기다리라고 했다. 잠시 후 나이 든 여자가 나오더니 내게 뭘 원하는지 물었다. 이미 들었을 것 같은데도 말이다. 3주 동안 매일 아레바로 에클레어를 배달해달라고 부탁하는 것이 진짜인지 확인하고 싶은 것 같았다.

여자는 고개를 저으며 그런 일은 하지 않는다고 말했다. 돌아서서 다른 선물을 생각해내거나 다른 빵집에 가면 그만이었지만 나는 이 상황을 극복하고 원하는 대로 하고 싶었다. 돈을 넉넉히 지

불하겠다고 했다. 여자는 나를 유심히 보더니 잠시 기다리라고 했다. 이쯤 되니 빵집 전 직원이 내 요구사항을 알 것 같았다. 그들은 서로 쳐다보면서 내게 미소 지었다. 의미를 알 수 없는 미소였다. 미안해하는 것 같기도 했고 내가 미쳤다고 생각하는 것 같기도 했다. 여자가 돌아왔다.

"견습생이 배달할 수 있겠어요. 정확한 주소와 날짜를 알려주세요."

나는 뿌듯한 기분으로 필요한 정보를 모두 적어주었다.

갑자기 현실이 내 발목을 잡았다. 내가 무슨 짓을 하려는 거지? 처음으로 나는 이 이상한 일이 나로 끝나야 한다는 생각이 들었다. 부끄러운 일이 될 것 같았다. 하지만 내 눈은 카페에 있는 사람들을 훑었다. 며칠 전 미리 점찍어 놓은 남자는 늘 앉는 자리에 앉아 있었다. 지금이 기회였다. 나는 마음이 불편했다. 그는 살찐 넷째 손가락에 인장이 박힌 금반지를 끼고 있었다. 나는 인장이 박힌 반지가 싫다. 천천히 그가 있는 쪽으로 다가갔다. 그는 읽고 있던 신문을 치웠고 나는 미소 지었다.

"혹시…… 벨리비에 씨를 기다리고 계신가요?"

로시 씨는 이 질문으로 대화를 시작할 필요는 없다고 했지만 어쩐지 게임의 일부 같았다. 이 말을 하지 않으면 나머지가 망가질 것 같았다. 하지만 나는 벨리비에 씨라는 이름을 말하기 전에 부자연스러울 정도로 길게 말을 끊어 질문을 조금 달리했다. 이렇게 하면 벨리비에 씨라는 사람은 존재하지 않고 그저 대화를 시작할 구실로 보이기 때문이다.

"벨리비에 씨를 기다리고 있냐고요?" 이렇게 묻는 남자의 목소리는 약간 즐겁게 들렸다.

남자는 불안해 보이고 싶지 않아 했다. 어쨌든 내 눈에는 그래보였다. 두려워하는 남자라니 좋은 신호였다. 이건 게임일 뿐이다. 나는 사무실 열쇠를 꺼내 손가락으로 장난을 쳤다. 이 행동은 나중에 하려 했지만 당장 뭘 어떻게 해야 할지 몰랐다. 나는 그의 질문에 고개를 끄덕였다. 입술을 깨물며 내 임기응변이 매우 서툴렀다는 것을 재빨리 깨달았다. 탁자 위의 신문이 날 살렸다.

"여자를 잘못 골랐군요." 내가 말했다.

신문 일면에는 전 국제통화기금 총재 도미니크 스트로스 칸의 사진이 대서특필되어 있었다. 그가 뉴욕의 어느 호텔에서 여자를 성추행했다는 기사였다.

의심의 여지가 없었다. 남자는 내가 자신에게 수작을 걸려 한다고 확신했다.

"그럼 당신은 제대로 된 여자인가요?" 그는 초조하게 웃으며 말했다.

방금 한 말이 만족스러운 눈치였다. 나는 다음 카드를 내밀었다.

"여기에서 멀지 않아요. 바로 저기예요."

나는 아레바를 가리켰다. 바로 옆에는 힐튼 호텔이 있었다.

몇 주 전 나는 이 카페를 나서며 이상한 사람을 따라가는 게 아닐까 걱정했지만 이제 내가 그 일을 하려 했다. 남자는 우리가 같이 호텔에 간다고 믿는 것 같았다. 피곤하거나 욕정에 사로잡힌 회사원들이 몇 시간 동안 예약할 수 있는 시간제 객실로.

우리가 아레바 건물로 간다는 것을 알게 되면 남자의 마음이 바뀔 수도 있다. 바뀌지 않을 수도 있고. 어쩌면 성적으로 너무 흥분해서 진정하는 데 시간이 걸릴지도 몰랐다. 남자는 노트북을 닫고 외투를 집어 들었다. 그의 눈을 보니 이성적으로 생각하려고, 욕망을 극복하려고 애쓰는 것 같았다. 그는 주위를 살피며 내가 원하는 사람이 자신이라는 것을 확인하고서 나를 따라왔다.

이제 남자를 진정시키고, 의심의 씨앗을 뿌릴 때였다.

"맨 꼭대기 층이에요. 피아트의 최고경영자 조반니 아녤리가 꼭대기 층을 개인 거처로 사용했었다는 거 아세요?"

우리는 안내데스크로 향했고 나는 그에게 조금 미안해지기 시작했다. 나는 평온했다. 안내데스크 직원이 나를 보았다. 그녀는 웃지 않으려고 최선을 다했지만 소용없었다. 그녀는 일어나서 출입증을 가지고 왔다.

"고맙습니다." 내가 말했다.

그녀는 나를 보았다. 그녀도 게임의 일원이었다. 남자는 땀을 흘렸다. 그는 출입증을 받아 살펴보았다. 나는 그의 마음을 짐작해 보았다. 어쩌면 이쯤에서 끝내고 싶어 할지도 모른다.

엘리베이터가 움직이기 시작했고 꼭대기 층에 거의 이르렀다. 나는 다급한 마음에 먼저 그에게 열쇠를 건넸다. 그것으로는 충분하지 않았다. 그는 이제 흥분하지도 않았고 내게 동조하는 데도 관심이 없었다. 그의 바짓가랑이라도 잡을까 하는 생각이 스쳤다. 나는 절박했다. 이대로 그가 빠져나가게 할 수는 없다. 여기까지 온 이상 그럴 수 없다. 우리는 엘리베이터에서 내렸고 나는 계약서를 꼭 쥐었다.

"벨리비에 씨는 당신이 이걸 주의 깊게 읽어보고 금액이 맞는지 확인하기를 원하세요. 액수에 동의하는지도요."

돈 얘기 덕분에 가까스로 그의 관심을 다시 붙잡을 수 있었다. 복도를 걸어가는 동안 그는 계약서를 읽었다. 나는 사무실 문 앞에 섰다. 열쇠는 이미 그에게 있었다.

"여기가 당신이 쓸 사무실이에요."

그는 주머니를 뒤지기 시작했고 나는 우리가 정말로 섹스를 하려고 이곳에 왔는데 열쇠를 찾느라 주머니만 뒤지고 있다면 얼마나 김이 빠질까 생각했다. 그는 문을 열자마자 원래 자기 방인 양 안으로 들어갔다. 나는 화가 났다. 이 사무실은 아직 내 공간이었다. 이곳에서 창밖의 사크레쾨르 대성당을 보며 얼마나 많은 시간을 보냈던가?

"잠깐 앉아 계세요. 커피 좀 가져올게요."

그를 혼자 두는 것이 잘하는 짓인지 알 수 없었지만 어쨌든 나는 서둘러 아래로 내려갔고 커피 두 잔을 들고 재빨리 돌아왔다. 그는 내 컴퓨터가 놓인 내 책상 내 의자에 앉아 있었다. 이런 사기꾼. 나는 이제 이 자리에서 파리 전경을 볼 기회를 영영 잃었는지도 모른다. 이제 이 남자가 내 삶을, 진짜 내 것이 아니었던 내 삶을 살게 되겠지. 나 역시 로시 씨에게 빌려온 삶이었고 그도 누군가에게서 빌려온 삶이었다. 남자는 내 생각을 읽기라도 한 듯이 나를 돌아보았다.

"계약서 다 읽어보셨나요?"

그는 턱을 어루만졌다. 이 일이 섹스와 무관하다는 것을 깨닫자 그는 점점 추해지는 것 같았다. 물론 이전에도 매력적이라고 할 수는 없었지만 전반적인 몸짓이 달라졌다.

"네, 네." 마침내 그가 대답했다. "프로젝트인지 뭔지가 끝날 때…… 이 돈을 준다는 거죠?"

"맞아요. 계약서가 이해가 안 되시나요?"

나는 그를 자기 자리에 데려다 놓아야 했다. 그가 다른 확신을 갖기 전에 일을 진척시켜야 했다. 그리고 내 갈 길을 가면 그만이다. 남자는 내 질문이 함정이라고, 돈은 구경도 못하게 될 수도 있다고 생각하는 것 같았다.

"알아요, 알아. 하지만 서명하기 전에 확인해야 하잖아요. 안 그래요?"

"그렇죠." 나는 이렇게 대답하며 커피를 그의 옆에 내려놓았다.

그는 일어나서 창가로 갔다. 그리고 한동안 서 있었다. 나는 걱정하지 않았다. 그가 계약서에 서명하리라는 것을 알았기 때문이다. 그는 마치 무언가에 이별을 고하는 듯했다. 여행, 친구, 원래 하던 일 같은 것들에게.

내가 펜을 꺼내자 그는 한숨을 쉬었다. 계약서에 서명함으로써 그에게 마지막으로 자신을 의심할 기회가 주어졌다. 나는 계약서 맨 아래에 휘갈겨 쓴 서명을 유심히 살펴보았다. 그가 침 삼키는 소리가 들렸다. 그는 재빨리 손을 내밀었다. 행동하는 게 익숙한 남자였다. 섹스에 대한 기대 때문에 여기까지 따라왔지만 그를 머물게 한 것은 돈이었다. 장기적으로 볼 때 둘 다 좋은 동기는 아니다.

"실례할게요." 나는 이렇게 말하고 전화를 받는 척했다.

사무실에서 나가 엘리베이터로 간 나는 속으로 기도한 뒤에 다시 남자에게 돌아갔다.

"벨리비에 씌었어요."

남자는 미소 지으며 앉았다.

"계약이 성사되어 매우 기쁘다고 하시네요. 그리고 취향에 맞는 책을 몇 권 준비해 놓았다고 전해달라고 하셨어요. 책상 아래 상자에요."

남자는 아무 말도 하지 않았다.

"그럼 계약서에 쓰인 돈은 당신에게서 받는 건가요?"

나는 그가 돈에 굶주린 돼지 같다고 생각했다. 여기까지 날 따라온 건 섹스 때문이었으면서.

"그 내용도 계약서에 있어요. 아, 한 가지만 더요. 이미 알고 있을지 모르지만요. 이 건물에서 일하는 다른 직원들과는 어울리지 않는 편이 좋아요."

우리는 말없이 엘리베이터를 타고 로비로 내려갔다. 정장을 입은 남자들이 웃고 있었고 뚱뚱한 비서가 서류를 든 젊은 남자를 쫓아가고 있었다. 수다 떠는 여자들도 몇 있었다. 어떤 남자는 전화 통화를 하면서 커프스 단추를 만지작거렸다. 안내데스크 직원은 나를 못 본 체했다.

나는 손을 내밀었고 남자에게 작별 인사를 했다.

41

만체보는 방 안의 광경을 바라보며 멍청한 서커스 같다고 생각했다. 아델의 헤어드라이어는 세 조각으로 깨진 채 바닥에 뒹굴고 있었다. "지금 당장 고쳐봐!" 타리크는 라파엘 앞에서 헤어드라이어를 집어 던지며 소리쳤다. 붉은색 카펫 위에는 온통 음식이 흩뿌려져 있었고 주인을 잃은 라파엘의 휴대폰이 식탁 위에 놓여 있었다. 바로 그 휴대폰에서 타리크는 만체보의 말이 맞다는 증거를 찾아냈다.

처음에 라파엘은 만체보의 말을 부정했다. 가장 친한 친구에게 그런 짓을 할 리 없다면서. 타리크는 그에게 조용히 휴대폰을 가져오라고 했다. 그리고 그 후 한참동안 진정하지 못했다.

라파엘이 도망치듯 사라지고 나서 타리크는 아내를 데리고 구두 수선 가게로 갔다. 만체보는 창문을 통해 그가 아델을 질질 끌다시피 해서 대로를 건너는 모습을 보았다. 불이 환하게 켜진 가게에서 두 사람이 무슨 이야기를 하는지는 알 수 없었다. 타리크의 요청에 따라 파티마는 자기 집으로 올라갔다.

식탁에는 만체보만 남았다. 다섯 명 분량의 음식이 있었고 그는 먹고 담배 피우기를 번갈아 했다. 아래층에서 문 두드리는 소리가 들리자 그는 자리에서 일어나 구두수선 가게를 보았다. 타리크는 방 안 안락의자에 앉아 있었고 아델은 그의 맞은편에서 손으로 얼굴을 가리고 있었다. 다시 문 두드리는 소리가 들렸다. 분명 가게 문이었다. 만체보는 담배를 끄고 곧장 새 담배에 불을 붙였다. 그리고 아래층으로 내려갔다.

그는 타리크와 아델의 아파트 현관문을 열어두었다. 두 사람이 뛰쳐나갈 때 열쇠를 챙겼는지 몰랐기 때문이다. 어쩌면 라파엘이 휴대폰을 가지러 올지도 모르고 잠시 후에 자신이 다시 음식이 먹고 싶어질지도 몰랐다. 도둑이 지나가다가 이렇게 엉망인 곳을 보면 동료가 먼저 다녀갔다고 생각하며 문간에서 돌아설 것이다. 만체보는 문 두드리는 소리를 또 들었다. 이번에는 소리가 더 컸다.

"네, 네, 지금 갑니다." 그가 계단을 내려가며 중얼거렸다.

어둠 속에서 그녀의 초록색 눈동자가 빛났다. 만체보는 캣을 가게로 들어오게 했다. 그녀는 피곤해 보였고 한 손에 흰색 구두상자를 들고 있었다. 이를 본 만체보는 온몸이 얼어붙었다. 저 상자라면 지긋지긋했다.

그는 의자 두 개를 꺼내 가게 한가운데 놓았다. 길 건너편에서 아델을 향해 소리치며 거칠게 몸짓하는 타리크가 보였다. 만체보는 정말이지 빌어먹을 길이라고 생각했다. 그때 캣이 별안간 울음을 터뜨렸다.

어깨를 다독거리거나 다 잘될 거라고 말하는 둥 몇 차례 서툰 위로를 시도하던 만체보는 그냥 그녀가 울게 놔두기로 했다. 캣이 만체보의 어깨에 기대자 구두상자 뚜껑이 살짝 움직였고 그는 사체, 새의 사체를 얼핏 보았다. 가게 창문으로 날아왔던 새였다. 근거는 없었지만 그런 확신이 들었다. 그는 반사적으로 캣을 밀어냈다. 마피아 조직에서는 죽은 동물을 이용해 가까운 친구나 친척이 죽을 것이라고 경고했다.

"벨리비에 부인, 상자 안에 뭐가 들었죠?"

만체보는 뿌듯했다. 혹시 그녀가 그를 죽이려 한대도 최소한 그녀의 진짜 이름을 알고 있다는 것을 기품 있게 알려주었으니까.

"오, 이런. 미안해요. 새예요. 얼마 전에 길에서 발견했어요. 처음에는 창턱에 두었는데 남편이 일하는 데 방해가 된다고 해서 냉동실에 넣어두었죠. 묻어주려고 했는데……. 오늘 묻어주려고요. 어쩌면 이 모든 이야기를 새와 함께 묻어버리겠다는 상징적인 행동인지도 모르죠."

만체보는 마피아 관련해서는 조금 진정되었지만 그가 캣의 진짜 이름을 안다는 데 별 반응이 없자 실망했다.

"보고서는 잘 받아 봤어요. 직접 고맙다는 인사를 하고 싶어서요. 정말 감사해요."

"제가 도움이 되었는지 모르……."

"당연하죠. 제가 요구한 걸 전부 다 해주신 걸요. 그리고 적어도 그 여자가 집에 오지는 않았다는 걸 알게 됐어요. 어쨌든 남편이 날 조금은 존중한다는 뜻이잖아요."

"아직도 남편이 바람을 피운다고 생각하세요?"

벨리비에 부인은 체념한 표정으로 그를 보았다.

"모르겠어요."

만체보는 그녀가 여자의 직감 이야기를 꺼내거나 남편의 행동이 이상하다는 것을 증거로 내세우리라고 생각했다. 법정에서는 효력이 없는 이야기들이다. 하지만 그녀는 그런 말들 대신 검정 민소매 원피스 주머니에 손을 넣었다.

"이걸 잠시 들어 주시겠어요?" 그녀는 만체보에게 구두상자를 내밀었다.

그는 마지못해 상자를 받았지만 팔을 쭉 뻗어 멀찍이 들고 있었다. 죽음의 냄새가 나는 것 같았다. 벨리비에 부인은 종이 두 장을 꺼냈다.

"영수증이에요. 남편의 서류더미에서 발견했죠. 남편은 애인과 함께 마실 와인을 샀어요. 꽃다발도 샀죠. 3주 동안 매일 그녀에게 꽃다발을 보냈어요."

벨리비에 부인의 가는 손가락이 상당한 액수의 배달 총액을 가리켰다.

"뭔가 다른 이유가 있지 않을까 해서 꽃집까지 찾아갔어요. 하지만 너무 분명하게도……."

만체보는 자신이 벌을 받을 것이라고 생각했다.

"부인, 이제 뭘 어쩔 생각이세요?"

벨리비에 부인은 고개를 들어 만체보를 똑바로 쳐다보았지만 잠시 후 어깨를 으쓱했다.

"글쎄요. 여기에 머물 수 없다는 것밖에 모르겠어요. 어디로 가야 할지, 뭘 해야 할지는 모르겠어요."

만체보는 그녀가 자신과 같다고 생각했고 자기 이야기를 하고 싶었지만 아무 말도 하지 않았다.

"이제 그걸 주세요."

만체보는 깜짝 놀랐다. 자신이 죽은 새를 들고 있다는 사실을 완전히 잊고 있었기 때문이다.

"난 가서 이걸 묻어야겠어요."

벨리비에 부인은 애써 미소 지었다.

"같이 가시죠." 만체보가 말했다.

그는 벽장에서 여행가방을 꺼냈고 마지막으로 가게 문을 잠갔다. 만체보와 벨리비에 부인은 함께 대로를 따라 걸었다. 지평선에서 사크레쾨르 대성당이 보였다. 처음으로 만체보는 자신의 식료품 가게가 몽마르트르 아래에 있지 않다고 인정했다.

42

나는 일기의 마지막 문장을 한 번 더 읽었다. 이제야 내가 얼마나 특별한 자료를 손에 넣었는지 깨달았다. 나는 첫 번째 일기장을 조심스레 덮고 카페 창밖을 내다보았다. 이 날을 얼마나 기다렸던가. 이제 모든 것이 예전으로 돌아왔다. 지금만큼은 모든 것이 공허하고 슬펐지만. 그때 이웃이 떠올랐다. 삶과 죽음의 경계를 긋는데 아무런 결정권을 행사할 수 없던 그 남자가. 나는 짐을 챙겨 카페에서 나왔다.

노숙자가 지하철역 환기구 공기구멍 위에 몸을 웅크리고 있었다. 겨우 담요 몇 장을 깔고 누웠는데 그 아래로 비죽 튀어나온 와인 병이 보였다. 《공주와 완두콩》에 나오는 공주가 떠올랐다. 그는 너무 큰 신발을 신었고 벌린 입에서 나온 침은 뺨을 타고 길게 흘러내렸다. 그 옆 바닥에는 개 목줄이 있었는데 개의 흔적은 보이지 않았다. 나는 개를 찾아보다가 그것을 발견했다. 뚜껑에 금색 글자가 쓰인 반쯤 열린 흰색 상자였다. 그 안에는 갓 구운 초콜릿 에클레어가 들어 있었다. 이유를 알 수 없는 슬픔이 나를 덮쳤다. 모든 것이 계속되고 있었다.

　재떨이에서 연기가 났다. 거의 항상 그랬다. 만체보가 재떨이에
담배를 걸쳐두고 그냥 타도록 내버려두기 때문이다. 그는 답답한
방에서 천장을 향해 피어오르는 연기를 보는 것이 좋았다.

　묵직한 대리석 탁자를 둘러싸고 커다란 갈색 가죽 안락의자 세
개가 놓여 있었다. 블라인드를 내렸지만 각도 때문에 무자비한 햇
살이 뚫고 들어왔다.

　창밖으로 사크레쾨르 대성당이 보였다. 대리석 탁자 위에는 계
산기라고 착각하기 쉬운 작고 검은 물체가 놓여 있었다. 하지만 이
물건은 덧셈이나 뺄셈을 하는 데 도움이 되지 않았다. 이 물건은
위조지폐를 확인하는 기계였다. 기계는 빨간 불빛을 깜빡이며 얇
지만 귀중한 종이의 가치를 확인할 준비를 마쳤다. 기계 옆에는 쌍
안경이 놓여 있었다.

　전화가 울렸다. 바깥세상의 누군가에게 그의 도움이 필요한 모
양이다. 만체보는 전화를 받으려다가 몇 번 울리도록 놔두었다. 고
객이 될지도 모르는 사람에게 그가 매우 바쁘다는 인상을 주기 위
해서다. 그는 이번 일이 불법, 외도, 실종 중 어떤 것과 관련된 일일
까 생각했다.

만체보 씨네 식료품 가게

초판 1쇄 인쇄 | 2017년 9월 8일
초판 1쇄 발행 | 2017년 9월 15일

지은이 | 브리타 뢰스트룬트
옮긴이 | 박지선
펴낸곳 | 레드스톤(주식회사 인터파크씨엔이)

출판등록 | 2015년 3월 19일 제 2015-000080호
주소 | 경기도 고양시 일산동구 호수로 672 대우메종리브르 611호
전화 | 070-7569-1490
팩스 | 02-6455-0285
이메일 | redstonekorea@gmail.com

ISBN 979-11-88077-04-5 03850